professores

Carlos Gerbase

professores

EDITORA RECORD
RIO DE JANEIRO • SÃO PAULO

2006

CIP-Brasil. Catalogação-na-fonte
Sindicato Nacional dos Editores de Livros, RJ.

Gerbase, Carlos, 1959-
G315p Professores / Carlos Gerbase. – Rio de Janeiro: Record, 2006.

ISBN 85-01-07414-4

1. Romance brasileiro. I. Título.

CDD – 869.93
06-0498 CDU – 821.134.3(81)-3

O Centro Universitário Vera Cruz, a Universidade Luterana de Pelotas e as Faculdades Integradas da Campanha são instituições fictícias, assim como todos os personagens e acontecimentos desta história.

EDITORA RECORD LTDA.
Rua Argentina, 171 – Rio de Janeiro, RJ – 20921-380 – Tel.: 2585-2000

Impresso no Brasil

ISBN 85-01-07414-4

PEDIDOS PELO REEMBOLSO POSTAL
Caixa Postal 23.052
Rio de Janeiro, RJ – 20922-970

Sumário

Julho, 2002

1

As janelas envidraçadas do ônibus estão fechadas, e o ar-condicionado faz com que a temperatura da cabine, em escuridão quase absoluta, fique um pouco acima dos vinte graus, contra os menos de seis do lado de fora. Max abre os olhos devagar e, pela fresta da cortina que cobre a sua janela, vê as silhuetas dos primeiros prédios dos arredores de Pelotas recortados na contraluz fantasmagórica e amarelada de algumas lâmpadas de vapor de sódio dos postes à margem da BR. Puxando para cima a alavanca ao lado do seu assento, faz a poltrona voltar à posição normal. Ao seu lado, uma mulher ressona, com sua poltrona ainda inclinada ao máximo. Além da respiração lenta e pesada da mulher, pode ouvir o ronco abafado do motor do ônibus, o ruído sibilante do compressor do ar-condicionado e algumas vozes vindas das outras fileiras, entre elas a de uma criança pequena que pergunta, a intervalos regulares, "Falta muito?", para um interlocutor que não responde.

Max esfrega os olhos e depois observa o relógio de pulso: quase meia-noite. Estende o braço para baixo e pega sua pasta de couro cru, tão desgastada pelo uso que parece envernizada. Tira uma agenda da pasta, levanta a mão e acende a luz de leitura no console acima de sua cabeça. Folheia a agenda até chegar ao dia 3 de julho, uma quinta-feira. Há duas anotações: "Ética — preparação do julgamento" e "Jantar no Cezinha". Escreve uma terceira, no meio das duas: "levar livro da Maria Rita para Márcia Li". Fecha e guarda a agenda. O ônibus diminui a velocidade e passa por uma lombada. A mulher ao seu lado acorda e olha para os lados, ainda tonta de sono. Sorri amarelo e pergunta:

"Estamos chegando?"

"Mais uns cinco minutos", responde Max.

Começa um chuvisqueiro leve. Quando faltam duas quadras para a rodoviária, o motorista acende as luzes da cabine. Logo, todos os passageiros estão acordados, preparando-se para o desembarque. Alguns se levantam para apanhar bolsas e embrulhos no compartimento de bagagens de mão. Duas curvas bem fechadas conduzem o ônibus para o interior do pátio da rodoviária; uma terceira, com o veículo já em marcha muito lenta, faz com que ele se encaixe no box. O ônibus pára, com um pequeno tranco, resultado do contato entre os pneus dianteiros e o meio-fio. O assobio dos freios anuncia que a viagem está concluída. A mulher ao lado de Max levanta. Ele fica sentado, aguardando que o corredor se desobstrua. Quando o caminho está livre, pega a pasta, o casaco e abandona o ônibus, sentindo, assim que desce os degraus e ultrapassa a porta, o vento frio rasgar seu rosto e se infiltrar pela trama do pulôver de lã. Coloca o casaco rapidamente e se afasta do box, na direção do ponto de táxi.

* * *

O porteiro da madrugada, um rapaz negro de menos de 20 anos, sorri e entrega a chave do quarto para Max, que agradece e pergunta se há recados. O porteiro diz que não. O elevador deixa Max no sétimo andar. Assim que entra no quarto, o telefone toca. É o porteiro:

"Esqueci de falar pro senhor que ontem de noite ligou alguém. Era uma mulher. Ou uma menina, tinha a voz fininha. Não deixou o nome. Eu expliquei que o senhor provavelmente chegaria hoje depois da meia-noite, e ela disse que ligaria."

"Obrigado, Rodrigo."

"De nada."

"Se ela ligar, posso passar?"

"Pode."

Max liga o ar-condicionado no calor máximo e vai para o banheiro, de tristes azulejos que já foram brancos e agora exibem um tom bege encardido. Abre a torneira do box e espera que o chuveiro elétrico esquente a água. Isso leva algum tempo. Tira a roupa e entra no box. O banho é muito rápido. Volta ao quarto, tremendo de frio, se seca e coloca um abrigo folgado. Liga o computador, que está sobre uma mesa de madeira com duas gavetas, comprada em março para completar o mobiliário padrão do hotel: uma cama de solteiro, um guarda-roupa de duas portas, uma mesa pequena (onde pilhas de livros dividem o pouco espaço com um telefone e uma impressora a jato de tinta), um criado-mudo (também cheio de livros), duas cadeiras, um frigobar e uma TV de 14 polegadas sobre um suporte metálico fixado na parede oposta à da cama.

Senta na frente do computador e abre o processador de textos. Antes que digite qualquer coisa, o telefone toca outra vez. Atende. É o porteiro:

"Oi."

"Oi, Rodrigo. É a mulher que telefonou ontem?"

"Não. Ela não ligou." Pausa. "É o seguinte. Lembra daquela minha amiga, a Silvana?"

"Lembro."

"Pois é. Eu te vi chegar agora há pouco, com esse frio, todo encolhido, e achei que talvez essa noite seja legal pra ela te visitar. Aquele calor humano, sabe como é..."

"Obrigado. Não tô a fim."

"Sabe o que é? É que ela tá precisando... Me ligou há pouco, morrendo de frio, a casa que ela tá é uma geladeira. Ela tá... Pô, Max, não vou fazer história contigo, vou dar logo a real. Ela tá precisando comer uma refeição decente. Fome e frio, assim juntos, é dureza. Eu já passei por isso. E a Silvana sempre pergunta de ti. Te achou um cara legal, naquela noite." Pausa. "Tu gostou dela, não gostou?"

"Gostei. Mas hoje eu tô cansado demais."

"Seria uma visita rápida, coisa de meia hora."

"Não, Rodrigo."

"Olha, cara, é uma ótima oportunidade pra ti. Ela tá precisando, faria tudo por 25 reais. Vinte e cinco! Ela não é mulher de 25, tu sabe, ela é mulher de 250. Mas é que o movimento tá muito baixo. Com esse frio, os caras ficam em casa, transando com as próprias mulheres, por mais mocréias que elas sejam, com o aquecedor bacana, daqueles de serpentina, na beira da cama. Ninguém sai pra trepar na rua. Pensa só, tu vai estar economizando 225 reais e..."

"Naquela noite ela cobrou oitenta", corta Max.

"Porque tu era meu amigo, cara. Ela fez preço especial. A Silvana é superluxo, tu sabe muito bem. Me diz uma coisa, falando sério, tu já pegou uma mulher maravilhosa como ela antes?"

"Não."

"Então, cara. Ela..."

"Boa noite, Rodrigo."

Max desliga o telefone. Abre um documento novo e escreve:

FACS/ULPEL — Legislação e Ética da Comunicação Social — Roteiro para Julgamento Final.

03/07 — Preparação

1 — Escolha de um caso

2 — Escolha do juiz / Divisão das duas equipes (promotoria e defesa) / Sorteio dos jurados

Três batidas rápidas na porta. Max abre. É Rodrigo, com cara de pedinte.

"Ela tá aqui."

"Ela quem?"

"A Silvana. Escondi ela lá nos fundos da recepção, mas não vai dar certo. Alguém pode ver. E aí me botam pra rua."

"E o que eu tenho a ver com isso?", diz Max, irritado.

"Eu prometi arranjar alguma coisa pra ela. Ela não trabalha faz três noites. Tá passando necessidade."

"Espera aí."

Fecha a porta. Pega a carteira na pasta. Abre a carteira. Uma nota de cinqüenta e três de dez. Pega as duas de dez. Abre a porta e entrega o dinheiro para Rodrigo. Ele conta e sorri amarelo.

"Ela quer 25, no mínimo. Já é um preço que..."

"Eu não quero nada com ela. Com isso dá pra comer alguma coisa. Boa noite, Rodrigo."

Volta para o computador. Escreve, logo abaixo da última linha:

3 — Criação dos fatos, com orientação do professor

10/7 — Julgamento

1 — 8h30 — Promotoria (30 minutos)

2 — 9h — Defesa (30 minutos)

3 — 9h30 — Promotoria (15 minutos)

4 — 9h45 — Defesa (15 minutos)

5 — 10h — INTERVALO

6 — 10h15 — Promotoria (15 minutos)

7 — 10h30 — Defesa (15 minutos)
8 — 10h45 — Reunião do júri (30 minutos)
9 — 11h15 — Divulgação da senten...

Duas batidas na porta. Max resmunga:

"Já vai!"

Salva o arquivo com o nome de "Julgamento". Levanta e abre a porta, enquanto fala, em volume alto e tom irritado:

"Porra, Rodrigo. Será que..."

Pára de falar quando vê que não é Rodrigo que está parado no corredor. É Silvana. Negra, não muito alta, idade incerta, magra, com um meio-sorriso nos lábios de dentes brancos e batom vermelho demais. Veste um casaco lilás, bonito, mas com certeza inadequado para uma noite fria como aquela.

"Desculpe", diz Max, bem mais baixo. "Acho que o Rodrigo não entendeu. Hoje eu não quero nada."

"Ele entendeu, sim. E eu também entendi. O senhor me deu um presente. Obrigada."

"Não me chama de senhor."

"Posso entrar um pouquinho?"

"Eu estou escrevendo um negócio pra faculdade e..."

"Cinco minutos, só pra me esquentar."

Max ouve a porta do elevador fechando e começando a descer. Ele suspira e termina de abrir a porta. Com um gesto, convida Silvana para entrar. Fecha a porta depois que ela passa. Silvana vai direto para o ar-condicionado, coloca as palmas das mãos na saída do ar quente e diz:

"Que delícia."

Max senta na cadeira em frente ao computador. Silvana volta-se para ele e diz:

"Deve ser ruim ter que trabalhar a essa hora."

"É pouca coisa. Já estou no fim."

Silvana dá uma olhada no quarto e observa:

"Tá igualzinho. Tu me disse que pensava em sair daqui, alugar um apartamento. Quando foi que eu vim aqui? Era fim de março..."

"Começo de abril", corrige Max.

"É. Lembro que tava bem quente. Era uma noite abafada. Que clima horrível que a gente tem, né? Ou a gente derrete, ou a gente congela." Gira os pulsos, de modo que o ar-condicionado esquente as costas de suas mãos. "Pelo menos tu tem isso ali. Eu tinha um aquecedor desses de resistência. Comprei por cinco reais. Estragou semana passada. Dava pra ver que era muito vagabundo. Mas esquentava um pouco, pelo menos na hora de sair do banho. Tu ainda tá dando aula em Bagé?"

"Tô. Cheguei de lá faz pouco."

"E lá tu alugou um apartamento?"

"Não. Eu fico num apart-hotel. É a faculdade que paga, que nem esse aqui."

"Apart-hotel? É daqueles que têm cozinha?"

"O quarto é bem parecido com esse, talvez até menor, mas tem uma área de serviço com fogão, pia e uma geladeira."

"Que legal. Dá pra cozinhar. Tu cozinha?"

"Não."

Silvana abaixa as mãos e olha para Max com uma meiguice quase infantil.

"Deve ser chato ficar assim de um lado pro outro, sem ter uma casa de verdade."

"Eu me acostumei."

"A minha mãe dizia que a gente não deve se acostumar com coisa ruim."

Max olha, desconcertado, para Silvana. Tenta falar alguma coisa, mas não consegue. Silvana percebe e ri.

"Desculpa. Minha mãe falava muita besteira", diz Silvana. "Tu deve gostar de viver assim. E aqui é a tua casa."

"Gostar, não gosto. É que ainda não me decidi."

"Decidiu o quê?"

"Se eu vou ficar aqui muito tempo."

"Se sair daqui, tu vai pra onde?"

"Não sei."

"Tu é de Porto Alegre, né?"

"Sou, mas dava aula em Sapucaia."

"É mesmo? Eu sou de Canguçu, aqui pertinho, mas tenho uma prima que mora em Esteio, que fica bem do lado de Sapucaia, né? Eu já fui lá. Achei bonito." Silvana aponta para a cama. "Posso sentar?"

"Pode."

Silvana senta.

"Se eu pudesse escolher entre Pelotas e Bagé, morava em Bagé."

"Por quê?"

"Acho que lá deve ter mais trabalho. Por aqui, tá difícil, sabia?"

"O Rodrigo me falou."

"Em Bagé deve ter uns filhos de fazendeiro. Gente rica. Será que tem?"

"Talvez. Eu fico lá só dois dias por semana, terça e quarta. Ainda não conheço muito bem."

"Como tu vai pra lá? De carro?"

"De ônibus."

"Ah... Tu não tem carro?"

"Não."

"Pensei que professor de faculdade ganhasse bem."

Max sorri e não responde. Silvana pergunta:

"Posso tirar o casaco? Agora até me deu calor."

"Pode."

Silvana tira o casaco. Está com uma blusa branca, de tecido fino e brilhante, com um grande decote em semicírculo, que valoriza os seios grandes e redondos.

"Vem aqui, professor."

"Não."

"Vem. Eu sei que tu quer. O Rodrigo me disse que tu tá sempre sozinho. Tu não gostou daquele nosso programa?"

"Gostei."

"Sério?"

"Sério."

"Eu disse pro Rodrigo que tu tinha gostado. Mas tu não me quis mais. Aí ele me dizia que decerto eu não tinha te tratado direito. E eu comecei a achar que ele tava mandando alguma outra guria pra ti. Esse Rodrigo é um neguinho sacana."

"Ele não fez nada disso."

Silvana levanta a blusa, mostrando os seios.

"Naquela noite, tu disse que eles eram bonitos. Os mais bonitos que tu já tinha visto. Tu tava falando sério?"

"Tava."

Silvana levanta-se e caminha, bem devagar, até a frente de Max. Inclina-se, de modo a fazer seus seios se aproximarem da boca de Max. Ela murmura:

"É um presente pra ti, professor."

Max mordisca levemente o bico do seio direito.

"Isso, professor. Pega o outro também."

Max morde o outro bico. Depois ergue as mãos e aperta os seios de Silvana. Ela diz:

"Vamos fazer bem gostoso. Vem aqui."

Silvana pega a mão de Max e leva-o na direção da cama. Com um gesto rápido, abaixa a calça do abrigo de Max. Silvana ajoelha-se. Segura o pau de Max com uma das mãos e começa a chupá-lo. Max geme.

"Tá gostoso? Eu disse que ia ser gostoso."

Silvana, sem parar de chupar, pega um envelope de camisinha no bolso da sua calça. Ergue os olhos para Max e mostra-o.

"Dez reais. É importada. Coisa boa. Tudo bem?"

"Tudo bem."

Silvana sorri, rasga o envelope e pega a camisinha, que, em menos de dez segundos, está perfeitamente colocada.

"Vai querer como?", pergunta Silvana, enquanto levanta-se, termina de tirar a blusa, as calças e a calcinha.

"Não sei", diz Max.

"Quer de quatro?"

"Pode ser."

Silvana sobe na cama e fica de quatro. Vira a cabeça para Max e sorri, profissional, simpática e convidativa. Balança um pouco a bunda, num movimento circular executado com maestria. Max se aproxima. Toca o telefone.

"Deixa tocar", diz Silvana.

Max está entre a mesa do telefone e a cama. Olha para o telefone, que toca outra vez.

"É o idiota do Rodrigo. Tira do gancho", ordena Silvana.

"Eu estou esperando uma ligação", diz Max.

"O Rodrigo anota o número e depois tu liga. Vem."

Silvana gira a bunda outra vez. Max pega o telefone.

"Max, desculpa, meu velho. Mas é aquela guria que eu te falei. Não quer deixar o número dela. Digo pra ela ligar depois?"

"Não. Pode passar."

Depois de alguns segundos, uma voz bem conhecida no outro lado da linha.

"Alô, Max? É a Lilian. O Eugênio me deu o teu número. Eu liguei antes, mas tu não tava. Me disseram que tu tava em Bagé."

"É. Cheguei há pouco. Lilian, espera só um pouquinho."

Max olha para Silvana, que, nem um pouco satisfeita, continua de quatro em cima da cama. Max tapa o bocal do telefone com a mão e diz para Silvana, em voz baixa:

"Desculpa. Eu tenho que falar."

Silvana senta na cama.

"Tudo bem. Vai demorar?"

"Talvez."

"Quer que eu espere?"

"Não, obrigado."

Silvana aponta para a camisinha, ainda sobre o pau de Max, e diz:

"Não posso aceitar de volta."

"Tudo bem. Eu pago."

Max pega a carteira e dá uma nota de dez para Silvana, que começa a se vestir. Max tira a camisinha, colocando-a sobre a mesa, puxa a calça do abrigo até a cintura e volta a falar no telefone:

"Oi, Lilian. Desculpa. Eu saí do banho e tava terminando de me vestir."

"Tá muito frio por aí?"

"Muito. Ontem fez dois graus em Bagé."

"Que loucura. Aqui também tá frio. Dizem que pode até nevar. Já pensou? Neve em Sapucaia... Mas eu não quero te incomodar, Max. Só liguei pra te perguntar um lance."

"O que é?"

"Tô pensando em dar um pulo aí em Pelotas, falar contigo umas coisas... Não te preocupa. Nada de pessoal. Uns troços acadêmicos. Tô com umas dúvidas sobre pós-graduação. Chego ao meio-dia e vou embora de noite. Pensei em te mandar um *e-mail*, mas é que..."

Enquanto Lilian fala, Silvana termina de se vestir e faz sinal de que vai embora. Acena com a mão e manda um beijo, num adeus tristonho. Max acena de volta. Lilian continua:

"...são muitas dúvidas, e eu queria muito falar contigo."

Silvana sai, batendo a porta bem devagar.

"Quando tu tá pensando em vir?", pergunta Max.

"No sábado. Tu já tem compromisso?"

"Não. O teu pai sabe que tu vem aqui?"

Silêncio do outro lado.

"Ele sabe?", insiste Max.

"Não."

"Tu tem que falar com ele."

"Eu já fiz 18 anos, Max. Pode me dar parabéns. Foi ontem."

"Parabéns. Mas isso não resolve, Lilian. Sinto muito."

"Eu não sou criança faz tempo."

"Eu sei."

"Então não me trata como criança. Eu vou nesse sábado. Não preciso mais de autorização para viajar."

"É melhor não."

"Tu não pode me impedir de ir."

"Mas eu posso sair de Pelotas."

"Tu não faria uma coisa dessas."

"Faria, sim."

"Duvido."

Um clique. E depois o barulho de linha ocupada. Max coloca o telefone no gancho com um gesto brusco.

"Puta que pariu!"

Max pega o telefone outra vez. Disca. A voz de Rodrigo:

"Sim?"

"A Silvana ainda taí?"

A voz fica mais baixa:

"Tá bem na minha frente."

"Pede pra ela subir, por favor?"

"Claro."

Pouco depois, duas batidas na porta. Max abre. Silvana entra, sorridente, e diz.

"Mudou de idéia?"

"Mudei."

"Que bom. Eu tenho mais camisinhas. E agora faço um desconto."

"Ótimo."

Ela vai até a cama e começa a tirar a roupa. Logo está nua. Max deita sobre Silvana e começa a morder-lhe os seios. Silvana o incentiva com gemidos. Depois de um tempo, estende a mão e paga o pau de Max. Está mole. Ela diz:

"Deixa eu fazer uma coisa."

Silvana faz Max deitar-se de costas, baixa o abrigo e começa a chupar-lhe o pau. Max fecha os olhos. Silvana chupa por alguns minutos, sempre ajudando com a mão. Pára de vez em quando para respirar. O pau continua mole. Ela insiste por mais algum tempo. Finalmente, Max afasta a cabeça de Silvana com a mão, num gesto suave, mas definitivo. Silvana olha para ele. Max diz:

"Não adianta."

"Não tem problema. Eu não tenho pressa. Aconteceu alguma coisa?"

"Nada."

"Foi o telefonema? Alguma notícia ruim?"

"Não."

"Tô com frio... Deixa eu dar um jeito nisso aqui."

Silvana faz Max levantar-se um pouco e puxa o cobertor e o lençol. Depois deita-se ao lado de Max, faz com que ele coloque o rosto no seu ombro nu e cobre os dois corpos.

"Pronto. Agora a gente pode conversar com mais calma. Tu quer conversar?"

"Não sei."

"Se não quiser, não precisa. A gente pode ficar só assim, quietinhos."

Silvana passa a mão carinhosamente no cabelo de Max. Então o corpo de Max se contrai, num espasmo rápido, como se ele tivesse levado um choque de baixa voltagem.

"O que foi?", pergunta Silvana.

Não há resposta. Em vez disso, ela sente seu ombro molhar-se. Max chora. As lágrimas quentes brotam-lhe dos olhos e caem sobre o corpo de Silvana, primeiro tímidas, depois com a força de uma enchente. Silvana continua a acariciar-lhe o cabelo, depois o rosto, depois tenta conter as lágrimas com toques suaves na região inferior dos olhos. Em vão. Max soluça como uma criança por vários minutos. Quando pára, é como se tivesse esgotado seu estoque de lágrimas. O lençol está bem molhado. Sem erguer o rosto nem um milímetro do ombro de Silvana, Max murmura:

"Quantos anos tu tem?"

"Por que tu quer saber?"

Silêncio.

"Tu promete não contar pra ninguém? Pode me dar incomodação."

Silêncio.

"Eu tenho 15."

Max funga. Seus braços envolvem o corpo de Silvana e apertam com força. Depois a pressão vai diminuindo. Silvana levanta um pouco a cabeça e consegue olhar para o rosto de Max. Ele está dormindo. Ela espera mais dez minutos. Depois, com todo o cuidado, afasta os braços de Max de seu corpo e levanta da cama. Veste-se. Apaga a luz e sai, deixando o quarto iluminado apenas pela tela do monitor do PC, que ainda exibe o inacabado arquivo "Julgamento".

Março, 2001

2

As portas do trem suburbano abrem-se, e uma pequena multidão sai dos vagões, escoando-se rapidamente na direção das escadas rolantes que levam à saída, um piso acima. O relógio da estação principal de Sapucaia do Sul, iluminado pelo sol já intenso do início de março, marca sete e vinte. De um lado dos trilhos, a plataforma que recebe os trens vindos de Porto Alegre, Canoas e Esteio, como o que acaba de chegar, exibe dezenas de garotos e garotas entre 18 e vinte e poucos anos, com mochilas nas costas ou sacolas penduradas no ombro, que falam alto e parecem excitados. Do outro lado, na plataforma que alimenta os trens que se movimentam em sentido oposto, vindos de São Leopoldo, há muito menos excitação: entre bocejos mal disfarçados e a fumaça do primeiro cigarro do dia, operários, domésticas e camelôs esperam a chegada do próximo comboio para a capital.

Um homem na altura dos quarenta anos, cabelos escuros mal penteados, vestindo calça jeans e camiseta cinza, pasta grande e surrada de couro marrom na mão, caminha com desenvoltura entre a garotada e alcança a escada rolante. Quando começa a subir, as pontas dos dedos de uma fina mão lhe tocam no ombro e ele escuta uma voz feminina:

"Professor Max!"

O homem olha para trás e vê uma menina de cabelos crespos de tom indefinido — resultado de uma longa seqüência de tinturas coloridas —, muito magra e muito alta. Os contornos de seu corpo, quase masculinos, são modestamente realçados por uma calça justa e uma camiseta bem pequena, provavelmente de tamanho infantil, onde, além das marcas em alto-relevo do sutiã, o homem pode ver a inscrição "Centro Acadêmico Vladimir Herzog", superposta, com duvidoso senso artístico, à sigla "CAVHE", esta em letras maiores. O rosto da menina é agradável, de traços delicados, mas infantis demais para sua altura. É como se pernas e braços tivessem decidido ficar adultos de repente, enquanto a face, os seios e a bunda permanecessem agarrados aos 13 anos.

"Oi, Lilian", diz Max. "Como foi de férias?"

A menina fica na ponta dos pés e inclina a cabeça na direção do professor, que assim é levado a dar os três beijinhos convencionais. Ela sorri, satisfeita.

"Foi legal. Mas na semana passada eu já estava no CAVHE, organizando tudo. A diretoria passada era uma anarquia só."

"Isso é bom ou ruim?", pergunta Max. E, sem esperar a resposta, vira-se para a frente e dá um passo largo, abandonando a escada rolante e tentando misturar-se aos estudantes que caminham pela passarela. Lilian, contudo, está bem atrás dele. E, com passos bem rápidos, quase uma corrida, logo está ao seu lado.

"Não entendi. O que o senhor quer dizer?"

"Eu não disse nada. Só fiz uma pergunta. E não me chama de senhor."

"Desculpa. Então não entendi a pergunta."

"Deixa pra lá."

Caminham em silêncio por alguns segundos. Então Lilian balança a cabeça, sorri e volta à carga:

"Eu quis dizer anarquia no sentido de bagunça, de desorganização, e não de sistema político. Eu gosto de anarquia, até já procurei aquele livro do Bakhunin que o senhor indicou. Mas não tinha na biblioteca. Nossa biblioteca é muito precária, o senhor não acha?"

"Me chamou de senhor de novo. Duas vezes. Tu conhece as regras: acaba de perder um ponto na média final."

Lilian, nervosa, dá uma pequena e rápida mordida no seu lábio superior.

"Desculpa. Mas o sen... Porra! De novo!" Ela sacode a cabeça e morde os lábios, agora com mais força. Respira fundo e continua: "Tu não vai poder me tirar ponto nenhum, porque nesse semestre não vou ser tua aluna."

"Sorte tua."

"Mas vou fazer monografia daqui a quatro semestres, e aí..." Mais uma mordida rápida, desta vez seguida por uma forte sacudida de cabeça. "Bom, eu tava pensando em te pedir pra ser meu orientador."

"Em quatro semestres, muita coisa pode acontecer." Ele olha para o relógio de pulso e aponta para a fila que já se forma junto à parada de ônibus vazia, alguns metros à frente, na praça onde desemboca a passarela. "Que merda! Prometeram mais ônibus, mas parece que tá tudo igual ao ano passado."

Lilian sorri, mais confiante, e diz:

"Essa vai ser a primeira campanha do CAVHE. Já fui na Reitoria, quinta passada, mas parece que não adiantou nada. Então amanhã vamos fazer uma manifestação na sede da empresa de ônibus."

Os dois chegam na fila. Max olha o relógio outra vez.

"Eu não quero chegar atrasado. O primeiro dia de aula sempre é uma complicação."

A garota respira fundo, toma coragem, esboça um sorriso e propõe:

"Quem sabe a gente racha um táxi?"

Neste exato momento, o ônibus chega e abre a porta traseira.

"Acho que dá tempo", diz Max. E a fila começa a andar.

* * *

No curto trajeto entre a estação do Trensurb de Sapucaia do Sul e o campus do Centro Universitário Vera Cruz, professor e aluna não conversam, pois Max faz com que ela sente no último lugar disponível, num banco bem atrás, enquanto ele, empurrado pela corrente humana, passa pela roleta e vai até a frente do ônibus, onde coloca a pasta no chão, agarra-se à alça de um banco e fecha os olhos por um instante, contente por estar sozinho.

Os estudantes continuam a entrar, e logo o ônibus está lotado. Max sente o atrito da sua coxa direita contra a bunda de uma bela estudante que, carregando uma sacola da faculdade de Informática, conversa animadamente com um estudante com jeito de surfista. Max nota que o garoto não está levando qualquer material didático. De bermuda, tênis sem meia e camiseta com a estampa de uma onda gigantesca, ele parece estar indo para a praia, e não para a aula.

O ônibus percorre uma avenida larga e bem arborizada, com um movimento intenso de automóveis e de grandes caminhões que saem das indústrias químicas, mixando o ruído grave dos seus motores e o silvo agudo dos jatos dos freios ao canto quase imperceptível dos pássaros matinais. Depois de uma curva larga à esquerda, o ônibus entra numa rua mais estreita, calçada com paralelepípedos, e Max consegue divisar, a distância, pela primeira vez naquele semestre que se inicia, mas pela milionésima vez nos últimos 12 anos, o pé da cruz, formado pelos prédios mais ao sul das faculdades de Engenharia.

A parada final é no pórtico do Centro Universitário, discreto e modesto se comparado aos que dão entrada às várias universidades dos municípios vizinhos. Max é um dos primeiros a descer e certamente seguiria em frente em marcha acelerada, evitando assim a companhia de Lilian, se uma novidade no pórtico não lhe chamasse a atenção: sobre uma base de concreto, recentemente pintada, Max vê um cartaz retangular de madeira, com pelo menos dez metros de altura, em que está representada a estrutura arquitetônica do Centro Universitário Vera Cruz, vista em perspectiva aérea, com os quatro pontos cardeais claramente marcados e os 13 prédios principais devidamente identificados. Tudo isso em cores berrantes e letras com serifas demais.

Max fica olhando para o cartaz por quase vinte segundos, tempo mais do que suficiente para Lilian alcançá-lo.

"Horrível, né?", diz ela.

"Não sei se é horrível", responde Max. "Esteticamente, sem dúvida. Mas pode ser uma ajuda para os calouros acharem suas salas."

"É... E talvez diminua a quantidade de perguntas idiotas sobre a cruz."

"Duvido. Os estudantes têm capacidade ilimitada de fazer perguntas idiotas."

Max olha para Lilian — que está mordendo os lábios outra vez, talvez pensando que a observação de Max fosse dirigida a ela — e sorri, tentando ser pelo menos um pouco mais simpático.

"Sabe quem teve a idéia da cruz?", pergunta Max.

"Diz a lenda que foi o padre Hernandez, que sonhou com ela na Espanha, um dia antes de vir para o Brasil."

"O sonho é lenda, mas o sonhador é real. O Hernandez teve a santa idéia aqui no Brasil mesmo, desenhou um esboço num papel de pão e obrigou os arquitetos a segui-lo fielmente. Quando os arquitetos se insurgiam contra a cruz, ou tentavam acrescentar alguma variante laica, o Hernandez os despedia sem pestanejar. E provavelmente ainda os xingava bastante."

"Como o senhor... Desculpe. Como tu sabe?"

"O Hernandez foi meu professor de religião no colégio, e a gente jogava futebol juntos. Ele xingava barbaridade."

"Eu gostaria de conhecer esse padre Hernandez. Ele está mesmo trabalhando no Vaticano?"

"Deve estar. Ele sempre se deu bem nas altas esferas da Igreja. Mas um dia ele volta, e aí eu te apresento." Max olha para o relógio, que marca 7h55. "Vamos embora! Ainda tenho que pegar a folha de chamada."

Os dois passam pelo pórtico, andando rapidamente, e, pouco a pouco, o movimento vai diminuindo, até que o cartaz volta a reinar solitário na entrada do Centro Universitário Vera Cruz.

* * *

Para chegar ao prédio da Faculdade de Comunicação, que fica ao norte, Max e Lilian caminham por uma alameda que margeia os quatro prédios das Engenharias e o de Informática. Estes cinco edifícios formam a parte mais comprida da cruz, que se estende do sul para o norte numa linha reta perfeita. No ponto de interseção da cruz, onde a trave vertical se encontra com a horizontal, há uma grande rotatória para pedestres, no centro da qual está o prédio da Reitoria, o mais antigo do Centro, que outrora abrigava o Colégio Vera Cruz, embrião de tudo que hoje se estende, com tanta modernidade e disciplina, nas quatro direções. Para o leste, encontram-se o Restaurante Universitário e a Faculdade de Letras. Para o oeste, o Salão de Atos, que também funciona como biblioteca central, e a Faculdade de Ciências Sociais e Políticas.

Eles contornam a Reitoria, pelo lado do RU, e finalmente estão à frente da Faculdade de Comunicação. Um pouco mais além, podem divisar o edifício da Escola de Filosofia e Teologia, que, depois de um início promissor, 12 anos atrás, ocupando orgulhosamente o lugar onde deveria ler-se "I.N.R.I", hoje tem várias de suas salas tomadas por hordas infindáveis de estudantes de engenharia, tão agnósticos quanto os peixes que habitam o laguinho artificial do campus, escavado nas proximidades da Faculdade de Letras e ponto de encontro favorito dos alunos maconheiros.

* * *

Quando a campainha toca, Max e Lilian estão entrando no prédio da Comunicação, de arquitetura funcional e sem graça, assim como todos os outros do campus, projetados num estilo sub-Bauhaus que os torna quentes demais no verão e frios demais no inverno. Lilian dá tchau para Max e, com uma chave que tira da bolsa, abre a porta da sede do Centro Acadêmico, que fica no térreo. Max sobe correndo um lance de escadas, vai até a secretaria da faculdade e, inutilmente, tenta chamar a atenção de uma mulher loira de uns trinta anos, que atende dois professores e quatro alunos ao mesmo tempo. Max desiste e procura, num pequeno cartaz colado com durex na parede ao lado da secretaria, a localização das salas de aula. Corre o dedo indicador pela relação até encontrar a disciplina de Projeto Especial de Jornalismo Gráfico: sala 202. Quando já está saindo, rumo à sala dos professores, ouve a voz da moça loira às suas costas:

"Max, tenho que falar contigo."

Vira-se rapidamente e responde:

"Oi, Regineide. É urgente? Se não, passo aqui no intervalo."

"Tudo bem."

"Já saíram as folhas de chamada?"

"Ainda não. Só semana que vem."

Abana para Regineide e corre até a sala dos professores. Pega algumas barras de giz e está prestes a sair quando, na porta, surge uma mulher muito bronzeada, perto dos 35 anos, com maquiagem demais para aquela hora da manhã e uma saia curta demais para qualquer horário do dia. Atrás dela está um homem de camisa esporte e gravata, de uns 25 anos, com jeito de ator-e-modelo de novela das sete interpretando um jovem empresário de sucesso. Os dois estão sorrindo.

"Bom dia, professor Maximiliano", diz a mulher.

"Bom dia, chefa."

"Como foi de férias?", pergunta o galã.

"Tudo em ordem, Júnior", diz Max, com um tom entre o seco e o francamente mal-educado. "Tô atrasado. Com licença."

Os dois abrem caminho para Max passar pela porta. A voz feminina atinge Max pelas costas:

"Temos que conversar, professor. Novidades."

Max não se vira. Limita-se a erguer o polegar e fazer sinal de positivo, enquanto desaparece na esquina do corredor que dá acesso às salas de aula. Quando entra na 202 e fecha a porta, uns dez alunos e alunas já estão sentados em cima das mesas, conversando alto. A chegada de Max não faz com que eles se sentem respeitosamente. Pelo contrário: a maioria abandona as mesas e vêm conversar ainda mais alto com o próprio Max, que beija as meninas, abraça os garotos e ouve os relatos — bastante confusos e quase sempre superpostos — de algumas das incríveis aventuras vividas pelos jovens durante as férias de verão. O papo continua por algum tempo. Mais cinco alunos entram na sala e engrossam a conversa. Então Max olha para o relógio de pulso, que marca 8h17, bate palmas e fala bem alto:

"Muito bem! Vamos começar."

Os estudantes sentam-se lentamente. Ele continua:

"Eu estava esperando o professor Mateus, que dá essa cadeira junto comigo, mas ele deve ter se atrasado. Daqui a pouco ele chega. Enquanto isso, vou explicar rapidamente como será o nosso semestre."

Max está à vontade. Este é o seu principal ambiente há 12 anos.

"Bom, como vocês sabem, essa disciplina é bem prática, ou seja, eu trabalho pouco e os alunos trabalham muito. Vocês estão no último semestre, e, teoricamente, já sabem como funciona o jornalismo, ou a grande máquina de fabricar verdades, como quiserem. Então, agora vocês terão quatro meses inteiros para..."

Max sabe aquilo quase de cor. Não acha mais graça das piadas, mas os alunos, como sempre, acham. À medida que fala, escreve no quadro algumas normas da disciplina e um resumo do programa. Um aluno e uma aluna — abraçados, apaixonados e com cara de sono — abrem a porta e pedem licença para entrar. Sorri para eles, que entram sob aplausos e assobios generalizados. A surpresa provocada por este novo casal — mais um rearranjo no complexo e dinâmico universo de relações sentimentais dos veteranos de jornalismo — deixa a aula meio tumultuada, mas Max retoma o ritmo do discurso, e os estudantes silenciam.

A porta abre outra vez. Agora é uma mulher de cabelos bem curtos, desconhecida para Max e — pela recepção fria da turma — também para os alunos. O professor, sem parar de falar, aponta uma cadeira, e a mulher sorri. Parece meio desambientada, quase perdida. Abre a bolsa e retira um caderno de capa dura, onde começa a copiar o que está no quadro. Max está suando. Tentando amenizar o calor, abre a porta. Alguns alunos, que já se abanavam com os cadernos, agradecem. Max começa a explicar como será feita a avaliação:

"Dois trabalhos. Um curto, de cinco laudas, e um mais ambicioso, provavelmente uma grande reportagem, com no mínimo 15 laudas. Claro que o estilo de cada trabalho será amplamente discutido em aula, e faremos vários exercícios para que vocês possam..."

De repente, percebe que os olhos de todos os estudantes deslocam-se rapidamente para a esquerda, na direção da porta. É inevitável que ele também olhe para lá. Uma garota usando óculos de lentes grossas, dona de um corpo esguio, cabelos bem lisos e escuros, blusa muito decotada, saia pelo meio das coxas e botas até o joelho, maquiagem discreta que realça seus olhos verdes e sua boca imensa, faz sua entrada triunfal.

"Oi, professor!", sussurra ela, em tom grave, com toda a sensualidade possível para aquele horário tão matutino, enquanto caminha, muito altiva e elegante, como se estivesse numa passarela, rumo à mesa do professor. O efeito geral é devastador. Um aluno, no fundo da sala, assobia, nada discretamente. Max fecha a cara.

"Vocês podem duvidar, mas isso aqui NÃO é a Escolinha do Professor Raimundo."

"Claro que não", acrescenta outro aluno. "A Isabel é muito mais gostosa que todas aquelas vadias que aparecem na TV."

Toda a turma começa a rir. Max não se contém e também dá uma gargalhada rápida, mas logo se recompõe, pois Isabel, agora já sem a pose de modelo, beija-o no rosto três vezes, demonstrando a mesma intimidade do resto da turma.

"Oi, Isabel", diz Max, tentando parecer imune àquela extraordinária demonstração de poder de fogo feminino.

"Desculpe o atraso, professor. Não vai se repetir."

Isabel senta na primeira fila e cruza as pernas. As pernas de Isabel são, de longe, as mais populares do Centro Universitário Vera Cruz, e sua fama alcança os quatro pontos cardeais do campus. Se houvesse um quinto, as histórias lendárias daquelas pernas também chegariam lá. Max coloca o giz na prateleira sob o quadro verde e senta em sua mesa. Bate uma mão contra a outra, procurando limpar um pouco do pó, e reorganizar-se mentalmente. Respira fundo. Finalmente, encarando o fundo da aula, para evitar as pernas de Isabel, volta a falar:

"Acho que já expliquei o fundamental. Alguma pergunta?"

A mão da mulher desconhecida de cabelos curtos imediatamente ergue-se no ar.

"Sim?"

"Não é propriamente uma pergunta. Eu não queria interromper, mas..." Ela hesita por um instante. "Eu gostaria de me apresentar."

Max, curioso, aproxima-se dela. A mulher lhe estende a mão.

"Eu sou a professora Marise. Vou dar essa disciplina junto com o senhor." Mais uma pequena pausa. "Pelo menos isso é o que me disse há pouco a professora Joana."

Max aperta a mão de Marise, surpreso demais para dizer qualquer coisa.

* * *

"Pô, Regineide, podia ter me avisado", reclama Max, contendo-se para falar baixo, quando finalmente consegue encurralar a secretária num canto do corredor do segundo andar, perto dos banheiros dos professores, logo no começo do intervalo. "Fiquei com uma cara de idiota na frente daquela turma braba do oitavo semestre. Tu conhece aqueles caras! E essa professora nova? Saiu de onde? Cadê o Mateus?"

Regineide faz cara de quem não está entendendo:

"Oitavo semestre? Professora nova? Não sei nada disso. Tenho que falar contigo sobre uma alteração na disciplina de Ética da Comunicação. Eu preciso que tu assine uma..."

Max corta:

"Ética? Não, Regineide. Tô falando de Projeto Especial de Jornalismo Gráfico, que eu dava com o Mateus. Ele não apareceu, e aí uma tal de Marise se apresentou como professora, no meio da aula."

"Ué... Pra mim isso tudo é novidade. Mas o diretor e a professora Joana tiveram uma reunião no sábado de manhã." Regineide diminui o volume da sua voz e olha para os lados, desconfiada. "As coisas tão bem confusas. Ouvi falar de várias demissões. O diretor não tá com uma cara boa, nem deu bom-dia direito. Talvez a professora Joana possa te explicar melhor."

"Onde ela está?", pergunta Max, ríspido.

"Deve estar na sala dela", responde Regineide, assustada. "Por favor, vai com calma."

"Deixa comigo."

* * *

Na porta está escrito "Profa. Joana Caravaggio, Coordenadora — Depto. de Jornalismo." É a única porta no pequeno corredor que tem uma plaquinha daquele tipo. As portas contíguas, dos cursos de Publicidade e Propaganda e de Relações Públicas, simplesmente exibem as siglas "PP" e "RP". Max bate na porta com força. Nada. Bate outra vez. A voz de Joana finalmente responde:

"Pode entrar."

Ele entra. Joana está sentada numa confortável cadeira de espaldar alto, atrás de sua mesa. O professor Júnior está de pé, perto do sofá baixo e cheio de almofadas, o único móvel destinado aos visitantes do departamento.

"Senta", diz Joana, com o mesmo sorriso de antes.

"Obrigado. Eu não tenho muito tempo." Max olha para o relógio de pulso. "A aula recomeça daqui a sete minutos. Eu gostaria de falar contigo."

"Pode falar."

Olha para Júnior e depois para Joana.

"É um assunto particular."

"Ah, uma reunião secreta", diz Júnior, irônico. "Eu vou deixar vocês sozinhos, tchau."

Júnior abana para Joana, sorridente, e sai da sala, mas deixa a porta aberta. Max vai até a porta e a fecha com certa violência Olha para Joana, nem um pouco amistoso.

"Palhaçada, Joana. Que história é essa de mandar uma professora nova pra sala de aula sem me avisar? Cadê o Mateus?"

"Foi demitido."

"Quando? Falei com ele sexta-feira de noite, e ele não me disse nada."

"Ontem."

"Ontem era domingo."

"Eu telefonei pra ele. Foi bem chato. Eu gostava do Mateus. Como pessoa. Como professor, não posso avaliar. Mas tu sabe: eu só cumpro ordens superiores."

Max olha para o lado e abre a boca, como se quisesse pegar mais ar. Volta a encarar Joana. Agora fala mais baixo:

"Tu tá me dizendo que vocês demitiram o Mateus por telefone? Por quê? Ele era ótimo professor."

"Nem todos pensam assim."

"Eu penso assim!" Max aproxima-se bastante da mesa de Joana. "Acho que isso é uma puta sacanagem. Vou falar com o Tavares."

Joana acende um cigarro. Está absolutamente tranqüila, e um sorriso volta a aparecer em seu rosto.

"Pode falar. Foi ele que decidiu."

"Os alunos gostavam do Mateus."

"A opinião dos alunos não é o único critério de julgamento de um professor. Aliás, na minha opinião, é um critério altamente subjetivo, que deve ser avaliado com toda a calma. Aluno gosta de professor bonzinho, que é amigo, que é camarada, que..."

"Chega, Joana!", corta Max. "Não temos tempo pra isso. Só me diz uma coisa: de onde vocês tiraram essa Marise? Ela parece uma pateta, e me disse que não tem experiência em jornal, só em rádio. É uma cadeira de jornalismo gráfico, porra! O que ela tem que o Mateus não tem?"

"Mestrado", diz Joana. E traga profundamente seu cigarro. "Ela tem mestrado e está cursando doutorado. Isso significa que ela é muito mais qualificada que o Mateus para dar aula. Ele só tem a graduação. Não foi nada pessoal."

"Mas eu também não tenho mestrado!" Max está quase gritando. "Eu não tenho título nenhum, nem aquela especialização de mentira que quase todo mundo fez no ano passado. Por que não me despediram também?"

"Boa pergunta", diz Joana. "Mas tu sabe que o Tavares gosta muito de ti. Aliás, todo mundo na faculdade gosta de ti." Joana faz uma pequena pausa, e seus olhos, brilhando solitários na espessa e negra moldura dos cílios cobertos de rímel, encontram os de Max. "Eu também gosto de ti, Max. De verdade. Então, vamos continuar amigos, certo?"

"Amigos? É bom a gente..."

Três batidas fortes na porta cortam Max. Joana apaga o cigarro num cinzeiro pequeno e fala para Max, em voz baixa:

"Hoje tá complicado. Primeiro dia. Tu compreende, né?" E na direção da porta, mais alto:

"Pode entrar."

A porta abre, apenas uma fresta. Regineide bota a cabeça pra dentro. Atrás dela há alguém, que não pode ser visto por Max e Joana.

"O professor Salézio chegou", diz Regineide.

"Ótimo", diz Joana. "Manda entrar."

Regineide abre a porta totalmente e faz sinal para a pessoa entrar. Antes de desaparecer, Regineide sussurra para Max:

"Não esquece de passar na secretaria."

A pessoa que entra na sala é um homem de quarenta e poucos anos, cabelos loiros curtos, bem penteados, pele muito clara e porte de nadador: ombros largos, braços musculosos, cintura fina. Veste uma camisa pólo, que usa para dentro das calças. O cinto de couro preto combina com a pasta pequena, que carrega na mão esquerda, e com os mocassins leves. O homem olha — simpática, mas muito rapidamente — para Max e depois para Joana.

"Professora Caravaggio?", diz o homem, com um sotaque carregado, que parece de origem francesa.

Joana levanta-se, dá a volta na mesa e aproxima-se do recém-chegado.

"Me chama de Joana. Prazer."

"Prazer, Eugênio."

Os dois apertam as mãos, formais. Joana aponta para Max.

"Este é o professor Maximiliano."

Sorridente, Eugênio estende o braço e vai apertar a mão de Max, mas, de repente, suspende o movimento, arregala os olhos e exclama:

"Max?"

Max, que até então mal olhara para o rosto de Salézio, agora também mostra toda a sua surpresa:

"Eugênio. É tu mesmo?"

"Sou, cara! Sou eu mesmo!"

Eugênio deixa a pasta cair no chão, e os dois se abraçam com força.

"Vocês se conhecem?", pergunta Joana, surpresa e contrariada.

"Com certeza", diz Eugênio, sem desviar os olhos de Max, que exclama:

"Mas tu não mora na Bélgica?"

"Morava, Max. Morava. Agora moro em Porto Alegre. E vou ser professor aqui!"

"Tá brincando... Mas e o emprego lá?"

"Larguei faz tempo. E finalmente terminei o doutorado. Decidi voltar. Quero que meus filhos falem português sem esse sotaque horrível."

A campainha toca. Joana aproveita a deixa e se mete entre os dois, dando as costas para Max:

"Acho que o professor Max tem que voltar pra aula. E eu tenho que acertar umas coisas com o senhor."

"Claro", diz Eugênio. E para Max: "Depois a gente se fala."

"Minha aula termina ao meio-dia", diz Max. "Nos encontramos na secretaria? É aquela sala com vidro na frente."

"Combinado."

Max dá mais um abraço em Eugênio e fala em voz baixa:

"Que bom te ver, cara!"

Depois, sem olhar para Joana, Max sai e fecha a porta. Joana sorri para Eugênio e indica o sofá baixo. Ele senta, afundando imediatamente nas almofadas macias demais. A posição é muito desconfortável, mas ele se esforça para manter a coluna ereta, tarefa quase impossível. Joana contorna a mesa e senta em sua cadeira imperial, pelo menos meio metro acima de seu interlocutor. Eugênio olha amigavelmente para Joana. Parece muito feliz.

"Nós fomos colegas no colégio. Todo o científico. Jogávamos botão, estudávamos juntos. Uma vez, quase tivemos uma namorada juntos. Essa não dá pra acreditar... Encontrar o Max aqui, nesse..."

Eugênio interrompe a frase, constrangido.

"...fim de mundo?", completa Joana. "Pode falar sem medo,

professor. Pra quem vem de Bruxelas, Sapucaia do Sul deve ser mesmo o fim do mundo."

O rosto de Eugênio fica muito vermelho.

"Não... Desculpa. É que..."

"É uma coincidência incrível", diz Joana, que volta a exibir o sorriso de sempre. "Mas os dois são jornalistas, claro. Também fizeram a faculdade juntos?"

"Não", responde Eugênio. "Eu fiz a UFRGS; o Max entrou na Unisinos. Nos falamos por um tempo, depois cada um seguiu seu destino. Quando me formei, fui pra São Paulo, e depois pro exterior. Fazia pelo menos uns vinte anos que a gente não se via."

"Que interessante..."

Joana levanta e aproxima-se do sofá. Eugênio imediatamente levanta também.

"Por favor, pode sentar, professor", diz Joana, colocando a mão com firmeza sobre o ombro de Eugênio. "Eu vou só avisar o nosso diretor que o senhor chegou."

Eugênio senta outra vez. Joana pega uma brochura pequena na estante de livros e a estende para Eugênio. Na posição inferior em que está, Eugênio tem uma generosa visão das coxas de Joana.

"É o guia acadêmico", diz Joana. "Se quiser, dá uma olhada nos currículos. Ah... Seria bom ler também o nosso Marco Referencial. É um texto muito bonito. Eu já volto. Só uns minutinhos, tá?"

Joana oferece o seu melhor sorriso para Eugênio e sai da sala, deixando a porta aberta. Eugênio tenta achar uma posição mais confortável no sofá, mas não consegue. Abre a brochura e procura os currículos da área de Comunicação.

A coordenadora do Departamento de Jornalismo da Faculdade de Comunicação do Centro Universitário Vera Cruz passa direto pela sala do diretor, apesar da porta estar aberta e do próprio diretor estar sentado lá, lendo jornal. Joana desce sem pressa a escada, passa pelo pequeno saguão e entra no bar, onde o professor Júnior está sentado numa mesa de canto. Enquanto senta na mesa de Júnior, ordena para uma das atendentes do bar:

"Um expresso sem açúcar."

Joana olha para Júnior. Ela não está sorrindo. Fala em voz baixa:

"O Max é amigo do cara que veio da Bélgica. Colegas de aula. Comiam a mesma guria, essas coisas."

"Que merda", diz Júnior, também baixinho.

"Mas não há de ser nada. Eu vou colocar os dois amiguinhos na linha."

"Onde está o cara?"

"Na minha sala, afundado no sofá como um idiota, lendo o Marco Referencial. E vai ficar lá, sozinho, pelo menos meia hora, pra aprender."

Júnior sorri.

"Pra aprender o Marco Referencial?"

"Não", diz Joana. "Pra aprender quem manda nessa zona."

* * *

"Então, até segunda que vem", diz Max. E, já com a pasta na mão, caminha rapidamente para a porta, antecipando-se a todos os alunos. Ainda ouve a voz grave de Isabel:

"Professor, eu queria saber..."

"Mais tarde", responde Max, saindo da sala. "Ou amanhã."

Lilian está esperando encostada na parede no corredor. Assim que o professor sai da aula, ela sorri.

"Oi", diz Lilian.

"Oi", diz Max, sem olhar para ela e acelerando o passo. Lilian dá um pulo e começa a andar ao lado de Max, enquanto abre a bolsa e pega uma folha de papel, mostrando-a para Max.

"É sobre a questão dos ônibus. Estamos fazendo um abaixo-assinado para levar na empresa, e seria muito importante que tu assinasse também, já que é usuário e sente os prejuízos causados pelos..."

"Hoje não posso, Lilian. Tenho um monte de coisas para fazer agora. Desculpe."

"Não pode pelo menos ler o que a gente escreveu? Levamos a manhã inteira pra chegar a uma versão de consenso. O Gustavo queria chamar os caras de 'imperialistas exploradores de estudantes brasileiros', e..."

"Não. Amanhã eu leio."

Chegam na secretaria, e Eugênio não está no local combinado. Regineide vê Max através do vidro e vem falar com ele, também segurando uma folha de papel na mão:

"O professor novo está falando com o diretor. Pediu pra te avisar. Ele não deve demorar."

"Tudo bem."

Regineide mostra o documento para Max:

"Enquanto isso, não quer assinar isso aqui?"

"Claro."

Max olha para o lado e percebe que Lilian continua com o abaixo-assinado na mão. Ela sorri, encabulada. Ele capitula:

"Vou assinar, Lilian. Mas não vou ler. Espero que a versão de consenso não seja extremista."

Max assina na primeira linha.

"Obrigado, professor", diz Lilian, muito alegre. "Eu já vou indo." E inclina-se na direção do rosto de Max, levando-o outra vez aos três beijos protocolares.

Max entra na secretaria atrás de Regineide. Ela coloca o documento em cima da mesa e alcança uma caneta para Max.

"O que é isso?", pergunta ele.

"A redução de carga horária", responde Regineide.

"Que redução?"

"Ué... de Ética. A professora Joana não explicou pro senhor?"

"Não."

"Ela ficou de explicar. O professor novo está assumindo a disciplina de Ética da Comunicação nos dois turnos. Assim, o senhor passa de..." Ela olha para o documento. "...22 para 18 horas-aula."

Max examina o documento, confere as informações e fica em silêncio. Olha para Regineide e aperta o nariz com o polegar e o indicador da mão direita.

"Algum problema?", pergunta a secretária.

"Isso significa que meu salário vai diminuir, certo?"

"Acho que sim", diz Regineide, sorrindo amarelo.

"E se eu não assinar, o que acontece?"

"Não sei, professor. Todo mundo assina."

"Todo mundo? Tem certeza?"

"Tenho." Regineide hesita. "Eu só lembro do professor Meireles, há uns três ou quatro anos, que não quis assinar."

"E o que aconteceu?"

"Ele foi despedido."

Max estende a mão e pega o documento.

"Posso ficar com isso? Vou falar com o diretor a respeito."

"Claro", diz Regineide, insegura. "Mas depois o senhor me traz de volta, tá? Eu posso ter problemas se..."

O barulho da porta da sala do diretor abrindo-se interrompe a secretária. Tavares e Eugênio surgem, lado a lado, rindo alto.

"Max!", diz Tavares. "Acabo de contar pro Eugênio a piada da carne inútil. Mas eu já avisei que tu é o grande contador de piadas do curso."

"Sempre foi", completa Eugênio. "Desde o colégio. Ele e o padre Hernandez nos faziam chorar de tanto rir."

Eugênio e Tavares notam que a expressão de Max não é nem um pouco divertida.

"Oi, Eugênio", diz Max. "Tavares, eu gostaria de falar contigo."

"Agora? Impossível. Vou almoçar com a minha mulher em São Leopoldo. Se eu chegar atrasado, ela me mata." Faz uma pequena pausa. "Pela quinta vez!"

Tavares ri e bate no ombro de Eugênio.

"Essa foi boa! Pela quinta vez!"

Eugênio sorri educadamente.

"É alguma coisa urgente?", pergunta o diretor.

"Mais ou menos", diz Max.

"Então resolvemos hoje à noite. Ou amanhã."

Max não parece satisfeito. Tavares percebe e, mudando bruscamente a expressão de seu rosto, dá um passo para trás, abre a porta do seu gabinete e faz sinal para Max entrar.

"A minha mulher já me matou tantas vezes que eu não sinto mais nada. Vamos lá, professor."

Max fica parado. Depois, olha para Eugênio, sorri, coça o nariz e fala:

"Deixa pra lá. Eu também tenho umas coisas pra resolver agora." E completa, sem perceber que ainda raciocina com o horário do semestre passado: "Falamos amanhã de manhã, antes da aula."

"Ótimo", diz Tavares, outra vez sorridente. O diretor se despede rapidamente da secretária, dos dois professores e vai embora. Max guarda o documento em sua pasta e conduz Eugênio para fora da secretaria. Quando chegam no corredor, Eugênio pergunta:

"O que foi? Tu tá puto com alguma coisa."

"Tô mesmo."

"Me conta."

"Tu tá de carro?"

"Tô."

"Então me dá uma carona pra Porto Alegre. Eu te conto no caminho."

"Eu tava pensando em almoçar por aqui mesmo. Pego no batente às duas da tarde."

"Aqui? Mas não tem aula de tarde."

"É. Mas o meu contrato é de quarenta horas, dedicação exclusiva. Dureza."

Max olha para Eugênio, confuso.

"O Tavares me garantiu que a comida do RU é razoável", continua Eugênio. "Disse que não é uma Bélgica, mas também não chega a ser uma Índia. Não entendi. Eu gosto muito de comida indiana, e a comida belga é... Digamos que não tem muita personalidade."

"O Tavares tenta ser engraçado. A gente se acostuma depois de um tempo", diz Max. "Vamos lá, antes que o guisadinho acabe."

* * *

O Restaurante Universitário é uma sala ampla, coberta de azulejos, com capacidade para até duzentos estudantes, que sentam em mesas compridas, no centro, para vinte pessoas, ou em outras, menores, perto das janelas, para quatro. As únicas peças de decoração são crucifixos de madeira nas paredes. No fundo da sala, com ligação direta para a cozinha, fica a grande esteira com os recipientes da comida, permanentemente aquecida em banho-maria e servida por funcionárias de branco. Segunda-feira é dia de salada de alface, arroz, feijão, guisadinho e batata cozida, que pode estar com sal de mais ou sal de menos. Nesta segunda-feira, está com sal de mais.

Max e Eugênio, já com suas bandejas cheias, procuram uma mesa vazia e não a encontram. Acabam sentando numa mesa para quatro, já ocupada por dois garotos, que, de acordo com suas sacolas, são alunos de Engenharia Química. Eles comem em silêncio.

"Pensei que o guisadinho fosse piada", diz Eugênio, apontando para o prato.

"Não era. Mas fica tranqüilo: ele nunca acaba", diz Max.

"Agora me conta o que aconteceu."

"Depois", diz Max, olhando discretamente para os estudantes. "Vamos comer, que essa comida, fria, é pior ainda."

Eugênio dá a primeira garfada e faz cara de quem gostou.

"Hummm... Tá bom. Parece o feijão da minha mulher."

"Como é o nome dela?", pergunta Max.

"Viviane. Vivi. Meus filhos se chamam André e Éder. Se eu tiver um terceiro, e ele for negro, juro que vou chamar de Tarciso."

Max sorri.

"Tu ainda lembra daquele Gre-Nal?", pergunta Max.

"Como se fosse ontem", diz Eugênio. "Acho que foi uma das últimas vezes que a gente se viu, né? E a cambalhota do André, depois daquele chute impossível? Lembra?"

"Lembro."

"Sabe a decisão do Brasileiro de 81, Grêmio e São Paulo? Eu tava no Morumbi. Eu já trabalhava em São Paulo, na *Veja*. Eu fui naquele jogo e tinha certeza que ia te encontrar na arquibancada. Quando o Baltazar fez o gol, abracei o cara que tava do meu lado, um total desconhecido, e tive um puta *déjà vu*: a gente abraçado, pulando, em 77, em pleno gramado do Olímpico." Eugênio faz uma pausa e toma água. "Acho que estou ficando chato e nostálgico."

"Não."

"Sabe, esse tempo todo que eu fiquei fora, uma das coisas que eu senti mais falta foram os jogos do Grêmio. Tu ainda vai?"

"De vez em quando."

"Lá na Bélgica, antes de fazer qualquer coisa na universidade, eu entrava na internet e lia sobre o Grêmio. Que sacanagem o lance do Ronaldinho, hem? Os franceses são mesmo filhos-da-puta."

"É."

"Esse feijão tá bom, de verdade." Eugênio estende o braço e aperta o ombro de Max. "E tu, cara, me conta. Casou? Tem filhos?"

"Não casei. Não tenho filhos. Morei com umas gurias, quatro no total. Me separei da última há um ano."

Os dois estudantes pedem licença e saem da mesa. Eugênio pousa os talheres, olha para Max, sério, e fala em voz baixa:

"Agora me diz o que aconteceu hoje de manhã."

Max abre a pasta, tira o documento de redução de carga horária e o estende para Eugênio.

* * *

As principais ocupações do Seu Darci no Centro Universitário são cuidar dos 11 gansos do lago, alimentando-os regularmente; enxotar os cachorros vadios das vizinhanças — potencialmente perigosos para os gansos —, que dão um jeito de pular o muro baixo que protege o campus, atrás dos restos de comida deixados pelos estudantes em todos os lugares possíveis e imagináveis; e comandar os três jardineiros encarregados da grande área verde, constituída por grama nativa — muito irregular e pródiga em rosetas —, arbustos ainda mais espinhosos e as poucas árvores que merecem ser chamadas assim: dois chorões frondosos e muito bonitos, uma seringueira que já teve seus momentos de glória e um punhado de cinamomos.

Alguns anos depois da construção dos prédios principais do campus, que arrasou com quase todas as espécies vegetais num raio de quatrocentos metros, alguém, lá na Reitoria, decidiu plantar centenas de pés de pinheiros, que hoje se dividem entre os que morreram, os que desistiram de crescer — e parecem árvores de Natal de quitinete —, e os que, pateticamente, ainda tentam superar a marca recorde de um metro e meio retirando energias de um solo pobre em sais minerais. Os gansos estão gordos e não reclamam da vida, os cachorros temem as pedradas certeiras daquele zelador com a pele enrugada precocemente pela ação do sol e fogem quando o vêem, mas a área verde é motivo de preocupação constante para o velho funcionário. Há tempos ele reivindica mais verbas e mais empregados para a Reitoria, prometendo dar um jeito naquele triste e imenso jardim. Em vão. A Reitoria tem outras prioridades para suas verbas.

Darci costuma fazer uma ronda entre uma e meia e duas da tarde. O sol já não está tão forte, e é um bom horário para encontrar os cães famintos, já que os restos dos lanches dos estudantes estão fresquinhos nas latas de lixo e nos meios-fios. É uma caminhada sonolenta, bastante silenciosa e com muitas paradas. Naquela hora o pequeno campus não abriga nem 20% da sua população, porque quase todos os cursos funcionam pela manhã e à noite. Fora o pessoal administrativo, a freqüência maior, à tarde, é dos alunos das escolas de engenharia, que, com suas turmas cada vez mais numerosas, têm várias disciplinas em horários alternativos. O movimento discente só volta a crescer depois das seis, e atinge seu pico às sete e meia, com o início do turno da noite.

Max conhece Darci desde que veio pela primeira vez ao campus, convidado pelo padre Hernandez, de modo que não é surpresa quando o velho subitamente aparece, sorridente, com a mão estendida, interrompendo a sua conversa com Eugênio. Os dois professores levantam-se do banco tosco, protegido do sol graças ao chorão da margem leste do lago.

"Boas tardes", diz Darci. "Não precisam levantar."

"E aí, compadre?", diz Max, apertando a mão de Darci. Depois aponta para Eugênio. "Esse aqui é meu amigo Eugênio. Ele vai dar aula na Comunicação. Começou hoje."

"Prazer. Darci. Então... Bem-vindo, né? Espero que goste daqui."

"Vou gostar", diz Eugênio.

"Vou dar só um aviso: cuidado com os borrachudos. Nessa hora, acho que não tem perigo, mas se o senhor sentar aí, nesse banco, às seis da tarde, pode ter problemas. Já vi aluno tão cheio de picada que foi parar no hospital." Darci faz um rapidíssimo sinal-da-cruz. "Deus Nosso Senhor que nos livre e guarde."

"Eu vou cuidar", diz Eugênio. "Obrigado."

"Como foi de férias, Darci?", pergunta Max.

"Que férias, professor? Pensa que pobre tem férias? Em fevereiro, peguei a nega velha e fui trabalhar de servente de jardinagem num condomínio bonito que tão construindo em Capão da Canoa. Eu até pensei que ia aproveitar e tomar uns banhos de mar depois do serviço. Mas neca. Acredita que o tal condomínio — muito bacana e tal — fica a mais de cinco quilômetros da praia? Agora me diz, o senhor que estudou, que sabe das coisas do mundo: do que adianta ter uma casa bonita, grande, avarandada, cheia de decoração de peixe e estrela-do-mar, se a gente tem que pegar o carro pra dar um mergulhinho? E pra entrar e sair do condomínio, que tá cercado por um muro de três metros de altura, o cidadão tem que mostrar documento prum negão armado! Por Deus Nosso Senhor, são tudo louco!" Darci pensa um pouco e continua. "Claro, se eu tivesse um muro daqueles aqui nas faculdades, não precisava ficar dando pedrada em cachorro sarnento. É ou não é?"

Max sorri e não diz nada. Darci levanta a mão, num gesto de despedida.

"Então com licença, que eu tenho serviço. Boas tardes!"

O velho afasta-se, tão silenciosamente quanto chegou. Os dois amigos voltam a sentar no banco.

"O lance dos borrachudos é real", diz Max. "Te cuida."

"Que velho maluco!", diz Eugênio.

"Não é maluco. Eu vou te dar mais uma barbada. Anota aí, no teu manual de sobrevivência docente. É bom pra ti ser amigo de duas pessoas: da secretária da faculdade, a Regineide, que sabe como tudo funciona na Comunicação e tem um noivo que trabalha na Reitoria; e do Darci, que conhece cada metro quadrado aqui fora, incluindo o estacionamento lá embaixo, onde deve estar teu carro, e alguns bons esconderijos para emergências acadêmicas."

"Que tipo de emergência?", indaga Eugênio.

"Deixa pra lá", diz Max. "Um dia tu descobre."

Eugênio olha para Max e fala, em tom resoluto:

"Então, voltando à vaca fria: vou falar com o Tavares assim que ele chegar e dizer que não assumo, de jeito nenhum, as turmas de Ética."

"Obrigado, Eugênio. Mas, sinceramente, isso não vai resolver o meu problema. Pelo contrário: pode até piorar. Decidi assinar a redução."

"De jeito nenhum."

"Olha, cara, tu tá chegando agora, cheio de boas intenções, e tenho certeza que não tá gostando de ver certas coisas que acontecem aqui. Eu também não gosto. Mas a maneira certa de enfrentar a situação não é criar atrito com o Tavares. Ética é a tua especialidade, o tema da tua tese de doutorado. Eu sou um bicão na área: peguei a disciplina quando entrei aqui só pra aumentar o meu salário de horista. Li dois ou três livros e estou enganando os alunos desde aquela época. O Tavares sabe disso."

Max sorri, dá um soco amigável no ombro de Eugênio e continua:

"Não te preocupa, cara. Tô começando a compreender certas coisas, a partir de tudo que tu me contou, e nós podemos até tirar proveito de alguns aspectos da questão. Nosso inimigo, ou melhor, nossa inimiga, é outra."

"Tu tá falando da Joana", diz Eugênio. "Joana Caravaggio, a coordenadora."

"Exatamente."

Eugênio parece preocupado. Ele fala devagar e com cuidado:

"Foi ela que me ligou e ofereceu o emprego. Conversamos bastante por telefone." Eugênio faz uma pausa. "Ela também falou bastante com a minha mulher, deu a dica do apartamento que a gente alugou em Porto Alegre. A Vivi convidou a Joana pra jantar lá em casa amanhã. E ela aceitou. A minha mulher tá louca pra arranjar novas amigas."

"Certo. É típico da Joana: jogar na ofensiva e conquistar aliados. Aposto que ela também tá abanando aqueles cílios negros em cima de ti."

"Mais ou menos. Até hoje de manhã, por telefone, sim. Depois... Não sei. Ela me deixou enterrado mais de uma hora, sozinho, naquele sofá horroroso."

"Claro: quando eu entrei na sala, ela descobriu que nós éramos amigos. Deve ter sido um choque terrível pra generalazinha. Mas ela não vai desistir: tu é uma pessoa-chave pras ambições da piranha."

"Pelo visto, vocês não se dão bem."

"Nem um pouco. Um dia te conto as origens do conflito."

"Olha, Max, pelo que tu tá me dizendo, a mulher é de última, mas..." Eugênio sacode a cabeça. "Eu tô chegando agora, não sei de nada, pra mim é muito complicado... Além do mais, eu nem comecei a dar aula. É uma baita bobagem tu dizer que eu sou uma 'pessoa-chave'. Não tenho nem a chave da minha sala."

"Pô, Eugênio. Tu não entendeu ainda? Tu é o doutor Salézio, o único professor com doutorado em toda a Comunicação. Com Ph.D. conquistado na Europa! Até o final do ano passado, eram uns quatro ou cinco mestres, somando os três cursos. Nem o diretor é titulado. Ele é como eu: só tem graduação. A maioria fez um curso de especialização, que foi quase uma fraude, e todo mundo sabe disso."

"Tu devia ter feito", diz Eugênio. "Sempre é alguma coisa na carreira acadêmica."

Max fica quieto por alguns instantes, como se avaliasse se a última frase de Eugênio deveria ser levada a sério. Max coça o nariz com a mão esquerda e continua:

"Há uns dois anos, o padre Hernandez me ligou de Roma. Disse que eu devia fazer pelo menos um mestrado, porque a tendência era que o Vera Cruz deixasse de ser um centro universitário para ser uma universidade de verdade. Pra isso, tem que ter uma área de pesquisa, cursos de pós-graduação, coisas que não tinha. E muitos professores titulados. É a lei."

"Eu conheço a lei", diz Eugênio.

"Então sabe que esse jogo é duro", continua Max. "Na época, eu não levei o Hernandez a sério, disse pra ele que só dava aula por esporte, que era um bico, que o meu negócio é escrever. Na verdade, eu jamais pensei em fazer pós-graduação por dois motivos: por preguiça e também porque sabia os professores que teria pela frente. Eu apostava que a coisa caminharia muito devagar, que eu continuaria dando minhas aulas sem me incomodar por um longo tempo. Perdi a aposta. Agora, os caras tão contratando qualquer débil mental com mestrado e pondo pra rua bons professores. E, com toda certeza, vão montar uma pós-graduação rastaqüera bem rapidinho. Tu vai ver."

Eugênio levanta a mão de repente e corta o discurso de Max. Fala em voz baixa, mas com um tom enérgico:

"Max, além das aulas na graduação, eu estou encarregado de montar a pós. E não vai ser... rastaqüera." A pronúncia afrancesada de Eugênio torna a palavra quase irreconhecível. "Eu assinei um contrato para montar um curso de mestrado de alto nível, com as aulas começando em março do ano que vem."

Max fica confuso. Olha para Eugênio como se ele fosse um desconhecido. E então fala, bem mais devagar que antes:

"Cara, a gente tá falando há mais de uma hora, tu já me contou um monte de coisas, eu sei até que o teu filho mais novo detesta brócolis, mas tu não me contou que ia ser o chefe da pós-graduação dessa merda aqui. Não tô entendendo."

"O Tavares pediu sigilo. E a Joana, antes dele, também. Eles têm medo da concorrência. Querem começar a coisa sem alarde."

Max olha para o lago. Os gansos nadam rapidamente na direção de alguns pedaços de pão jogados por um grupo de estudantes. Os gansos grasnam, excitados. Quando alcançam o pão, os dois maiores — e também mais rápidos — devoram o alimento rapidamente. Os outros tentam engolir as migalhas, mas centenas de peixinhos estão igualmente interessados nelas. Max coça o nariz e volta-se para Eugênio.

"Obrigado por me contar", diz Max. "Não te preocupa. Vou guardar bem o teu segredo."

3

Há tempos, bem antes de ler os livros que colocaram em palavras mais ou menos claras o que penso, descobri: tudo que acontece com as pessoas na Terra — o que elas falam, o que elas fazem, o que elas pensam — é explicável, é justificável, é desculpável, porque é humano. Só Deus não tem desculpa, e talvez por isso ele não fale, nem faça porra nenhuma. Por medo de não ter uma boa desculpa caso erre. Por vergonha antecipada. Se Deus limita-se a pensar (o que seria seguro para ele), não sei; entretanto, com toda certeza, seus pensamentos, se é que existem, não têm maiores conseqüências.

Até aí, morreram o Neves e a metafísica. No entanto, isso não significa que as pessoas têm o direito de fazer qualquer coisa ou dizer qualquer merda. Quando surge uma discussão séria, envolvendo as vidas dos frágeis seres humanos, todo argumento deve partir do princípio de que há uma solução a ser encontrada para o conflito, e que essa solução deve considerar seriamente os interesses de todos os envolvidos no problema. Do contrário, não se trata de um argumento, e sim de um ato de esperteza política ou de força. Nem preciso lembrar que a regra da humanidade para resolver problemas — sempre que as partes tentam ser igualmente espertas, o que é muito comum — é a força, é a porrada mesmo. Assim, a argumentação honesta não passa de algo a ser ensinado para que os livros de filosofia ainda tenham algum sentido no futuro, o que é uma idéia agradável e permitiu que eu desse aulas de Ética da Comunicação por tanto tempo. Discussões sobre futebol obedecem a outras regras, é claro. Nietzsche, por exemplo, quando falava de vontade de potência, estava falando de futebol.

O Eugênio deve estar pensando que eu exagero quando chamo a Joana de piranha. É o que ela é. Não uma pessoa: uma piranha. Dentes afiados, nadando veloz sempre que percebe alguém em perigo, ou ferido, derramando sangue. Ela chega e mata sem piedade. A água se agita por um tempo e depois volta a ficar tranqüila. Ela não investe contra animais fortes e sadios. Esses, ela convida pra jantar. Chamar a Joana de puta seria elogio. Todas as três putas que conheci até hoje eram gente fina. Um dia conto pro Eugênio a história da admissão do Júnior na faculdade, ano passado. Aquele poço de sabedoria jornalística, aquele extraordinário mestre da editoração eletrônica. O Eugênio vai perguntar se eu tenho certeza, se eu posso provar que o cara só foi selecionado porque estava — e está — comendo a Joana. O Eugênio vai dizer que o outro candidato era meu amigo, e que portanto eu tive meus interesses contrariados. Mas, porra!, o meu amigo tem 15 anos de experiência diagramando, enquanto aquele imbecil começou ontem, direto no computador, não sabe nem o que é uma régua de paicas, não que isso sirva pra alguma coisa, mas é preciso compreender o processo histórico, como o padre Hernandez nos dizia naquelas aulas sobre as provas científicas da existência de Cristo.

A piranha às vezes usa uma correntinha de ouro com um crucifixo no pescoço. Piranha cristã! Explicada, justificada e desculpada eternamente. Porém, é preciso reconhecer: ela começou bem hoje de manhã. Me fodeu duplamente, primeiro com aquela professora pára-quedista aterrissando sem avisar no meio da aula, depois com a redução da carga horária, atirada na minha cara do mesmo jeito que o Seu Darci atira as pedras nos cachorros. Deve ter planejado cada passo meticulosamente, durante as férias. Só que depois a piranha se deu mal: ela nunca poderia imaginar que o Eugênio é meu amigo. Amigão. Amigo do peito. Quase um irmão. Quantas vezes colamos juntos nas provas do colégio, com nosso método infalível de sentar um na frente do outro e usar os pés unidos como comunicação? Os pés esquerdos batendo o número da questão, os direitos conferindo as respostas. Tum, tum: questão 2. Tum, tum, tum, tum, tum: alternativa E. Nunca desconfiaram. Afinal, éramos bons alunos, estudávamos juntos, era natural que tirássemos sempre notas parecidas.

Mas no vestibular da UFRGS não estávamos na mesma sala. Ele me desejou boa sorte, e eu disse que não era uma questão de sorte. Não foi mesmo. Ele passou, eu não. Fiquei tão desnorteado que também rodei na PUC. Restava a Unisinos, naquela lonjura de São Leopoldo. Quando passei, não sabia se comemorava ou mandava todo mundo pra puta que pariu.

Ainda ficamos um tempo nos encontrando nos bares, na noite, nos jogos do Grêmio. Depois, ele foi fazendo amigos na faculdadc, achou uma turma que jogava futebol domingo de tarde, eu comecei a namorar a Rita, que morava em Novo Hamburgo. Quando recebi o convite de formatura dele, pensei em ir, mas não fui. Um pouco de despeito nessa decisão. Não mandei meu convite pra ele. Sabia que não viria. Normal. A adolescência, por mais tardia que seja, acaba, a gente fica adulto, conhece pessoas diferentes. Estranhei quando vi o nome dele naquelas reportagens do *Estadão*. Logo o *Estadão*, que a gente xingava juntos, chamava de reacionário ou coisa pior. Depois, quando passou pra *Veja*, senti inveja. Mais um jornalista gaúcho emigrado pra São Paulo e se dando bem no mercado de trabalho, enquanto eu tentava me virar fazendo frilas a troco de banana pros nossos jornais esfarrapados e eternamente falidos. Alguém me disse, muito tempo depois, que o cara tinha casado e viajado pra Bélgica. Eu nem me liguei muito, o Eugênio já tinha virado uma foto amarela, como aquelas que eu fazia no laboratório da faculdade, lavadas por tempo insuficiente e atacadas, anos depois, pelo fixador, e que hoje estão jogadas no fundo de uma gaveta, de onde irão para o lixo na primeira faxina mais séria.

A imagem de Eugênio só voltava quando, por uma razão ou outra, eu cruzava com a Tina. O sorriso malicioso da Tina sempre me traz a lembrança do sorriso sacana do Eugênio. Estranho, hoje o Eugênio falou bastante do Grêmio e nem citou a Tina. A Tina que nós dois amávamos, e que talvez amasse a nós dois, não sei se ao mesmo tempo, mas com certeza em espaços de tempo contíguos, ou intercalados, ou alternados, aposto que nem ela sabe direito. A Tina que ainda está na minha agenda de telefones, divorciada, um filho já crescido, trabalhando na sucursal da editora Abril, metida com aquelas porras de revistas de fofocas de celebridades. A Tina pra quem eu quase liguei hoje de noite. Só que não tive coragem, que merda, sabia que o papo acabaria sendo a volta do Eugênio, e eu ficaria constrangido, sem saber o que dizer sobre o passado, muito menos sobre o presente, porque não sei dizer se estou feliz ou perplexo. Nem mesmo sei se esse Eugênio é aquele mesmo Eugênio de vinte anos atrás.

Em vez de ligar pra Tina, eu, covarde, liguei pra Fátima. Ela tinha dito que eu podia ligar sempre que quisesse, afinal, a gente se separou por meras questões existenciais, continuávamos trepando bem, sem problemas, ela diz que eu chupo como ninguém, que seria um prazer. Mas não hoje de noite. Já devia ter alguém chupando a boceta dela, ou ela tava muito ocupada lendo uma revista de fofocas de celebridades, ou qualquer coisa assim. Na verdade, ela não me disse por quê. Disse que não podia e tchau.

Então fumei uma ponta e fui no bar do Paraguaio, beber e atirar a rede. Sabia que não conseguiria dormir sem diluir minha ansiedade nos líquidos íntimos de uma mulher macia, ou no fundo seco e duro de uma garrafa de uísque. Mas, estranho, hoje era um dia de reaparições. Encostado no balcão, logo que cheguei, encontrei o Rafael, um ex-aluno, acho que da primeira ou segunda turma para quem dei aula na faculdade. E ele me contou uma história.

A história era a seguinte: ele, quando era meu aluno, 11 ou 12 anos atrás, estava muito apaixonado por uma colega, também minha aluna, chamada Gabriela. O problema é que a Gabriela, que o considerava apenas um amigo bacana, um dia confessou que estava apaixonada por mim, seu jovem professor de Ética da Comunicação. E ele, o Rafael, passou a me detestar. Aí eu disse pro Rafael que eu nunca imaginara que a Gabriela estava apaixonada por mim, apesar de considerá-la muito bonita e, secretamente, colocá-la num dos primeiros lugares da minha longa lista de desejos proibidos. E muito menos poderia imaginar que ele pudesse estar com raiva de mim porque ele estava apaixonado por uma menina que estava apaixonada por mim. Essas coisas de sentimento são complicadas mesmo. E aí eu pensei: porra, há alguns anos atrás, eu estava, quase todos os dias, na frente de duas pessoas, uma que me amava e outra que me odiava, e eu não tinha a menor noção desses sentimentos.

Eu disse isso pro Rafael. Ele riu. Disse que não tinha mais raiva de mim, nem estava mais apaixonado por ela, e que agora o passado não fazia a menor diferença. Eu perguntei como ele andava, se tinha casado etc. Ele disse que sim, que morava com uma garota, já há alguns anos, mas naquela noite estava solteiro, porque ela tinha viajado. E disse que costumava pensar o seguinte: viveria com essa garota mais uns três ou quatro anos e depois voltaria a ser solteiro, porque, com trinta e poucos, já com alguma fama profissional, algum dinheiro na conta do banco e alguma experiência de vida acumulada, poderia ter um bom período de liberdade, comendo todas (ou quase todas) as garotas que nunca conseguira comer antes. Quem sabe até a Gabriela, que estava apaixonada por mim na aula de Ética da Comunicação. Nessa altura, ambos já tínhamos bebido umas quatro doses e estávamos achando a nossa conversa genial, cheia de sentimentos nobres e sacações incríveis sobre a vida.

Falamos mais um pouco, bebemos mais um pouco e ele foi embora, porque trabalha cedo amanhã. E eu fiquei sozinho, pensando sobre isso, até o bar do Paraguaio fechar, lá pelas três e meia. Porque a verdade é a seguinte: ano passado eu também andei me apaixonando por uma aluna, a Verônica, e não disse nada pra ela, com a certeza de que ela não daria a mínima bola pra mim, pelo simples fato de que eu tinha uns vinte anos mais do que ela. Mas, depois de ouvir o que disse o Rafael, fiquei pensando que talvez eu estivesse errado, que talvez eu tenha perdido a oportunidade de dizer algo importante para alguém que talvez gostasse de ouvir que alguém estava apaixonado por ela. Mesmo que fosse só isso. Saber de um sentimento forte. Saber que alguém considera aquele nariz meio adunco — que ela talvez ache feio, ou que pense em corrigir com uma plástica — a coisa mais perfeita e irretocável da face da Terra. Bêbado do jeito que eu estava, se tivesse o telefone da Verônica pegava o celular e ligava pra ela naquela hora, dizendo, com a maior cara-de-pau, que eu tinha uma coisa idiota e muito pessoal pra contar.

Antes de sair do bar — naquela hora bêbada, em que tudo é possível e todo mundo quer todo mundo, como diria um personagem de Norman Mailer —, olhei para as mesas, e uma ruiva meio gorda, com cara feia, sorriu pra mim, aquele sorriso "não tem tu, vai tu mesmo", se oferecendo da maneira mais clara possível. Só que eu não queria a ruiva feia. Em outra época, até poderia encarar, mas agora tenho medo de broxar frente a uma mulher particularmente desinteressante, mesmo que os fluidos estejam fluindo como uma catarata de sua carne quente e macia. Como diria Polyanna, o medo de broxar tem seu lado positivo: já me impediu de fazer algumas bobagens no final da noite. Acho que minha vida tem se dividido entre Norman Mailer e Polyanna.

Puta que pariu, que bobagem. Hoje bebi demais. Se tivesse que dar aula amanhã, tava ferrado. Talvez repetisse o que fiz ano passado, depois da última briga com a Fátima e da bebedeira monstruosa que se seguiu: acordei às seis da manhã com a cabeça zunindo, zumbindo, zoando, ou sei lá mais o quê, mas com a letra "z" no começo, e consegui, num esforço incrível, levantar, tomar uma ducha fria, me vestir, pegar o ônibus até o centro, embarcar no Trensurb e sair na estação certa em Sapucaia. Depois o outro ônibus até o campus. E caminhar até a faculdade e pegar o giz na sala dos professores e andar até a sala de aula, tudo isso com o cérebro ziguezagueando dentro do crânio, porra, nem aqueles santos mártires da santa Igreja Católica teriam resistido a essa loucura. Foi uma coisa sem precedentes. E aí, quando levantei o giz, de costas para a turma lotada, com a intenção de escrever simplesmente o nome do tópico a ser tratado, acho que era estilos de redação jornalística, percebi que eu não ia conseguir.

Tinha conseguido chegar, heroicamente, mas não conseguiria dar aula. De jeito nenhum. Imediatamente senti minha camiseta se encharcando de suor, minhas pernas ficaram trêmulas e meu braço ficou paralisado na posição vertical, sem condições de se mexer nem um centímetro para o lado, quanto mais escrever "estilos de redação jornalística". Num esforço extremo, baixei o braço, me virei, encarei a turma e disse: "pessoal, não estou me sentindo bem, vou pegar um ar lá fora, dar um tempo, depois eu volto." E me arrastei, o mais dignamente possível, até o banheiro dos professores, onde tentei vomitar e infelizmente não consegui, por mais que enfiasse o dedo na garganta, que merda, quase desmaiei, fiquei uma meia hora deitado no banheiro, sentindo aquele cheiro de mijo se entranhando nas minhas roupas e no meu corpo, até me recuperar o suficiente para dizer aos alunos que não haveria aula, que eu recuperava os conteúdos depois. Passei na Regineide, disse que estava doente e caí fora, dando graças a Deus por não cruzar com a Joana, que certamente sacaria tudo na hora e nadaria esfomeada ao meu encontro, a piranha desgraçada.

Ainda bem que não dou aula amanhã. Normalmente daria, mas o Eugênio estará no meu lugar, bem vestido, bem barbeado, bem perfumado, bem titulado. De tarde, me pediu o sumário da disciplina, a lista dos livros utilizados, queria saber o método de avaliação. Passei tudo pra ele, com vergonha da precariedade bibliográfica, dos conteúdos programáticos ginasianos, da nebulosidade dos objetivos, do empirismo absoluto dos métodos de trabalho. E, paradoxalmente, com vontade de dizer que, depois de mais de vinte semestres dando aquela cadeira, eu sabia o que era importante dizer sobre ética para garotos e garotas de 18 anos que pretendem ser jornalistas, que os alunos gostavam daquelas aulas, que às vezes nós discutíamos profundamente algumas matérias especialmente cretinas de nossos diários cretinos. Eu queria dizer que minhas aulas podiam ser tudo, menos cretinas, e que alguns alunos, poucos, certamente tiravam delas algum proveito para a vida e para a profissão. Seria patético dizer aquelas coisas para um Ph.D. em Ética, de modo que fiquei calado e só fui xerocando minhas anotações e passando pra ele, que lia tudo sem fazer qualquer comentário, o filho-da-puta convencido.

* * *

Levei 37 minutos na ida, de manhã, e 31 na volta, agora de noite, contados da garagem do edifício até o estacionamento do campus e vice-versa. Tá bom. Pensei que seria mais demorado. Levei menos de dez minutos para trepar com a Vivi, também tá bom, ela foi até o fim, eu também, ao mesmo tempo, o que não acontecia desde que chegamos ao Brasil. Agora ela está dormindo, ressonando um pouco. Estava cansada, dava para ver pelos olhos fundos, mas me esperou com um espaguete maravilhoso, que comi sozinho, enquanto resumia tudo o que acontecera no campus, omitindo qualquer coisa que fosse desagradável, tipo a confusão com o Max, que, aliás, ela nem conhece. Vivi sorria e tomava água. Ela tá naquele regime que nunca acaba, assim como nunca acaba essa camada de gordura na cintura dela. Eu digo que é normal, que teve dois filhos, que ela tem sorte de quase não ter estrias. Não adianta, ela se acha gorda, e de tanto achar e falar a respeito agora eu também acho. Gostaria de dormir logo e não pensar em mais nada. Infelizmente, não consigo. O espaguete ainda não desceu. Vou convidar o Max para jantar aqui em casa. Precisamos conversar com mais calma.

Ofereci carona ao Max. Disse que ele poderia ir comigo para o campus, todas as manhãs, e voltar à noite, sempre que quisesse. Ele mora perto do centro, de modo que eu teria que fazer apenas um pequeno desvio no meu itinerário antes de entrar na *free-way*. Não perderia nem cinco minutos. Estranhamente, ele não pareceu entusiasmado com a idéia. Confessou que, em 12 anos de deslocamentos, já experimentara de tudo, inclusive caronas com outros colegas, e que nos últimos tempos estava bem satisfeito com os serviços do trem suburbano. Conforme o trânsito na BR-116, principalmente de manhã, era uma alternativa mais rápida. Max sempre foi cabeça-dura. Eu deveria ter insistido mais, muito mais, em relação à cadeira de Ética. No entanto, essa é exatamente a minha cadeira, a única em que estarei numa sala de aula, fazendo chamada, escrevendo no quadro, fazendo provas. O resto é orientar monografias e organizar a pós, trabalho importante, mas burocrático. O Max tem outras cadeiras. Precisamos conversar com mais calma. Hoje ele parecia perturbado, chamando aquela professora de piranha a cada cinco minutos. A piranha que vem jantar aqui amanhã.

Depois do espaguete da Vivi, fui olhar as crianças dormindo. Dois lindos garotos por quem sou capaz de fazer qualquer coisa. Vivi contou que eles gostaram da escola, ou pelo menos mentiram bem a respeito. Hoje era o primeiro dia, e tenho certeza de que o sotaque deles vai causar muita gozação. Graças a Deus, falam português direitinho. Vivi tinha razão quando conseguiu aquele professor particular pra eles. Ela pensa a longo prazo, sabia que iríamos voltar quando eu conseguisse o título. A previdente Vivi. A decidida Vivi. A irredutível Vivi. Quando eu desisti, lá estava ela, dizendo que eu não poderia esmorecer. A terrível Vivi. Quando eu disse que a vida acadêmica não era para mim, que eu preferia voltar a trabalhar em jornal, revista, no que aparecesse no Brasil, ela disse que então ficaria na Europa com as crianças, porque ela saberia se virar, enquanto eu era um babaca que não conseguia nem terminar o doutorado num período razoável.

Tenho que conversar com Vivi sobre Max. Explicar o quanto já fomos amigos. Também tenho que alertar Max sobre Vivi. E se, numa bela noite, ele começa a falar da Tina? Vivi não sabe nada da Tina. Porto Alegre está tão diferente, mamãe morreu, tudo parece renovado, mas Max é uma ponte aberta para aquele passado. Viajar te dá uma outra noção do tempo — e ele passa a funcionar de modo diferente na consciência —, ou será que a troca de lugares onde se vive simplesmente faz com que a gente organize o tempo em compartimentos mais bem delimitados? Existe um passado remoto, esse do colégio, de Max, dos primeiros anos da faculdade, quando a gente ainda se via. Depois tem o passado intermediário de São Paulo, o *Estadão*, a *Veja*, o casamento com a Vivi, o nascimento das crianças, o mestrado e aquela merda de período de falta de grana. E tem o passado belga. A Vivi criou uma versão desse passado para consumo externo. Ela é tão boa nesse tipo de coisa que vou acabar acreditando nessa versão. Amanhã, no jantar com a Joana, ela certamente criará os últimos detalhes, aqueles que parecem insignificantes, mas que dão a suficiente verossimilhança para uma história fictícia. Vivi despreza a verdade quando ela não tem utilidade prática.

Cinco anos na Bélgica, com mulher, dois filhos e uma bolsa ridícula, morando num quarto-e-sala minúsculo, não são exatamente um recreio. São um inferno. No último ano, eu tinha apenas que escrever a tese. "É só escrever", dizia ela. O pior já tinha ficado para trás. Todas aquelas aulas, todos aqueles livros, todos aqueles ensaios escritos madrugada adentro, enquanto ela cuidava das crianças com febre, eram passado. Agora era só datilografar umas duzentas páginas sobre a história da ética no jornalismo. "Começa com a página um, do capítulo um, e segue em frente, até a página duzentos", dizia Vivi. Em vez disso, eu escrevi duzentas vezes a página um, e meu caríssimo professor orientador, o Dr. Louis, dizia que era lixo, que eu estava brincando com ele, que, enquanto eu não tivesse algo a dizer, era melhor ficar calado. A Vivi fazia jantares brasileiros para o Dr. Louis: começou com coisas simples, arroz e um feijãozinho básico, mas na reta final, servia feijoadas completas, com todos aqueles ingredientes absurdos arranjados sei lá onde. A duras penas, eu avançava na tese, e finalmente o Dr. Louis aceitou meu capítulo um, talvez com medo de morrer de indigestão se aquilo se arrastasse por mais um ano.

Quando terminei o quinto e último capítulo — e o Dr. Louis, depois de muita hesitação, disse algo como "vamos lá, está no limite do aceitável" —, não conseguíamos arranjar os quatro professores para a banca: ninguém na Bélgica ou nas proximidades estava interessado na tese de um brasileiro desconhecido sobre a evolução do conceito de ética na Comunicação na sociedade ocidental. Foram noites terríveis. E frias. E cheias de acusações mútuas. Eu lembrava que a idéia de fazer doutorado no exterior fora dela, que eu sempre achara aquilo tudo uma bobagem. Ela dizia que estava cansada de viver com um jornalista subempregado morto de fome e apelar para o dinheiro do pai na hora do parto das crianças. Ela dizia muito mais. Dizia que tinha abandonado a carreira de tradutora por minha causa. Se pelo menos ela soubesse francês... Mas fizera alemão na faculdade. E nenhuma universidade de língua alemã quis me aceitar, meu currículo do mestrado feito em São Paulo não era muito estimulante, muito menos a nota da dissertação: sete e meio.

Mas Vivi não desistiu. Chafurdou na internet até achar a Universidade Católica de Bruxelas, com um curso de pós-graduação razoavelmente respeitado. Vivi conseguiu a bolsa na Capes, sabe Deus como. Viajamos com um bebê de um ano de idade e um garotinho de cinco, na esperança de liquidar tudo em dois anos e voltar correndo para uma boa universidade brasileira interessada num professor com Ph.D. europeu, o que Vivi sabia que iria encontrar. E aí tudo se resolveria e viveríamos felizes para sempre, com uma carreira estável e um salário digno. Só que os dois anos se transformaram em três, quatro, cinco, as crianças cresceram demais, as escolas eram caríssimas, a comida era caríssima, o transporte era caríssimo, o aluguel do apartamento era absurdamente caro. Estávamos a ponto de explodir, mas Vivi, depois de tanto sacrifício, jamais deixaria isso acontecer. Vivi segurou a onda de todos: a minha, a dela, a das crianças, a do Dr. Louis e a de achar quatro professores para compor a banca.

Ela ia para a biblioteca da universidade e ficava horas na internet, mandando dúzias de mensagens para todos os doutores do Velho Mundo cujos campos de atuação acadêmica tivessem alguma relação, mesmo que não muito próxima, com a minha tese. Conseguiu dois belgas, um francês e um alemão da Faculdade de Filosofia e História da Universidade de Heidelberg. "Heidelberg!", gritou ela, quando chegou em casa. "Tu sabe quando foi fundada a Universidade de Heidelberg? 1386! Sabe o nome do primeiro reitor? Marsilius von Inghen! Não é pouca bosta! Esses caras têm tradição!"

Vivi dizia que o meu salário no Brasil seria o dobro, porque agora meu doutorado teria a chancela de uma universidade criada na Idade Média. Quando o alemão chegou para a banca, foi uma decepção: era um homossexual bastante afetado, com menos de trinta anos, que estava cobrindo o afastamento temporário por motivo de saúde do professor titular — seu namorado, descobrimos depois —, e seu único interesse em Bruxelas era saber onde ficavam as saunas gays. Bêbado, no jantar que se seguiu à defesa, num restaurante italiano que nos fez um desconto superespecial, confessou, num inglês de quinta categoria, que tinha lido minha tese só até a parte de Aristóteles. E que aceitara a banca e a viagem para se vingar do namorado, que estava sempre participando de congressos, simpósios e, "com certeza, namorando acadêmicos lindos do mundo inteiro".

Eu não estava nada satisfeito naquela noite. Fora aprovado com conceito "C", ou seja, raspando, e os examinadores — com exceção do veadinho alemão, que apenas leu duas páginas de sugestões para enriquecer minha tese com as novas e importantes teorias dos *gay and lesbian studies* — acharam dezenas de erros no texto. Meu orientador não me defendeu; pelo contrário, ajudou a esculhambar tudo o que antes considerara aceitável. Dei graças a Deus por ter convencido Vivi a ficar em casa, cuidando das crianças.

Mais tarde, no jantar que deveria ser comemorativo, eu, Vivi e a bicha germânica bebemos demais. As crianças dormiram nas cadeiras do restaurante e foi uma dificuldade levar, em nosso táxi superlotado, o alemão, quase desmaiado, para o seu hotel. Os professores belgas e o francês, sentindo o drama, escaparam antes da sobremesa em seus carrões. Não tínhamos dinheiro suficiente para um segundo táxi. Não tínhamos dinheiro para mais nada. Quando chegamos em casa, decidimos voltar para o Brasil o mais rápido possível, já que a única coisa que tínhamos era a passagem de volta, paga pela Capes. Foi o que fizemos, dois dias depois, para espanto das crianças, que estavam bem no meio do semestre na escola. "Elas também podem dar sua cota de sacrifício", disse Vivi.

Desembarcamos em São Paulo, e no dia seguinte Vivi estava olhando sites e mandando *e-mails*, em meu nome, para montes de universidades, na capital e no interior. Algum curso de pós-graduação certamente abriria os braços para um professor doutorado na Europa. Enquanto nenhum se manifestava, Vivi pediu um dinheiro emprestado para o seu pai e alugamos um apartamento de dois quartos. Depois de um mês e meio e nenhuma resposta positiva, nosso casamento estava à beira do divórcio e as crianças se trancavam no quarto — finalmente tinham um quarto em que podiam se trancar — para não assistir às nossas brigas. E então, bem no meio de uma daquelas brigas, tocou o telefone celular da Vivi — que uma irmã emprestara para facilitar a procura de um emprego para mim — e, do outro lado da linha, estava a professora Joana Caravaggio. Só compreendi como tudo aconteceu depois da conversa desta manhã com Tavares.

Na verdade, foi um extraordinário golpe de sorte. Um professor da pós de Comunicação da PUC de São Paulo, ao receber a mensagem de Vivi, lembrou de uma conversa que tivera com um certo padre Hernandez, que o visitara há quase dois anos. Hernandez estava à procura de algumas dicas sobre o funcionamento dos programas de pós-graduação, tanto de Comunicação como de outros cursos, porque um certo centro universitário gaúcho, que Hernandez ajudara a fundar, pretendia entrar forte na área da pesquisa.

O professor da PUC paulista ficara com o *e-mail* de Hernandez, caso, no futuro, soubesse de algum acadêmico com a titulação, a experiência e a disposição necessárias para ajudar nessa tarefa. Então, mandou uma mensagem para Hernandez dizendo que não conhecia o rapaz que estava se oferecendo, mas que um doutor formado na Europa sempre era algo interessante para um curso em gestação. Hernandez recebeu a mensagem, em seu escritório no Vaticano, e mal acreditou quando viu o nome de Eugênio Fioravante da Silva. Ao olhar o currículo, teve certeza: era o mesmo Eugênio para quem dera aula e com quem jogara futebol no colégio, tantos anos atrás. O amigo inseparável de Max. Hernandez telefonou para Tavares e disse que talvez tivessem encontrado o sujeito certo para montar a pós: eu. Tavares chamou Joana e pediu que ela fosse atrás e fizesse contato. Ela ligou para a PUC de São Paulo e falou com o tal professor, que passou o número do celular da Vivi. Ela telefonou, e tudo começou a entrar nos eixos. "O mundo é pequeno", foi o único comentário de Vivi sobre essa trajetória absurda de mensagens que resultara na minha contratação por uma obscura faculdade de Comunicação da periferia de Porto Alegre. Tentei falar alguma coisa sobre Hernandez para Vivi, mas ela não se interessou: "O importante, agora, é conhecer a professora Joana. Ela parece ser uma mulher forte." Para Vivi, o Hernandez é apenas um padre que está muito longe, no Vaticano, e já tocou a sua parte no concerto.

Max e eu tínhamos uma relação estranha com Hernandez. Os melhores momentos eram no futebol, quando nós três, apesar da distância formal que sempre separa um professor de seus alunos, éramos quase iguais: jogávamos direitinho, formando um meio-campo eficiente, suávamos a camiseta e, se fosse o caso, brigávamos com os adversários e xingávamos o juiz. Para um padre, Hernandez tinha um estoque de palavrões mais do que respeitável. Ficávamos impressionados com a habilidade com que ele transformava as aulas de religião, sempre tão dogmáticas, em algo próximo de uma boa aula de história. Nas conversas mais informais de antes e depois do futebol, contudo, eu sentia que Hernandez gostava mais de Max que de mim. O que era uma injustiça: eu ia nos retiros espirituais e rezava bastante, enquanto Max sempre tinha uma desculpa. Eu fiz a crisma no grupo orientado por Hernandez, enquanto o Max protelou (e acabou não fazendo). Eu tirava notas melhores, e sempre dez em religião. Max, quando não colava de mim, às vezes se dava mal. É estranho como Hernandez acabou sendo importante para a vida de Max, 12 anos atrás, e agora para a minha.

É mais estranho ainda saber que Max está dando uma disciplina de ética há tanto tempo, e eu começo amanhã. Minha primeira aula. Não disse para Max que nunca dei aula de verdade. Claro, em todos esses anos de pós-graduação apresentei dezenas de trabalhos e participei de montes de seminários, que são quase aulas expositivas sobre um determinado assunto. Mas eu continuava sendo apenas um aluno, respondendo a chamada e cumprindo as tarefas do professor. Amanhã eu farei a chamada. (Não, não farei, porque a lista ainda não chegou, mas posso passar uma folha para os alunos assinarem, o que dá no mesmo.) Amanhã eu escreverei no quadro e falarei sobre ética para um bando de pós-adolescentes. Vai ser fácil, depois de tudo o que li a respeito. Quem vai me contestar? O que sabem sobre ética aqueles pobres meninos que mal conseguiram sair do segundo grau? Se fossem bons alunos, com um mínimo de inteligência e cultura, estariam na federal, na PUC, até na Unisinos, e não nesse curso de terceira categoria. Até Max conseguiu enganá-los facilmente por tanto tempo. Posso imaginar como ele fazia.

E Max, pelo visto, é popular. Se eu não soubesse que ele era professor, poderia confundi-lo com um estudante temporão. Cumprimenta os garotos com abraços e dá três beijinhos em muitas alunas. Fala com eles de igual para igual. É claro que isso não é bom para quem quer ser respeitado como professor. O que será que ele quis dizer com "emergências acadêmicas"? Sempre achei Max meio maluco. Duvido que o texto dele seja bom. Deve dar aula de redação da mesma maneira que dava de ética: se valendo da ignorância abissal dos alunos. Se fosse bom, depois de 12 anos, não seria professor horista, sujeito a humilhações como a desta manhã, em que perdeu a disciplina sem receber nem um aviso da coordenadora do curso. Ela é uma piranha, ou ele que é um babaca? Um bobo alegre, vivendo numa adolescência que não acaba mais, enquanto a vida o empurra ladeira abaixo? Talvez só continue lá porque foi indicado por Hernandez, que sempre gostou dele. Talvez não seja bom eu demonstrar tanta intimidade com o Max nesses primeiros tempos. Na verdade, nem sei se ainda gosto do Max. Ele faz parte de um passado que não faz a menor falta e tem um evidente jeito de perdedor. Não quero perdedores no meu caminho. Como diz Vivi, aos perdedores, nossa simpatia, mas que façam a gentileza de não tropeçar na nossa frente.

4

O prédio que abriga a Faculdade de Comunicação tem dois andares, unidos por uma escada larga. No primeiro andar, o espaço está dividido em três grandes seções — ou laboratórios, no jargão acadêmico —, cada uma delas com suas salas, equipamentos e facilidades para as atividades práticas dos estudantes. No segundo andar, estão as salas de aula, a secretaria da faculdade, a sala dos professores e os pequenos gabinetes dos coordenadores dos cursos, além de um cubículo sem janelas, antigo depósito de material de limpeza, que foi reformado durante as férias para servir de escritório ao primeiro professor-doutor da faculdade, Eugênio Salézio. Tavares, preocupado, tentou compensar a ausência de janelas dotando a saleta de um ar-condicionado, usado, mas em perfeitas condições; um computador poderoso, novo em folha, já ligado na internet; e uma grande foto aérea do campus, infelizmente já meio esmaecida. Eugênio trouxe alguns de seus livros, que estão perfeitamente arrumados, por assunto e ordem alfabética de autor, numa estante simples de metal. Em cima da escrivaninha, ao lado de um organizador plástico de documentos de dois andares — com as inscrições "entrada" e "saída" —, está uma caneca grande e branca de porcelana com o logotipo em azul da Universidade Católica de Bruxelas, cheia de canetas coloridas, de todos os tipos e utilidades.

O dono das canetas caminha pelo corredor do segundo andar, às 7h57 da manhã, rumo à sala em que dará sua aula inaugural de Ética da Comunicação. Eugênio veste uma camisa social branca e *blazer* de tecido leve, o que o faz suar um pouco, mas, em compensação, lhe confere respeitabilidade, exatamente o que, segundo Vivi, se poderia esperar de um professor-doutor titulado no Primeiro Mundo. Na mão direita, leva sua pasta de couro reluzente; na esquerda, 41 folhas de ofício, em que estão reproduzidas as informações básicas da disciplina: nome do professor, objetivos, sumário da disciplina e bibliografia básica. A diagramação não é muito criativa, mas está tudo perfeitamente organizado e muito claro, em tipo Times New Roman, corpo 10.

Ao entrar na sala, às 7h59, Eugênio percebe que, em vez dos quarenta alunos anunciados por Regineide, menos de 15 esparramam-se pelas mesas de metal e plástico, com as fisionomias sonolentas e os corpos amolecidos de quem gostaria de ter permanecido na cama por mais algumas horas. Eugênio caminha até a sua mesa — velha e gasta, mas limpa —, coloca a pasta e as folhas sobre o tampo e olha para os estudantes, sorridente, confiante e muito respeitável.

"Bom dia", diz Eugênio, procurando colocar o menor sotaque possível na voz.

Três ou quatro estudantes dignam-se a responder. Os outros simplesmente olham para ele, sem qualquer expressão no rosto. Eugênio abre a pasta, tira uma folha em branco e a coloca sobre a mesa do aluno mais próximo.

"Como ainda não tenho a folha de chamada, gostaria que vocês colocassem o nome e assinassem, OK?"

Não há qualquer reação. Eugênio continua:

"Pelo visto, a maioria do pessoal ainda não chegou. Depois

vamos falar sobre isso, porque acho um desrespeito com quem cumpre horário. No caso, nós." Eugênio sorri, tentando estabelecer alguma cumplicidade, mas a única resposta é um bocejo de uma menina gorda de trancinhas. "Enquanto isso, vou colocar no quadro algumas informações que, infelizmente, não couberam no material que vou distribuir pra vocês. Fui informado da cota de xerox de cada disciplina e não quero parecer perdulário logo no primeiro dia."

Eugênio dá as costas para os alunos e procura, na prateleira embaixo do quadro verde, uma barra de giz. Encontra apenas o apagador. Não há giz algum. Ele olha para a sua mesa, na esperança de ver uma gaveta que poderia conter o que precisa, mas não há gaveta alguma. Eugênio volta a encarar a turma.

"Esqueci o giz", confessa, com um sorriso simpático. Eugênio fica por cinco segundos olhando seus alunos, na esperança de que um deles se ofereça para ir buscar. Ninguém se manifesta. "Com licença. Já volto." E sai da sala.

São apenas quarenta metros até a sala dos professores, oitenta ida e volta, mas o passo apressado de Eugênio o faz suar. Ele sente a camisa molhada e pragueja baixinho contra Vivi. Quando volta à sala, com um punhado de barras de giz branco na mão, pelo menos mais dez alunos estão na sala, e o clima mudou um pouco: há várias conversas paralelas, barulho de mesas sendo mudadas de lugar e o que parece ser uma foto passando de mão em mão. Eugênio não consegue esconder uma certa surpresa por uma transformação tão rápida no ambiente. Vai até sua mesa e olha para a turma. Vários alunos estão de costas para ele.

"Bom dia, de novo!", fala, desta vez mais alto e — percebe tarde demais — com muito mais sotaque. Quase todos os alunos voltam-se para ele. Dois, lá no fundo, ainda de pé, continuam conversando. Eugênio olha para os garotos, em silêncio, até que eles, sentindo-se observados, sentam-se, calados.

"Eu ainda não me apresentei. Meu nome é Eugênio Salézio, estou ingressando agora no Vera Cruz, e estou muito feliz com isso. Espero que a gente tenha um excelente semestre."

Sem interromper sua fala, Eugênio pega o maço de folhas de papel em cima de sua mesa e começa a passear pela sala, colocando uma folha na frente de cada aluno.

"Antes de qualquer coisa, antes da gente falar dos conteúdos, dos livros, dos objetivos, eu gostaria de combinar umas coisinhas com vocês. A primeira é sobre o horário do início da aula. Eu estou vindo da Bélgica, estudei cinco anos lá, e acho que estou mal acostumado: na Bélgica, tudo começa no horário marcado, principalmente na universidade. Assim, a partir da semana que vem, eu gostaria que todos chegassem às oito horas. Vou fazer a chamada logo no começo, e quem chegar depois pode assistir, mas fica com falta."

Um aluno alto, loiro, com o rosto cheio de espinhas — um dos que apareceu na aula depois do passeio de Eugênio atrás do giz — levanta a mão.

"Pois não", diz Salézio.

"A galera aqui chegou depois porque o ônibus que vem do Trensurb atrasou. Aquilo tá uma zona, tem uma manifestação do Centro Acadêmico, polícia, o cacete."

Vários alunos corroboram a manifestação do espinhento. Eugênio levanta a mão, pedindo silêncio.

"OK, foi um caso excepcional", diz Eugênio. "Mas onde estão os outros? Aqui tem pouco mais de meia turma."

A porta abre e Isabel entra, sorridente. Depois de dois passos, pára, olha para Eugênio e franze o rosto, como se tivesse dificuldade para identificar a imagem que as lentes grossas de seus óculos estão enviando para a retina.

"Aqui é a aula de Ética?", diz Isabel.

"Exatamente", diz Eugênio.

"E cadê o Max?"

"Eu sou o novo professor de Ética."

"Por quê?"

"Acabo de ser contratado pela faculdade. Prazer, Eugênio."

Eugênio aproxima-se de Isabel com a mão estendida. Ela aperta a mão, ainda confusa.

"O Max dava essa cadeira superbem. Eu fiz no semestre passado."

"Acredito. Espero que eu possa substituí-lo à altura. O professor Max vai continuar dando todas as outras disciplinas."

Isabel olha para uma aluna que está sentada na primeira fila, mascando chiclete, e diz para ela:

"Essa faculdade tá uma loucura. Sabe que despediram o Mateus?"

"Pois é, fiquei sabendo", responde a aluna.

"Botaram uma mulher maluca no lugar dele", continua Isabel. "Só porque ela tem mestrado."

"Meninas, com licença", interfere Eugênio. "Vocês não se importam de continuar depois? Eu tenho uma aula para dar."

Isabel olha para Eugênio com um sorriso de desprezo e vai sentar. Eugênio dá a folha xerocada para ela e recomeça:

"Ficou bem claro o critério da chamada? Se ficou, podemos..."

A porta abre e entram três garotos e duas garotas. Uma delas traz um grande copo de café na mão.

"Dá licença", diz a garota do café.

Eugênio fica quieto, mas seu rosto expressa contrariedade e alguma irritação. Entrega as folhas para os retardatários assim que eles sentam. Quando fala, tenta colocar autoridade na voz:

"Para quem chegou depois: a aula começa às oito horas. A partir da semana que vem, quem chegar depois vai ficar com falta. Eu estava aqui às oito, e acho que precisamos... precisamos estabelecer algumas... regras."

O aluno espinhento levanta a mão e corta Eugênio.

"O senhor me perdoe, mas eu cheguei às oito e pouco, e o senhor não estava na sala."

Murmúrios de apoio surgem de todos os cantos da sala. Eugênio parece confuso quando explica:

"Eu saí rapidamente para pegar o giz."

Isabel levanta a mão.

"Se sair rapidamente é permitido, quer dizer, está nas regras, será que posso sair pra pegar um café? Esse cheirinho do café da Letícia tá me matando."

Risadas. Eugênio aproxima-se de Isabel e a encara, muito sério, antes de disparar:

"Ninguém aqui é criança. A senhora pode sair quando bem entender."

"Puxa, professor", murmura Isabel, se fazendo de vítima. "Era só uma brincadeirinha."

Mais algumas risadas. Eugênio se mantém no ataque.

"Se a senhora já fez a disciplina no semestre passado, por que está aqui?"

"Eu rodei", diz Isabel, sorrindo outra vez. "Não entreguei o trabalho final. Será que vai dar pra passar com o senhor?"

Risos abafados no fundo da sala. Eugênio abre a boca para responder, mas desiste e volta para sua mesa. Sua camisa está empapada de suor. Faz um movimento largo com o braço, como se fosse tirar o *blazer*, mas desiste no meio do caminho.

"Vamos ler juntos essa folha", diz Eugênio, quase ríspido. Durante a leitura, a porta abre três vezes, dando passagem para outros alunos, e há conversas esporádicas em voz alta no fundo da sala, mas ele prossegue, como se nada estivesse acontecendo.

* * *

Max abre os olhos. Pela janela aberta, com as venezianas escancaradas, a luz do sol entra forte no quarto. Max levanta e fecha as venezianas. Volta para a cama, fecha os olhos. O barulho dos ônibus na parada da avenida João Pessoa é quase contínuo. O telefone toca. Max levanta, vai até a sala e atende.

"Alô", diz Max.

Uma voz surpresa no outro lado.

"Max? É o Joel."

"Oi."

"Te acordei?"

"Não."

"Há quanto tempo, cara." Pequena pausa. "Achei que nas terças de manhã tu dava aula."

"Não dou mais."

"A Fátima está aí?"

"Não."

"Não?"

"A Fátima não mora mais comigo há mais de um ano."

"Pô, cara, tô desinformado. Desculpa. O que houve? Vocês combinavam tão bem."

"Não sei o que houve."

"Isso é assim mesmo, cara. Não te grila, falou?"

"Tudo bem, Joel."

"Se tu encontrar a Fátima, dá o toque que eu liguei?"

"Não vejo a Fátima há meses."

"Claro." Pausa. "Bom, vamos sair uma noite dessas, tomar umas cervejas?"

"Vamos."

"Tá combinado então. Tchau, Max."

Max ouve o barulho do telefone sendo desligado. Olha, como um zumbi, pela janela de vidros sujos. Está no segundo andar, fundos, e a vista não é nada espetacular: os telhados de amianto da cobertura improvisada da garagem do prédio; os fundos do edifício vizinho, cheios de roupa secando nos varais de arame branco; e a copa de um grande guapuruvu, cujo tronco está quase todo escondido pelas costas de um *outdoor*. Max aperta um botão no telefone. Ouve o ruído da linha. Disca.

"O Téo, por favor", diz Max, quando atendem no outro lado.

"Um minuto."

Max, enquanto espera, recolhe um cinzeiro cheio de baganas e dois copos sujos do chão.

"Sim?"

"Téo, é o Max."

"E aí, cara. Como é que vão as coisas?"

"O Joel tava comendo a Fátima?"

"Como é que é?"

"O Joel é teu amigo, tu conhece ele bem, né? Tenho quase certeza que ele tava comendo a Fátima aqui no meu apartamento."

Silêncio do outro lado por cinco segundos. Finalmente Téo volta a falar:

"Quando, cara?"

"Todas as terças de manhã, quando ela morava comigo."

"Tu tá bêbado, Max?"

"Não. Acordei agora."

"Vai dormir, cara. Tu tá separado da Fátima há um monte de tempo. Qual é a diferença?"

Max senta e fecha os olhos.

"É. Não faz diferença nenhuma. Mas eu queria saber." Abre os olhos. "Curiosidade."

"Não tenho tempo agora pra saciar tua curiosidade. Nem tenho como. O Joel nunca me contou nada a respeito. Era isso? Tô baixando uma matéria sobre o goleiro do Inter. Tu viu o último frango que ele tomou? Coitado. Esse não levanta mais. Tchau. Te cuida."

"Espera, não desliga", diz Max, com a voz mais firme. "Não abriu uma vaga aí no jornal?"

"Abriu na polícia, semana passada, mas botaram um estagiário. Aliás, tô lembrando agora, o cara disse que foi teu aluno, te elogiou, disse que as tuas aulas eram..." Pequena pausa, seguida de um riso. "Eram tri massa."

"Tri massa?"

"É."

"E esse cara vai fazer polícia?"

"Já tá fazendo."

"Então tá. Se souber de alguma coisa, dá o toque. Tô aceitando qualquer negócio: horóscopo, programação de cinema, obituário, cartas do leitor..."

"Por que tu não fala com o Nardela? Ele tem aquele *site* novo, parece que tá dando supercerto."

"Vou falar. Obrigado, Téo."

"Não por isso."

Max vai para o quarto, pega um caderninho de endereços na pasta de couro, que está atirada no chão, ao lado cama, volta para a sala e liga outra vez. Uma voz rouca responde:

"*Tá na tela*, a seu dispor."

"Nardela?"

"Ele."

"Aqui é o Max."

"Max? Aquele Max? Maximiliano da Silva? Quanta honra. E aí, *brother*, como é que vai?"

"Tô precisando trabalhar. Falei agora com o Téo, e ele me falou do teu site. Tem um bico pra mim?"

"Bico? Claro que tenho. Sabe como o nosso esquema funciona?"

"Não."

"Vem nos visitar, Max. É difícil explicar por telefone."

"Se é difícil de explicar, também deve ser difícil de receber.

Nardela, tô precisando de grana. Se não tem grana, me diz logo, eu sei como é esse negócio de *site*. Só não posso perder tempo."

"Tem grana, Max. Claro que tem. Vem aqui que eu te explico."

"Tudo bem", diz Max, e anota o endereço.

Desliga o telefone. Vai até o banheiro e liga o chuveiro elétrico, um pouco enferrujado, mas ainda eficiente. Max fica olhando a água cair por algum tempo. Sem desligar o chuveiro, volta para a cama e fecha os olhos.

* * *

O sinal interrompe Eugênio quando ele está travando uma discussão com seus alunos sobre as leituras obrigatórias.

"...vocês vão gostar, tenho certeza. São textos bem acessíveis. Até a próxima semana", diz Eugênio. E vira-se para sua mesa, tentando dar o longo debate por encerrado. A voz do aluno espinhento, contudo, consegue sobressair-se ao ruído de mesas sendo empurradas e das conversas de quem já está saindo da sala.

"Esses livros estão na biblioteca?"

"Não sei", diz Eugênio, de costas para ele.

"É bom que estejam. Tem uma regra, baixada ano passado pelo Tavares: os professores só podem pedir a leitura de livros que estejam na nossa biblioteca."

Eugênio volta-se e olha para o estudante, que sorri para ele, satisfeito e desafiador. Eugênio baixa os olhos, pega sua pasta e sai da sala, com um passo apressado. Logo que ultrapassa a porta, Lilian aparece à sua frente. Ela está suada, com o rosto vermelho e as roupas bastante amassadas. Olha para Eugênio, como se alguma coisa estivesse errada, e fala:

"Oi, mudou o horário de Ética da Comunicação?"

"Não. É o mesmo horário, terças, das oito às nove e quarenta. A aula terminou agora."

"E o Max?"

"Eu sou o novo professor de Ética."

"Tá brincando..."

Eugênio desvia de Lilian e recomeça a caminhar. Ela não desiste:

"O senhor sabe onde ele está?"

"Não."

"Aconteceu alguma coisa com ele?"

Eugênio não responde. Aumenta ainda mais o ritmo de sua caminhada e entra na sala dos professores, onde já se encontram, tomando café, dois homens e três mulheres. Todos olham para Eugênio, curiosos.

"Bom dia. Prazer, Eugênio Salézio."

Eugênio cumprimenta a todos e senta num sofá, no fundo da sala. Respira fundo. Uma das professoras pergunta:

"Aceita um café?"

"Aceito, obrigado." A professora enche um copinho de plástico na garrafa térmica. Eugênio reúne coragem e pergunta:

"É verdade que os livros indicados para leitura obrigatória têm que estar na biblioteca?"

"Sim", diz a professora, sorrindo. Ela entrega o copo para Eugênio, que sorri de volta, tentando ser, mais uma vez, simpático e respeitável, mas só consegue mostrar cansaço, desânimo e frustração.

* * *

Eugênio olha para seu relógio de pulso, que marca uma e meia. Regula o ar-condicionado para sua potência máxima, tira o *blazer*, liga o computador e começa a arrumar o item "Leituras obrigatórias" no arquivo do documento entregue aos alunos naquela manhã. Confere, mais uma vez, a lista manuscrita que compilou na biblioteca, logo depois do almoço. Não há muitas opções. Finalmente decide por Lucien Sfez e Marques de Melo. Um autor francês e um brasileiro. Um livro difícil — pelo menos para aquele bando de débeis mentais — e um bem chato. Eugênio abre um pequeno sorriso sádico. Batidas leves na porta.

"Pode entrar", diz Eugênio.

Joana Caravaggio entra. Usa uma blusa verde-piscina e saia branca, bem justa, até a altura dos joelhos, com duas fendas generosas nas laterais. Sandálias de saltos de cortiça — muito grossos e muito altos —, além de um colar de pérolas pequenas, completam o figurino. Quando ela senta, obedecendo ao convite de Eugênio, ele repara que as pernas de Joana são bonitas e que não há qualquer sinal de gordura em sua cintura.

"Já trabalhando, professor?", diz Joana. "Ainda estamos no intervalo do almoço."

"Só estou arrumando algumas coisas." Eugênio fixa o olhar em Joana e percebe que ela está fazendo o possível para se mostrar solidária, amiga, companheira. Decide abrir o jogo com ela. "Não sabia que as obras indicadas para leitura obrigatória tinham que estar na biblioteca."

"É uma regra nova, do último semestre", diz Joana, inclinando-se um pouco na direção de Eugênio e baixando o volume da fala até torná-lo quase um sussurro. "Eu acho um absurdo, mas o Tavares cedeu para os alunos. Eles fizeram um abaixo-assinado, pressionaram e acabaram levando. Também tive que me adaptar."

"É uma pena. Os livros que eu tinha indicado antes eram muito melhores."

"Pois é." Joana puxa a cadeira para mais perto da mesa de Eugênio. "Eugênio, sabe o que alguns alunos vieram me dizer depois da tua aula de Ética?"

Eugênio sente o golpe. Seus olhos ficam com um brilho assustado. O suor volta a inundar sua camisa, apesar do vento frio que vem do ar-condicionado. Joana reconhece os sinais e sabe que Eugênio caiu na sua armadilha. Poucos homens já se libertaram dela.

"Eles disseram que não entenderam nada", continua Joana. Ela assiste, divertida, Eugênio desmoronar por dentro. Mas ela está lá, firme e solidária, para impedir sua queda, sustentá-lo por algum tempo e, quando chegar o momento, reerguê-lo para a vitória. Não é isso que os homens mais prezam numa mulher? Não é isso que separa as simples fêmeas, que só dominam os machos na cama, de uma verdadeira mulher, capaz de guiá-los com precisão em todos os momentos decisivos?

"Mas...", balbucia Eugênio, "eu só disse como seria a disciplina e falei dos livros. Nem dei matéria."

"Eu sei." Joana agora fala com dureza e intimidade, sem margem para interpretações erradas. "Pra tu ver como eles são sacanas. Eugênio, tem certas coisas que não mudam nunca: nossos alunos são, em sua grande maioria, preguiçosos, estúpidos e mal-educados. É ou não é?"

"Ainda não tive tempo ainda para..."

"Ora, professor!" E Joana levanta, um pouco teatral, e fala alto. "Aposto que, em 15 minutos, tu já percebeu o bando de débeis mentais que eles são. Aposto também que eles tentaram esculhambar a aula, que chegaram atrasados e que faltaram com o respeito. É ou não é?" Joana aproxima-se da mesa e apóia as mãos sobre o tampo. Seus seios, sem sutiã, pesam sobre a blusa de tecido fino. Eugênio nota que eles são firmes, arredondados, altamente desejáveis. Ele desvia os olhos, com medo de que ela perceba seu interesse. É tarde demais. Ela inclina-se mais um pouco.

"É ou não é, professor-doutor Eugênio Salézio?"

Eugênio sabe que, daquele ponto em diante, não há retorno. A sorte está lançada.

"É", admite, tentando colocar naquela palavra tão pequena

uma dose generosa de respeitabilidade de Primeiro Mundo. Joana sorri e senta outra vez, vitoriosa.

"Tu já deve ter percebido que eu sou uma pessoa muito franca", diz Joana, voltando ao registro confidencial. "Aliás, entrei aqui, como quem não quer nada, e fui logo te chamando de tu, em vez de usar senhor, que seria mais adequado."

"Bobagem. Nós somos colegas e..."

"Por enquanto", atalha Joana, com ar sonhador. "Assim que abrirem as inscrições para a pós, eu vou ser a primeira da fila. E aí vou ser tua aluna. Vai ser ótimo."

"Assim espero", diz Eugênio, meio tonto. Joana muda mais uma vez o tom de sua fala, que cresce em seriedade.

"Claro que, formalmente, nesse ano continuarei sendo a coordenadora do curso, e tenho o dever de ajudar nas aulas de graduação."

"É evidente", diz Eugênio, mais tonto ainda.

"Então, como eu já disse, vou usar toda a minha franqueza, vou abrir meu coração, que é uma coisa perigosa, eu sei, mas é o meu jeito de ser, não posso agir diferente, e tenho esperança que tu me entenda bem."

"Vou entender."

"Esse seu amigo, o professor Max, é uma fraude."

Eugênio sente os olhos de Joana grudados nos seus. Não resiste e olha para a tela do computador, ganhando tempo e pensando no que responder. Finalmente decide e encara Joana:

"Ele não é exatamente meu amigo. Fomos colegas de colégio, há muitos anos."

"Mas ontem vocês pareciam ser bem íntimos."

"Fomos íntimos. Muitos anos juntos, estudando, jogando futebol. Depois entramos em faculdades diferentes e não nos vimos mais." Eugênio sente um mal-estar no estômago. Talvez o feijão do RU seja mais confiável do que o *cheeseburger* do bar da faculdade. Eugênio levanta e senta no tampo da mesa. "Os alunos parecem gostar muito do Max", emenda.

Joana também levanta.

"Claro que gostam", exclama ela. "O Max não pedia fichas de leitura, o que, aliás, é uma afronta às normas do curso. O Max, em vez de dar aula, fazia seminários, organizava julgamentos, contava histórias do tempo em que foi repórter, esculhambava todos os jornais gaúchos, o que, aliás, acho uma grande falta de ética." Joana coloca uma dose de desprezo em sua voz antes de continuar. "O Max, nos intervalos, em vez de ir para a sala dos professores, vai para o jardim e se mete nas conversas dos débeis mentais. Ele não se dá ao respeito. Reparou como ele é íntimo dos estudantes?"

"Reparei."

"Pois é. Ele é assim. Um jornalista incompetente, que mal consegue fazer uns frilas, e um professor desleixado, que se confunde com os idiotas que têm aula com ele. Ele é um exemplo perfeito daquele acordo informal, que tantos prejuízos trazem para uma faculdade como a nossa: o professor faz de conta que dá aula, e os alunos fazem de conta que aprendem." Joana encerra seu discurso com um tom de forte indignação. "Desculpa, professor, se me excedi. Mas eu sou assim, falo o que penso."

Joana olha para o relógio de pulso.

"Tenho que fazer algumas coisas na minha sala", continua ela. "O jantar continua de pé?"

"Claro."

"Então nos vemos lá, professor. Oito horas."

E sorri para Eugênio. Os dois estão de pé, separados por menos de dois metros. Joana estende a mão, mas, ao mesmo tempo, dá meio passo à frente. Eugênio faz o mesmo, olha para a mão fina de Joana e depois para o seu rosto, que já parece tão familiar, e decide selar a amizade — ou o pacto, ou o contrato, ele não sabe exatamente do que se trata — com um beijo no rosto de Joana. Dois beijos, na verdade. Não tão rápidos e frios quanto pediria uma simples formalidade, nem tão longos e interessados que demonstrassem teor erótico. Joana sai, sorridente, e Eugênio volta a olhar para a tela do computador, onde os títulos dos livros de Sfez e Marques de Melo — *Crítica da Comunicação* e *Comunicação: Teoria e Política* — parecem debochar de tudo que aconteceu nos últimos 15 minutos.

* * *

Sentado no bar da faculdade, Max toma um café enquanto espera seus orientandos. Anos atrás, costumava conversar com eles ali mesmo, mas uma determinação da professora Joana proibiu usar o bar como local de orientação. Como não há sala específica para isso, Max optou pela biblioteca, onde pelo menos está perto dos livros que, teoricamente, serão lidos pelos estudantes. Contudo, como Joana escreveu "orientação" e não "período destinado à orientação", fica por ali e só vai para a biblioteca quando chega um de seus alunos. Nessas ocasiões, um de seus divertimentos favoritos é, assim que Joana entra no bar, fazer de conta que não a viu, puxar conversa com algum aluno do oitavo semestre (que esteja com outro professor), mostrar um livro para ele e atuar como se estivesse orientando. Max sabe que Joana ficará num lamentável estado de excitação nervosa até descobrir se Max está ou não descumprindo sua ordem.

Mas é Lilian, e não Joana, quem entra no bar e acena para Max. Logo ela está sentada à sua frente.

"Te procurei hoje de manhã", diz a garota. "Tinha um idiota dando aula no teu lugar."

"Ele é meu amigo", diz Max.

"Tá todo mundo dizendo que é um idiota. O que aconteceu?"

"Ele é especialista em Ética, fez doutorado na Bélgica. É natural que fique com a disciplina."

"Natural coisa nenhuma! Porra, em vez de trocar os professores ruins, esse monte de bostas que não sabem dar aula, ficam mexendo no que funciona bem. Pra que despedir o Mateus? Isso não vai ficar assim."

"Vai. Nem esquenta."

Lilian balança a cabeça.

"Às vezes parece que tu te diverte com essa merda toda."

"Não me divirto."

"Então vamos brigar! Quando os alunos se unem, têm força. Vou pedir uma audiência do Centro Acadêmico com o Tavares."

"Não vai adiantar nada."

"Teu pessimismo é uma baita falta de ética."

"De jeito nenhum. Nem pessimismo nem otimismo são posições antiéticas. Antiético é ser derrotista."

"É o que tu é."

"Respeito tua opinião, mas acho que não sou."

"Esse cara é teu amigo mesmo?"

Max fica olhando para Lilian por algum tempo. Depois fala:

"Me disseram que a coisa esquentou hoje de manhã, lá na parada de ônibus."

"Esquentou mesmo. O conferencista se recusou a ficar com o abaixo-assinado. O que custava assinar um papel dizendo que tinha recebido?"

"Talvez custasse o emprego dele", diz Max, muito sério. "Aliás, o que o pobre coitado que supervisiona o serviço tem a ver com o problema de vocês? Tu acha que é ele quem decide quantos ônibus circulam em cada horário?"

"A gente só pediu um recibo! Claro que a briga é com o dono da empresa", diz Lilian, nervosa. "Se o cara tivesse assinado, não teria acontecido nada. Mas aí o Gustavo gritou que nós tínhamos que invadir os ônibus. Porra, o cara é um débil mental. Nunca devia ter aceitado ele de vice-presidente. E ainda se diz anarquista!"

"O anarquismo é ótimo", intervém Max, "mas os anarquistas são uns chatos."

"Essa é velha."

"Mas ainda é verdadeira. E aí?"

"Consegui impedir a invasão, mas o Gustavo fez um discurso e convenceu a galera a deitar na frente do próximo ônibus para impedir a saída. Quando eu tentei acabar com a palhaçada, o Gustavo exigiu uma votação e todo mundo votou com ele. Dá pra acreditar? Nós queremos acabar com os atrasos, e a ação de protesto é atrasar a porra ainda mais!"

Max sorri, divertido.

"A política às vezes é muito confusa. E o que tu fez?"

"O que eu poderia fazer? Foi tudo muito rápido. Deitei também! Eu sou a presidente, tenho que estar com a maioria."

Max solta uma gargalhada.

"Eu tinha que estar lá pra ver a confusão."

"Tinha mesmo. O pessoal que estava dentro do ônibus ficou puto e começou a nos xingar. O Gustavo gritou que nós estávamos lutando pelos alienados que nunca fazem nada. Um cara da engenharia, bem grande, desceu do ônibus e queria bater no Gustavo."

"E aí? Brigaram?"

"Não, porque aí chegou a polícia. Um monte de brigadianos, alguns armados. Um deles, acho que era o tenente, disse pra gente levantar, se não iriam nos tirar à força. Ele não tava brincando. Eu levantei e fui falar com ele, pedir calma, mas todo mundo levantou rapidinho atrás de mim, menos o Gustavo, que começou a chamar todo mundo de burguês e disse que não ia sair. O imbecil se agarrou numa roda. Aí dois brigadianos chegaram lá e deram duas cacetadas nele, de leve, só pra intimidar. E o Gustavo berrava que tinha sido agredido pelas forças da repressão."

"Que maravilha!", exclama Max. E continua rindo.

"Resolvi pedir pra turma dispersar. Amanhã temos uma reunião pra decidir o próximo movimento. O Tavares me deu uma baita mijada, disse que não é assim que se fazem as coisas, que ele estava negociando com a empresa..."

"Ooiii", a voz grave e inconfundível de Isabel interrompe Lilian. Isabel sorri e ajeita os óculos sobre o nariz.

"Desculpe, Lilian", diz Isabel, "mas acho que este é o meu horário de orientação".

"Teu nome não está na minha lista", diz Max, surpreso.

"Troquei com o Valdemar. E já falei com a Joana. Tá tudo certo." Isabel estende uma folha datilografada para Max. "Quer ver meu anteprojeto?"

Max olha para Lilian.

"Depois a gente continua o papo, Lilian." E para Isabel: "Não podemos conversar aqui. Vamos?"

"Claro", diz Isabel. "Onde vai ser: no seu apartamento ou no meu?"

Lilian lança um olhar de desprezo para Isabel, que devolve um sorriso irônico.

"Vamos para a biblioteca", diz Max, tentando permanecer longe daquela disputa, que se arrasta há tanto tempo.

* * *

Sobre a mesa, três pratos de sobremesa com alguns restos de torta de chocolate, cálices vazios e duas garrafas de vinho tinto, também vazias. Joana, vestida e maquiada discretamente, dá dois beijos em Viviane e diz:

"Foi um jantar maravilhoso. Semana que vem é a minha vez."

Ela se aproxima de Eugênio para também beijá-lo, mas Viviane intervém:

"Eugênio, leva a Joana até o carro."

"Não precisa", diz Joana.

"É melhor", insiste Viviane. "Essa rua é muito escura."

No elevador, Joana e Eugênio evitam se olhar. No saguão, Joana dá boa-noite para o porteiro e pega a chave do carro na bolsa. Os dois seguem, lado a lado, calados, até o carro de Joana, que está a poucos metros do edifício. Joana abre a porta e finalmente encara Eugênio. Sorri com ternura.

"Tu tem muita sorte de ter uma mulher como a Viviane."

"Eu sei."

"Aposto que ela te ajudou muito no exterior."

"Ganhou a aposta."

"Então não faz bobagem. Esse tipo de mulher é raro."

"Pode deixar."

Joana dá dois beijos em Eugênio, tão discretos quanto seu figurino, e entra no carro. Abre a janela e fala:

"Mas a Viviane também tem sorte."

Eugênio faz sinal de positivo com o dedo. Joana sorri e continua:

"Um dia, se Deus quiser, eu tiro um marido assim na loteria." Liga o carro. "Até amanhã, doutor Eugênio." E arranca.

Viviane está começando a tirar a mesa quando Eugênio entra. Ela parece satisfeita:

"Foi ótimo, né? Essa aí vai jogar no nosso time. Viu o jeito que ela devorou a torta?"

"Não te ilude", diz Eugênio. "Ela já tem time."

Viviane abraça Eugênio e sussurra:

"Eu sei. Mas a gente pode juntar os melhores jogadores e fazer uma seleção. Afinal de contas, quem é que já tem um título conquistado?"

Eugênio beija Viviane. Ela responde calorosamente. Depois, suspira fundo e anuncia:

"Amanhã, para o teu grande amigo Max, acho que vou fazer um camarão."

"Eu... Ainda não convidei o Max."

"Ué... Pensei que já tava tudo certo."

"Na verdade... Não sei se vou convidar."

Vivi olha para Eugênio, confusa.

"Ele não era teu melhor amigo na escola?" Viviane busca os olhos de Eugênio. "Por acaso, ele te recebeu mal na faculdade?"

"Não. De jeito nenhum. Deu a maior força. Mas é que... Eu tô meio sem jeito por ter ficado com a disciplina que ele dava. Daqui a uma ou duas semanas talvez seja melhor."

"Certo", diz Viviane. "Sem problemas."

"Tem outra coisa."

"O quê?"

"Não sei se tu vai gostar dele."

Viviane pára de limpar a comida dos pratos, preocupada.

"Por quê?"

"É só uma impressão. Tomara que eu esteja errado."

"Ele é bom professor?"

"Não sei ainda." Eugênio pensa por alguns instantes. Depois revela: "A Joana diz que é uma fraude completa."

"Eles não se dão bem?"

"Nem um pouco."

Viviane aproxima-se de Eugênio.

"Pelo amor de Deus, Eugênio. Eu vou te pedir uma coisa: muito, mas muito cuidado mesmo. Tu sabe o quanto esse emprego é importante?"

Eugênio olha para a esposa, sério, e responde:

"Sei."

* * *

Max devolve o anteprojeto de Isabel, agora cheio de anotações nos objetivos, correções no sumário e recomendações de leitura para cada capítulo.

“Obrigada, Max. E pode ter certeza: eu vou me esforçar pra fazer um bom trabalho.”

Isabel levanta-se.

“Ótimo”, diz Max. “Eu posso te fazer uma pergunta?”

“Claro.”

“O que tu foi fazer na aula de Ética hoje de manhã? Já me disseram que tu mentiu pro professor Eugênio, dizendo que rodou no semestre passado, e ficou lá até o fim.”

Isabel sorri, nem um pouco envergonhada, e diz:

“Como as histórias correm rápido nessa faculdade...”

“Sempre correram.”

“Eu fui lá só pra te dar um oi e combinar contigo a orientação pra hoje de noite. Aí vi aquele cara estranho — de *blazer*, acredita?, de *blazer*!, naquele calor desgraçado —, falando um monte de merda e resolvi matar a aula de Rádio, ficar por ali, pra ver o que podia acontecer. Foi engraçado.” Isabel volta a sentar. “Agora eu posso te fazer uma pergunta?”

“Pode.”

“É verdade que ele é teu amigo?”

“É.”

“Ele foi indicado por ti pra dar essa cadeira?”

Max olha para Isabel por um tempo. Depois começa a guardar as suas coisas na pasta. Fala sem olhar para Isabel.

“De certo modo, sim.”

“De que modo? Eles queriam um professor bem idiota, e aí — tóin! — tu lembrou do teu amigo idiota?”

Max não consegue evitar uma risada.

“Dá um tempo pro Eugênio”, diz Max, agora tentando parecer sério. “E pede pro pessoal fazer o mesmo. Quando eu comecei também era um horror. O Eugênio é especialista em Ética, estudou pra burro. Daqui a pouco ele acerta as aulas e vai ser bom pra todo mundo."

"Menos pra ti."

Max levanta e fala:

"Eu me viro. Vou tomar um café."

"Eu vou junto."

"Não. Tu vai pegar pelos menos dois livros dos que eu te indiquei. Aproveita agora, que é começo de semestre, e tem poucos títulos retirados."

Isabel faz cara de triste e acusa:

"Carrasco."

"Não adianta me elogiar."

"Quer uma carona pra Porto Alegre?"

"Não sei que horas eu vou sair."

"Não tem problema. Eu espero."

"Talvez. Tchau."

Três beijinhos. Max volta para o bar e senta. Tavares, que está no balcão, vê Max e imediatamente vem falar com ele.

"Pensei que tu queria falar comigo."

"Não tem pressa."

"Mas agora sou eu quem quer falar contigo. Vamos pra minha sala?"

* * *

É uma sala não muito grande, com um crucifixo na parede atrás da mesa, cheia de papéis. No canto, uma garrafa térmica e uma cuia cheia de erva. Além da cadeira de Tavares, há quatro poltronas confortáveis. Max está sentado numa delas.

"Resumindo", diz Tavares. "Tu decidiu assinar a redução de carga horária e não causar problemas. Nem pra mim, nem pro teu amigo que acabou de chegar."

"É um bom resumo."

"Acho que foi uma decisão sensata. Essa redução, com certeza, é temporária. E tu sabe muito bem: é só tirar um mestrado, que logo depois te contratamos com trinta ou quarenta horas."

"Quem sabe eu assino um contrato de quarenta horas e, logo depois, me matriculo num mestrado? Me parece mais justo."

"O mundo não é exatamente justo, professor", diz Tavares, sorrindo. "O mundo é apenas levemente lógico, e as noções de causa e efeito ainda estão em vigor, pelo menos por enquanto. No caso, a causa é o mestrado, e o efeito é o contrato. Talvez não seja um procedimento justo, mas é lógico o bastante para justificar a criação de uma regra."

"Tudo bem, Tavares."

Tavares pega a cuia, a garrafa térmica e começa a colocar água no chimarrão. E, sem olhar para Max, anuncia:

"Eu sei que não tá tudo bem. Sei o que a professora Joana andou aprontando. Não te falou nada sobre a demissão do Mateus, nem sobre a chegada do Eugênio. Eu a encarreguei pessoalmente de fazer as duas coisas. Hoje de tarde tive uma conversa com ela. Uma conversa séria, grave, aqui nesse gabinete. Disse que ela tinha agido mal, e que essas coisas não poderiam se repetir. Acho que ela entendeu direitinho." Tavares faz uma pequena pausa e agora procura os olhos de Max. "Mas todo mundo erra, não é verdade?"

"É."

Tavares estende para Max o xerox de uma folha cheia de rabiscos. Max logo reconhece o abaixo-assinado trazido por Lilian contra o atraso dos ônibus. Sua assinatura é a primeira da lista. Ao lado dela, os alunos acrescentaram, em letras enormes: "Professor de Ética da Comunicação no Centro Universitário Vera Cruz."

"O pessoal da empresa de ônibus não gostou nada disso."

"Dá pra imaginar."

Tavares começa a tomar o chimarrão.

"Esse também foi um erro, o senhor admite? Professor que entra em política sempre se dá mal. Quer dizer: mal no começo, quando tá na universidade, mas, depois, quem sabe..."

Tavares aponta para as folhas, que ainda estão com Max.

"Adivinha quem me mostrou isso aí", pergunta Tavares.

"A Joana."

Tavares mexe na bomba do chimarrão, rodando-a bem lentamente, para desentupi-la.

"Exatamente. Sabe, Max, às vezes eu penso que ela é realmente má, que ela é um cão feroz, que precisa andar de coleira e focinheira. Mas, confesso, eu não teria como tirá-la do cargo de coordenadora. A grande maioria dos professores gosta muito dela. Quase a adoram. E muitos alunos também. Assim, eu fico com ela, mas mantenho a focinheira. E, se ela rosnar de novo, vai apanhar. Na bunda, com um jornal dobrado, que é como se bate em cachorro. Em compensação, vou te pedir pra pensar mil vezes antes de assinar outra vez um negócio desses. Tudo bem?"

Max olha para sua assinatura, torta, apressada, quase ilegível.

"Tudo."

"Então não se fala mais nisso", diz Tavares. E começa a tomar o chimarrão.

* * *

Viviane geme, grita, seu corpo tem uma série de pequenos tremores, e ela cai sobre Eugênio. Ficam imóveis por algum tempo respirando fundo. Então Viviane ergue seu tronco, apoiando os pulsos sobre os ombros de Eugênio.

"Foi melhor que ontem", diz Viviane. "Bem melhor."

Viviane sai de cima de Eugênio e desaba ao seu lado.

"Será que eu não gritei muito alto?", pergunta Viviane. "Às vezes tenho a impressão que o André fica ouvindo atrás da porta."

"O André está dormindo há mais de três horas. E pára com essa paranóia. Não estamos mais na Bélgica. Eles têm um quarto, nós temos o nosso. Já falei com eles sobre privacidade, respeito ao espaço de cada um, enfim, disse pra eles não encherem o saco quando a gente tranca a porta."

"Ainda não me acostumei", diz Viviane.

Eugênio faz um carinho no rosto da mulher.

"Lá na Bélgica, achei que talvez a gente nunca mais fosse se dar bem."

"Na cama?"

"Na cama e fora da cama", explica Eugênio. "Mas, agora, parece que começou uma nova etapa, uma nova fase. Sabe, tem uma coisa que eu não consigo evitar: sempre penso na minha vida como se ela tivesse compartimentos de tempo, separados por comportas estanques. É como se a gente tivesse conseguido fechar a grande comporta da Bélgica, depois uma pequena comporta em São Paulo, e estamos agora nesse período novo, o período de Porto Alegre. E tudo mudou de repente. Até o sexo. Quero esquecer tudo que ficou pra trás."

Viviane beija Eugênio na boca. Um beijo rápido, carinhoso. Mas Eugênio segura a nuca de Viviane e faz com que o beijo se prolongue. Ela responde, surpresa, e também vai se entusiasmando. Param para respirar. Viviane olha para o membro ereto de Eugênio e sussurra:

"De novo? Será? Pensei que tu tinha te acabado."

Eugênio passa a mão na virilha de Viviane, que está quente e úmida.

"Pensou errado. Na minha nova fase, eu tenho perfeito controle do meu corpo. Pode me chamar de senhor Tao."

Viviane ri, segura o membro de Eugênio com força e aproxima-se.

"Vamos ver até onde vai esse controle, senhor Tao."

* * *

Max olha para o relógio: 10h25. Levanta, pega a pasta e sai do bar. Lilian, que está na porta do Centro Acadêmico, acena para ele e vai ao seu encontro. Ela parece preocupada.

"Pô, Max, eu devia saber que a tua assinatura podia dar merda. Desculpe."

Max não pára de caminhar. Lilian, sem outra alternativa, o segue.

"Não precisa se desculpar", diz Max. "Eu sabia o que era e assinei porque quis."

"Mas eu insisti. Foi mal. Pedi pra outros professores assinarem, e ninguém aceitou."

"O que eu acho estranho é que, de repente, todo mundo sabe que a minha assinatura estava ali. Os caras da empresa não se recusaram a receber o documento?"

Lilian balança a cabeça, morde o lábio superior e explica:

"Nós tiramos várias cópias no Centro Acadêmico, por segurança. Uma delas deve ter chegado em alguém muito sacana."

"Isso eu também poderia imaginar. A minha primeira mulher sempre dizia: pode falar o que tu acha, mas não escreve, e muito menos assina."

"Acho que ela tinha razão", diz Lilian.

"Talvez. Ela sempre pensava politicamente. Ela sempre queria deixar uma saída." Max pensa um pouco e, pela primeira vez, olha para Lilian. "Mas pensar só politicamente enche o saco. Não sei como fiquei com ela tanto tempo. E tem mais: nossa causa é justa. A empresa de ônibus vai ter que nos ouvir."

O rosto de Lilian se ilumina.

"Professor, essa é uma das coisas mais a fudê que eu já ouvi na minha vida."

Max dá uma risada e fala:

"Espero que tu ainda viva bastante pra ouvir coisas bem mais interessantes."

Lilian balança a cabeça e tenta consertar:

"Não. Acho que não expliquei direito. Não tô falando do que tu disse agora — só a frase, entende? — e sim do que tu falou em relação ao que tu fez antes. Isso é o que interessa. Só falar, todo mundo fala. E depois faz o contrário do que falou. É ou não é?"

Os dois estão passando perto da saída do estacionamento. Quando Max vai responder, ouve a buzina insistente de um carro, quase ao lado deles. É Isabel, que, na direção de uma camionete reluzente, pergunta:

"Querem uma carona até Porto Alegre? Aproveitem: é carro novo. Tem aquele cheirinho e tudo."

"Obrigado", diz Lilian, mal-humorada. "Tô indo pra São Léo."

"Ah, claro", diz Isabel. "Mora lá, né? E tu, professor? Vamos lá!"

"Vai pro centro?", pergunta Max.

"Te deixo lá, sem problema."

Isabel pára o carro e abre a porta do carona. Max dá três beijos em Lilian e diz:

"Até amanhã."

"Tchau, professor."

Max entra. Isabel abana para Lilian e arranca.

"Tá me devendo uma", diz Isabel, sorrindo. "Te salvei daquela chata."

Max olha para Isabel, sério, e afirma:

"Ela não é chata."

"Tudo bem. Digamos que é um pouco... insistente."

Max responde, seco e um pouco ríspido:

"Digamos que ela é minha amiga. E ótima aluna."

Isabel pára de sorrir. Quando fala, parece sinceramente abalada.

"Duas coisas que não podemos dizer de mim."

Max não responde. Isabel dirige em silêncio por um bom tempo.

"Posso acender um baseado?", finalmente pergunta Isabel.

"Melhor não", diz Max.

"Não gosta?"

"Não gosto de me meter em roubada. Fuma depois que me largar."

"Tudo bem."

Mais alguns quilômetros de silêncio. Começa a chover. Isabel liga o limpador de pára-brisa.

"Max, posso te fazer uma pergunta, digamos, bem pessoal?"

"Depende."

"Não é nada demais. Na verdade, é muito mais uma pergunta a meu respeito do que sobre ti."

"Vamos ver. Manda."

"Bom... Eu estou chegando no final do curso, acho que minha formatura é no próximo semestre, se tudo der certo e eu conseguir recuperar umas disciplinas atrasadas. Isso significa que talvez a gente quase não se veja mais e..."

"Não necessariamente", interrompe Max. "Eu vejo alguns alunos de vez em..."

"Tá, Max, fica quieto. Eu não fiz a pergunta ainda. A questão é a seguinte: eu tô há mais de três anos dando em cima de ti e tu ainda não me comeu. Eu vou sair da faculdade sem transar contigo? É um absurdo. Tu não gosta dos meus óculos? É isso? Eu nunca me dei bem com lentes de contato, mas eu tiro os óculos pra trepar, prometo."

Max olha para Isabel, entre surpreso e divertido, e fica calado. Isabel insiste:

"Tem alguma coisa errada comigo? Por que tu não me dá bola, Max?"

Max sorri e, olhando para a estrada à frente do carro, responde:

"Talvez porque seja ótimo te ouvir dizendo isso."

"Bobagem. Ótimo é transar. Transar é sempre ótimo. O resto é bobagem pra encher lingüiça."

"Já é uma teoria."

"Não, não é uma teoria. É a prática da vida. Pelo menos da minha vida."

"Toda prática vem de uma teoria, mesmo que inconsciente. Por exemplo: se transar é sempre ótimo, e tu diz que tá a fim de transar comigo, também deveria transar com outros professores, mas aposto que tu tem uma teoria pra me explicar por que com os outros é bem diferente."

"Quem disse que é bem diferente?", diz Isabel, com convicção.

"E não é?" Max parece muito seguro. "Tu já transou com quais professores na faculdade?"

Isabel lança um olhar rápido para Max antes de listar:

"Com o Lopes, com o Edvar e com o Cabral."

"Não!"

"Claro que transei."

"Com o Cabral? Não acredito. Ele é careta demais."

Isabel ri.

"O careta demais, numa prova em que eu fiquei por último na sala, veio se encostar em mim, passou a mão no meu cabelo, foi se chegando, disse que a gente podia se ver depois..."

Max está estupefato.

"O Cabral?"

"Confesso que fiquei muito em dúvida com o Cabral. Ele não é exatamente um cara bonito. Mas eu tinha tanta curiosidade pra ver se ele teria mesmo coragem... E aquele olhinho dele brilhava atrás dos óculos... O cara tava muuuito a fim. Fomos para um motel em São Léo."

"O Cabral... O mundo tá perdido."

"Não. Não tá. Quem tá perdido é tu. Vamos tomar uma cerveja?"

O carro de Isabel está sobre o acesso que liga a BR-116 à *free-way*, uma auto-estrada que leva direto ao centro de Porto Alegre.

"Não", diz Max, introspectivo. "Vou ficar em casa."

Isabel engole em seco e bate com a mão no volante.

"Eu sabia que não devia ter contado do Cabral. Agora tu tá me desprezando porque eu transei com o cara, e tu acha ele um imbecil..." Pequena pausa. "Na verdade, eu também acho. O cara é um imbecil completo. Dessa transa, até eu me arrependo. Amargamente. Foi horrível." Outra pausa. "Mas das outras eu não me arrependo!"

Max sorri e, quando fala, o tom de sua voz é carinhoso:

"Eu nunca poderia te desprezar. Pelo contrário. Eu tô te admirando cada vez mais."

"Então vamos tomar aquela cerveja?", diz Isabel, animada.

"Outra noite. Prometo."

O carro entra na *free-way*, Isabel aperta o acelerador, e o motor responde imediatamente. Max sente a aceleração e olha para o velocímetro, que marca 140 por hora.

"Não corre muito, Isabel."

"Tô a fim de chegar logo."

"Tô a fim de chegar inteiro."

"Vai chegar, não te preocupa. Max, posso fazer mais uma perguntinha, e essa é indiscreta mesmo?"

"Não sei. Só respondo se tu baixar pra cem por hora e se eu tiver vontade de responder."

Cem por hora. A chuva aumenta. Dá pra ouvir os pingos grossos se chocando com o teto do carro. Ela faz a pergunta:

"Com quantas alunas tu já transou desde que começou a dar aula?"

Max olha para a silhueta iluminada de Porto Alegre, que surge, distorcida pela água da chuva, atrás do pára-brisa e do limpador, que agora se movimenta num ritmo quase frenético. Max fala em voz baixa:

"Respondo só se tu me prometer não contar pra ninguém, nem na faculdade, nem em lugar nenhum."

"Combinado. Mas aí tu também não conta nada do Cabral? Pra ninguém?"

"Claro que não."

"Feito. Agora diz."

"Nenhuma", diz Max, mais baixinho ainda.

"Não acredito."

"Mas é verdade. Algumas vezes, estive perto de transar, mas nunca fui até o fim."

"Que loucura!", exclama Isabel.

"Algumas pessoas diriam que é loucura se eu transasse com uma aluna."

"Por quê?"

"Porque eu estaria me aproveitando de uma posição de superioridade, de uma relação que é desigual em termos de..."

"Besteira!", corta Isabel.

"Quase todas as pessoas que eu conheço pensam assim. Por um bom tempo, eu também pensava assim."

"Mas não pensa mais."

"Não sei. Não tenho mais convicções a respeito. Acho que é uma situação bem complicada." Pequena pausa. "Mas, com certeza, eu jamais censuraria um colega por transar com uma aluna. Se ela estivesse mesmo a fim, claro, e fosse maior de idade. E se eu não tivesse que dar uma opinião em público."

"Hipocrisia. Esse é o nome dessa merda que tu falou."

"Exatamente." Max fica pensativo. "Será que a hipocrisia pode ser um estágio intermediário entre o reacionarismo absoluto e uma visão libertária do sexo?"

"Não sei", diz Isabel. "Esse papo, de repente, ficou muito cabeça. Vamos tomar aquela cerveja?"

Max sorri. O carro de Isabel está descendo o viaduto que liga a *free-way* a uma das avenidas do centro de Porto Alegre.

"Primeira à esquerda", diz Max. "Depois esquerda de novo."

Max indica o trajeto até que o carro de Isabel pára em frente ao seu edifício. A chuva diminuiu bastante e não passa de uma garoa. Max dá três beijinhos em Isabel e fala:

"A cerveja fica pra depois."

"Mas tem que ser antes da formatura, viu?"

"Tá prometido. Boa noite, Isabel. E não corre!"

"Tchau, professor querido!"

Isabel faz o motor da camioneta rugir e arranca rápido. Max observa o carro até que ele dobra a esquina, com um leve gemido dos pneus.

* * *

Eugênio acorda e imediatamente percebe que está todo encolhido, com os braços em volta do próprio corpo nu, numa proteção inconsciente contra o vento frio que entra no quarto por uma larga fresta na janela aberta. Ouve a chuva forte e alguns trovões distantes. Olha para o lado e vê Viviane, também nua, mas ela conseguiu enrolar-se completamente no lençol e dorme profundamente.

Levanta, fecha a janela, e um arrepio percorre seu corpo. Vai até o armário. Pega um pijama de pelúcia, que não usava desde a Bélgica, e um edredom. Joga o edredom nos pés da cama, veste o pijama e volta a deitar-se. Para não perturbar Viviane, deixa que ela continue com todo o lençol e puxa o edredom, cobrindo os dois. Fecha os olhos. Abre outra vez. Olha para o despertador no criado-mudo: quase meia-noite. Vira-se na cama, aconchega seu corpo ao de Viviane e fecha os olhos mais uma vez. É inútil. Perdeu o sono. Levanta e vai para a sala.

Liga a TV. Boceja. Zapeia. Nada que preste. Vê a pasta de couro sobre a mesa. Fica olhando para ela por algum tempo. Levanta, abre a pasta e retira um caderninho de endereços. Abre na letra M. Pega o telefone e aperta os botões. Logo surge a voz de Max no outro lado da linha:

"Alô."

"Max, é o Eugênio. Desculpa ligar a essa hora. Tu já tava dormindo?"

"Não. Cheguei há pouco da faculdade. Tava fazendo um sanduíche."

"Max, o negócio é o seguinte: tô me sentindo muito mal com o que aconteceu com as aulas de Ética. Como é que ficou o lance da redução da carga horária?"

"Ficou tudo bem. O Tavares disse que no próximo semestre já deve aumentar outra vez. Não te grila."

"Tem certeza?"

"Claro."

"Tava pensando que a gente poderia fazer o seguinte: eu fico de manhã, e tu pega a disciplina no turno da noite. Amanhã combino tudo com o Tavares."

"Não. É muito complicado. Deixa como tá. Isso já aconteceu antes comigo. Não é tua culpa nem nada. É assim e pronto. Ela pensa que vai acabar comigo, mas eu sei me defender."

Eugênio fica em silêncio por um bom tempo.

"Eugênio?", diz Max.

"Eu tô aqui, cara. Tô aqui. Na verdade, eu queria conversar contigo com mais calma. Acho que tô precisando de umas dicas pra essas aulas. É complicado. E eu não conheço os alunos. Hoje foi bem difícil, quase enlouqueci."

"Quando quiser, Eugênio. Amanhã eu tô na faculdade toda a manhã. Quem sabe às dez da manhã, no bar?"

"Tá marcado. Obrigado, cara. Obrigado mesmo."

"Não por isso."

Eugênio respira fundo e fala rápido:

"Só mais uma coisa, Max. Sabe a Joana? Hoje ela veio..."

Um ruído. O telefone fica mudo. Eugênio olha para o lado. A mão de Viviane está sobre o aparelho. Ela está enrolada no lençol, olhando para Eugênio, assombrada, como se estivesse na presença de um estranho.

* * *

Max coloca o telefone no gancho e espera um pouco. Depois vai até o quarto, pega uma agenda em sua pasta, acha o telefone de Eugênio e disca. Ocupado. Disca outra vez. Ocupado. Vai até a cozinha, termina de fazer um sanduíche e volta para a sala. Pega o telefone. Começa a discar. Pára no meio e recoloca o telefone sobre a mesa. Liga a TV, zapeia, nada que preste. Olha o telefone. Joga-se nele e disca, bem rápido. Uma sonolenta voz feminina no outro lado da linha:

"Alô?"

"Tina? É o Max."

"Max? Que Max?"

"Maximiliano da Silva."

Um pequeno silêncio.

"Esse Max? Tá brincando..."

"Te acordei? Ligo outra hora, desculpe."

"Acordou, mas não faz mal. Que surpresa!" A voz adquire um tom preocupado. "Aconteceu alguma coisa?"

"Não. Eu... Tava pensando em ti e resolvi ligar. Vamos tomar uma cerveja?"

Agora a voz está nitidamente irritada.

"Cerveja? Tu tem idéia de que horas são?"

"Lembra do Eugênio?", pergunta Max. "Ele voltou da Bélgica."

"Eu nem sabia que o Eugênio tinha ido pra Bélgica. Olha, Max, obrigado por ligar, mas agora não posso mais falar, tá legal? Me liga outra hora."

Um clique. E a linha fica com sinal de ocupado. Max coloca o telefone no gancho.

"Idiota!", sussurra. "Eu sou um grande idiota! O maior de todos os idiotas. O rei dos idiotas!"

Max, lentamente, deita no sofá da sala e se encolhe todo.

* * *

Viviane está soluçando, sentada numa poltrona da sala, bem na frente de Eugênio, ajoelhado na frente da esposa. Eugênio também limpa uma lágrima.

"Fazia anos", diz Viviane, "muitos anos mesmo, que eu não me sentia tão feliz. Sabe o que eu tava pensando, um pouquinho antes de dormir? Que nós tínhamos feito a coisa certa, e que eu podia dormir sossegada."

Eugênio faz um carinho no cabelo de Viviane e diz:

"Eu juro, meu amor. Juro de verdade. Não vou fazer nada de errado. Não vou arriscar..."

"Mas tu tava falando com ele no telefone!" Viviane, de repente, aumenta o volume da voz. "Ia contar do jantar! Ia falar mal da pessoa que te convidou pra dar aula, quando ninguém mais estava interessado em ti!" Viviane levanta. "Acorda, professor! Professorzinho de merda, é o que tu é. Puta que pariu! Tem que ser muito imbecil pra fazer uma coisa dessas!"

"Eu não fiz nada!"

Eugênio tenta pegar a mão de Viviane, mas ela o repele.

"Mas ia fazer", grita Viviane. "Eu sei exatamente o que tu ia fazer. Quem é esse teu amiguinho do colégio?"

"Pára, Viviane. Tu tá gritando."

"Claro que tô. Mas não te preocupa, que não vou gritar mais nada."

Viviane dá as costas para Eugênio e caminha na direção do quarto. Eugênio vai atrás, cada vez mais suplicante:

"Meu amor, eu não ia dizer..."

Viviane pára, vira-se e ergue a mão, ameaçadora:

"Quer ouvir mais? Então vai ouvir: se tu fizer alguma merda agora, se desperdiçar essa chance — que tu sabe que nem merece, porque tu é um idiota completo, com pós-doutorado em imbecilidade —, eu juro que me separo de ti. Juro! Tá ouvindo? Juro!"

A porta do quarto das crianças abre devagar, e André, o filho mais velho, aparece. Olha para a mãe, enrolada na toalha e com os olhos muito vermelhos.

"Vocês tão brigando?", pergunta o garoto.

"Não", diz Viviane.

"Não, meu filho", diz Eugênio.

"Vocês vão se separar?"

Eugênio e Viviane se olham, sem saber como responder.

"Eu vou rezar muito pra vocês não se separarem", diz o garoto.

Viviane pega o filho pela mão e o leva para o quarto. Fecha a porta. Eugênio ouve o som da chave girando. Volta para a sala. Deita no sofá, todo encolhido.

* * *

Max está no bar da faculdade, às dez da manhã. Um estudante gordo, de óculos, aproxima-se dele e fala:

"Tem um tempo pra mim, professor?"

"Claro, João." Max olha para o relógio. "Só vou te pedir um favor: me dá uma meia-hora, que eu tô esperando um amigo."

"Tudo bem. Dez e meia, eu passo aqui outra vez."

O aluno sai. Toca o celular de Max. Ele atende e ouve a voz de Eugênio:

"Oi, Max. Cara, eu tô completamente enrolado aqui, num lance da pós. Não posso sair da minha sala agora."

"Se tu quiser, dou um pulo aí", propõe Max.

"Não, não precisa. Eu te ligo quando me liberar. E aí a gente marca outra hora."

"Como quiser."

"Falou, Max. Desculpa a confusão." Pequena pausa. A voz de Eugênio adquire uma certa gravidade. "Obrigado por tudo."

A voz de Max transparece alguma irritação:

"Cara, vou te pedir uma coisa. Numa boa: pára de pedir desculpa e de dizer obrigado a cada cinco segundos. Ou a gente é amigo, ou a gente fica nessa de 'desculpa' e 'obrigado'. Deu pra entender?"

"Tudo bem. Nos falamos."

Max desliga o celular e olha em volta, ainda irritado.

* * *

Uma longa fila de estudantes — corpos cobertos de tinta e cabelos empastelados com farinha, ovos e outros materiais orgânicos — desloca-se lentamente pelo gramado na frente da Faculdade de Comunicação, projetando uma sombra alongada que serpenteia nas paredes do prédio iluminado pelo sol do final da tarde. Quase todos estão com apenas um dos calçados nos pés. Alguns sorriem amarelo, mas a maioria não parece nem um pouco satisfeita. A fila é controlada por uma dúzia de veteranos, algozes que não parecem mais velhos e, na verdade, estão quase tão sujos quanto as vítimas. Eles carregam um saco grande cheio de sapatos, latas de tinta e pacotes de farinha. Max, que se aproxima do prédio da faculdade, tenta manter distância do trote, e para isso é obrigado a passar bem perto da porta do Centro Acadêmico. Lilian, como sempre, está atenta ao movimento e vem falar com Max.

"Que criancice", diz Lilian, apontando para a fila.

"Pensei que a recepção aos calouros seria diferente esse ano", diz Max. "O Centro Acadêmico não tá fazendo uma programação cultural ou coisa parecida?"

"Estamos. Teve palestra, teve visita guiada à faculdade, teve filme, mas tu acha que esses débeis mentais do segundo nível vão deixar de se vingar do que fizeram com eles no semestre passado? Eles só garantiram que ninguém vai se machucar."

"Já é alguma coisa."

"Sabe, Max, esse negócio com os ônibus vai ser bem mais complicado do que a gente tinha pensado. Os caras não vão ceder. Dizem que o número de ônibus é mais do que suficiente e vão contratar uma auditoria pra medir o tempo médio de deslocamento da estação do Trensurb até aqui."

"Eu já vi esse filme", dia Max. "Começa emocionante, com abaixo-assinado e polícia correndo atrás de aluno, e se arrasta até o tédio absoluto, com auditorias e comissões de todos os tipos."

"Pô, professor... E depois tu diz que não é derrotista. O Gustavo teve uma idéia: manifestações semanais, feitas por grupos pequenos, sem horário marcado, só pra encher o saco dos caras."

Max aponta na direção do trote e pergunta:

"Essa bobagem não devia ter acontecido antes? Hoje já é sexta-feira."

"Negociei com o Tavares e com os caras do segundo nível um

horário alternativo, pra não prejudicar as aulas. O Tavares prometeu não interferir se o negócio fosse civilizado e sem excessos."

Agora os calouros estão sentados na grama, formando uma roda, e são obrigados a dançar, cantar e declamar poesias infantis.

"Isso é um trote civilizado, sem dúvida", diz Max. "Tchau, Lilian, ainda tenho que passar na Reitoria antes da aula."

* * *

Max, atrás do balcão, acena para o noivo de Regineide, que acena de volta e pede que Max espere um pouco. A Reitoria está no prédio mais antigo do campus, mas isso não significa uma desvantagem: há venezianas nas janelas, o pé-direito é muito alto e os móveis são de madeira de lei, ao contrário da profusão de plásticos e compensados que equipam todas as outras unidades. O Departamento de Pessoal, onde o noivo de Regineide trabalha, ocupa duas salas grandes do terceiro andar. Ele aproxima-se do balcão e aperta a mão de Max.

"O que manda, professor?"

"Não mando nada, como tu sabe muito bem", diz Max. "É que eu fiquei em dúvida sobre uma coisa e talvez tu possa me ajudar."

"Qual é a dúvida?"

"Eu sou horista e acabo de assinar uma autorização para redução de carga horária. Normal, já fiz isso antes, mas é que agora... Bom, eu já tô aqui no Vera Cruz há 12 anos e queria saber se há alguma possibilidade de retirar o fundo de garantia, ou parte dele. Tô precisando."

O noivo de Regineide balança a cabeça, pessimista.

"A redução de carga horária não é uma demissão. É simplesmente uma alteração do teu contrato. Se tu assinou, é porque aceitou os novos termos, e continua tudo como antes."

"Mas será que não tem uma maneira..."

"A lei não permite, professor. Só pode movimentar o fundo quem se aposenta, quem é demitido sem justa causa, no caso de doença grave, tipo AIDS, ou pra comprar casa própria. Fora isso, não sai. Vários professores já vieram falar comigo com o mesmo problema. Alguns até disseram que tinham um esquema na faculdade pra serem demitidos e readmitidos depois. Não funciona. É ilegal, e a Reitoria não permite."

"Eu tava achando que era isso mesmo", diz Max. "E se eu me recusasse a assinar a redução?"

"Aí talvez eles te demitissem e tu pegava o fundo."

"E ficava sem emprego nenhum."

"É."

"Não é uma boa alternativa." Max aperta a mão do noivo de Regineide. "De qualquer maneira, obrigado."

"Não tem de quê, professor." O noivo de Regineide diminui o volume da voz antes de continuar. "Eu conheci há pouco o professor novo da Comunicação, aquele que é teu amigo. Ele veio assinar o contrato. Falou bastante de ti, disse que vocês eram superamigos nos tempos de colégio, mas não se viam há vinte anos."

"É verdade."

A próxima fala sai quase num murmúrio:

"O contrato dele é de quarenta horas, dedicação exclusiva. Vai ganhar bem."

"Normal. Ele fez doutorado na Europa e vai coordenar a pós-graduação."

"Se não me engano, ele está ali pelo segundo andar. O Tavares está com ele."

"Reunião com o Reitor?"

"Não. Missa."

* * *

Max desce a escada lentamente. Quando chega ao segundo andar, começa a ouvir a música. Ela vem da capela, localizada bem no fundo do longo corredor à sua esquerda. É um som quase imperceptível, e, com toda certeza, Max o ignoraria, não fosse a conversa com o noivo de Regineide. Max caminha na direção do som.

A capela é uma evidente improvisação arquitetônica. Quando o colégio foi transformado no embrião do centro universitário, e o padre Hernandez vetou o projeto de instalação de uma capela nova no campus — com o argumento bastante razoável de que custaria caro demais e impediria a construção de um prédio para o ensino —, a solução foi reformar a pequena capela já existente no colégio, ampliando-a com o espaço de três salas de aula contíguas. Uma grande porta de vidro foi colocada na entrada da capela, e através dela é possível ver o altar e as primeiras fileiras dos bancos de madeira.

À medida que se aproxima, Max começa a identificar a música que está sendo cantada pelos participantes da missa. Um órgão de som modesto faz o acompanhamento. É uma música bastante tradicional: "Queremos Deus, que é nosso Rei. Queremos Deus, que é nosso Pai." A música termina. Max encosta-se na parede, a uns vinte metros da porta. No ângulo em que está, pode enxergar apenas o altar — onde o padre começa a consagração do pão e do vinho — e o primeiro banco dos assistentes, no qual reconhece apenas o reitor, o padre Kozinski. Max escuta algumas frases esparsas do sacerdote: "Ele, na véspera de sua paixão... Isto é o meu corpo... Isto é o meu sangue, o sangue da nova e eterna aliança... Cordeiro de Deus, que tirais o pecado do mundo, tende piedade de nós."

Max acompanha os gestos largos do padre que oficia a missa. A maneira clássica com que ele mostra o cálice de vinho e a hóstia, conjugada ao som dos pequenos sinos, hipnotiza Max, que só desperta ao ouvir o sacerdote, agora em tom quase triunfal, anunciar: "Eis o cordeiro de Deus, aquele que tira o pecado do mundo." E todos recitam uma frase que Max sempre achou poderosa, por aliar extrema humildade ao mais ambicioso dos pedidos. "Senhor, eu não sou digno que entreis em minha morada, mas dizei uma só palavra e minha alma será salva." Max chegou a discutir estes e outros paradoxos do catolicismo com o padre Hernandez, mas isso parecia bem menos importante que jogar futebol.

Começa outra música. O padre se aproxima dos fiéis e distribui a comunhão. Max ainda acha estranho o costume de entregar a hóstia na mão, em vez de depositá-la sobre a língua da pessoa que está comungando. O Reitor é o primeiro da fila. Seguem-se alguns funcionários da reitoria e um grupo de jovens — provavelmente estudantes de Teologia, a julgar pelas impecáveis camisas brancas. Depois, surge Tavares, muito compenetrado, com os olhos no chão, o que cria um forte contraste com sua postura de coronel da reserva — espinha ereta, ombros largos, cabelo muito bem penteado. Tavares não vê Max, pois volta para seu lugar mantendo o olhar direcionado para as lajotas do piso.

Max tem certeza que o próximo é Eugênio. Mas está enganado. Com um vestido discreto, maquiagem quase invisível e sapatos de salto baixo, é Joana Caravaggio quem se aproxima do altar. Ela recebe a hóstia, muito concentrada e, assim como Tavares, afasta-se com os olhos baixos. Depois dela vem Júnior, com seus bíceps de halterofilista e pele bronzeada, que em nada combinam com seu momento de devoção. Finalmente surge Eugênio. Ele é, com certeza, o mais elegante dos fiéis, pois está de terno escuro e gravata. Sua expressão, de acordo com a memória de Max, é exatamente a mesma que utilizava nestes momentos vinte anos atrás: tão beatífica que mais parece uma pose ensaiada de religiosidade carola e artificial.

Eugênio começa a voltar para seu lugar e — como todos os outros fiéis — caminha mirando o chão. Contudo, quando está prestes a sair do campo de visão de Max, ultrapassando a porta de vidro, ergue a cabeça de repente e olha diretamente para Max, como se soubesse que ele estava lá. Max não tem tempo para se esconder, nem para desviar os olhos. Os dois colegas se encaram por menos de três segundos. Este curto espaço de tempo, no entanto, é mais do que suficiente para Max, finalmente, perceber a distância que os separa.

Julho, 2001

5

Um vento gelado entra no trem suburbano assim que as portas se abrem. Max olha para fora e reluta em abandonar o relativo conforto do ambiente aquecido pelos corpos dos passageiros do vagão quase lotado. Mas não há tempo para lamentações — nem de Max, nem dos estudantes — e logo a plataforma está cheia de seres encasacados, que tentam chegar o mais rápido possível às escadas rolantes. Quando falam, uma nuvem branca de vapor forma-se à frente de suas bocas. Max, sem diminuir a marcha, olha para o teto da plataforma, esperando ver as horas no relógio da estação. Não há relógio algum. A cerração permite distinguir o mundo num raio de dez metros. Depois, tudo se perde numa nebulosidade baça, que o sol, em algum lugar perto do horizonte, nem sonha em penetrar. A plataforma oposta do Trensurb, onde estão os trabalhadores à espera do comboio para Porto Alegre, é como se não existisse.

Max sobe as escadas rolantes e percorre a passarela que dá acesso à parada de ônibus. Suas mãos estão geladas. Ele as coloca no bolso do casaco e olha, invejoso, para as muitas mãos enluvadas dos estudantes à sua volta. O primeiro sinal de que alguma coisa estranha está acontecendo não é visual, e sim auditivo. Há um coro de vozes à frente. No início, não consegue distinguir nada; contudo, à medida que se aproxima do final da passarela, alguns fragmentos de frases ficam mais nítidos: "...até a vitória...", "...o diálogo foi interrompido...", "...desrespeito aos estudantes". Nos últimos metros da passarela, como se fosse o cenário de uma peça sendo iluminado aos poucos, começa a ver um grupo de aproximadamente cinqüenta estudantes, alguns deles segurando cartazes, concentrados em volta de um ônibus.

Alguns passos adiante, Max observa um outro grupo, mais ao longe, formado por policiais militares, que seguram escudos. Os PMs, aparentemente, estão apenas observando os acontecimentos. Agora, já bem no final da passarela, tem uma visão completa do que acontece: o motorista do ônibus — com o motor ligado, portas traseira e dianteira abertas, mas sem passageiro algum — está sentado ao volante. Há uma espécie de cordão de isolamento formado por estudantes em volta das portas do ônibus. O conferencista da empresa, perto da traseira do veículo, com um celular na mão, olha para os estudantes, nervoso. Lilian, de pé sobre um banquinho de madeira, com um megafone na mão, discursa:

"...um descaso inaceitável. Durante quatro meses, solicitamos uma audiência, e não houve resposta. O diretor de nossa faculdade enviou um ofício à empresa, pedindo que fôssemos recebidos, e não houve resposta. Então juntamos esforços, e aqui estão os presidentes dos Centros Acadêmicos de Comunicação, de Teologia, das Engenharias e de Letras, para dizer que nossa paciência tem limite, que os estudantes não podem mais ser prejudicados..."

Max abandona a passarela e aproxima-se do ônibus. O conferencista fala ao celular, gesticulando muito. Max começa a olhar em volta, tentando descobrir se há um táxi nas proximidades. A cerração prejudica muito sua visão.

De repente, três alunos passam correndo ao lado de Max, na direção da porta dianteira do ônibus. Max reconhece um deles: é Gustavo — "o anarquista de butique", na definição de Lilian —, vice-presidente demissionário do Centro Acadêmico de Comunicação e agora líder da auto-intitulada Facção Acadêmica Libertária (FAL). Os três entram no ônibus, furando o cordão de isolamento com facilidade, e vão direto para o banco do motorista. Lilian interrompe seu discurso e tenta descobrir o que está acontecendo. Os policiais militares movimentam-se na direção do ônibus. Max dá a volta no veículo, para conseguir ver melhor a confusão.

O motorista, esbravejando e gesticulando sem parar, é levado para a traseira do ônibus por dois dos estudantes. Gustavo senta na direção e fecha as portas. O motor do ônibus acelera. Lilian grita "Calma" no megafone, mas, na verdade, os estudantes estão tranqüilos, e até se divertem com o que acontece. O ônibus arranca, aos solavancos. O capitão dos policiais militares grita alguma coisa, e a tropa avança na direção dos estudantes. Algumas alunas gritam, com medo. Um dos estudantes que invadiram o ônibus coloca um cartaz no vidro dianteiro, onde lê-se: "Pela autogestão nos transportes, no ensino e no amor". O ônibus, já em maior velocidade, faz o contorno da praça. Ouve-se uma sirene ao longe. Max corre até Lilian, que parece chocada demais para fazer qualquer coisa.

O capitão grita "Dispersar!" para os estudantes, que chocam-se uns com os outros, correm e, eventualmente, acabam batendo sem querer nos escudos dos policiais. Um cacetete sobe e desce. Um estudante fica com o rosto ensangüentado. Max tenta aproximar-se do capitão, mas é impossível, pois ele está protegido por cinco soldados. O som da sirene longínqua agora parece muito próximo. Max olha para a rua e vê passar, bem ao seu lado, uma viatura da Brigada Militar em alta velocidade, na direção tomada pelo ônibus dirigido por Gustavo. Através das janelas abertas, Max pode observar que os policiais estão armados com carabinas. Um táxi surge no meio da cerração. Max pega a mão de Lilian com força e a arrasta até o táxi. Os dois entram.

"Por ali, rápido!", diz Max para o motorista, mostrando o caminho tomado pelo ônibus e pela viatura. O táxi arranca.

"Tinha que ser aquele débil mental", diz Lilian.

"Isso pode dar merda", diz Max.

"Já deu merda!"

Max não responde. Com a cerração, é impossível ver se o ônibus e a camionete da Brigada estão perto ou distantes. Em menos de cinco minutos, chegam ao pórtico. O táxi pára bem atrás do ônibus, vazio, abandonado na parada. É possível vislumbrar pessoas correndo pelo campus; alguns gritos atravessam a neblina e chegam aos ouvidos de Max. Ele paga o táxi e corre para o pórtico, seguido por Lilian. Um caminhão da Brigada chega ao pórtico e pára. Uns vinte PMs descem, todos portando cacetetes e escudos. Um tenente grita algumas instruções. Max fala para Lilian:

"Vai pra faculdade e avisa o Tavares que o reitor precisa agir rápido.

"E tu?", pergunta Lilian.

"Eu vou ficar por aqui. Vai!"

Lilian corre e desaparece na cerração. Max caminha na direção do tenente, que o olha nada amigavelmente.

"Bom dia", diz Max.

"Bom dia", responde o tenente.

"Acho que houve um mal-entendido", começa Max. "Eu sou professor e vi o que aconteceu. Um estudante fez uma brincadeira e dirigiu o ônibus até aqui. Mas foi só isso: uma brincadeira. Está tudo sob controle."

"Eu tenho ordens de prender os seqüestradores."

"Não foi seqüestro, tenente. De jeito nenhum. Foi só uma bobagem, um excesso de alguns alunos."

O tenente aponta para o cartaz colado no vidro do ônibus e adverte:

"Não gosto desse tipo de excesso. E aposto que a vítima do seqüestro também não." E para a tropa, bem alto: "É um rapaz de calça jeans e pulôver vermelho. Vamos pegar ele sem violência, entendido?"

Max chega um pouco mais perto do tenente e diz:

"O senhor não pode entrar com a tropa no campus."

"Por quê?"

"A lei não permite. Só se o reitor der uma autorização."

"Não conheço essa lei. E tenho certeza que o reitor não está interessado em esconder um seqüestrador. O senhor, por favor, não fale mais nada." Para a tropa: "Atenção! Vamos lá. Marcha acelerada!"

Com o tenente liderando, os soldados ultrapassam o pórtico. Max vai atrás deles, ultrapassa-os e corre na direção da Reitoria. Ainda ouve o tenente gritar:

"Ali tem um de vermelho!"

Há muitos estudantes saindo do estacionamento, outros chegando ao pórtico em ônibus intermunicipais e também alguns saindo dos prédios, onde as aulas estavam quase começando, atraídos pelo barulho. Todos perguntam o que está acontecendo e ninguém é capaz de responder. Quando alguém passa correndo, automaticamente outros também começam a correr. As meninas, nervosas, gritam. Os garotos, excitados, berram. Os policiais são os mais calmos: caminham, correm um pouco, param e olham em volta, procurando qualquer um com roupa vermelha. Quando encontram, correm atrás, provocando mais gritos e berros. Não há violência explícita.

Max está chegando incólume à Reitoria quando vê um vulto vermelho correndo sair da cerração, com três brigadianos atrás. É Gustavo.

"Por aqui!", grita Max. E aponta para o caminho que leva ao lago.

Gustavo obedece, e Max corre ao seu lado.

"Vamos para a casinha do Darci", fala Max, e conduz Gustavo pela margem do lago até uma pequena construção de alvenaria, junto ao muro, que serve de depósito para os materiais de jardinagem. Seu Darci está na frente da casinha. Max grita pra ele:

"Esconde o guri! Depois te explico."

Darci abre a porta da casinha. Gustavo vai entrar, mas Max ainda ordena:

"Tira o pulôver."

O garoto obedece. Max tira o próprio casaco, atira-o para Darci e veste o pulôver de Gustavo. O som das botas dos brigadianos aproximando-se é cada vez mais alto. Gustavo entra na casinha, Darci fecha a porta. Max fala, arfante:

"Deixa ele aí até a confusão terminar. Depois leva pra fora do campus."

Max recomeça a correr. Os PMs passam pela frente da casinha e vão em seu encalço.

* * *

A cinqüenta metros do pórtico, o carro de Eugênio é obrigado a parar. À sua frente, um pequeno congestionamento. Eugênio abre a janela, tentando entender o que está acontecendo, e o barulho das sirenes da polícia, até então distante e abafado, torna-se estridente. Seis PMs passam correndo pelo lado do carro. Eugênio abre a porta e sai. Caminha um pouco, na direção do pórtico, e tem uma primeira noção do que está acontecendo: uma correria caótica de estudantes e brigadianos, sem um motivo aparente. Eugênio vê o aluno espinhento de Ética da Comunicação alguns metros à frente, também olhando para a confusão, e vai ao seu encontro:

"Sabe o que está acontecendo?", pergunta Eugênio.

"Parece que foi um seqüestro", responde o estudante. "Um grupo armado de alunos anarquistas seqüestrou um ônibus e pegou o motorista como refém. Estão exigindo a renúncia do reitor."

"Que loucura!"

"Pois é. E o chefe dos seqüestradores é da Comunicação. Ouvi falar que ele tem uma ligação com o Comando Vermelho."

"Tá brincando... Aquele Comando Vermelho das penitenciárias do Rio de Janeiro?"

"É. Pelo menos é o que o pessoal aí tá falando."

Eugênio volta até o seu carro, fecha as janelas, tranca as portas e caminha na direção do pórtico. Um aluno de casaco vermelho, protestando e gritando sem parar, é carregado por dois brigadianos. Eugênio levanta a gola de seu elegante sobretudo para proteger-se das frias rajadas de vento. Os primeiros raios de sol ultrapassam o nevoeiro, que começa a se dispersar, aumentando a visibilidade. Ao chegar no pórtico, Eugênio percebe uma grande aglutinação de alunos e policiais nas proximidades do prédio de Engenharia Mecânica e vai para lá. A correria diminuiu bastante, mas o clima ainda é tenso. Eugênio vai se metendo na pequena multidão até conseguir ver com clareza o que está acontecendo.

No centro do bolo, estão Max — vestindo um pulôver vermelho, com as mãos nas costas, algemado — e um capitão da Brigada Militar. Uma dúzia de brigadianos, com os escudos levantados, forma um círculo em torno dos dois, impedindo a aproximação dos estudantes. Max e o capitão discutem acaloradamente, mas Eugênio não pode entender o que falam, porque a balbúrdia dos alunos é muito mais alta. Eugênio pede licença e usa seu porte físico avantajado para avançar, causando protestos dos alunos. Finalmente, chega ao círculo dos escudos e tenta chamar a atenção de Max erguendo o braço. É inútil. Max está totalmente concentrado na discussão.

Neste momento, no outro lado do círculo, aparecem Lilian, Tavares, a professora Joana e o reitor padre Kozinski. Lilian grita para os brigadianos: "É o reitor. Deixem o reitor passar!"

"Quem é o reitor?", pergunta o capitão.

"Sou eu", responde Kozinski.

"Pode passar", diz o capitão.

Kozinski aponta para Tavares e Joana e assegura:

"Eles também podem ajudar."

O capitão faz sinal para os soldados, e eles aumentam o raio do círculo de proteção. Kozinski, Tavares e Joana juntam-se a Max e ao capitão. Max fala com Tavares:

"Eles não acreditam que eu sou professor."

Tavares explica para o capitão:

"Ele é o professor Maximiliano. Certamente não está envolvido com o distúrbio."

"Não é a informação que eu tenho", diz o capitão. "Segundo dois soldados, ele é o elemento que seqüestrou o ônibus."

"Não foi ele!", diz Joana.

Todos se voltam para ela, que prossegue, vitoriosa:

"Eu sei quem foi, e..."

"Não sabe coisa nenhuma", corta Max, gritando. Volta-se para Tavares e para o capitão e assegura: "Ela não estava lá. Não sabe de nada."

"Eu não estava lá, mas sei como tudo aconteceu", protesta Joana.

"Eu estava lá, Joana. E sei o que aconteceu de verdade." Para o reitor: "Foi um grande mal-entendido, uma brincadeira de mau-gosto. Os estudantes estavam fazendo um protesto pacífico, e três desconhecidos, que estavam nas proximidades, se aproveitaram para tomar o ônibus."

O capitão aponta para Max e avisa:

"Meus soldados afirmam que este senhor estava dirigindo o ônibus e tentou fugir. Nós vamos levá-lo para um interrogatório."

"Não vão me levar pra lugar nenhum", diz Max. "Não dirigi ônibus nenhum." Max olha para Lilian, que está fora do círculo: "Conta pra eles, Lilian."

"Nós viemos de táxi", diz ela. "De táxi!"

Joana aproxima-se do capitão e fala em voz baixa:

"Se o senhor me permite, gostaria de falar privadamente com o professor Max e esclarecer algumas coisas."

"À vontade", diz o capitão. "A senhora tem dois minutos."

Joana encosta-se em Max e fala no seu ouvido:

"Eu sei que foi o Gustavo. Onde ele está?"

Max olha, raivoso, para Joana, e permanece calado. Joana continua.

"Esse guri é um débil mental. Não banca o herói por causa dele. Há alunos feridos. Uma menina está no pronto-socorro. É melhor dizer a verdade, ou tu pode te dar muito mal. Ele vai se dar mal de qualquer jeito. Pára com essa palhaçada. Cadê o Gustavo?"

"Não tenho a menor idéia, professora", diz Max e olha para Joana com absoluto desprezo.

"Tem certeza?", pergunta Joana.

"Tenho."

Joana aproxima-se do capitão e explica:

"Eu tenho algumas informações sobre a identidade dos baderneiros, mas o professor Max não está confirmando o que descobri." Olha para Max. "Talvez ele não esteja lembrando direito..."

"Não tem problema", diz o capitão. "Vamos levar o professor pra delegacia e conversar com calma. Acho que estou começando a entender as coisas. Se não foi ele, aposto que está acobertando o seqüestrador."

O capitão ordena para dois soldados:

"Pode levar."

Os brigadianos pegam Max pelos ombros. Lilian avança, ultrapassa a barreira de escudos e grita:

"Não! O Max tava comigo o tempo todo. Vocês estão confundindo por causa da roupa. O cara que pegou o ônibus estava com um pulôver bem parecido."

O capitão olha para o pulôver de Max. É uma peça meio puída e desbotada, cujo aspecto é ainda pior depois de tudo o que aconteceu. O capitão examina rapidamente a lã gasta do pulôver e pergunta para Lilian:

"O professor estava com esse pulôver lá na parada, antes da confusão?"

Lilian olha para Max, assustada. Demora alguns segundos para responder, evidenciando sua angústia. Quando fala, sua voz é insegura:

"Acho que estava." Depois, com mais certeza: "Estava. Ele tinha um casaco por cima..."

O capitão encara Max, ameaçador, e pergunta:

"Esse pulôver é seu?"

Max, sem desviar o olhar, responde, com convicção:

"É."

"Pois eu acho que não é", diz o capitão. "Tenente Ari?"

O tenente que discutiu com Max nas proximidades do pórtico aproxima-se. O capitão pergunta:

"O elemento estava com esse pulôver quando foi abordado pelo senhor?"

"Não, senhor", diz o tenente.

O capitão encara Max e anuncia, em tom definitivo:

"Vamos pra delegacia."

Obedecendo a um gesto do capitão, os soldados empurram Max para frente. Ele protesta. Tavares tenta conversar com o capitão. Os estudantes iniciam uma vaia. A voz de Eugênio, de repente, se sobrepõe a tudo:

"Eu conheço esse pulôver", grita Eugênio.

Todos se voltam para Eugênio, que dá um passo a frente.

"Deixem ele passar", diz o capitão para os soldados.

Eugênio vai postar-se ao lado de Max, e sua figura alta e elegante — com o sobretudo impecável, as calças bem vincadas, os sapatos brilhando e a pasta de couro combinando com os calçados — se destaca no meio da confusão. Há uma aura de intensa credibilidade em sua volta quando um raio de sol ilumina seu rosto e ele fala:

"Conheço o professor Max há muito tempo. Somos íntimos, e eu o vejo com esse pulôver há mais de dez anos. Foi feito pela sua mãe, que Deus a tenha. Certamente não é uma roupa adequada para o ambiente acadêmico, mas asseguro que pertence ao professor. Imagino que ele ainda use esse pulôver por razões sentimentais. Eu falei com alguns estudantes que estavam na parada, e todos disseram que a pessoa que dirigia o ônibus estava com uma roupa muito parecida. Essa é a origem do mal-entendido."

O capitão examina Eugênio de cima a baixo, pensa um pouco e depois ordena para os soldados:

"Tirem as algemas do professor."

* * *

O bar do Paraguaio fica numa esquina da Cidade Baixa, um dos bairros residenciais mais antigos de Porto Alegre, em que predominam sobrados dos anos 40 e 50 e edifícios de poucos andares. Durante o dia, há algum comércio, mas, nos últimos anos, graças à inauguração de um pequeno centro comercial com três cinemas e de uma série de bares e pequenos restaurantes, a Cidade Baixa criou uma personalidade forte na vida noturna, que atrai estudantes universitários, artistas e profissionais liberais de classe média.

A principal característica do bar do Paraguaio é que ele tinha tudo para não dar certo: há apenas nove mesas de madeira, cada uma com quatro cadeiras, e um único banheiro, minúsculo, em que cabe um freqüentador de cada vez. Se a lotação do bar fosse apenas as 36 pessoas sentadas, até que o banheiro daria conta do recado; contudo, a lotação costuma ser três ou quatro vezes maior, pois muita gente fica de pé, tanto nos cantos do bar quanto na calçada, que é uma extensão natural do bar.

Quando o Paraguaio abriu seu estabelecimento, quatro anos atrás, colocou algumas mesas na rua, mas o barulho das conversas madrugada adentro era intenso demais, os moradores reclamaram na prefeitura, e ele foi obrigado a recolher as mesas, o que não intimidou seus clientes. Mesmo obrigados a ficar de pé, eles transformaram aquela esquina em ponto tradicional de passagem para os notívagos da Cidade Baixa. Os vizinhos continuam protestando, e a prefeitura ameaça intervir, mas o Paraguaio resiste, porque o aluguel é baixo e o ponto é muito bom. De vez em quando, principalmente quando a calçada do bar está cheia e a hora já é tardia, os vizinhos jogam ovos ou água nos clientes, que reagem com o mesmo bom humor com que agüentam o mau cheiro que vem de um bueiro, bem na esquina. Max freqüenta o bar desde a sua inauguração, levado por um ex-aluno, paraguaio, irmão mais moço do proprietário. Conhecido por muitos clientes, Max sente-se naquele bar como em sua casa, com a vantagem de que ali ele nunca está sozinho.

Já Eugênio — pela primeira vez sentado numa mesa de canto e impressionado com a miscelânea de tipos humanos à sua volta — sente-se um pouco deslocado no começo da noite. Depois, enquanto Max vai apontando alguns clientes e falando sobre eles, com a eloqüência que costuma adquirir depois de alguns cálices de vinho, Eugênio vai se sentindo cada vez melhor, e, neste momento, faz de conta que presta atenção na conversa de Max, mas, na verdade, olha insistentemente para uma garota muito interessante, sentada numa mesa vizinha, que parece triste, solitária e carente. Max percebe e adverte:

"Essa aí tem namorado. E o cara é um traficantezinho de cocaína muito chato."

"De quem tu tá falando?", disfarça Eugênio.

"Daquela guria que tá dando bola pra ti", diz Max, sorrindo. "Essa é chave de cadeia."

"Ela não tá dando bola pra mim", protesta Eugênio.

"Claro que tá."

Eugênio, com ar preocupado, ajeita a cadeira até ficar totalmente de costas para a garota. Max ri.

"Também não precisa exagerar, cara", diz Max, enchendo os copos com mais vinho. Max levanta o seu e propõe um brinde:

"Ao destemido professor que, enfrentando bravamente as forças da repressão, salvou um colega de passar a noite numa cela sórdida da cadeia de Sapucaia do Sul. Saúde."

"Saúde", diz Eugênio, meio constrangido, e toma um gole.

"Confesso que não esperava isso de ti", diz Max, sério.

"Nem eu", confessa Eugênio. "Foi um rompante. Sabe aquela coragem maluca dos covardes? De repente, eu tinha que fazer alguma coisa. E fiz."

"Tu tinha que ver a cara da Joana. Foi demais! Ela pensou em dizer alguma coisa, mas não sabia o quê."

"Ela veio falar comigo, hoje de tarde", conta Eugênio.

"E aí?"

"Ela disse que, num primeiro momento, não entendeu o que eu estava fazendo. Mas depois, refletindo melhor, achou que a minha atitude tinha sido muito corajosa, e que talvez ela fizesse o mesmo por uma amiga de infância."

"Sabe duma coisa?", diz Max, pensativo. "Acho que ela gosta de ti."

"Gosta como?"

"Gosta, se sente atraída, tá a fim."

"Não."

"Claro que tá." Max fala mais baixo. "Diz aí, cara, já rolou alguma coisa?"

"De jeito nenhum", diz Eugênio, ríspido. "Max, eu não gosto desse tipo de..."

Max levanta a mão, interrompendo Eugênio, e pergunta:

"Lembra da Tina?"

"Aquela Tina?"

"Aquela. Acabou de chegar. Tá lá na calçada."

Eugênio, nervoso, olha para o seu relógio de pulso e diz:

"Quase meia-noite. Acho que eu tenho que ir."

"De jeito nenhum. Nós temos que falar com a Tina."

"Outro dia a gente fala."

Max, que até então estava sorrindo, fica sério ao olhar outra vez na direção da calçada e ver Tina dando um beijo num garoto alto, de grandes costeletas e calça de couro. Ele diz:

"Ela tá com um idiota."

"Eu conheço o idiota?"

"Não. Ele tem uns vinte anos. Acho que a Tina agora gosta de criança", diz Max, irônico.

"Tu ainda é apaixonado por ela?", pergunta Eugênio.

"Não", diz Max, irritado. "Faz anos que a gente não se fala. Sabe o que ela teve coragem de fazer..."

Uma voz rouca e tremendamente feminina:

"Ooooiiiii, professores."

Max e Eugênio olham para cima. É Isabel. Ela está com a mão cheia de pequenos cartões coloridos.

"Que surpresa encontrar vocês aqui", diz Isabel, enquanto entrega um cartão para cada um. "Quer dizer...", olha para Eugênio, "...que surpresa TE encontrar aqui. O Max já tem até cadeira reservada nesse buraco."

"Não quer sentar, Isabel?", convida Max.

Isabel senta. Ela está linda, com um casacão imenso, de gola de pele, que vai até a altura dos joelhos. Quando cruza as pernas, mostra uma bota preta de saltos muito altos.

"Botas novas...", comenta Max.

"Lindas, né?", diz Isabel. Aponta para os cartões. "Tô esperando vocês amanhã, sábado. Vai ser uma puta festa. Cinqüenta por cento pelo meu aniversário e cinqüenta por cento pelo encerramento do semestre. Se entregar a filipeta, paga só cinco reais. Vai estar um monte de gente da faculdade."

Eugênio examina o cartão.

"Isso aqui é uma... filipeta?"

"Exatamente", diz Isabel. Ela olha para Max e continua: "Ouvi falar que tu bateu em cinco brigadianos hoje de manhã."

Max sacode a cabeça, negando, e depois fala:

"Negativo. Eram seis. Todos armados."

"Que emocionante!", exclama Isabel. "E eu perco um show desses... Também, vocês podiam esperar uma hora mais civilizada, né? Quando eu cheguei, às nove, já tinha passado o momento mais espetacular."

"Quem manda ser tão vagabunda?", diz Max.

Isabel faz pose de ofendida e responde:

"Eu, vagabunda? Pô, Max, que imagem o professor Eugênio vai ter de mim? Fala a verdade pra ele: eu sou superestudiosa quando eu quero. Eu garanto que vou terminar a monografia! Vocês vão na festa, né? Vai ser tri boa."

Max aponta para Eugênio e promete:

"Vou tentar levar esse cara."

Isabel levanta.

"Então tá", diz ela. "Vou deixar vocês em paz. Quando organizarem outro seqüestro, por favor, me avisem antes."

"Pode deixar", diz Max.

Isabel começa a entregar filipetas em todas as mesas. Max olha para a calçada e fica contrariado:

"A Tina foi embora. Perdemos a chance. Mas um dia a gente pega ela de jeito. E aí vamos fazer a pergunta que não quer calar. Quem era melhor na cama: o Max ou o Eugênio?"

"Pergunta idiota", diz Eugênio.

"Com certeza", diz Max. "Estou me especializando em perguntas idiotas. Tô até pensando em fazer um mestrado com esse tema."

"Falando em mestrado, tu bem que podia começar a pós-graduação no ano que vem. Vai ser bom, garanto. Não tô dizendo que vai ser espetacular, mas vai ser bom. Já tem seis professores acertados, e tu certamente faria o curso sem pagar nada. Até já falei com o Tavares a respeito."

"Vou pensar." Max toma mais um gole de vinho, esvaziando o copo. "Aposto que a Joana vai fazer o curso."

"Talvez."

"Seria maravilhoso. Ser colega da Joana e teu aluno."

"São situações equivalentes?", pergunta Eugênio, sério.

"Vou pedir mais um vinho", diz Max.

"Não vou beber mais."

"Sempre comedido. Sempre pensando no dia seguinte", avalia Max.

"Não. Sempre evitando a ressaca."

"Às vezes é bom uma ressaca."

"Não sou mais adolescente", diz Eugênio, sorrindo. "Não fico por aí protegendo estudantes anarquistas da polícia."

Max também sorri e pergunta:

"Tu não pensou, hoje de manhã, que seria muito perigoso me proteger? Pô, cara, dizer aquilo ali, na frente do reitor! E aquele pulôver era horrível. A minha mãe jamais faria um troço daqueles. Aliás, a minha mãe nem sabia fazer tricô!"

"Pelo menos eu sabia que ela tinha morrido. Imagina se eu digo 'Que Deus a tenha', e um aluno grita 'Eu vi a velha ontem de noite'..."

Os dois riem. Max levanta o braço e aponta a garrafa vazia para o Paraguaio, que faz sinal de positivo.

"Meia garrafa", grita Max para o Paraguaio. E para Eugênio: "Mais meia hora e vamos embora."

"Tudo bem. Olha, Max, eu tava falando sério sobre a pós. Tu precisa fazer. Seriam duas ou três tardes por semana. Em dois anos, tu tem o título, e os caras param de te encher. E tem mais: talvez eles te dêem um contrato decente."

"Talvez."

"É quase certo. O Tavares gosta de ti."

"Depois da confusão de hoje de manhã, não tenho tanta certeza."

"Claro que gosta. Ele certamente percebeu que tu tava defendendo um aluno da Vera Cruz."

"Um maluco da Vera Cruz."

"Não deixa de ser aluno."

O Paraguaio chega com o vinho e enche os dois copos. Depois que ele se afasta, Eugênio volta à carga:

"Vou reservar uma vaga pra ti."

Max toma mais um pouco de vinho e olha para Eugênio, sério, e diz:

"Vou pensar na tua proposta."

"Ótimo", diz Eugênio.

Max aponta para as filipetas deixadas por Isabel e propõe:

"Vamos fazer um negócio, Eugênio. Tô falando sério. Eu me matriculo na pós, assim que abrirem as inscrições. Em compensação, tu vai nessa festa de encerramento do semestre. Todo mundo se sacrifica, com uma diferença: pra mim, são dois anos; pra ti, uma noite."

Eugênio toma um gole e olha para Max, tentando descobrir se ele está falando sério.

6

Um velho sucesso de Tim Maia escapa pelo vão da porta. O porteiro examina a filipeta exibida por Max, sacode a cabeça e adverte:

"Acho que essa festa não é aqui."

"Claro que é", diz Max, surpreso. "Tá escrito: sábado, dia 13, 23h, Bar Afegão Médio. Aqui não é o Bar Afegão Médio?"

"É. Desde o mês passado", confirma o porteiro, um sujeito grande e forte, de casaco de couro, inesperadamente simpático.

"Então", continua Max, "hoje deve ter a festa de aniversário da Isabel e do encerramento do semestre da Comunicação do Vera Cruz."

O porteiro consulta um papelzinho que tira do bolso e reafirma:

"Hoje de noite, tô sabendo só das festas do Direito da PUC, do Clube de Rally do Rio Grande do Sul e da Associação de Fisiculturismo. Será que essa tal de Isabel não se enganou de dia?"

"Não!", diz Max, começando a ficar irritado. "Falei com ela ainda hoje."

"O senhor está vendo alguém conhecido por aqui?"

"Não."

"Se o senhor quiser entrar, não tem problema", explica o porteiro. "Mas acho que vai ficar sozinho."

Uma voz feminina surge por trás dos dois homens:

"Não vai, não."

Max olha para trás. É Lilian:

"É aqui mesmo, professor. São várias festas juntas, não tem problema. O esquema aqui é meio confuso."

"Bota confuso nisso", diz Max. "Não vi mais ninguém da faculdade."

"É muito cedo ainda", lembra a garota. "Hoje é sábado, o pessoal só sai de casa depois da meia-noite. Eu vim agora porque consegui uma carona com o meu pai."

"Vamos entrar?", pergunta Max. "Eu tô morrendo de frio."

"Vamos", diz Lilian.

Os dois entregam as filipetas, pagam cinco reais — em vez dos dez reais cobrados de quem não é convidado de nenhuma das festas —, recebem o cartão para anotar as despesas e entram no Bar Afegão Médio.

"Pelo menos a aniversariante podia chegar na hora marcada", diz Max, enquanto tenta reconhecer alguém no ambiente enfumaçado, com pouca luz e menos de trinta pessoas, espalhadas pelo balcão — que ocupa boa parte de uma das paredes laterais — e em algumas mesas, que vão da entrada até a pista de dança, nos fundos. Max não reconhece ninguém e comenta com Lilian:

"Não entendo por que o Centro Acadêmico não marcou a festa em um bar da Sapucaia."

"O CAVHE não marcou nada. Essa festa foi toda organizada pela Isabel. E quer saber de mais uma coisa? Ela nem tá de aniversário. O aniversário dela é bem no começo de fevereiro; eu sei porque vi a carteirinha de estudante dela."

"Tá brincando..."

"O CAVHE só faz festa de encerramento do ano. E já é incomodação que chegue."

"Vamos beber alguma coisa?", propõe Max.

"Eu quero uma Coca com gelo e limão", aceita rapidamente Lilian.

Max aponta para uma mesa próxima.

"Senta ali, que já trago as bebidas."

Lilian vai sentar. Max, para chegar ao bar, passa por dois homens vestindo camisetas sem manga, cujos bíceps mais parecem troncos de árvore (certamente atraídos pela festa dos fisiculturistas), e por três rapazes vestidos com a elegância comportada típica dos estudantes de Direito da PUC. O resto dos freqüentadores talvez sejam do Clube de Rally, apesar de não estarem sujos de barro. Max pede a Coca de Lilian, descobre que o bar não tem qualquer opção de vinho e acaba levando uma cerveja. Max volta para a mesa e senta na frente de Lilian. Não parece satisfeito. Olha em volta, evitando encarar a estudante.

"Acho que não vou ficar muito tempo", diz Max. "As bebidas são caras demais e geladas de menos."

Lilian percebe o desconforto de Max e retruca, séria:

"Se quiser, eu saio da mesa. Acho que tu prefere ficar sozinho."

Max olha para Lilian e tenta parecer simpático:

"De jeito nenhum." Max hesita um pouco antes de continuar. "Vamos conversar sobre o quê?"

"Sobre nada, como sempre", diz Lilian, meio ríspida.

Um garçom está passando ao lado da mesa. Lilian faz um sinal pra ele:

"Tem uísque?"

"Tem", diz o garçom.

"Traz uma dose."

"Que marca?"

"Não sei. Uma que não seja muito cara."

Lilian estende o cartão, o garçom anota alguma coisa e desaparece. Max está apreensivo.

"Tu costuma beber uísque?", pergunta Max.

"De vez em quando. Não te preocupa. Eu já sou bem grandinha. Eu gosto desse som. Conhece?"

Max ouve por alguns instantes, tentando identificar a música, mas acaba balançando a cabeça.

"Não conheço."

"Nem eu", diz Lilian. "Tô ouvindo pela primeira vez. Mas gostei."

O garçom chega com o copo de uísque. Lilian toma um gole largo. Coloca o copo sobre a mesa e olha para Max. Quando fala, a frase sai num jorro só:

"Tu já percebeu que eu gosto de ti?"

Max não desvia o olhar. Pensa um pouco e responde:

"Já."

"Eu desconfiava." Lilian toma mais um gole. "Deve ser muito chato pra ti, né? Quer dizer, ter uma pessoa que gosta de ti, sentir isso, mas não sentir nada por essa pessoa. Deve ser horrível."

"Não é horrível", diz Max.

"Não precisa mentir, professor. Aposto que não é a primeira vez que isso acontece. Só que, desta vez, é comigo, uma aluna particularmente feia."

"Tu não é feia, Lilian. Nem um pouco feia."

"Tu acaba de admitir que percebeu o que eu sentia por ti, mesmo que eu nunca tivesse falado nada. A questão é que eu também percebo o que tu sente por mim: nada."

"Eu gosto de ti, Lilian."

"Claro que gosta. Assim como gosta daquela tua pasta velha de couro."

Lilian toma mais um gole.

"Pega leve", diz Max. "Isso não é Coca-Cola." Olha em volta. "Será que o pessoal vai chegar muito tarde?"

"Não muda de assunto. Sabe que eu tô muito feliz? Finalmente consegui dizer o óbvio para a pessoa que obviamente sabia o que eu ia dizer. Que coisa absurda, né? Mas faz bem."

"Olha, Lilian, essas coisas são muito complicadas. A diferença de idade entre a gente..."

"Pára, Max!", interrompe Lilian. "Pára! Não começa a falar merda, que eu te respeito muito, assim, intelectualmente — essa foi boa, intelectualmente —, de modo que eu vou te pedir pra não estragar essa imagem que eu tenho de ti, tá legal? É a coisa mais comum do mundo: eu gosto de um cara que não gosta de mim. Tu não tem culpa."

Max termina a cerveja. Faz um sinal para o garçom.

"Esse negócio de culpa em relação aos sentimentos dos outros é muito complicado. Sabe a primeira idéia sobre esse tipo de culpa que eu me lembro de ouvir, ou melhor, de ler? Aquela do *Pequeno príncipe*."

"Eu também li *O pequeno príncipe*. Tu és eternamente responsável por quem se apaixona por ti. É isso?"

"Mais ou menos. Acho que é por quem cativas."

"É a mesma merda, só que a merda fica mais poética com esse cativas."

O garçom chega.

"Me traz um uísque", diz Max. "Duplo."

"E outro pra mim", diz Lilian.

Max olha para Lilian, com ar reprovador. Ela sorri, desafiadora. O garçom anota nos respectivos cartões.

"Só bebendo muito pra agüentar esse papo de *Pequeno príncipe*", diz Lilian.

Max não consegue evitar uma risada.

* * *

À medida que a noite avança, o bar vai se enchendo. À uma e meia, está quase lotado. Vários estudantes do Vera Cruz estão presentes, mas não há sinal da pseudo-aniversariante Isabel. Max conversa com alguns alunos, que passam pela sua mesa e depois seguem adiante. Quem permanece é Lilian, que agora toma Coca-Cola. Max segue no uísque. O bar recebeu novos lotes de acadêmicos e acadêmicas de Direito, além de muitos adeptos de fisiculturismo. Os associados do Clube de Rally foram cedo para casa, com exceção de um navegador bêbado, magro, quase raquítico, que tenta atrair a atenção de uma garota muito musculosa. Ela ri sem parar das investidas do jipeiro magrinho.

"Que zona", diz Max. "Como é que quatro festas tão diferentes podem acontecer ao mesmo tempo?"

"Sinal dos tempos", diz Lilian, com a língua meio enrolada. "Não ouviu falar da pós-modernidade? Estamos na era da simultaneidade e da transdisciplinariedade. A ordem é quebrar as fronteiras. Resumindo: vale tudo."

"Acho que o *Pequeno príncipe* também falou sobre isso."

"Uma ova!" Lilian aponta para a porta. "Max, olha só quem chegou!"

Max olha. É Eugênio, de pé, com cara de perdido. Max acena para ele, mas Eugênio não percebe.

"Vou lá chamar o cara", diz Lilian.

Mas, no momento em que ela está se levantando, Isabel aparece, nas costas de Eugênio, e o conduz para o outro lado do bar.

"A aniversariante de mentira tomou conta dele", diz Lilian.

"Ótimo." Max enxuga o copo de uísque. "Lilian, vamos dançar?"

Lilian sorri, surpresa.

* * *

"Feliz aniversário", grita Eugênio, tentando se fazer entender apesar da proximidade das grandes caixas de som da pista de dança.

"Obrigada", diz Isabel. "Que bom que tu veio."

"O quê?", diz Eugênio.

"Que bom que tu veio!", grita Isabel.

"Só não trouxe presente", responde Eugênio. "Resolvi vir na última hora."

"O quê?", diz Isabel.

"Deixa pra lá. Aquele ali não é o Max?"

Max está dançando com Lilian, a poucos metros de distância. Eugênio acena para ele, que responde com um sinal de positivo.

"Tu gosta de dançar, Eugênio?", grita Isabel.

"Gostava. Faz tempo que não danço."

"Então vamos lá."

"Não. Eu tô fora de forma."

"O quê?"

Eugênio grita mais alto:

"Tô fora de forma."

"Então espera aqui, que eu vou buscar uma vitamina."

Isabel afasta-se da pista, na direção do bar. Max faz um sinal para Lilian e vem conversar com Eugênio. Os dois professores trocam um aperto de mão.

"Vamos sentar ali", grita Max, apontando para a sua mesa. Eugênio assente com a cabeça.

Eles sentam.

"Que surpresa", diz Max. "Tu disse que não vinha."

"É que hoje de manhã morreu uma tia da Viviane, em São Paulo, e ela pegou um avião pra lá. Volta depois do enterro, amanhã, ou talvez fique lá até segunda, consolando a mãe. Nós já tínhamos combinado ir ao cinema hoje e contratamos a babá para passar a noite com as crianças. Esqueci de dispensar a babá e, quando ela apareceu, decidi aproveitar e sair um pouco de casa."

Isabel se aproxima, com duas latas de cerveja na mão, coloca uma sobre a mesa, na frente de Eugênio, e protesta:

"Vocês podem conversar quando bem entenderem lá na faculdade. Aqui não. Hoje é meu aniversário. É festa. Tem que beber, dançar e fazer outras coisas agradáveis."

"Parabéns, Isabel", diz Max. Ele levanta-se e dá três beijinhos em Isabel. "Feliz desaniversário."

O rosto de Isabel demonstra surpresa e insatisfação. Ela pergunta, depois de um muxoxo de desdém:

"Desaniversário? Quem te contou?"

"Um passarinho", diz Max.

"Esse passarinho tem nome?"

"Não", diz Max.

Lilian aparece bem atrás de Isabel, com um copo de uísque na mão, e fala, desafiadora:

"Fui eu que contei. Tem algum problema?"

Isabel dá meia-volta e encara Lilian.

"Tem", diz Isabel. "Eu não gosto de quem se mete na minha vida pessoal."

"Esse detalhe íntimo da tua vida pessoal estava impresso em quinhentas filipetas. E o teu aniversário é em fevereiro, como muitos colegas teus sabem."

"Não interessa. O aniversário é meu, e comemoro quando eu quiser. E tu não é minha colega, graças a Deus."

"Calma, meninas", diz Max. "Foi uma brincadeira da Isabel. É o desaniversário dela. E pronto."

"Se era festa de desaniversário", continua provocando Lilian, "ela tinha que convidar o Chapeleiro Louco e a Lebre Maluca. Cadê eles, Isabel?".

"Eu convido quem eu quiser", diz Isabel, ameaçadora. "E, aliás, falando de lebres malucas, não lembro de ter te convidado."

Eugênio levanta-se e, interpondo-se entre as duas, fala para Isabel:

"Tu tinha me convidado pra dançar. O convite ainda tá de pé?"

Isabel e Lilian ficam se medindo por alguns segundos. Finalmente, Isabel sorri e diz:

"Está. Quem dança seus males espanta. É ou não é?"

Lilian vai falar alguma coisa, mas um olhar de Max a faz calar. Isabel dá um adeusinho cheio de desprezo para Lilian e desaparece com Eugênio, rumo à pista de dança. Lilian senta outra vez na mesa de Max e toma um gole do seu uísque.

"Ela é uma idiota", diz Lilian. "A maior idiota que eu conheço. E se acha maravilhosa. Falando sério: tu acha ela maravilhosa?"

Max estende a mão, pega o copo de Lilian e toma um gole. Um longo gole. O copo se esvazia. Max chama o garçom e pede outro.

7

Pensei logo: é casado. E das duas, uma: ou veio apenas pra marcar presença numa festinha dos alunos (o cara é muito ambicioso e precisa mostrar popularidade), ou veio disposto a enfiar o pé na jaca mesmo. Também pensei que descobriria logo qual das opções era verdadeira, mas não foi tão fácil assim. Começamos a dançar, e ele às vezes olhava pra mim e sorria. Logo depois, desviava o olhar e parecia mais preocupado em verificar se algum aluno estava nos observando. Tentei me aproximar, de modo a tocar nele de vez em quando, como se fosse sem querer. Ele então recuava e evitava um segundo toque. Isso durou umas três músicas, e eu já estava achando que o cara estava apenas fazendo relações-públicas, quando, sem aviso prévio, ele estendeu a mão e apertou rapidamente a minha cintura. Foi uma carícia rápida e muito discreta, pois estávamos num canto da pista de dança, e ninguém poderia ver o movimento do seu braço. Eu apenas sorri, mas foi aquele sorriso "tudo bem, foi agradável", clássico dos clássicos, que todo homem com percentual normal de testosterona interpreta como "ela vai dar pra mim". Eu, na verdade, ainda **não** tinha decidido se queria dar pra ele, provavelmente porque não bebera o suficiente para chegar naquele estágio em que não decido nada conscientemente. Mas esse estágio estava apenas duas ou três cervejas distante, e eu sabia que era pra lá que a noite acabaria me levando.

* * *

Teria sido tudo bem diferente se eu tivesse contido minha mão naquele instante em que apertei a cintura de Isabel. Não há uma boa explicação para o ato. Más explicações, existem dúzias. Parecidas, pensando bem, com as más explicações que me fizeram interferir — sem qualquer necessidade — na confusão do Max com aquele aluno maluco que seqüestrou o ônibus. Arroubo juvenil? Necessidade de mostrar a mim mesmo que, por baixo desse doutor respeitável, atrelado até a medula nas engrenagens acadêmicas, ainda sobrevive um cara bacana, que acredita em coisas românticas como a amizade, lealdade e tesão? Simples acesso de porra-louquice? De qualquer maneira — juvenilmente, romanticamente ou porra-loucamente —, eu disse que aquele pulôver era do Max e apertei a cintura da Isabel. E, puta que pariu, nas duas situações, imediatamente, tive vontade de voltar atrás. Não havia retorno possível na confusão do campus: uma vez criada, aquela mentira terá de ser sustentada para sempre. Já o toque na cintura de Isabel não poderia simplesmente ser desfeito, mas não me levava a uma situação fora de controle. A interpretação de Isabel ao leve apertão, mesmo que fosse a mais comprometedora de todas — e seu sorriso parecia demonstrar exatamente isso —, não me obrigava a continuar na mesma rota. E, após alguns momentos de autocensura e arrependimento, eu voltei a me sentir seguro. Estava absolutamente sóbrio e achava que, se não bebesse de jeito nenhum, como prometera a mim mesmo, nada me impediria de brincar mais um pouco de sedutor irresponsável.

* * *

Não bebia de jeito nenhum. Ofereci de tudo, quase enfiei o copo de cerveja na boca dele, e não havia jeito. Filho-da-puta!, eu pensava, o cara sabia que não podia perder a imagem de professor respeitável na frente de tantos alunos. Eu queria que ele perdesse, é claro, mas não estava conseguindo. Enquanto isso, o Max — condenado a ficar a noite inteira naquela mesa com a chata da Lilian — estava bebendo uísque sem parar. Compreensível. Provavelmente não sabia que o uísque era falsificado. Agora já deve estar sabendo. Teve uma hora em que eu quase decidi largar o Eugênio e investir no Max. Só que o Max jamais abandonaria a Lilian, a chata da Lilian, pra ficar comigo, nem que fosse pra dançar uma música e voltar logo depois para a magrela azeda. O Max tem essa vocação pra Jesus Cristo. Também quase decidi mandar pastar os dois velhos e escolher qualquer um entre os garotinhos bonitos e cheios de amor pra dar que vinham falar comigo quando eu ia no bar, e se encostavam em mim, e diziam coisas no meu ouvido, e estavam dispostos a tudo para passar alguns momentos agradáveis com a aniversariante, a bela aniversariante, que não dava bola pra eles, malvada, ela, eu, que tantas vezes usei como quis alguns dos paus que agora vinham suplicar mais uma chance. Garotinhos. Fácil demais. Trepar com eles é bom, do ponto de vista físico, porque eles são capazes de foder muitas vezes, deixar minha boceta pegando fogo (e toda machucada no dia seguinte) e me esgotar completamente. Por outro lado, trepar com eles é aborrecido, porque é previsível, porque é o que todas as outras garotas fazem. Eu não sou garota de pegar os mesmos paus que as outras pegam. Por isso, dizia para os carinhas: me liga amanhã, ou depois; ou então: vai te foder, tu acha que me engana com esse teu olhar apaixonado?, eu sei que tu tá comendo a Ana Lúcia. Por isso, pelo tédio do sexo de academia e pela sede de um sexo mais acadêmico, e também por perceber que, apesar de todas as defesas erguidas, o Eugênio de vez em quando lançava olhares sacanas para os meus peitos e para as minhas coxas, decidi: vou comer o cara, nem que para isso tenha que esfregar a boceta no nariz dele.

* * *

Não acredito em fidelidade absoluta. Não acredito que um homem ou uma mulher saudáveis consigam manter toda a sua energia sexual concentrada numa única pessoa por mais de alguns meses, que é a duração máxima daquele período de encantamento, de paixão, de entrega total, de quase cegueira. Acredito que, depois disso, toda fidelidade é relativa. E mais: acredito que um homem que consegue se manter verdadeira e permanentemente imune às tentações — proibidas — provocadas por outras mulheres não será capaz de responder à tentação — permitida — provocada por sua própria mulher, ou seja, a sua potência sexual estará comprometida — ou pelo menos diminuída — e ele não será mais um homem saudável. Homem saudável algum ama apenas uma mulher. Homens amam as mulheres — de uma forma mais geral — e uma em particular, durante um certo período. Assim, o primeiro passo para que uma mulher específica seja amada — sexualmente falando — com toda a intensidade possível é que o homem esteja em pleno gozo de sua capacidade de amar a todas as mulheres. Isso não é uma teoria machista a favor do adultério, porque também acredito que ela funciona, com pequenas adaptações, do outro lado, com as mulheres. Sendo assim, é apenas uma teoria a favor do adultério, nem machista, nem feminista. Humana. Biológica. Seres humanos de todos os sexos querem sexo, e naturalmente estarão predispostos a ele, mesmo que tentem manter a fidelidade a uma pessoa em particular. É mais ou menos isso que eu pensava enquanto olhava para os peitos e para as coxas de Isabel. Eu — sóbrio e no pleno gozo de minhas faculdades intelectuais — achava que dançar com Isabel, no fundo, era bom para Viviane. O que seria ruim para Viviane? Que eu continuasse a perder o interesse por ela, como vinha acontecendo nos últimos meses. Que as nossas trepadas continuassem burocráticas e cada vez mais espaçadas. Que nossos beijos continuassem frios, que nossos instintos continuassem a ser trocados por objetos de consumo, nessa clássica e inquestionável tendência de canalizar a energia sexual para a compra de TVs e aparelhos de som. Então, dançar com Isabel e sentir o desejo sexual renascendo, crescendo, bombeando sangue para o pau e adrenalina para o sangue, era o que eu estava precisando para salvar meu casamento de uma separação amigável e civilizada (porque, afinal das contas, o mais importante são as crianças). Eu tinha apenas de manter o limite, não ultrapassá-lo de jeito nenhum, e isso eu tinha certeza que seria capaz de fazer.

* * *

Dançar é bom, mas eu estava começando a ficar cansada. Além disso, eram duas e meia, e tinha chegado a hora de pagar pra ver: se ele queria só ficar olhando, era o momento de mostrar que eu não era vitrine de shopping. Então disse que estava com muito calor e precisava tomar um ar. Disse também que, lá no fundo do bar, no depósito das bebidas, tinha um lugarzinho bom pra descansar e conversar um pouco. Assim que falei, senti que o Eugênio se dividia. Uma parte dele, liderada pelo pau, queria ir; a outra parte, comandada pelo cérebro, preferia continuar por ali, naquele joguinho de olhares e toques eventuais. Decidi fazer o mais simples e, em vez de argumentar, simplesmente sorri e disse que ele esperasse um pouco e depois me seguisse. Dei meia-volta e comecei a andar. Não me virei pra conferir se ele vinha. Abri a porta, que leva a uma pequena área de serviço, me encostei na parede e acendi um cigarro. Ainda não tinha dado a primeira tragada quando ele apareceu. Tentava aparentar segurança, mas estava nervoso. Disse que aquele lugar não era um depósito de bebidas, e estava muito frio para ficar ali, no sereno. Eu simplesmente apontei para a porta do depósito, que ficava um pouco mais adiante, e fui até lá. Abri a porta e entrei. Ele veio atrás de mim. Eu já tinha trepado duas vezes naquele depósito. Ele tem suas desvantagens: baratas correndo pelo chão, umidade das paredes e muita poeira. E algumas vantagens: a porta tem uma tranca interna bastante segura, não há janelas e, retirando alguns engradados de cerveja que ficam em cima de uma mesa velha e cheia de cupins, é possível trepar longe das baratas. Apaguei o cigarro, caminhei devagar até o Eugênio e o beijei, primeiro devagar, suavemente, depois com a língua. Ele correspondeu imediatamente, e eu senti que estava prestes a finalmente trepar com um professor de Ética da Comunicação.

* * *

Enquanto caminhava para o fundo do bar, estabeleci um novo limite, já que era óbvio que eu não estava seguindo Isabel para conversar com ela. Todo aquele raciocínio de que um certo grau de excitação sexual seria até saudável — tanto para mim, quanto para o meu casamento com Vivi — agora parecia uma desculpa das mais esfarrapadas para um ato de traição. Então, antes de abrir a porta, demarquei como a última fronteira a possibilidade de um beijo. Um beijo não faria mal. Fora a Viviane, eu não beijava uma mulher há pelo menos sete anos. Quantos homens mantêm uma fidelidade assim? Quantos homens são tão castos e ascéticos? Raríssimos. Eu fora praticamente um monge, durante muito tempo, e agora tinha o direito de me divertir um pouco e recarregar a minha libido. Um beijo, portanto, seria um prêmio mais do que merecido pelo meu bom comportamento. Isabel me esperava com um cigarro na mão, encostada na parede, e ali, naquela fria área de serviço, eu não teria nem me aproximado dela. Havia, contudo, mais uma porta, que levava a um depósito de bebidas, sujo e empoeirado. Isabel entrou e eu a segui. Ela trancou a porta e me beijou. Foi estranho. A primeira coisa que senti foi o seu hálito, que misturava cerveja e nicotina. Viviane não fuma, não toma cerveja e passa fio dental depois de todas as refeições, de modo que a boca de Isabel era muito diferente. Tinha um gosto de proibição, de sujeira, de sacanagem, o que me excitou muito. Quando ela começou a usar a língua, eu respondi com a minha. Estava sobre a última fronteira, e senti que era o momento de parar, ou poderia me arrepender depois. Entretanto, como uma gangorra descendo naturalmente para o lado oposto, meu cérebro ainda fez um último raciocínio auto-indulgente: se não aproveitasse mais um pouco daquela oportunidade poderia me arrepender pela falta, e não pelo excesso. Assim, ainda levei as mãos para a bunda de Isabel e apertei-a com força. Era uma bunda deliciosa. Ela gemeu. Eu me senti na beira de um precipício. Bastava um passo mais à frente e a queda aconteceria, e todos os limites e fronteiras virariam pó, lá embaixo. Foi a visão de meu corpo destroçado que me fez afastar as mãos, interromper os beijos e dizer para Isabel que eu tinha que voltar para casa.

* * *

Ele estava apertando minha bunda, e eu achava que o próximo passo seria tirar os engradados de cerveja de cima da mesa. Em vez disso, ele tirou as mãos, interrompeu o beijo, se afastou e disse que precisava voltar para casa. Não acreditei. Para deixar claras minhas expectativas, comecei a desabotoar a blusa. Por cinco ou seis segundos, ele olhou para minhas mãos, mas, quando cheguei ao segundo botão, ele precipitou-se na direção da porta, tirou a tranca e saiu correndo. Eu até cogitei em desistir e esquecer o babaca, só que essa possibilidade não combina comigo. O cara tava a fim, tinha me seguido até o depósito, tinha passado a mão na minha bunda e enfiado a língua na minha boca, e agora saía correndo, me deixando sozinha, justamente quando a brincadeira estava começando a ficar boa? Isso não se faz. Aí decidi ir atrás dele. O Eugênio estava na fila do caixa. Apesar de não ter consumido, precisava do carimbo para poder sair, e tinha três pessoas na frente dele. Eu cheguei por trás, arranquei o cartão da mão dele e entreguei, junto com o meu, para a Tânia, que estava no caixa. Quando mostrei os cartões carimbados, ele sorriu amarelo, agradeceu e estendeu a mão para pegar o dele. Eu rapidamente guardei os cartões no bolso e disse que também estava indo embora. Assim, ele não tinha escapatória: tinha que sair junto comigo. Percebi que, enquanto atravessávamos o bar, na direção da porta de saída, ele escaneava o lugar, com medo de que alguém percebesse que estávamos saindo ao mesmo tempo. Naquela hora, com quase todo mundo bêbado, duvido que alguém estivesse prestando atenção na gente. De qualquer maneira, depois que eu entreguei os cartões, ele ainda demorou um pouco pra sair. Lá fora, ele mal me olhou. Disse algo como "desculpe" e começou a caminhar pela calçada, na direção de um ponto de táxi que fica na esquina. Eu percebi que o Eugênio pretendia cair fora e fui atrás, até que emparelhei com ele. Meu carro estava estacionado antes da esquina. Quando chegamos ao lado do carro, eu disse "Acho que não tô legal" e fiz de conta que estava me sentindo mal: apoiei as mãos no capô do carro e baixei a cabeça. Ele parou e veio me acudir. Perguntou o que eu estava sentindo. Eu disse que estava tonta, que não era nada demais, tinha tomado uma bola, logo ia passar. Ainda me fazendo de loucona, tirei a chave do carro do bolso e disse que ia pra casa. Ele disse — como os homens são previsíveis... — que eu não poderia dirigir "naquele estado."

Ele perguntou onde estava meu carro, e eu disse que era aquele ali mesmo. Ele me olhou, desconfiado, mas eu baixei outra vez a cabeça, como se fosse vomitar, e ele segurou meus ombros. Eu disse que ele podia ir embora, que eu me virava sozinha, e comecei a rodear o carro, para chegar à porta do motorista. Ele se adiantou, tirou as chaves da minha mão e disse que me levava em casa. Perguntei o que ele faria com seu carro, e ele disse que tinha vindo de táxi. Pegou meu braço e me fez sentar no banco do carona. Sentou na direção e perguntou onde ficava minha casa. Eu baixei a cabeça outra vez, desta vez porque estava com vontade de rir, me controlei e disse que morava na zona sul. Ele ligou o carro e arrancou. Eu levantei a cabeça e olhei pra ele. E, naquele exato momento, pela minha incapacidade de continuar me fazendo de engolesmada, ele percebeu que tinha sido logrado.

* * *

Quando percebi que tinha caído numa armadilha, que Isabel me enganara mais uma vez, tentei manter a calma. Eu não fizera nada de errado, estava dentro dos meus limites — um simples beijo, seguido de rápido apertão na bunda, nada que não pudesse negar taxativamente depois —, e bastava levar a maluquinha pra casa e chamar um táxi para encerrar a noite. Dirigi por algum tempo sem falar nada e sem olhar para Isabel, como se estivesse muito aborrecido. Isabel reclamou do frio e ligou o aquecimento do carro no máximo. A sacana não tinha desistido. Perguntou por que eu tinha fugido dela no depósito de bebidas. Eu disse que preferia não falar sobre aquilo, que tinha cometido um erro, e que não voltaria a cometê-lo. Ela disse que errado era não aproveitar a vida. E, com uma rapidez espantosa, ergueu levemente a bunda, puxou as meias e as calcinhas para baixo, até os tornozelos, e abriu bem as pernas, mostrando um pequeno chumaço de pentelhos negros. Por mais que eu me esforçasse para manter a cabeça voltada para a frente e os olhos fixos no trânsito da avenida Padre Cacique, era impossível ignorar aquela visão, que me chegava pelo canto do olho direito. Ela disse que conhecia vários motéis ali por perto, e eu disse que não iria a motel algum. Também pedi para ela se vestir. Ela riu e tentou botar a mão no meu pau, que ela já percebera que estava duro. Se ela conseguisse segurar o meu pau, eu com certeza estaria condenado. Afastei a mão dela com o cotovelo, e o gesto teve alguma rispidez. Ela protestou e disse que eu a tinha machucado. Eu fiquei quieto. Ela abriu ainda mais as pernas. A vontade de estender a mão e acariciar Isabel era terrível. Graças a Deus, naquele momento decisivo, meu instinto de autopreservação foi maior que meu instinto de preservação da espécie, e consegui manter a concentração no trânsito. Percebi que ela estava ficando irritada. Perguntei se ela tinha mesmo tomado alguma droga no bar. Ela respondeu que a única droga de que estava precisando, naquele momento, era uma boa trepada. Eu disse que nem sempre se pode ter o que se quer. Isso a deixou furiosa. Então, para minha surpresa, ela começou um discurso de tom agressivo, mas bastante coerente, sobre a importância do prazer sexual para a saúde física e mental. Quando ela terminou de falar, estava outra vez animada e voltou a sugerir que fôssemos para um motel. Eu disse que não. Então, começou a tirar toda a roupa, com uma velocidade inacreditável. Acho que, em menos de um minuto, estava usando apenas os óculos. Eu pensei em parar o carro, já que não podia fazer nada enquanto estivesse dirigindo; contudo, com o carro em movimento havia menos possibilidade de alguém perceber o que estava acontecendo ali dentro. Em vez de parar, acelerei. Se algum veículo se aproximava, eu diminuía ou aumentava a velocidade tentando me ver livre dele. Duas ou três vezes, tive a impressão de que alguém, apesar das minhas manobras, tinha visto Isabel nua ao meu lado. Eu suplicava para que Isabel colocasse a roupa. Ela apenas ria. Abria as pernas e ria muito. Isabel estava bêbada e poderia fazer qualquer coisa, a qualquer momento. Foi quando vi um táxi descarregando um passageiro no outro lado da avenida. Olhei pelo retrovisor: nenhum carro à vista. Apertei o freio. O carro parou, tirei o cinto de segurança, abri a porta e saí. Isabel protestou e tentou me segurar pelo braço, mas era tarde demais. Eu já atravessava a rua, sem olhar para trás, fazendo sinal para o táxi me esperar. Entrei no táxi e dei o endereço de casa. Fechei os olhos e respirei aliviado. Afinal das contas, eu havia resistido à tentação de ultrapassar o limite previamente estabelecido, na noite mais maluca que eu já passei na vida.

8

É fácil acusar o álcool, dizer que ele é o responsável pelas cagadas que se faz na vida. É fácil e cômodo. Pena que não seja verdadeiro. Então, antes de qualquer coisa, é preciso dizer que tudo o que fiz — ou não fiz — deve ser creditado a um bêbado — eu —, mas não ao álcool. Tive oportunidade de fazer diferente do que fiz e tomei uma decisão livre e autônoma. E, portanto, ao alcance de um juízo ético. Se estivesse sob a ação de um alucinógeno, ou de uma droga mais poderosa qualquer, aí talvez eu pudesse dizer que fiz o que fiz levado por uma decisão idiota anterior — tomar o veneno em momento impróprio — e não guiado pela minha consciência.

Dito isso, não custa lembrar que, ainda no bar, eu percebi que estava muito embriagado, provavelmente mais embriagado que a Lilian, ela própria em estado lastimável. Lilian, contudo, também estava lúcida e sabia o que estava fazendo. Sendo assim, ninguém se aproveitou de ninguém. Esse negócio de "exercer o poder", em situações como a dessa noite, é uma simplificação boba de um problema que escapa de uma resposta simples. Não foi culpa do álcool, mas também não foi culpa de alguém que era mais forte, ou mais esperto. Na verdade, a questão principal — porque anterior — é decidir se há um culpado, se há alguém a ser encontrado. Essa questão, infelizmente, também é muito complicada.

* * *

Quando abri os olhos, ele sorria. Foi algo efêmero, mas maravilhoso. Fazia algum tempo que eu perdera completamente a consciência e, quando voltei ao mundo, ao olhar para Max e sentir a sua felicidade, eu tive certeza que tinha feito tudo certo naquela noite, apesar da bebedeira absurda. Se pudesse reter aquele momento, seria ótimo. Ficar vivendo dentro dele, como naquele conto de ficção científica em que o personagem fica preso num pequeno círculo de tempo. O cara entra num portal que o leva para alguns minutos atrás, cai outra vez, inevitavelmente, no mesmo portal, e de novo, de novo, até que acontece alguma coisa que não estou lembrando agora. No caso desse conto, era uma armadilha infernal. No meu caso, seria o céu. Repetir a minha última meia hora indefinidamente e ter como última imagem, antes da entrada no portal, o sorriso de Max. Se há um paraíso, ele certamente seria parecido com isso.

Só que não havia portal de tempo em que eu pudesse me enfiar, e o sorriso de Max foi substituído, em questão de segundos, por uma expressão preocupada. Eu queria conversar, ou simplesmente ficar ali, olhando para o teto, enquanto — na falta de um moto-perpétuo temporal — eu tentaria colocar cada instante e cada sensação na memória, de forma que eu pudesse recuperá-los sempre que quisesse. Eu queria formar um arquivo completo na memória do meu cérebro-computador e depois fazer cópias de segurança em todas as mídias possíveis, existentes ou que venham a ser inventadas: disquete, CD-ROM, DVD-ROM, *zip-drive*, discos virtuais na internet, tudo. Para fazer isso, eu queria tempo, o que Max não me deu. Pegou o telefone e chamou um táxi. Disse que era melhor eu ir pra casa. Esperneei, gritei, ameacei, mas Max não deu chance. O táxi chegou, e eu saí. Sem portal do tempo, sem a memória tão organizada e segura quanto eu queria, mas com uma certeza: pra me fazer esquecer, só me matando e passando por cima dos meus miolos com um rolo-compressor.

* * *

Li *O médico e o monstro* com 11 anos. Era um livro de bolso, da editora BUP — Biblioteca Universal Popular — com uma capa assustadora, e algo sensacionalista, que estampava um desenho do monstro, Mr. Hyde, criatura disforme, olhos esbugalhados, expressão que mesclava maldade e loucura. Eu lia de dia, de noite, levava pro colégio e continuava a ler escondido durante as aulas. Estava apavorado com a trama e com os personagens. Não podia parar. Tenho até hoje esse livro, mas ele não é mais assustador. As mortes, que pareciam tão reais, agora não passam de eventos fantasiosos demais, dramáticos demais, falsos demais. Uma coisa, porém, sobreviveu, e forte, na obra de Robert Louis Stevenson: a questão da dupla personalidade ética. Poucos livros foram mais fundo nessa tentativa de dividir a alma humana em pólos antagônicos — um do bem, um do mal — que se alternam na condução dos atos humanos. Penso, hoje, que essa é outra simplificação, talvez ainda mais grosseira que pôr a culpa no álcool. Em vez de "O culpado é Mr. Jack Daniel", diríamos "O culpado é Mr. Hyde". E tudo fica na mesma, porque, se a idéia é procurar um culpado — partindo-se do princípio de que ele existe —, isso não basta para inocentar o Dr. Jekyll.

A história que acabou substituindo, pelo menos por algum tempo, a fábula de Stevenson, foi a metáfora da alma criada por Platão, que li logo que entrei na faculdade. Li errado, claro. O professor de Cultura Religiosa mandou ler *Fédon*, de Platão, e eu fui na biblioteca e peguei um livro com diversos diálogos platônicos que incluía *Fedro*. Supus que era o mesmo texto, pois *Fédon* e *Fedro* pareciam ser variantes no alfabeto latino para o original grego. Mas não eram. *Fedro (ou da Beleza)* é um diálogo que começa falando do amor — aquele amor grego: uma veadagem só — e termina falando de retórica. No meio, contudo, tem a metáfora da alma como um carro puxado por dois cavalos, um branco e um negro, conduzido por um cocheiro.

Li *Fédon* depois de perceber o engano. Também é interessante, pois é neste livro que Platão consolida a separação do mundo material do mundo das idéias. No entanto, paradoxalmente, não há uma análise do comportamento da alma humana tão bem acabada quanto a que está em *Fedro*. Resumindo a coisa: a alma humana está dividida em três partes, duas correspondentes aos cavalos e a terceira correspondente ao cocheiro. Um dos cavalos — o branco — é dócil, bem treinado, de boa índole, garboso e vai para onde o condutor indicar. O outro — negro — é um cavalo feioso, de focinho achatado, olhos baços, impetuoso demais, resistente aos comandos do cocheiro e "amigo da soberba e da lascívia". Uma vez tantalizado por algum instinto básico — fome, sexo, essas coisas compartilhadas por eqüinos e humanos — fará de tudo para saciar seu desejo, causando toda sorte de aborrecimentos para o cocheiro.

Pode parecer que temos uma repetição (na verdade, seria uma antecipação de alguns séculos) do esquema médico-monstro. Negativo. No sistema platônico, a figura do cocheiro — a consciência humana — é a mais importante de todas. Não há sentido na existência do carro se a sua trajetória for decidida num simples embate do bem — ponderado, racional, iluminado — contra o mal — instintivo, irracional, escuro. Há um cocheiro tentando chegar a um determinado lugar. Há uma vontade, uma liberdade de escolha e, inevitavelmente, uma responsabilidade na condução do carro.

O cocheiro platônico chegará num bom e aprazível destino se conseguir, a duras penas, evitar que o corcel negro desvie o carro no rumo dos desejos primitivos, das pulsões animais, do que o mundo oferece de sensual e embriagador. Para isso, conta com a força de seus braços nas rédeas, com o açoite e com a tenacidade do corcel branco, que obedece sempre e assim contrabalança a lubricidade do caráter do cavalo preto. Achei, na época, que esse esquema era muito mais bacana, pela sua dialética interna, que o de Stevenson. Hoje, é claro, depois de Freud e Nietzsche, as coisas já parecem bem mais complexas, e o corcel negro, antes obviamente o bandido, e vaiado por toda a galera em uníssono, alcançou outro status ético. E, pra falar a verdade, estou com Nietzsche: o platonismo, com sua separação do corpo e da alma, ficando para o primeiro apenas as coisas ruins, foi devidamente recauchutado e deu origem à noção cristã de moral. Ou, em palavras mais diretas, cristianismo não passa de platonismo para as massas.

* * *

Max disse que queria ir embora. Eu já esperava isso há algum tempo, porque era óbvio que ele não estava se divertindo. Max perguntou se eu tinha visto o Eugênio, e eu disse que achava que o tinha visto perto da porta de saída, meia hora atrás. Mas não tinha certeza. Max levantou e deu uma volta pelo bar, olhando perto da pista, no balcão e nos cantos mais afastados. Voltou para a nossa mesa e disse que não tinha encontrado o Eugênio. "Deve ter ido embora mesmo", eu disse. Dividimos nossa conta, que não era baixa, e saímos. Ele perguntou como eu iria pra casa, já que, naquela hora, três e meia da madrugada, o Trensurb não deveria ser nada agradável. Eu disse que, nessa hora, simplesmente não havia mais trens. Eu iria de ônibus. Ele disse que achava perigoso. Eu finalmente confessei que tinha combinado com o meu pai que dormiria na casa de uma amiga e colega, a Laurinha Azevedo. Max perguntou quem era Laurinha Azevedo, e eu confessei que ela não existia. Eu disse que tinha planejado ficar no Afegão Médio até bem mais tarde, dar uma esticada num boteco da José do Patrocínio — que, nos sábados, está sempre cheio de estudantes e só fecha às oito horas — e só depois pegar o Trensurb. Max disse que não estava disposto a ir para um outro bar.

Aí, nesse preciso e decisivo momento — que eu esperava ansiosa e nervosamente —, tomei coragem e pronunciei, como se fosse a coisa mais banal do mundo, a frase que tinha realmente planejado quando soube que Max iria na festa da Isabel: "Quem sabe damos uma passada no teu apartamento?" Max me olhou, ressabiado, e eu senti que ele tentava escanear e decodificar meus objetivos. Eu virei de lado, chutei uma tampinha que estava no chão e, quando finalmente o encarei, tentei pensar que ele era um poste. O poste disse que não era uma boa idéia, porque o apartamento estava um caos e também porque "não era legal" um professor levar para sua casa um aluna às três e meia da manhã. Eu disse que não conhecia essa lei. E, pra ganhar tempo, demonstrei que tinha aprendido alguma coisa com ele, falando algo como "Se tem algum problema nisso, certamente não é legal, nem ético, nem moral. É apenas uma deontologia que envolve a classe dos professores, e as normas deontológicas profissionais estão sempre sobre a linha tênue que separa a seriedade da ética e a bobagem absoluta de regras estúpidas que já perderam qualquer base ou sentido". Max sorriu e me aplaudiu. Eu fiz uma mesura. Ele disse que tudo bem, podíamos ir para o apartamento, mas ele iria dormir imediatamente, pois estava morto de cansado, mas deixava o despertador pra mim, na sala, de modo que eu acordaria pra pegar o primeiro trem disponível amanhã de manhã. Eu disse que essa norma recém-criada tinha base e sentido, e portanto eu iria aceitá-la. Por dentro, contudo, eu sabia que os dados tinham sido lançados, e o jogo agora não tinha regras definidas.

* * *

Que Lilian estava interessada em mim, não havia dúvida. Ela mesma confessara seus sentimentos de modo inequívoco. Já quais eram suas intenções práticas em relação a esses sentimentos, isso ainda estava nebuloso. Quando aceitei que ela fosse para o meu apartamento, tinha certeza que nada demais aconteceria. Eventualmente, alguém poderia descobrir que ela passara a noite lá, o que seria péssimo, mas eu confiava em Lilian nesse sentido. Sabia que ela tinha maturidade suficiente para reconhecer a importância de nunca comentar o fato com ninguém. Eu estava bêbado, como já confessei, só que isso não muda nada. Nem Mr. Jack Daniels, nem Mr. Hyde, pensei, estariam naquele apartamento. Apenas o velho e confiável Dr. Jekyll, dormindo placidamente em seu quarto. E se, por acaso, de repente o cavalo negro do carro platônico tentasse levar minha alma a um desatino qualquer, ligeiro o condutor retesaria as rédeas e encheria o corcel lascivo de açoites dolorosos, até que ele aceitasse acompanhar o trote seguro do garboso cavalo branco, rumo a destinos mais altos e moralmente inquestionáveis. Bêbado, fica fácil pensar essas baboseiras.

Pegamos um táxi e, em menos de cinco minutos, entrávamos no apartamento. Não estava um caos; estava a bagunça civilizada de sempre. Eu comecei tirando algumas roupas de cima do sofá e recolhendo a louça do almoço de cima da mesa. Normal. Lilian me ajudou. Então fui até o quarto, peguei o despertador e entreguei-o para Lilian. Ela agradeceu. Eu expliquei onde era o banheiro e disse que ela poderia tomar banho se quisesse, ou agora, ou amanhã de manhã. As toalhas limpas ficavam no armário em cima do bidê. Eu estava indo dormir. “Boa noite”, eu disse para Lilian. E aproximei-me dela. Três beijinhos no rosto já eram nosso gesto consagrado de despedida, e era exatamente isso que eu queria fazer, dar três castos beijinhos no rosto de Lilian e ir dormir. Ao atravessar os poucos metros que nos separavam, contudo, lembrei (ou o cavalo negro lembrou, aquele eqüino sangüíneo e inconseqüente, cheio de tremas) de minha teoria dos três beijinhos. E senti necessidade de contar a teoria para Lilian. Parei na frente de Lilian e, em vez de inclinar o rosto para a cerimônia de adeus, disse:

"Sabe, Lilian, esse negócio de dar três beijinhos tem que ser historicamente compreendido." Ela, surpresa, retrucou: "Como assim?" E então explanei a teoria toda, dizendo mais ou menos o seguinte: "Quando eu estava no colégio, o costume entre amigos de sexos diferentes era dar dois beijinhos ao se encontrarem e dois beijinhos ao se despedirem. Isso, é claro, entre alunos e alunas mais avançados socialmente. A grande massa nem apertava a mão. Até que, sei lá por quê, alguém — certamente com o boletim cheio de notas vermelhas — teve a idéia de dar um passo à frente. E, de repente, alunos e alunas que estavam realmente na vanguarda dos usos e costumes escolares deram início a um novo e revolucionário cerimonial, que consistia em um único beijo, dado na boca. Uma bicota rápida, um selinho, na gíria de hoje. O impacto dessa nova forma de cumprimento foi grande, pelo menos para mim, que pertencia à grande massa que nem apertava a mão das deusas que percorriam os longos corredores de azulejo azul. Até o final do curso científico, um ano depois, o costume solidificou-se, ganhou adeptos e, apesar do evidente desconforto que provocava nos professores mais reacionários, parecia ter se consolidado. Contudo, alguma coisa aconteceu. Com o passar dos anos, já na faculdade, percebi que o beijinho na boca se tornava cada vez mais raro, voltando a ser exclusivo dos namorados. Os poucos que ainda davam selinhos tinham a mesma idade que eu, ou perto disso. E, de repente, percebi a introdução de um código diferente pelas novas gerações de estudantes: os três beijos na face. Hoje, esses três beijinhos parecem ter existido desde sempre, de tão enraizados nos corredores dos colégios e das universidades, mas eles são, sem dúvida, uma reação das novas gerações às conquistas libertárias da minha. Se o beijinho na boca fosse um simples modismo, naturalmente seria esquecido, e os dois beijinhos voltariam a ser a prática dominante. O fato de surgir um novo código — de três beijinhos — é uma prova de que as novas gerações fizeram questão de demonstrar sua identidade, muito mais conservadora e materialista, porque dá mais atenção à quantidade que à qualidade das relações humanas."

Assim que terminei o meu discurso, que iniciara sem qualquer razão lógica, às três e meia da manhã, destinado a uma garota que fazia parte da geração que eu acusava de conservadora e materialista, percebi que não podia culpar um cavalo negro metafísico pelas minhas ações. Eu tinha decidido falar. E eu também decidiria o que iria fazer nos próximos instantes. Esse negócio de cavalos pretos e brancos, no fundo, é uma grande veadagem.

* * *

Ouvi, bem quieta, o papo de Max sobre tipos de beijos. Não entendi muito bem por que ele estava falando aquilo naquela hora, nem qual era o xis da questão da teoria, mas pelo menos uma coisa parecia clara: ele não gostava de dar três beijinhos no rosto. Max estava bem na minha frente, olhava pra mim de um jeito estranho, parecia esperar que eu fizesse alguma coisa, quem sabe dizer o que eu achava da teoria maluca dele. Só que eu não tinha opinião nenhuma pra dar. Quem sou eu pra dar opinião sobre um troço complicado desses? Por outro lado, se ele não queria dar três beijinhos, queria o quê? Talvez o mesmo que eu, pensei. E, sem pensar mais nada, dei mais um passo à frente, abracei o Max e comecei a beijá-lo na boca.

* * *

Dez anos dando aula de Ética da Comunicação — e lendo a respeito, discutindo com os estudantes a noção de moral, percebendo a impossibilidade de definir objetivamente o bem e o mal — não me prepararam para aquele beijo. O beijo de Lilian, nem tão inesperado assim, nem tão inevitável assim, era, antes de um acontecimento ético, um acontecimento físico. Fazia séculos (meses) que eu não beijava uma mulher, desde que a Fátima decidira que não queria mais trepar comigo por esporte, e a volta daquela sensação de abandono, de estar caindo num precipício sem fim, era muito agradável. É claro que também havia uma sirene estridente tocando em algum lugar, me lembrando que aquele beijo era, a princípio, algo a evitar. Algo errado. Se a ética dependesse apenas de um conhecimento intuitivo, como defendem alguns autores, então a situação poderia ser resumida de uma forma muito simples: mandei a porra da sirene instintiva se foder e me concentrei naquele beijo maravilhoso, como todo homem saudável faria. Dez anos dando aulas de Ética da Comunicação pelo menos serviram para me convencer de que o que chamamos de intuição não é um dom natural e inexplicável, e sim resultado de sutis manipulações histórico-sociais. Na hora do beijo, portanto, fiquei com a opinião desses outros autores, muito mais bacanas, muito mais conceituados academicamente e muito mais adequados para o momento.

* * *

Ele gostou do beijo, desde o início. Fechou os olhos e não fazia qualquer esforço para terminar. Parávamos um pouco, respirávamos e voltávamos à ação. Max era o sexto homem que eu beijava, isso se der pra chamar o Leozinho e o Rick, um de 12 e o outro de 13 anos na época, de homens. Mas o Filipe, o Bruno e o Henrique, sem dúvida, tinham me beijado e eram homens, ou quase isso, pois tinham entre 16 e 18. O beijo de Max, entretanto, era diferente. Ele não tinha pressa. Enquanto beijava, simplesmente passava as mãos nas minhas costas, em vez de apertar minha bunda, como o Bruno, ou tentar enfiar a mão pra dentro da minha blusa, como o idiota do Henrique. O Filipe era melhorzinho, mas não se comparava com Max. Esse primeiro beijo durou uma eternidade e teve aquela evolução tradicional, com a participação cada vez mais entusiasmada das línguas. Estávamos de pé, no meio da sala, sem qualquer apoio, e finalmente cansamos e abrimos os olhos. Max afastou-se um pouco e me encarou. Senti que eu teria que falar alguma coisa. E falei: "Vamos pro quarto?"

* * *

Responder ao estímulo físico do beijo tinha sido uma decisão fácil, quase inevitável, apesar dos alarmes tocando sem parar. Já responder ao convite de Lilian, uma frase curta, mas cheia de significados, era uma questão bem diferente. Havia apenas duas alternativas: "Não, Lilian, é melhor não. Eu vou dormir. Boa noite", ou algo equivalente a "Vamos", que, evidentemente, nem precisaria ser verbalizado.

O que decidiu tudo foi o rosto de Lilian. Todo rosto é um mistério e todo rosto é, ao mesmo tempo, uma revelação. O rosto de Lilian, logo depois do beijo, dizia um monte de coisas e também coisa nenhuma. A excitação do beijo, o contato com o corpo dela, a troca de salivas, isso tudo era nada, perto da realidade absurdamente significativa e da mudez absoluta do rosto de Lilian.

O corpo da mulher é objeto óbvio ululante da moral. O desejo desse corpo, as normas que o proíbem ou o liberam formam um complexo sistema de interdições, cuja base mais importante, pelo menos para a civilização judaico-cristã, é o Decálogo. Quando Deus entregou as tábuas da lei para Moisés, fez questão de colocar dois mandamentos relacionados ao corpo da mulher; o sexto, mais amplo — "Não pecarás contra a castidade" — e o nono, mais específico — "Não cobiçarás a mulher do próximo". O nono, com certeza, é para que o pessoal não possa dizer que não entendeu bem o que é essa tal de castidade e que não vê relação da palavra com essa bunda que vem e que passa, tão cheia de graça, a caminho do mar.

O rosto, porém, escapa totalmente desta moral de atacadão. E, no varejo, na prateleira dos bens cobiçados, não há qualquer etiqueta de preço colada nele. Na contabilidade divina, pagamos preços bastante altos pelos corpos das mulheres desimpedidas e estratosféricos pelas mulheres dos próximos. Mas quanto pagamos pelos rostos? Nada. Eles estão sempre à disposição. Um rosto não pode ser possuído, nem obedecer a normas de interdição.

O rosto, assim, em sua ambigüidade, em sua transparência opaca, é um sujeito ético por excelência. Sujeito, e não objeto. Naquele momento, diante do rosto de Lilian, eu não estava observando seus cabelos crespos, ou o nariz fino e delicado, ou os olhos castanhos, ou a boca de contorno quase infantil. Essas coisas estavam ali, mas eu não as percebia. Eu simplesmente sentia a exposição total do rosto, sua pele nua, sem traço aparente de maquiagem. Um rosto já totalmente despido, se oferecendo, como se esperasse um gesto agressivo de minha parte e não pudesse defender-se. Emmanuel Levinas diz que é no rosto que está impresso o mais importante dos mandamentos: "Não matarás." Essa proibição não impede os homicídios — tão banais —, mas, de alguma maneira, o dificulta, e muito, porque faz aparecer a dimensão humana do ser humano, que é tão fugaz, tão difícil de ser sentida, e que dá sentido à existência de um pensamento ético.

Depois dessa experiência — rápida, mas muito intensa — frente ao rosto de Lilian, eu estava irremediavelmente comprometido com ela. Meu instinto sexual, minha libido, a testosterona correndo a mil em meu organismo, minhas reações biológicas naturais e primitivas em andamento, a diminuição das inibições causada pelo álcool, nada disso poderia se sobrepor ao sentido ético do rosto de Lilian. Ela era outra pessoa, mas agora eu tinha mais responsabilidade por ela que por mim próprio. Seu rosto, que a princípio não me dizia respeito, agora era a coisa mais importante do mundo, uma espécie de porta para fora de mim mesmo que eu desejava intensamente atravessar. Esse desejo, contudo, não era uma necessidade física, passível de satisfação com um orgasmo; também não era um pensamento direcionado ao saber, uma sede de conhecimento; era, quem sabe, a manifestação daquele Desejo descrito por Levinas, que não se submete aos cinco sentidos, que se alimenta de suas próprias fomes e que cresce com a sua satisfação. O rosto de Lilian me delegava inteira responsabilidade pelos meus atos, e foi assim, apaixonado e consciente, que decidi aceitar o convite de minha aluna.

* * *

Lembro de algumas coisas, principalmente do início, quando chegamos ao quarto, tiramos nossas roupas, deitamos, nos beijamos e nos acariciamos. Depois há um período muito nebuloso, relativo ao início da transa em si, tanto que eu não saberia dizer se durou muito tempo, ou pouco, só posso dizer que foi maravilhoso. Mas de uma coisa lembro bem: Max ficou de olhos abertos o tempo todo, e ele parecia mais interessado no meu rosto do que em qualquer parte do meu corpo. Ele falava comigo, perguntava coisas, queria saber se eu estava bem. Não lembro de ter respondido coisa alguma. E aí apaguei. Quer dizer, eu estava bem consciente na hora, mas a lembrança do que aconteceu está apagada. Acho que fiquei com os olhos fechados por uma eternidade. Quando voltei a abri-los, ele estava bem ali, na minha frente, sorrindo, naquele instante que eu gostaria de congelar, ou reviver "n" vezes, porque durou tão pouco. Então ele chamou um táxi e disse que era melhor eu sair. Ficou observando enquanto eu me vestia. Senti que havia um pouco de sangue entre as minhas pernas, mas consegui escondê-lo facilmente. Não queria que ele soubesse — pelo menos naquele momento — que eu tinha chegado aos 17 anos ainda virgem. Minha felicidade era tão grande que eu não estava chateada com a despedida rápida. Eu conseguira exatamente o que pretendia, e nada no mundo poderia diminuir, nem ao menos arranhar, o amor imenso que eu sentia por Max.

9

O calendário escolar do Centro Universitário Vera Cruz tradicionalmente reserva a segunda semana de julho para a realização das provas finais do semestre. Assim, a movimentação no campus, nesta segunda-feira, 8 de julho, já é bem inferior à normal. O contingente de alunos em férias antecipadas varia de unidade para unidade. É menor na parte de baixo da cruz — as engenharias e a informática —, crescendo significativamente na parte de cima, para onde se dirige o professor Max. Em sua cadeira desta manhã — Projeto Especial de Jornalismo — ficaram em exame apenas três alunos, especialmente relapsos na entrega dos trabalhos. Max sabe que eles chegarão atrasados, como sempre, e só caminha rapidamente porque um vento forte e gelado atravessa o campus. Max usa um capuz que lhe cobre todo o rosto e olha para o chão. Só levanta os olhos quando chega ao prédio da Comunicação. Lilian está abrindo a porta do Centro Acadêmico. Ela sorri para Max, que sorri de volta e convida:

"Vamos tomar um café?"

No balcão, Max pede café com leite e um misto-quente. Lilian pede suco de laranja e torta de chocolate. Quando os lanches ficam prontos, sentam-se numa mesa de canto. O bar está quase vazio. Começam a comer.

"Como foi o teu domingo?", pergunta Max, entre as mordidas no misto-quente.

"Tava com uma ressaca dos infernos", diz Lilian.

"Nós bebemos demais", diz Max. Ele olha para o relógio de pulso. "Hoje não vou poder conversar muito contigo. Tem prova de Projeto e já tá quase na hora."

"Eles não chegaram ainda", diz Lilian.

Max sorri. Até agora, evitou os olhos de Lilian. Então, num gesto rápido e discreto, estende o braço e aperta a mão esquerda da garota por menos de dois segundos. Ela, surpresa, não esboça reação. Max busca o olhar de Lilian e diz:

"O que aconteceu foi maravilhoso. Pelo menos pra mim. Pensei em te pedir desculpas, mas não sei como." Ele pensa um pouco. "E não sei nem por quê."

"Se tu pedir desculpas", ameaça Lilian, "eu jogo esse suco de laranja azedo na tua cara".

"Tudo bem."

Max termina o misto e pega o copo de café com leite.

"Eu vou subir", diz Max. Olha para Lilian, bem sério. "Acho que nem preciso dizer que é melhor ninguém ficar sabendo."

"Se tu acha que nem é preciso dizer, por que disse?"

"Porque eu sou um idiota."

Lilian sorri e aponta para a porta do bar.

"O Mendes está chegando para a prova", avisa Lilian. "Vê se não pergunta coisas muito difíceis. O cara é uma porta, mas tem que se formar."

Max sorri, levanta, dá três beijinhos em Lilian e sai.

* * *

Max encontra Eugênio no corredor, perto da secretaria. Apertam as mãos.

"Gostou da festa?", pergunta Max.

"Gostei", responde Eugênio. "Mas me senti um pouco deslocado."

"Depois dos quarenta, qualquer um se sente deslocado num lugar em que a média de idade é vinte."

"Tu não parecia deslocado."

"Minha idade mental é 17."

"Já percebi." Eugênio dá um abraço em Max. "Eu curti mais aquele bar do Paraguaio. Vamos voltar lá uma noite dessas?"

"Vamos. É só me ligar."

"Passa na minha sala depois da prova."

"Combinado."

Os dois professores estão se separando quando Isabel termina de subir a escada e aponta no corredor. Eugênio e Max olham para ela. Max sorri. Isabel, não. Ela se aproxima lentamente e, quando está passando entre os dois professores, pára, dando as costas para Max, e encara Eugênio.

"Bom dia, Isabel", diz Eugênio.

Isabel não responde. Simplesmente mantém seus olhos grudados nos de Eugênio.

"Algum problema?", pergunta Eugênio, constrangido.

A menos de meio metro de Eugênio, Isabel continua a fuzilá-lo com os olhos. Finalmente, vira-se para Max e pergunta, séria:

"A prova vai ser na sala de aula?"

"Não. Vai ser na redação", diz Max.

"Ótimo."

Isabel afasta-se. Max olha para Eugênio, que faz cara de quem não está entendendo nada.

* * *

A redação é uma sala grande, com vinte computadores em rede e uma impressora. Normalmente, os alunos disputam os computadores a tapa, mas agora há lugar e equipamentos de sobra. Isabel termina a prova — uma matéria de duas laudas sobre o fenômeno meteorológico conhecido como El Niño, baseada em recortes de jornais fornecidos por Max, e um texto opinativo sobre as últimas reviravoltas da campanha presidencial — antes das dez horas. Imprime, entrega tudo para Max, sempre silenciosa, e sai da redação. Os outros dois alunos que ficaram em exame — Tiago e Mendes — permanecem escrevendo. Max vê Isabel sair e, de repente, vai atrás dela. Abre a porta e a chama. Isabel, já no corredor, pára e olha para Max.

"Aconteceu alguma coisa?", pergunta Max.

"Depende", responde Isabel, com um muxoxo.

"Nunca te vi assim."

Isabel pensa um pouco, dá dois passos na direção de Max e fala baixo:

"Aquele teu amigo é o maior babaca que já encontrei na vida. Ele não vale nada."

E, sem dar tempo para qualquer reação de Max, dá as costas para ele e se afasta. Desce a escada e chega ao pátio da faculdade. Vê, nas proximidades do bar, duas alunas do quinto nível, de quem é colega na disciplina de Ciência Política. Aproxima-se delas. Beijam-se e começam a conversar.

* * *

As colegas de Isabel chamam-se Doriane e Cledi. Elas são amigas e combinaram um encontro na faculdade para tentar concluir na biblioteca um trabalho intitulado "Partidos políticos na República Velha", entregá-lo ao professor antes do meio-dia e assim conseguir a média 7, evitando o exame da quinta-feira. Elas estavam prontas para voltar à biblioteca, depois de um cafezinho no bar da faculdade, quando Isabel apareceu. Doriane e Cledi não têm grande intimidade com Isabel. Começam falando algumas banalidades sobre a festa de sábado, sem qualquer entusiasmo. Contudo, quando Doriane anuncia que está na hora de voltar para a biblioteca, Isabel diz alguma coisa que opera uma radical transformação na atitude das duas amigas: elas encaram Isabel e, nos próximos dez minutos, ficam hipnotizadas, ouvindo-a falar.

* * *

Cledi percorre as estantes da biblioteca atrás dos livros indicados pelo professor, enquanto Doriane, já numa mesa, tenta iniciar o trabalho com as parcas anotações de seu caderno. Quando Cledi passa pela estante dos livros de sociologia, vê Juliana. Cledi aproxima-se dela. Beijam-se. Falando bem baixo, para não perturbar o ambiente silencioso, Cledi diz alguma coisa para Juliana, que primeiro sacode a cabeça e depois coloca a mão na boca para evitar uma risada.

* * *

Juliana sai da biblioteca com a *A sociedade do espetáculo*, de Guy Debord, debaixo do braço. Se quiser ter alguma chance na prova de Sociologia da Comunicação, terá que lê-lo até as sete e meia da noite. Isso teoricamente. Juliana acha que o professor está interessada nela. Porém, como não tem certeza absoluta, pretende ler pelo menos o primeiro capítulo. Juliana caminha na direção do estacionamento, onde deixou o carro. No caminho, passa por Luciano, seu colega e companheiro de infortúnio, ou seja, de prova. Ele nota o livro na mão de Juliana e pergunta se há mais exemplares na biblioteca. Ela diz que sim e aproveita para contar uma coisa incrível que acaba de ficar sabendo através de sua amiga Cledi. Luciano ouve atentamente.

* * *

Luciano não é amigo de Gustavo. Pelo contrário: acha que Gustavo se faz de líder estudantil radical para impressionar as alunas dos primeiros níveis, que são sempre as mais desejadas da faculdade, pelo seu frescor, e também as mais difíceis de conquistar, pela sua frescura. No entanto, ao passar por Gustavo, na entrada da biblioteca, Luciano acena para Gustavo e aproxima-se dele. Luciano diz que ficou sabendo de algo fantástico. Gustavo ouve a história, sério e preocupado. Faz algumas perguntas, que Luciano não consegue responder. Gustavo pergunta se aquilo não é uma brincadeira. Luciano diz que não, porque a fonte é superconfiável. Além disso, ele não gosta de fazer fofoca. Só está contando porque acha que Gustavo é um cara discreto e está ligado ao Centro Acadêmico. Afinal de contas, no fundo, aquele é um assunto para ser discutido numa perspectiva política. Gustavo sacode a cabeça, desconfiado.

* * *

Gustavo entra no Centro Acadêmico e vê Lilian fazendo as contas no caixa. Senta ao lado de Lilian e imediatamente conta o que ouviu de Luciano. Lilian escuta, calada. Quando Gustavo termina, censura-o por fazer fofoca. Gustavo pergunta se ela foi na festa. Ela diz que sim. Gustavo pergunta se os protagonistas da fofoca estavam lá. Ela diz que sim. Gustavo pergunta se Lilian tem certeza que é só uma fofoca. Lilian olha para Gustavo, com ar de reprovação. Gustavo levanta e diz que também acha que tudo aquilo não passa de uma fofoca horrenda, um típico sinal de decadência da pequena burguesia amoral daquela faculdade. Mas que não bota a mão no fogo por ninguém. Todo mundo sabe das tremendas baixarias que rolavam na corte do czar Nicolau II antes da revolução. Lilian fecha o caixa, pega uma vassoura e pede que Gustavo dê uma varrida na sala.

* * *

Lilian pergunta na secretaria onde está Max. Regineide informa que ele está na sala do professor Eugênio. Lilian vai até lá e bate na porta.

"Pode entrar", diz Eugênio.

Ela entra. Vê Max, sentado na frente da mesa de Eugênio. Os dois parecem bem-humorados.

"Eu gostaria de falar com o senhor", diz Lilian, olhando para Max.

"Tem que ser agora? Nós estamos numa reunião", diz Max.

Lilian hesita.

"Não...", diz ela. "Pode ser depois."

Toca o telefone. Eugênio atende.

"Alô." Ouve por um momento. Tapa o bocal e fala para Max e Lilian. "É minha mulher. Voltou de São Paulo."

"Então vou conversar com a Lilian", diz Max. "Volto daqui a pouco."

Eugênio faz sinal de positivo. Max e Lilian saem da sala. No corredor, Lilian fala em voz baixa:

"Tem uma fofoca correndo pela faculdade."

"Detesto fofoca", diz Max, sério. Depois sorri. "E também adoro fofoca, mas só se for bem cabeluda e bem mentirosa."

"É sobre sábado à noite", avisa Lilian.

Max pára de sorrir.

"É sobre Isabel e o professor Eugênio", continua Lilian. "Eles transaram depois da festa, no carro da Isabel."

"Que bobagem", diz Max. "Alguém inventou essa merda. A Isabel tem muitas colegas que a odeiam. Eu conheço várias. Quer apostar? Quem te contou?"

"Não foi uma aluna", contesta Lilian. "Mas isso não interessa. Quem falou comigo disse que a própria Isabel fez questão de descrever tudo que aconteceu. Com detalhes."

"Fofoca é um mecanismo de controle social", diz Max. "E ela funciona exatamente porque nós ficamos alimentando essa merda. Não quero ouvir mais falar no assunto. Não sei nada a respeito, não quero saber e tenho raiva de quem sabe."

"Eles saíram juntos do bar. Eu vi. Isabel saiu primeiro, pra disfarçar. Ele foi logo depois", diz Lilian.

"E daí?", pergunta Max, irritado.

"Nós também saímos juntos."

Max encara Lilian por alguns segundos. Quando fala, não consegue esconder alguma tensão na voz:

"O que nós fizemos, ou não fizemos, ou não deveríamos ter feito, também não interessa a ninguém. Vou dizer pela última vez: não gosto desse tipo de coisa e não vou fazer parte dela."

A porta da saleta de Eugênio abre, e ele aparece no corredor. Max e Lilian tentam disfarçar, mas fica óbvio para Eugênio que eles estavam discutindo.

"Podemos continuar depois, Max", diz Eugênio.

"Não", diz Lilian, sorrindo. "Eu já tava saindo. Até logo, professores."

Lilian se afasta. Eugênio olha para Max e pergunta:

"O que houve?"

"Nada", diz Max.

Eugênio indica a porta da saleta.

"Quer entrar?"

Os dois entram e sentam-se. Eugênio parece nervoso. Coça o queixo, cruza os braços e anuncia:

"Decidi contar o que eu fiz para a Vivi."

Max, de tão surpreso, não esboça qualquer reação. Eugênio continua:

"Cedo ou tarde, ela vai ficar sabendo. É melhor saber logo, e por mim."

"Saber o quê?", consegue perguntar Max, cada vez mais confuso.

Agora é Eugênio quem fica surpreso.

"Tu sabe muito bem, Max", diz Eugênio.

"Eu não sei de nada."

"Como que não sabe de nada? Por acaso, tu não tava lá?"

"Tava, mas... Eugênio, pelo amor de Deus, pensa bem no que tu vai dizer pra tua mulher."

"Pode deixar", diz Eugênio. "Vou dizer que foi um impulso, um curto-circuito."

"E ela vai aceitar uma desculpa dessas?"

"Vai ter que aceitar. Ela me ama."

"E tem certeza que vai continuar amando depois de ficar sabendo?"

"Acho que sim." Eugênio volta a sorrir. "Sabe o que ela disse, logo que ficou sabendo que a gente se conhecia desde o colégio? Que a gente devia fazer uma meia de vez em quando. E agora isso: eu salvo meu coleguinha de escola e..."

"Porra, Eugênio!", corta Max, com um grito. "Tu tá falando na confusão do ônibus!"

"Claro", confirma Eugênio, sem entender nada. "Pensou que eu tava falando do quê?"

"Que loucura, cara."

"Explica duma vez", pede Eugênio.

"A Lilian acaba de me contar uma fofoca idiota, absurda, que ela ouviu há pouco. E aí eu associei... Eu sou uma besta!"

"Que fofoca?", pergunta Eugênio.

"Não vale a pena", adverte Max.

"Tem a ver com o caso do ônibus?"

"Não. Deixa pra lá."

"Max, por favor, desembucha duma vez."

"Pô, cara. É tão ridículo que eu vou te contar: a fofoca é que tu e a Isabel treparam no carro dela, depois da festa de sábado."

Eugênio baixa os olhos por um momento, mas o gesto é tão rápido que Max não percebe.

"Não te preocupa", continua Max. "Se fosse pelas fofocas que aparecem, eu transo com todo mundo aqui na faculdade, incluindo o Tavares e a Joana. O Tavares, tudo bem. Mas a Joana..."

"Por uma coincidência, nós saímos do bar mais ou menos ao mesmo tempo", diz Eugênio, com toda a calma. "Ela estava de carro. E bêbada demais pra dirigir. Eu fiquei com medo de um acidente e me ofereci pra guiar. Larguei-a em casa e peguei um táxi. Foi isso que aconteceu."

"Alguém deve ter visto vocês saindo no carro e inventou o resto", diz Max, voltando a ficar sério. "Acontece. O melhor é ignorar totalmente a falação. Acaba desaparecendo no ar, ainda mais com o campus vazio."

Max bate no ombro do amigo e convida:

"Vamos enfrentar o feijãozinho do RU?"

"Vamos", diz Eugênio. "E talvez seja melhor não falar porra nenhuma pra Vivi. Quem é que se importa com um pulôver vermelho feio daqueles?"

* * *

O professor Júnior tranca a porta do gabinete de Joana e aproxima-se dela, com os olhos brilhando de excitação.

"Nem pensar", diz Joana, sorrindo. "Abre essa porta."

"Não pensa bobagem", diz Júnior. "É um assunto muito sério."

Júnior dá a volta na cadeira de Joana, coloca as mãos sobre os ombros da coordenadora e faz pressão com os dedos. Joana relaxa as costas e fecha os olhos.

"Ai, que coisa boa", geme a professora.

"E vai ficar melhor ainda", promete Júnior, intensificando a massagem.

Joana, de repente, levanta e afasta-se de Júnior, enquanto fala:

"Não dá, Júnior. Se tu quiser, podemos dar uma escapada no final da tarde."

"Que mente lúbrica que tu tem", contesta Júnior. "Não vim aqui fazer propostas indecentes. Meus propósitos são estritamente acadêmicos."

"Sei."

Júnior fica sério e dispara:

"Tenho novidades sobre um certo professor-doutor."

"Aquele idiota?"

"O idiota tá na boca do povo."

"A troco de quê?"

"Sabe a festa de sábado, em Porto Alegre? Aniversário daquela aluna, a Isabel, e encerramento do semestre?"

"Eu recebi o convite."

"O professor Eugênio também recebeu. Só que ele foi na festa." Júnior faz uma pequena pausa, para criar suspense. "E, depois da festa, o doutor comeu a aniversariante, no carro dela."

Joana fica de boca aberta.

"Quem te contou?", pergunta ela.

"O Waldemar Peres, meu aluno de Rádio II. Mas tá todo mundo sabendo. Foi a própria Isabel que confessou."

"Essa Isabel é uma vagabunda", diz Joana.

"Há detalhes", continua Júnior, libidinoso. "Quer saber os detalhes?"

"Quero."

* * *

Max e Eugênio separam-se na frente do RU. Max vai para a parada de ônibus, enquanto Eugênio volta para a faculdade, caminhando devagar, apesar do frio. Normalmente, Eugênio ficaria algum tempo sentado num banco, pegando sol e iniciando a digestão. Mas não naquele dia. Ele passa direto pelo pátio, evitando o olhar da única aluna que cruza com ele, perto do bar, e sobe para a sua sala. Liga o computador e acompanha, imóvel, todo o ritual de inicialização. Mesmo depois que a tela do Windows aparece — com sua coleção de ícones sobre uma foto dos filhos André e Éder, saudáveis e sorridentes — Eugênio permanece estático, como que hipnotizado, por um longo tempo. Duas batidas na porta o trazem de volta à realidade.

"Sim?", diz Eugênio.

Abre-se uma pequena fresta na porta, e o rosto de Joana aparece, sorridente.

"Posso entrar?", pergunta ela.

"Claro, Joana", diz Eugênio. Ela entra. Eugênio aponta uma cadeira. "Senta." Ela senta. Joana tem um envelope nas mãos.

"Não quero atrapalhar o teu trabalho."

"Não tá atrapalhando. É um prazer"

"Prometo que vou ser bem objetiva, professor. Mas antes tenho que contar uma pequena história. Posso?"

"À vontade."

"Na verdade, não é tão pequena assim."

"Não tem problema, Joana."

Ela sorri, muito simpática, e começa:

"Há três anos, logo que assumi a função de coordenadora do curso de Jornalismo, enfrentei um problema. Um problema sério. Resumindo ao máximo: uma professora me procurou, nervosa, quase chorando, e disse que tinha visto dois alunos fumando maconha perto do laguinho. Ela ficou indignada e foi falar com eles, numa boa, pra alertá-los que aquilo não estava certo. Eles que fossem fumar maconha longe daqui, não é verdade? Só que os alunos, quando a viram se aproximar, esconderam rápido o baseado e acenderam um cigarro comum. Ela disse pra eles que não adiantava, que tinha visto o baseado e sentido o cheiro, e que era melhor eles nunca mais fazerem aquilo. E aí, sabe o que os alunos fizeram? Começaram a xingar a professora, chamaram ela de tudo. Ela não se intimidou. Pelo contrário: disse que falaria com o diretor a respeito. Os alunos, então, a ameaçaram. Disseram que sabiam que ela era amante do diretor e iriam espalhar o boato por toda a faculdade. Ela, claro, ficou furiosa, queria bater nos dois, mas teve medo e veio direto falar comigo. Eu a acalmei, disse pra ela continuar dando aula normalmente e a aconselhei a não falar sobre a situação com mais ninguém."

Joana faz uma pequena pausa.

"Tô chateando o senhor?", pergunta Joana.

"De jeito nenhum", responde Eugênio.

"Já vou terminar", promete Joana, sorrindo, muito simpática. "Eu tentei localizar logo os dois alunos, mas eles tinham desaparecido. Não vieram na aula nos dois dias seguintes. Telefonei pra casa dos pais deles; eles não ligaram de volta. Mas eles não estavam simplesmente se escondendo. Eles estavam cumprindo a ameaça. De repente, todos os alunos — e os próprios professores! — estavam falando sobre o caso da professora com o diretor. Ninguém sabia de onde tinha surgido a fofoca, mas todos a passavam adiante. A coisa chegou no Tavares, que ficou furioso. Eu fui falar com ele e disse que resolvia a situação, se ele me desse respaldo. Ele disse que dava respaldo total. Sabe o que eu fiz?"

Joana procura os olhos de Eugênio. Ele parece tranqüilo. No máximo curioso.

"Eu fui na delegacia de Sapucaia e falei com o inspetor Neves, um negrão imenso, com cara de mau. Disse pra ele que eu tinha que falar urgente com dois alunos aqui da faculdade, suspeitos de serem drogados, ou coisa pior. Na verdade, eu disse que talvez eles fossem traficantes. Se eu falasse com eles, poderia esclarecer tudo. O negrão disse que podia deixar com ele. Duas horas depois, os dois estavam na minha sala, apavorados, pedindo pelo amor de Deus que eu não acabasse com a vida deles. Então eu chamei a professora para a sala, e nós tivemos uma longa conversa. Bem mais longa que essa nossa, professor Eugênio." Joana faz nova pausa. "Vamos pedir um cafezinho pro bar? Tô precisando de um cafezinho."

Eugênio liga para o bar e pede dois cafés.

"Já vão trazer", diz Eugênio.

"Ótimo. E eu já estou concluindo. Tentarei ser bem sintética. É uma qualidade dos profissionais de rádio, a síntese. Infelizmente, não dou aula de rádio. Mas, depois dessa conversa, dessa... acareação... é assim que se chama, não é?, a coisa ficou resolvida da seguinte maneira: primeiro os alunos assinaram um documento, que eu mesma redigi, dizendo que tinham inventado toda aquela sujeira sobre a professora, que estavam mesmo fumando maconha no laguinho e que reconheciam que poderiam ser expulsos do Centro Universitário Vera Cruz por flagrante delito; depois eu disse que aquele documento ficaria comigo, bem guardado, e que eu o usaria sem pestanejar, a menos que eles consertassem a merda que tinham feito, falando com os colegas e assumindo plenamente a origem daquela fofoca nojenta; finalmente, eu disse que a professora decidiria se era o caso de expulsá-los ou apenas suspendê-los por um semestre. Os dois babacas olharam para a professora como aqueles cachorrinhos que levam um xingão depois de morderem e estragarem uma almofada. Ela pensou um pouco e disse que, se eles realmente prometessem se comportar, talvez não fosse preciso nem a suspensão por um semestre. Bom, os caras só não beijaram a mão da professora porque eu não deixei. Eles se formaram um ano depois, e eu nunca mais vi os desgraçados, graças a Deus. A professora está aí até hoje, dando aula, sem problema. Gostou da história, professor?"

Joana mostra o envelope que segurava nas mãos desde que entrou na sala.

"Ainda tenho o documento assinado pelos canalhas. Quer dar uma olhada?"

"Não precisa", diz Eugênio. "Não sabia que ser coordenadora era tão complicado."

"Mas é. Te prepara, doutor Eugênio. Ou o senhor acha que esse tipo de coisa não acontece na pós-graduação?"

"Se algum dia surgir algum problema parecido, já sei a quem recorrer."

"Exatamente, professor", diz Joana. "Já sabe. É por isso que eu estou aqui."

"Como assim?"

Joana fala rápido, mantendo os olhos fixos no rosto de Eugênio.

"Eu ouvi uma fofoca envolvendo o senhor e uma aluna chamada Isabel."

"Que fofoca?"

"Que vocês tiveram uma relação sexual depois da festa de sábado. No carro dela."

"É um absurdo", diz Eugênio, levantando-se. Joana continua a observá-lo atentamente. "Nunca toquei nessa menina."

"Eu sei. Mas essas coisas se espalham muito rápido."

"Eu fui na festa e me ofereci para dirigir quando a vi entrando no carro dela. Tava completamente bêbada, ia se esborrachar num poste, se matar. Deixei ela em casa e voltei pra minha de táxi."

"Essas boas ações são sempre perigosas", diz Joana.

"Quem tá espalhando essa bobagem?"

"É difícil determinar. Mas, pelo que eu entendi, a origem do boato pode ser a própria Isabel, que não é exatamente uma aluna acima de qualquer suspeita." Joana suspira. "Como esse cafezinho tá demorando..."

Eugênio não consegue mais conter seu nervosismo.

"Temos que deter essa bobagem."

"Exatamente, professor. Por isso estou aqui. Para oferecer ajuda e parar essa bobagem. Mas antes eu gostaria de falar sobre aquele incidente de sexta-feira, que me deixou meio confusa. Antes da tua chegada, eu poderia jurar que aquele pulôver vermelho não era do Max, mas o teu depoimento foi tão categórico, tão definitivo, que todos acreditaram nele. Todos. Assim como todos, aparentemente, nesse momento, acreditam que o senhor se envolveu com uma aluna na noite de sábado. Eu estou disposta a realmente ajudar, mas para isso eu preciso de alguma luz sobre os fatos — os fatos de sexta, de sábado, de qualquer dia dessa semana tão nebulosa. E as perguntas são duas: até que ponto eu terei essa luz?; e até que ponto o senhor está disposto a receber minha ajuda?"

Joana espera as respostas de Eugênio com um sorriso vitorioso nos lábios.

* * *

Eugênio abre a porta do apartamento lentamente. A primeira coisa que vê, sobre o sofá — destacada da penumbra da sala por um feixe quase fantasmagórico da última claridade do céu, vindo da janela — é a bolsa de Viviane, prova de que ela está em casa, conforme previa.

"Vivi!", exclama Eugênio.

Não há resposta. Eugênio acende a luz e vai até o banheiro, onde Viviane toma uma ducha.

"Oi, querida", diz Eugênio.

"Oi. Já tô saindo, amor. Novidades?"

"Algumas."

"Boas?"

"Mais ou menos. Como ficou a tua mãe?"

"Mais ou menos. Mas foi ótimo passar o final de semana com ela. Conversamos muito. Acho que nunca conversamos tanto. Quando alguém morre, parece que a gente tem necessidade de falar sobre a vida."

Viviane fecha a torneira, abre a porta do box e pega uma toalha. Dá um beijo rápido na boca de Eugênio e começa a se secar.

"Onde estão as crianças?", pergunta Viviane.

"Na casa do Téo, aquele amigo do André. Eles estavam há tempos pedindo pra ir lá. Vou buscá-los às nove e meia."

"Mas logo hoje? Eu tô morrendo de saudade."

"É que eu queria falar contigo com calma."

Viviane seca os cabelos com força. Quando fala, sua voz já demonstra alguma irritação.

"Se quer falar com calma, espera eu terminar de me vestir."

"Tudo bem", diz Eugênio. E sai do banheiro.

Pouco depois, Viviane entra na sala com uma toalha enrolada na cabeça e um roupão sobre o corpo. Eugênio ligou o aquecedor e está bem perto dele, tentando aquecer as mãos. Viviane senta ao seu lado.

"No próximo inverno, espero que a gente tenha um ar-condicionado aqui na sala e outro no quarto", diz Viviane. "Nessa tua terra, isso não é luxo. É necessidade básica. E agora me conta: quais são as novidades?"

Eugênio fala devagar, escolhendo as palavras uma por uma.

"Bom... São dois assuntos bem diferentes. O primeiro foi uma coisa que aconteceu na sexta-feira de manhã, lá no campus. Eu não consegui te contar sexta de noite, porque tive aquela reunião... E depois, no sábado, quando eu ia te falar, tocou o telefone, e era a tua mãe... Tu ficou nervosa, resolveu viajar, e aí achei que não valia a pena, que era melhor esperar a tua volta e..."

"Tá legal, já entendi", corta Viviane. "Não contou na sexta, nem no sábado, e vai contar agora. Tô esperando."

Eugênio narra o episódio do seqüestro do ônibus, sempre sob o seu ponto de vista: a chegada no campus; a surpresa com o caos já instalado; a acusação a Max, prestes a ser preso; o impulso que o levou a mentir que conhecia muito bem o tal pulôver vermelho; a liberação do amigo pela polícia, graças ao seu depoimento. Eugênio omite a presença de Joana e do próprio reitor nos acontecimentos. Viviane ouve tudo em silêncio. Quando Eugênio termina, ela pergunta:

"Tu vai ter que ir na delegacia, prestar depoimento, essas coisas?"

"Acho que não."

"E de quem era o tal pulôver?"

"Não sei direito. Provavelmente de um aluno que eu nem conheço."

"Quantas pessoas viram esse teu ato de heroísmo?"

"Poucas."

"A Joana ficou sabendo?"

"Ela sempre sabe tudo o que acontece. Hoje falei com ela a respeito e expliquei o meu... o meu descontrole naquele instante. Ela entendeu. Disse que talvez fizesse o mesmo no meu lugar."

"Duvido", diz Viviane, seca. "E a outra merda, qual é?"

"A outra não é uma coisa que aconteceu. É uma baixaria, uma mentira nojenta que alguém plantou na faculdade. Eu fui numa festa de encerramento de semestre, no sábado, pensei que seria bom para demonstrar minha integração à faculdade. Precisamos incentivar os formandos a se inscreverem na pós. Outros professores também estavam lá, claro."

"Onde foi a festinha?"

"Num bar chamado Afegão Médio."

"E o que aconteceu?"

"Nada. Fui pro bar de táxi, porque fiquei com medo de deixar o carro estacionado naquelas ruas escuras da Cidade Baixa. Fiquei umas duas horas, conversei, não bebi nem uma gota. Quando saí, uma estudante estava entrando no seu carro, completamente bêbada, tropeçando, grogue. Eu não podia deixar ela dirigir. Ela não tinha a menor condição, seria um desastre certo. Então me ofereci para dirigir o carro e levar ela em casa. Ela aceitou. Depois que deixei a menina em casa, peguei um táxi e voltei pra cá."

"E qual é a baixaria, Eugênio?"

"Hoje de manhã, espalharam na faculdade que eu tinha transado com essa aluna. Alguém me viu entrando no carro dela, contou para os colegas, um filho-da-puta qualquer resolveu me sacanear, talvez um dos estudantes que deixei em recuperação, sei lá, e a fofoca começou a correr. Não vai durar muito, claro, até porque na semana que vem começam as férias. Mas hoje foi bem desagradável."

Viviane encara Eugênio com absoluta calma, mas seu olhar é implacável. E muito mais frio que a chuva fina que agora molha a janela da sala.

"Certo", diz ela. "Essas são as novidades. Na sexta, meu marido mentiu para a polícia, arriscando seu novo emprego e sua carreira acadêmica — isso sem falar num possível processo criminal — para libertar um professor fracassado que estava brincando de maio de 68. No sábado, aproveitando que agora é um super-herói, foi numa festinha, entrou no carro de uma aluna, porque, afinal de contas, tinha que salvá-la da morte certa. Só que agora estão dizendo que o super-herói — que por mero acaso ainda é meu marido — comeu a garota em perigo. É isso?"

Eugênio pensa antes de responder, mas não baixa os olhos, por mais desagradável que seja enfrentar os de Viviane.

"É mais ou menos isso."

"Então vou fazer uma pergunta. Uma pergunta óbvia. Se a confusão do campus, de acordo com a tua avaliação, não vai levar a nenhum inconveniente maior, e se a baixaria, essa fofoca, que não passa de uma completa invenção, tende a desaparecer — ainda mais levando em conta que daqui a uma semana começam as férias —, por que tu tá me contando tudo isso?" Viviane levanta. "Por que tu não me poupou? Por que tu não ficou quieto, seu imbecil de merda?"

Eugênio também levanta e caminha na direção da janela.

"Não apela, Viviane."

"Não estou apelando, Eugênio", diz Viviane, ainda calma. "Imbecil de merda é pouco pra te definir. E agora me responde: por que não ficou quietinho?"

"A fofoca chegou na Joana, ela ficou preocupada, e nós conversamos hoje de tarde, sobre a confusão do ônibus e sobre os boatos."

"Ah... Claro. A coordenadora precisa acompanhar os feitos do super-herói."

Eugênio tenta aproximar-se de Viviane, mas ela caminha para o outro lado da sala, enquanto avisa:

"Não chega perto de mim. Pro teu próprio bem."

"Ela me deu força, vai me ajudar."

"Ela devia acabar contigo, isso sim. O que tu disse pra ela?"

"Contei o que aconteceu na saída da festa. Também confessei

que nunca tinha visto o tal pulôver, e ela disse que era melhor deixar tudo como está."

Eugênio faz uma pequena pausa e tenta encontrar os olhos de Viviane, sem sucesso. Depois prossegue:

"A Joana sugeriu que eu te contasse tudo. Disse que era melhor que tu soubesse da minha boca, porque, cedo ou tarde, essas coisas iriam chegar em ti."

Viviane aproxima-se de Eugênio. Ergue a mão e passa os dedos sobre a boca. Fica em silêncio por um bom tempo. E então fala:

"Eu estava pensando em te fazer jurar por Deus — já que tu diz que acredita nele — que nem tocou nessa aluna, que o boato não tem qualquer fundo de verdade, mas antes vou te confessar uma coisa. E, ao contrário das tuas confissões, que tu qualificou como acontecimentos menores e inconseqüentes, a minha é muito séria. É uma coisa tão pessoal, Eugênio, e uma lembrança tão triste pra mim, que eu sempre imaginei que nunca contaria pra ninguém. Não contei nem pra minha mãe, nesse fim de semana, quando conversamos sem parar sobre tudo e sobre todos. Mas agora resolvi contar. Senta, Eugênio."

"Não precisa."

"Senta, por favor."

Eugênio senta. Viviane continua de pé.

"É uma coisa que aconteceu lá em Bruxelas", começa Viviane, "e vou contar da forma mais rápida possível. Eu também vou te pedir que, depois de dizer o que tenho pra dizer, a gente não fique falando a respeito. É muito doloroso pra mim. Tu promete?"

"Como é que vou prometer ficar quieto a respeito de alguma coisa que nem sei o que é?"

"Certo... É complicado mesmo. Então vamos fazer diferente. Tu não promete nada. Só ouve, bem quietinho, até o fim. Tá legal?"

Eugênio assente com a cabeça.

"Tu deve lembrar bem que o teu orientador, o professor Louis, achava que a tua tese era um lixo, que estava longe de estar pronta, e que sempre te pedia mais leituras e mais pesquisas. Deve lembrar também que nós estávamos péssimos, morando mal, sem dinheiro pra nada, e o nosso casamento estava por um fio. Lembra disso tudo, Eugênio?"

"Lembro."

"Então eu te disse pra convidar o teu orientador para um jantar, eu fiz um arremedo de feijoada, ele gostou, disse que eu era excelente cozinheira. Acabou voltando outras vezes. Lembra?"

"Claro que lembro", diz Eugênio. "O que isso tem a ver com..."

"Fica quieto", corta Viviane. "Então o teu orientador, o professor Louis, de repente decidiu que a tua tese estava razoável, que não era nenhuma maravilha, mas que tinha chances de ser aprovada, e te autorizou a procurar uma banca, e eu consegui uma banca pra ti, e agora tu é doutor. Tu nunca achou estranho essa mudança repentina de opinião do teu orientador?"

"Eu concluí o quinto capítulo, que era sobre a doutrina utilitarista..."

"Não, Eugênio. Sinto dizer, mas não foi o teu brilhante quinto capítulo sobre a doutrina utilitarista que fez o Dr. Louis te tocar em frente. Também não foram as minhas feijoadas, que não passavam de falcatruas — feijão ruim com carne de porco de última categoria. O que fez o teu orientador mudar de opinião foi o fato de que, uma bela noite, numa dessas feijoadas, quando tu saiu pra comprar vinho — lembra?, tava nevando, e o André chorava, com febre, na cama —, eu disse pra ele parar de dar em cima de mim, que eu não agüentava mais, mas que, se ele aceitasse a tua tese, e me garantisse que tu receberia o título até o final do ano, poderia me comer, a hora que ele quisesse. Era só marcar."

"Não acredito."

"É melhor acreditar, porque é verdade. Ele ficou vermelho, tentou rir, disse que eu era uma piadista, mas eu tava falando sério. Fiz uma nova proposta: três vezes. Ele poderia me comer três vezes. Nem mais nem menos. Três é um bom número. Eu disse que seria muito bom, as três vezes, porque, como todos os europeus sabem, as mulheres brasileiras são muito sacanas, não tem vergonha de nada e..."

Eugênio levanta, gritando:

"Pára, Viviane. Tu tá inventando isso tudo!"

Viviane encara o marido sem medo.

"Não inventei nada. Nenhuma palavra. Juro que é verdade. Aquele gordo escroto não tirava os olhos de cima de mim, tentava sempre me tocar, fazendo de conta que foi sem querer. Quando fiz a proposta, senti na mesma hora que ele iria topar. Acertamos o dia da primeira trepada naquela noite mesmo."

Eugênio aproxima-se da mulher, que não recua. Estão frente a frente, separados por menos de dez centímetros. Eugênio estende o dedo até quase tocar no rosto de Viviane e sussurra:

"Por que tu tá inventando essa merda?"

Viviane afasta a mão de Eugênio com um gesto brusco.

"Tira essa mão! Não inventei nada. Cumpri minha parte no acordo, e ele cumpriu a dele. Se eu não fizesse aquilo, nós estávamos na Bélgica até agora. Quer dizer, tu tava na Bélgica até agora, porque eu teria pedido divórcio e voltado com as crianças."

Eugênio vai falar, mas Viviane o impede:

"Pronto. Os podres do passado finalmente aparecem, exatamente como são. Não pensa que eu gostei de bancar a prostituta. Aposto que ser super-herói é bem mais agradável."

"Essa foi a coisa mais nojenta que já ouvi na vida."

"Provavelmente foi mesmo."

"Mas eu não acredito que seja verdade."

"Problema teu. Eu estou te garantindo que é. Ou tu não notou uma mudança repentina nas opiniões do Dr. Louis? Tu não é tão babaca assim, tem que ter percebido."

"Não percebi coisa alguma. Eu terminei o quinto capítulo!"

"Certo. Vamos encerrar o assunto, e proponho que ele não volte nunca mais. Até porque, se voltar, a gente vai acabar se separando rapidinho. Mas não pensa que tenho medo. De minha parte, foi uma questão prática, uma forma de resolver uma questão importante para toda a família."

"Do jeito que tu fala, parece que eu deveria te agradecer pela força."

"Sei que tu não é homem suficiente para isso. Vamos deixar assim, sem agradecimentos. Mas tem uma coisa, Eugênio, e agora tu vai entender porque eu te confessei minhas três trepadas com o professor Louis. Tu deve estar furioso comigo — dor de corno deve ser foda mesmo —, então aproveita essa raiva e confessa que tu trepou com a aluninha depois da festa."

"Tu é doente da cabeça. Eu nem toquei na menina."

"Foi uma vez só? Pra empatar comigo, faltam duas."

Eugênio dá um tapa no rosto de Viviane. Ela reage com um empurrão violento, que joga Eugênio sobre o sofá.

"Se tu tocar em mim mais uma vez", diz Viviane, "eu saio agora dessa casa".

Eugênio senta, arrasado, e olha para a esposa. Viviane continua:

"Tu disse que tinha que buscar as crianças às nove e meia. Devem ser quase dez. Vai. Elas devem estar com sono."

Eugênio levanta. Sem dizer uma palavra, pega as chaves do carro na pasta e sai. Quando volta com as crianças, faz com que elas escovem os dentes, coloquem os pijamas e vão para a cama. Beija André e Éder e apaga a luz do quarto. A porta do quarto do casal está trancada por dentro. Eugênio chama Viviane algumas vezes. Silêncio. Ele volta para a sala e deita no sofá. Usa o casaco como cobertor. Às duas e meia da madrugada, bate outra vez na porta do quarto. Diz que está com frio, que não consegue dormir no sofá, que precisam conversar. Silêncio. Volta para a sala e deita outra vez. Só consegue dormir depois das quatro, um sono ruim, povoado por relâmpagos brasileiros e fantasmas belgas.

* * *

Terça, dez da manhã. Continua chovendo. Max está escrevendo um artigo intitulado "Verdade fugaz", sobre a cadeia de desmentidos e confirmações que costumam cercar as reportagens-denúncia das revistas semanais. A tese principal é de que, em reportagens desse tipo, a credibilidade do que foi publicado é afetada pelas reações das partes envolvidas da seguinte maneira: cada confirmação é equivalente a pelo menos quatro desmentidos; ou seja: é muito mais fácil manter a denúncia (com novos fatos ou testemunhos, mesmo que fracos ou secundários) que desmontá-la. Não se trata de uma questão ética, e sim da maneira como as pessoas reagem aos meios de comunicação de massa. Max acha que, em casos assim, a verdade é o que menos importa para o leitor. O leitor sempre quer sangue.

Toca o telefone. É Lilian.

"Oi, Max. Estou em Porto Alegre, perto do teu apartamento. Posso dar uma passada?"

"Eu tava saindo pra fazer um lanche. Quem sabe a gente se encontra naquela padaria da esquina? Sabe qual é?"

"Tudo bem. Em cinco minutos tô ali."

Eles sentam, lado a lado, no balcão de fórmica azul. Max evita olhar para o rosto de Lilian. Ela pede um suco de laranja. Ele diz que, por enquanto, não quer nada.

"Mas tu não tava saindo pra fazer um lanche?", pergunta Lilian.

"Tava. Mas perdi a fome."

"Não precisa me enrolar, Max. Eu sei que tu não quer que eu entre no teu apartamento."

Max fica calado. Então Lilian continua.

"Eu entendo. Mas, olha só, não tem perigo. Eu sou de Sapucaia, a maioria dos meus colegas também não mora em Porto Alegre. A chance de algum deles ver que..."

"Não é só uma questão de ver ou não ver", corta Max. "É uma questão de compreender o que aconteceu e não fazer bobagem."

"Tu tá arrependido."

"Não. Já te disse que foi ótimo. Mas tu precisa de alguém que possa corresponder aos teus sentimentos, de alguém menos complicado, de alguém mais disponível, que possa passear contigo de mãos dadas, andar de roda-gigante, dividir sorvete de casquinha, essas coisas."

"Nossa, Max! Sabe que tu podia ser redator dessas revistas para adolescentes, tipo *Carícia* e *Toda Teen*? Isso que tu falou é a resposta padrão para aquelas cartas tipo 'Estou apaixonada pelo meu professor. O que posso fazer?'"

"É mesmo? Será que eles me contratam? Tô precisando muito fazer uns frilas. Me empresta uma revista dessas?"

Lilian fica furiosa.

"E tu acha que eu leio essas merdas?"

"Não sei. Tu tava falando com tanto conhecimento de causa..."

"Eu lia quando tinha 13 anos. Elas me ensinaram muita coisa."

"Tudo bem. Eu vou atrás sozinho."

"Não muda de assunto. Vamos pro teu apartamento?"

"Não."

"Só pra conversar."

"Não."

"Olha pra mim."

"Da última vez que olhei, não deu certo."

"Claro que deu certo."

"Lilian, tu é uma garota muito esperta, e eu sei que vai entender que..."

Lilian corta Max:

"Sabia que a Joana convocou vários alunos para conversar com ela hoje? A Isabel é a primeira."

"Já te disse que não quero ouvir essa merda."

"Vai ser difícil. É o único assunto no campus."

Max levanta, inclina-se e dá três beijinhos em Lilian.

"Eu tenho que trabalhar. Outra hora a gente conversa mais, OK? Eu gosto muito de ti, mas, por favor, não fica pensando besteira a meu respeito e, principalmente, não me envolve nesse tipo de confusão. Tchau."

Max sai, deixando Lilian sozinha com seu copo de suco de laranja.

* * *

Isabel não desvia os olhos e repete:

"Já disse que não lembro. Estava bêbada. Posso sair agora?"

"Ainda não. Só mais duas perguntinhas. O professor Eugênio também estava bêbado?"

"Pergunta pra ele. Não tenho nada a ver com isso."

"Tô perguntando pra ti."

"Olha, professora, tô me lixando pra tudo isso. Não devo satisfações da minha vida particular pra senhora, nem pra ninguém."

"Estou tentando defender um profissional, um professor que trabalha comigo. Ele está sendo difamado."

"Não é minha culpa."

"Alguém viu quando ele te deixou em casa?"

"Não lembro. Eu estava bêbada. A última coisa que lembro foi sair do bar."

"Não foi isso que me disseram. Uma amiga sua...", Joana consulta sua agenda, "...chamada Doriane, me disse que você lembra de outras coisas."

"Pura fofoca. Doriane é bem fraquinha da cabeça."

"Então, Isabel, tu nega que manteve qualquer tipo de contato com o professor Eugênio na noite de sábado?"

Isabel levanta.

"Eu vou sair. Quando a senhora tiver algum assunto importante pra tratar, me chama. Se for pra fofocar, tô fora."

"Tu que sabe, querida", diz Joana.

"Não me chama de querida. Tu não tem esse direito", diz Isabel, com raiva. E sai.

Joana escreve alguma coisa na sua agenda. O espaço destinado àquela terça-feira está quase lotado. Joana programou mais dois encontros pela manhã, além de outros três à tarde.

* * *

"A Doriane é bem fraquinha da cabeça", repete Joana, olhando para a sua agenda. "Foi exatamente isso que ela me respondeu."

Doriane e Cledi estão sentadas à frente da mesa de Joana. As duas estudantes trocam um rápido olhar de indignação.

"Fraquinha da cabeça é ela!", acusa Doriane.

"Não", completa Cledi. "Ela é fraquinha de outra coisa mesmo."

"Olha, garotas, eu sei que esse assunto é delicado, e vocês não têm nada a ver com isso. Eu garanto que é a última vez que eu, professora Joana, vou tratar do caso com vocês. Eu prometo por mim, está bem entendido?"

As duas assentem com a cabeça.

"Eu estou tentando entender o que aconteceu, pelo bem dessa faculdade, pelo bem das pessoas decentes que dão aula aqui e têm aula aqui", prossegue Joana. "Para isso, eu gostaria que vocês me dissessem, com a máxima exatidão possível, tudo que a Isabel falou sobre a noite do último sábado que envolva, direta ou indiretamente, o professor Eugênio."

"Tudo mesmo, professora?", pergunta Cledi.

"Tudo", confirma Joana.

"Podemos usar as mesmas palavras que ela usou, professora?", pergunta Doriane.

"Claro que podem. Devem até."

As duas amigas trocam mais um olhar, como se buscassem apoio uma na outra.

"Vai tu primeiro, Doriane", pede Cledi. "Depois eu continuo."

Doriane pensa um pouco, ainda hesitante. E aí resolve contar:

"A coisa começou na pista de dança, quando ele apertou a cintura dela e deu a entender que tava a fim. Aí ela levou ele para um depósito que tem nos fundos do bar e..."

"Calma", interrompe Joana, que toma notas na sua agenda. "Fala mais devagar, minha filha, e não esquece os detalhes. Os detalhes às vezes são muito importantes na busca da verdade."

* * *

O telefone toca outra vez. Desde que Lilian foi embora, o texto de Max não avançou uma linha sequer. É Eugênio, com voz cansada.

"Desculpa te incomodar, cara", diz Eugênio. "Será que a gente pode conversar?"

"Só vou pra faculdade à noite", responde Max.

"Eu... Não queria mesmo te encontrar lá. Será que posso te fazer uma visita?"

"Eu tô escrevendo um negócio..."

"É urgente, Max. Eu tô muito mal. Por favor."

Eugênio chega menos de meia hora depois. Está todo molhado. Max pega o guarda-chuva, coloca no tanque da cozinha e empresta uma toalha para Eugênio secar os cabelos. Eugênio senta no único sofá da sala, que tem várias molas estragadas, tenta achar uma posição razoavelmente confortável e, quando percebe que isso é impossível, resigna-se e começa a falar:

"Essa aluna, Isabel, é completamente louca. Tu deve saber disso."

"Louca? Acho que ela pode ser várias coisas, mas louca tenho certeza que ela não é."

"Então por que ela tá dizendo que eu trepei com ela?", pergunta Eugênio.

"Não tenho a menor idéia", afirma Max.

"A Joana me aconselhou a contar pra Viviane que eu dirigi o carro da Isabel e que foi isso que deu origem ao boato."

"E o que tu fez?"

"Fiz o que ela sugeriu, ontem de noite."

"Tá brincando."

"Fiquei com medo que a Vivi soubesse a qualquer momento. Alguém poderia telefonar lá pra casa, sei lá."

Max, para absoluto espanto de Eugênio, começa a rir.

"O que foi, Max? Não tem a menor graça."

"Desculpa, é que eu... Eu ainda me surpreendo com a genialidade da Joana."

"Eu preciso de ajuda, Max. Tenho mulher e dois filhos, e tu não imagina o sacrifício que a gente fez pra conseguir esse emprego. Tu não imagina, cara."

"Imagino, sim", diz Max, ainda irônico. "Viver na Europa durante cinco anos deve ser uma barra." Max muda de tom, e agora fala a sério: "Eugênio, pára de bancar a vítima e me conta de uma vez o que aconteceu."

"Eu já te disse."

"Disse tudo? Tem certeza?"

"Max, eu não trepei com ela. Poderia ter trepado, ela queria, tentou me seduzir, mas eu não..."

De repente, Eugênio apóia o rosto sobre as mãos espalmadas, como se quisesse se esconder, e começa a soluçar, o que desarma completamente a ironia de Max.

"Tá legal", finalmente diz Max. "Eu acredito."

Eugênio levanta o rosto.

"Não sei o que fazer. Essa menina quer acabar comigo."

"Tem certeza que foi ela?"

"Só pode ter sido. Foi tudo muito rápido. Ela deve ter dito pra todo mundo que transou comigo. Eu tentei falar com ela, mas a Joana disse que seria ruim, que era melhor deixar assim, pelo menos por enquanto."

"Eu detesto dar conselho, cara. E não vou te dar conselho nenhum. Mas uma coisa posso dizer: a última coisa que eu faria na vida seria seguir um conselho da Joana."

Eugênio não reage à última frase de Max. Max insiste:

"Tu disse que precisava de ajuda. Que tipo de ajuda?"

Eugênio não olha mais para Max.

"Não sei. Acho que isso não tem sentido. Provavelmente vou perder meu emprego, minha mulher, meus filhos, e tudo que eu fiz foi me recusar a transar com uma aluna. Deu pra entender, Max? Eu tive a oportunidade, mas tive... Tive uma atitude ética. Foi isso: uma atitude ética. Professores não transam com alunas. Nunca. É uma coisa tão básica, tão clara. Eu nunca cairia numa armadilha dessas."

Max continua calado. Eugênio levanta e diz:

"Eu vou embora. Sei que tu não tá acreditando em mim."

"Talvez eu não acredite em algumas coisas que tu acaba de dizer. Mas acredito que tu não transou com a Isabel. E também acredito que admitir a culpa para a Joana não é uma boa. Fica quieto, não fala mais nada pra ela. Pronto, já estou dando conselho. Que merda."

"Deixa pra lá, Max. A gente se vê."

Eugênio está saindo. Coloca a mão no trinco da porta. E então sente a mão de Max nas suas costas:

"Cara, eu vou te contar uma coisa."

"O que é?"

"Senta ali."

Eugênio hesita, mas acaba voltando. Max fala:

"Não tem nada a ver com o teu problema. Mas tem tudo a ver com essas tuas idéias de ética sexual entre professores e alunos. Tu tá disposto a ouvir?"

Eugênio vira-se para Max, que insiste:

"Senta aí e ouve a minha história de sábado à noite."

Eugênio senta, e Max começa.

10

Contei tudo. Contei até o que pensei sobre a ética do rosto antes de aceitar o convite de Lilian. Ele me ouviu atentamente. Lembrei, a certa altura, de uma confissão que fizera para esse mesmo Eugênio sobre meu amor por Tina, vinte e poucos anos atrás, sabendo que Eugênio também estava apaixonado por ela. Naquela época, falávamos de amor como algo fundamental em nossas vidas. Hoje o amor nem está na pauta. Omiti detalhes sobre Lilian, pensando em preservá-la, o que não deixa de ser absurdo: toda a faculdade já deve ter percebido o que ela sente por mim. Quando terminei, sabia que ele me condenava pelo que fiz, mas que entendera por que eu tinha contado. Eu também percebera, logo no início do meu relato, por que estava revelando algo tão íntimo: eu desejava, desesperadamente, há anos, encontrar um amigo. Amigos não são como mulheres, com quem as relações oscilam diariamente entre a diplomacia e a guerra. Entre amigos de verdade, até pode haver guerra, mas não segredos diplomáticos. Amigos são pessoas suficientemente tolerantes para ouvir as confissões mais ridículas e sem sentido de alguém, sem rir ou demonstrar tédio, e suficientemente inteligentes para saber que, em breve, precisarão da mesma dose de tolerância por parte daquele alguém, tão ridículo e cheio de frases sem sentido. Ao ver Eugênio despedaçado, confuso, manipulado por Joana, temendo perder a família e o emprego, senti que não bastaria consolá-lo: era preciso mostrar que estávamos juntos outra vez, e por isso contei da minha trepada com Lilian, o que, obviamente, era a coisa mais ridícula e sem sentido que eu poderia fazer com a minha vida. Ao mesmo tempo, lutar por Eugênio — e contra a piranha Joana — parecia ser uma coisa bastante lógica. Telefonei para Isabel, e ela aceitou falar comigo amanhã de noite.

* * *

Me senti péssimo ao esconder de Max que eu tinha contado para Joana a verdade sobre o pulôver vermelho. Mas a própria Joana tinha me garantido que não se ouviria mais falar a respeito, que o incidente estava resolvido, que ninguém se ferira gravemente, que entendia a minha atitude, que o Max não precisava ficar preocupado à toa, que ela até entendia o que tinha levado Max a ocultar o verdadeiro autor do seqüestro, que... Ela tinha todos os quês e porquês do mundo, talvez por isso seja a coordenadora do curso de Jornalismo. Prometi não dizer nada para o Max, e teria sido muito melhor ficar longe dele. Mas, ao mesmo tempo, eu precisava dele, porque era a única pessoa com quem eu poderia falar a respeito da Vivi, do possível fim do meu casamento, do fim do mundo, ou pelo menos daquilo que eu chamava de mundo: minha família, meus filhos, meu emprego. Ele também estava na festa, sabia que eu não tinha bebido nada, que eu sou um cara controlado, que jamais comeria uma aluna. E o puto, por incrível que pareça, não acreditou em mim. Deu a entender que eu estava escondendo alguma coisa — o que era verdade, até certo ponto —, mas não importa, porque objetivamente falando eu não transei com a guria. Eu chorei de ódio com a injustiça que ele estava cometendo ao me considerar um cara irresponsável e imoral. E, quando eu já estava indo embora, ele começou a falar do que tinha acontecido com ele e com a Lilian, e veio com aquela teoria maluca sobre o rosto. Aí eu pensei: ele está começando uma lição de moral. Fiquei ainda mais puto. O cara que eu tinha defendido, em nome de uma noção antiquada de amizade — uma amizade que, naquele momento parecia nem existir mais —, estava agora tentando me dizer como tinha agido sensatamente, como tinha se recusado a tocar numa aluna porque o seu rosto era um "sujeito ético por excelência". Tive vontade de gritar: cara, não estou interessado em entrar numa discussão filosófica, eu vim aqui falar da minha vida com um cara que eu pensava que era meu amigo! Mas aí, numa reviravolta absurda, ele disse que trepou com a guria. Trepou com ela, é inacreditável! Logo aquela magrela sem graça, sem peito nem bunda. E trepou depois de estar plenamente consciente do que estava em jogo. O Max é completamente maluco. Completamente. Claro que entendi por que ele estava me contando aquilo: para provar que confiava em mim. De certo modo, para mostrar que se importava comigo. Fiquei desarmado, sem saber o que fazer, porque a loucura dele, se realmente aconteceu do jeito que aconteceu, não tem defesa alguma.

* * *

Por que fiquei tão furiosa quando o Max veio com aquele papo de "tu tem que encontrar um cara menos complicado"? Não foi porque, com aquele argumento tão óbvio, quase um chavão, ele estava dizendo que era melhor parar por ali. É porque ele não se esforçou para achar um argumento melhor. Afinal, eu merecia pelo menos uma frase bacana de despedida, alguma coisa de que eu pudesse me lembrar daqui a dez anos, ao contar a história da minha primeira trepada para minha neta de 17 anos, ainda virgem, e dizer pra ela que sempre vale a pena, mesmo não havendo amor dos dois lados, se há uma troca verdadeira de sentimentos. E que eu tinha ficado tão feliz nos momentos seguintes, quando estávamos nus, lado a lado, em silêncio, que não trocaria esses momentos por nada, nem por dinheiro, nem por mais sexo, nem por uma garantia de entrada no céu. O céu estava ali, naquele instante, e isso ninguém me tiraria.

* * *

Ele merece, o cínico filho-da-puta.

11

Noite de chuva e frio. Viviane chega ao edifício — que fica numa ruela estreita, perto do Hospital de Clínicas — e aperta um botão do porteiro eletrônico. Pouco depois, ouve a voz de Joana:

"Oi."

"É a Viviane."

"Entra."

Viviane obedece. O elevador a deixa no quarto andar. Joana está esperando no corredor; as duas se beijam. Entram. Joana indica uma poltrona, pede licença e vai para a cozinha. Viviane examina o apartamento: pequeno, atulhado de posters ruins e reproduções baratas de pinturas famosas — um arremedo de Kandinski, um Cézanne meio desbotado, um Toulouse-Lautrec perto da porta do banheiro. Móveis coloridos demais, numa tentativa frustrada de alegrar o ambiente; objetos brilhantes demais em cima da mesa. Tudo impecavelmente limpo e arrumado. E solitário. Joana volta da cozinha com uma tábua de queijos e uma garrafa de vinho tinto nacional.

"Não precisava se incomodar", diz Viviane.

"Imagina. Perto daquele jantar na tua casa, isso aqui é até uma vergonha. Não tive tempo de ir no supermercado."

Joana usa o saca-rolhas e tenta abrir o vinho. Apesar de seu visível esforço, a rolha não sai. Ela reclama:

"Tá difícil."

Joana sorri, descansa um pouco e tenta de novo; seu rosto fica vermelho, mas a rolha não cede.

"Deixa eu tentar", propõe Viviane.

Viviane, ainda sentada, pega a garrafa, a coloca entre os pés e puxa o saca-rolhas com a mão direita, enquanto segura o vinho com a esquerda. Nada.

"Eu também tenho cerveja", diz Joana, constrangida.

"Nós vamos abrir", garante Viviane, ofegante.

Viviane pede que Joana sente no chão e segure a garrafa. Então pega o saca-rolhas com as duas mãos, respira fundo, trinca os dentes e puxa outra vez. A rolha cede de repente, o que quase provoca a queda de Viviane. Ela só não cai porque segura os ombros de Joana. As duas mulheres riem e aplaudem. Joana serve o vinho em dois cálices de cristal.

"Eu tenho que comprar um saca-rolhas decente", desculpa-se Joana. "Desses que a gente nem precisa fazer força."

"E isso existe?", pergunta Viviane, sorridente.

"É... Acho que não." Pensa um pouco. "Então vou conseguir um homem mesmo. Saúde."

Elas brindam. Bebem. Viviane coloca o cálice sobre a mesa e diz:

"Tu deve saber por que eu estou aqui."

"Eu desconfio."

"O Eugênio me contou o que aconteceu na faculdade. As bobagens que ele fez. Eu... Eu não sei exatamente como reagir. Confesso que pensei em me separar de uma vez, sair de casa, ou fazer com que ele saia de casa, já que ele não é capaz... Eu não confio mais nele. Mas, de repente, achei que talvez fosse bom falar contigo."

"Eu entendo."

"E..." Viviane hesita um pouco. "Já que eu acabei ficando em casa, e o Eugênio ainda não saiu, eu vou te pedir pra não falar pra ele que eu estive aqui. Seria complicado."

"Eu prometo."

"Eu estava em São Paulo no fim de semana, uma tia minha morreu, a minha mãe estava muito abalada. Só voltei na segunda. É incrível como a vida da gente pode mudar em tão pouco tempo."

Viviane toma mais um gole de vinho e continua:

"Claro que mudanças repentinas são sempre pra pior. Mudanças pra melhor levam anos, décadas, e não um fim de semana."

"Nem sempre", diz Joana. "Tem gente que ganha na loteria."

"Não sou esse tipo de gente. Fiquei cinco anos no exterior, num sacrifício absurdo, pra fazer o Eugênio ganhar o título. Cinco anos passam muito devagar quando se tem dois filhos pequenos pra alimentar e montes de roupa pra lavar e passar. Dá pra imaginar?"

"Eu imagino."

"Quando o Eugênio me contou a confusão da sexta, com o ônibus, fiquei furiosa, mas entendi perfeitamente por que ele fez aquilo. Foi uma infantilidade, ou seja, foi uma atitude típica dele. Viu o tal amigo do colégio encrencado e decidiu bancar o Jesus Cristo."

"Esse episódio está superado", garante Joana. "Nós concluímos que é melhor não procurar responsáveis, já que o problema teve origem fora da faculdade. O nosso diretor teve uma reunião hoje à tarde com o padre Kozinski, nosso reitor, e ele só exigiu que não houvesse repetição da bagunça. Isso deve encerrar a questão."

"Mas a polícia não está investigando?"

"Eu já falei pessoalmente com o delegado responsável. Expliquei tudo. Caso arquivado. Ele tem coisas mais importantes pra fazer que investigar pseudo-agitações estudantis. Até me agradeceu."

"Que bom", diz Viviane. "Tem certas coisas que é melhor esquecer mesmo. Mas esse... Esse boato que envolve o Eugênio não vai dar pra esquecer tão fácil, não é?"

Joana serve mais vinho para Viviane.

"Vivi, em primeiro lugar, vamos deixar claro quais são as nossas posições: eu não estou conversando contigo como coordenadora do Departamento de Jornalismo. Nesse momento, sou apenas tua amiga, isso se tu quiser me aceitar como tua amiga."

"Claro."

"Então, vou te dizer uma coisa, de mulher para mulher, de amiga para amiga: o teu marido não transou com aluna nenhuma. Eu sei disso. Se tivesse transado, eu saberia, porque a minha intuição é muito poderosa, e eu aprendi a confiar nela há muito tempo. O Eugênio fez uma bobagem muito grande ao entrar no carro daquela menina, mas foi só isso, ou quase só isso. Ele está muito nervoso, sabe o tamanho da merda em que está metido e já se arrependeu. Tanto que te contou tudo."

"Porque tu fez ele me contar."

"Eu dei um empurrão. Ele confessaria de qualquer jeito."

"Não sei. Às vezes acho que tá faltando alguma coisa... Por que esse boato começou? Só porque viram os dois no carro?"

"A menina que estava com ele, a Isabel, é meio desequilibrada. Já falei com ela. Tenho certeza que ela mesma começou tudo."

"A troco de quê?"

"Eu não me admiraria se fosse só pelo prazer de dizer que transou com o professor de Ética."

"Mas o que ela te falou?"

"Que a intimidade dela não é da minha conta. Não negou, não confirmou, não disse nada que a comprometesse."

"Putinha", murmura Viviane.

"Exatamente. O Eugênio, com aquela pinta dele, naturalmente atrai as garotas. E, se ele quisesse, transaria com algumas delas, as mais sacanas. A Isabel talvez tenha proposto, mas ele resistiu. E aí ela inventou que... Sei lá. Inventou um monte de coisas."

"Tudo isso é resultado da tua intuição?", pergunta Viviane.

"É. Intuição e conhecimento da miséria humana."

As duas bebem mais um pouco. Joana puxa uma cadeira, senta ao lado de Viviane, a abraça e diz:

"Homem é um bicho que não merece confiança, mas o teu não é pior do que a maioria. Eu diria até que ele, depois de passar por essa, tem tudo para se aquietar e não repetir os mesmos erros."

"Eu mal consigo olhar pra ele."

"Isso passa. Vivi, olha pra mim, olha pra esse apartamento. Tu acha que eu gosto de viver sozinha? Até hoje, eu só cruzei com animais absolutamente estúpidos, que não aprenderiam nada, nem com chicote, nem com cubinhos de açúcar. Então prefiro ficar aqui, no meu canto. Sexo não é problema; sexo eu consigo fácil, pelo menos por enquanto. Tu tem uma família, dois filhos lindos, é uma situação completamente diferente. Dá uma chance pro Eugênio."

Viviane olha para Joana e sorri.

"Espero que a tua intuição seja mesmo boa."

Joana levanta e coloca uma música no três-em-um, um dueto de Louis Armstrong e Ella Fitzgerald. As duas bebem em silêncio por algum tempo. O vinho termina. Viviane diz que precisa ir embora, mas fala só por falar, enquanto Joana busca outra garrafa na cozinha.

* * *

"Faltam dois dias", diz Joana para Júnior. "Depois começam as férias, e duvido que alguém ainda esteja interessado nessa história no segundo semestre. Sexo é um troço muito fugaz: só tem graça durante ou logo depois. Não adianta querer emocionar as pessoas com uma trepada do mês passado."

Os dois estão conversando em voz baixa numa mesa do bar da Engenharia Química, para onde costumam ir quando o assunto é sigiloso. Faz frio, e Joana tenta aquecer as mãos segurando a xícara de café com leite.

"O Tavares já sabe de alguma coisa?", pergunta Júnior.

"Não. Eu só vou falar com ele se tiver alguma coisa mais concreta. Se a Isabel continuar negando, vai ser difícil. Essa menina é louca pra certas coisas, mas pra outras é bem esperta."

"Mas tu tem os depoimentos das amigas, com detalhes que elas não poderiam ter inventado."

"Elas não testemunharam diretamente coisa nenhuma. Só ouviram da boca da Isabel. A Isabel pode dizer que estava brincando, ou que elas não entenderam direito."

"Eu acho que tu devia expor a situação pro Tavares", insiste Júnior. "Pensa o seguinte: se ele ficar sabendo depois, o que é bem provável, e descobrir que tu já tava por dentro e até conversou com o Eugênio e com alguns alunos, vai se sentir excluído. Pode ser ruim pra ti."

Joana toma um gole de café com leite e depois responde:

"Ele pode achar ruim ficar de fora, assim como pode achar que eu tentei preservar a instituição de um escândalo desnecessário. Se eu falo com ele, é inevitável que a faculdade comece uma investigação, e aí é uma bola de neve: todo mundo vai ficar sabendo, dos faxineiros ao reitor."

"Mas não é isso que tu quer? Vamos acabar com esse idiota."

Joana olha para Júnior como se não o reconhecesse bem.

"Eu não quero acabar com ninguém, Júnior", diz Joana. "Eu quero que as pessoas assumam o que fazem e, se for o caso, que paguem por seus erros. Eu não tenho certeza ainda sobre o que aconteceu."

"Claro que tem", diz Júnior.

"Não tenho. Sabe qual é a coisa mais estranha? Por que eles teriam transado no carro? Tá cheio de motel ali perto. É muita idiotice para um cara como o Eugênio se expor desse jeito, ainda mais sendo casado."

"O idiota trepou com uma aluna", insiste Júnior. "É simples. Não importa onde foi. Ele não pode ser chefe de coisa nenhuma, muito menos da nossa pós-graduação."

"Júnior, querido, não confunde as coisas", adverte Joana, em tom áspero. "Eu tô fazendo o meu trabalho. E ponto. Não tô limpando o terreno pra tua ascensão acadêmica."

"Do que tu tá falando?"

"Do óbvio. Quando tu termina teu doutorado?"

"Tu sabe que é no final do ano, se tudo der certo."

Joana pega a colher sobre o pires, apontando-a para Júnior, e murmura:

"Pois é."

"A coisa não é assim tão simples", defende-se Júnior. "Pô, Joana, o que tá acontecendo?"

"O Tavares me falou de uma conversa de vocês dois, ontem de tarde."

"Foi um lance casual. Encontrei ele na saída e..."

"Fica tranqüilo, Júnior", corta Joana. "Eu entendo a tua pressa e a tua ambição. Mas lembra de duas coisas: primeiro, que eu não nasci ontem; e, segundo, que tu não deve me julgar pelos teus princípios, se é que eles existem."

Júnior abaixa os olhos e, depois de um tempo, responde:

"Desculpe. Foi mal."

"Foi mesmo", diz Joana. E levanta da mesa, deixando Júnior sozinho.

* * *

Max espera Isabel no Paraguaio bebendo guaraná. Está sentado numa mesa de canto e posicionou sua cadeira da maneira mais discreta possível, tentando evitar os muitos amigos que costumam estar por lá no começo da noite. Isabel entra no bar, dá uma olhada e, num primeiro momento, não vê Max. Vai até o balcão, pede uma cerveja e pergunta por Max. O Paraguaio aponta para ele. Isabel pega a cerveja, um copo, e vai sentar-se na mesa de Max.

"Tá escondido, cara?"

"Mais ou menos. Escuta, Isabel, quem sabe a gente dá uma volta?"

"Nem pensar. Tenho um encontro marcado pra daqui a meia hora. Só passei porque tu disse que era urgente. E porque eu gosto de ti, claro, apesar de tu me tratar como se eu fosse uma cadela capenga." Isabel aponta o refrigerante. "Guaraná? Tá doente?"

"Não."

Isabel enche seu copo, sorridente.

"Nem eu. Graças a Deus."

"Isabel, eu quero que tu me diga exatamente o que aconteceu, sábado à noite, quando o professor Eugênio te levou em casa depois da festa."

O sorriso de Isabel imediatamente se apaga e ela responde com irritação.

"Não quero falar sobre esse idiota."

"Mas vai falar", intima Max.

"Falo sobre quem e sobre o quê eu quiser. Tu não é meu pai, Max. E, se fosse, também não falaria."

"Tu já falou a respeito, Isabel. Falou um monte de merda lá na faculdade, pras tuas coleguinhas. Então agora vai repetir tudo pra mim e dizer que é verdade."

"Vai te foder, Max", diz Isabel, e faz menção de levantar. Max agarra seu braço com força.

"Espera! Não vai ser assim tão fácil. Eu posso infernizar tua vida, Isabel, eu posso te foder mesmo, começando pela banca da tua monografia."

Isabel, surpresa, olha para Max.

"Tu tá me ameaçando?"

"Tô."

"Que baixaria, Max!" Isabel começa a rir. "Agora fiquei de cara. Esse teu amigo não merece todo esse esforço."

"Problema meu."

"Larga meu braço, por favor."

Max solta o braço de Isabel, que pergunta:

"Quem te disse que eu falei um monte de merda lá na faculdade?"

"Todo mundo sabe. Foi tu que começou tudo, dizendo que o Eugênio transou contigo no teu carro."

"E tu acha que não transou?"

"Duvido. Isabel, eu sei que tu não inventou tudo só de sacanagem. Alguma coisa aconteceu."

"Muita coisa aconteceu."

"Então me conta."

Isabel toma um gole de cerveja e olha para o seu relógio de pulso.

"Não tenho tempo agora."

"Por favor", diz Max, segurando outra vez o braço de Isabel, agora num gesto de súplica. Isabel, surpresa, sorri e ordena:

"Repete."

"Por favor."

Isabel ri, satisfeita.

"Agora diz assim: 'Por favor, me conta tudo, querida Isabel, a mais linda das alunas que eu já tive.'"

"Esse assunto é sério."

"Sexo não é sério. É divertido."

"Não estamos falando de sexo. Estamos falando da carreira de um professor."

"Da carreira de um idiota."

"Que seja. Da carreira de um idiota. Os idiotas também precisam de uma carreira, Isabel."

"Ah... Finalmente concordamos com alguma coisa. Então tá. Vou contar o que aconteceu. Quer uma reportagem completa ou um resumo?"

"Reportagem completa."

Isabel começa a falar. Quando a cerveja termina, pede outra. Obriga Max a beber também, ameaçando interromper o relato. Quando Isabel conclui, Max não consegue esconder um sorriso antes de perguntar:

"Te deixou ali, completamente nua, no carro, e foi correndo pegar um táxi?"

"Exatamente. O filho-da-puta, depois de me agarrar, me bolinar e ficar de pau duro, fugiu. Dá pra acreditar?"

"Dá. Com toda certeza. Acredito em tudo."

"É bom mesmo. Eu fiquei MUITO puta."

"E aí... Resolveu acabar com o cara contando pras coleguinhas que transou com ele."

"Eu não 'resolvi' exatamente. Foi um impulso, uma coisa que me deu na hora, vendo a cara daquele imbecil na segunda de manhã. Eu sei que não devia ter falado nada, mas, enfim, fora o fato da gente não ter trepado, só falei a verdade. Devem ter aumentado um monte, claro."

Max toma mais um gole de cerveja e fala, em tom calmo e conciliador:

"Isabel, a situação do Eugênio é complicada, mas, pelo que eu tô vendo, tu só tem que fazer uma coisa."

"Que coisa? Não pensa que eu vou defender aquele idiota. Falei tudo pra ti porque te acho um cara do caralho, um cara que dá pra confiar." Isabel aponta o dedo para Max, acusadora. "Bom, não vou ficar enchendo tua bola assim de graça, que tu às vezes é bem cretino também."

Max sorri.

"Tudo bem. Sabe o que a gente tem que fazer? Nada. Absolutamente nada. Se tu me disser que não vai mais falar a respeito, com ninguém, acho que a merda se resolve por si só. Tu não quer acabar com o cara, né? Só dar um susto."

"Digamos assim..." Isabel hesita. Depois sorri. "Tá certo. Um susto, pra ele deixar de ser babaca." Ela pensa mais um pouco. "Talvez eu também possa diminuir um pouco o estrago que eu fiz, espalhando que..."

"Cuidado, Isabel", corta Max, preocupado. "Essas coisas são bem complicadas."

Isabel sorri.

"Tudo bem. Vou ter cuidado, professor querido. Posso não ser muito boa em questões teóricas, mas, na vida prática, eu me viro direitinho. O babaca vai se salvar."

Isabel pede mais uma cerveja. Os dois enchem os copos.

* * *

Sexta-feira, último dia do semestre. Dez da noite. Max recolhe as provas de dois alunos e pede que eles saiam da sala, prometendo a nota para dali a meia hora. Max senta em sua mesa e começa a corrigir os textos. Duas batidas na porta. Max manda entrar. É Joana.

"Tá muito ocupado?", pergunta ela.

"Tô corrigindo umas provas."

"É rápido."

Max solta a caneta sobre a mesa. Joana se aproxima e explica:

"Eu estou falando com todos os professores sobre o incidente desagradável que envolveu o Eugênio e a Isabel."

"Falando o quê?", diz Max, desconfiado.

"Que o episódio está superado. E estou pedindo que, caso alguém ainda ouça alguma coisa a respeito, fale comigo, que eu vou tomar providências."

"Tudo bem. Espero não ouvir mais nada a respeito."

"Eu também."

"E só pra te informar: falei com o Dr. Borges, o proprietário da empresa de ônibus, e com o delegado encarregado do caso. Pedi que eles considerassem o que aconteceu como um mal-entendido. Prometi que teremos uma conversa com o pessoal do Centro Acadêmico, pra eles baixarem a bola. O Tavares também acha que não vale a pena a gente ir muito fundo na apuração das responsabilidades. Enfim, tinha muita cerração, ninguém conseguia ver nada direito, talvez a gente acabasse cometendo alguma injustiça. Vamos deixar tudo como está."

Joana fica olhando para Max, à espera da sua reação. Max, entretanto, não olha diretamente para ela. Limita-se a um sorriso formal e a uma palavra:

"Ótimo."

Joana conclui, também formal:

"Bom, não vou atrapalhar mais. Boas férias."

"Obrigado."

Joana ainda hesita, parece que vai falar mais alguma coisa, mas desiste e começa a sair. Contudo, antes que ela alcance a porta, esta se abre. São duas alunas — Doriane e Cledi — e um garoto, de vinte e poucos anos, que Max não reconhece. Doriane fala:

"Professora, a gente queria falar com a senhora."

"Me esperem lá na minha sala", pede Joana. "Vai demorar um pouquinho, tá?"

"É que ele tem compromisso", diz Cledi.

"Eu também tenho meus compromissos, minha filha", responde Joana, seca. Olha para o relógio de pulso e completa: "São mais de dez horas. Quem sabe a gente deixa pra segunda-feira?"

Cledi dá um passo à frente e diz, em tom decidido:

"É sobre aquela história da Isabel."

Joana olha para Max, suspira e faz uma cara de "não me livro disso nunca". Depois diz para Cledi, com calma:

"Olha, minha filha, esse assunto já rendeu o que tinha que render. Começou como uma piada de mau gosto e depois se transformou num boato, ruim pra todo mundo. Eu sei que vocês não tiveram culpa de nada. Vamos encerrar a coisa por aqui, OK?"

"Ele viu", diz Doriane, de supetão.

Joana e Max, surpresos, olham para o garoto.

"Viu o quê?", pergunta Joana.

"Ele viu a Isabel e o Eugênio no carro", explica Cledi.

"Claro que viu", diz Joana. "O professor Eugênio levou a Isabel em casa depois da festa, porque ela não estava se sentindo bem. Vamos parar com essa bobagem, meninas. Acabou. Não quero ouvir mais nada."

Cledi e Doriane olham para o garoto e o intimam:

"Fala, Heitor."

O garoto está nitidamente envergonhado. Continua quieto.

"O Heitor estava na festa", explica Doriane. "Ele estuda Direito na PUC e saiu mais ou menos na mesma hora que a Isabel e o Eugênio. Mora na zona sul, e tava no carro dele, voltando pra casa, quando viu o negócio. Ele é amigo da minha prima Kelly e comentou com ela. A Kelly foi almoçar lá em casa hoje, a gente tava falando bobagem, ela falou do lance, e aí caiu a ficha. Eles..."

Joana corta, áspera:

"Eu já disse que a Isabel estava se sentindo mal e..."

"A Isabel tá falando pra todo mundo que a gente inventou um monte de merda", diz Cledi, irritada. "Disse pro meu namorado que eu sou fofoqueira."

"Chega!", diz Joana. A professora encara Heitor e diz:

"Desculpa, meu filho. Eu sei que a tua intenção foi boa, mas..."

Cledi grita com o garoto:

"Fala, pô! Fala como a Isabel tava no carro."

O garoto, assustado, murmura:

"Nua."

Silêncio absoluto. Todos olham para o garoto. Joana aproxima-se do garoto e falam com ele:

"Não entendi. Repete."

"A guria no carro tava completamente nua. Quer dizer... Tava de óculos. Uns óculos bem grossos."

Joana olha rapidamente para Max e depois diz para os estudantes:

"Vamos para a minha sala."

* * *

Max caminha rápido pelo corredor. Entra na saleta de Eugênio sem bater. Este percebe, pela expressão de Max, que alguma coisa ruim aconteceu.

"Que foi?"

"Problemas. Tem um menino, estudante de Direito, falando com a Joana neste momento. Ele viu a Isabel contigo, no carro, depois da festa. E disse que ela estava nua."

Eugênio fica quase paralisado. Seus dedos, imóveis sobre o teclado do computador; seus olhos, fixos nos olhos de Max; sua respiração, suspensa. De repente, como se a vida voltasse a seu corpo, suas narinas engolfam uma grande quantidade de ar e seu peito começa a subir e descer rapidamente. Ele engole em seco e finalmente consegue falar:

"Mentira."

"Eu sei que é verdade, cara. A Isabel me contou o que aconteceu. Tem dois mentirosos nessa história, e um deles é tu."

Eugênio mantém o olhar fixo em Max e, depois de alguns segundos, responde, em voz baixa:

"Então está acabado. Vou pagar pelo que fiz." Pensa um pouco e depois continua. "Ou pelo que não fiz. Estranho, né? Meu antiquado sentido de moralidade acaba de me transformar num imoral."

Eugênio levanta.

"O que tu vai fazer?", pergunta Max.

"Vou lá na sala da Joana, acabar logo com isso."

Eugênio abre a porta e sai. Max ouve seus passos se afastando. De repente, sai correndo da sala e alcança Eugênio, quando este está prestes a bater na porta do gabinete de Joana. Max segura o braço de Eugênio e fala:

"Eu tive uma idéia. Mas tu vai ter que confiar em mim e prometer que não vai negar nada, absolutamente nada, do que eu disser. Tá legal?"

"Max, esquece. Acabou."

"Confia em mim. Não abre a boca. Melhor ainda: vai pra casa e não atende o telefone, de jeito nenhum." Max pensa um pouco. "Mas atende o celular se for ligação minha. Deu pra entender?"

"Tu tá louco, cara. A Joana vai..."

"Vai pra casa!", diz Max. "Eu te dou notícias logo."

Max abre a porta, entra na sala de Joana e imediatamente fecha a porta às suas costas. Eugênio fica sozinho no corredor deserto, em frente à porta. Pouco depois, volta para a sua sala, pega sua pasta e abandona o campus.

* * *

As duas alunas e o garoto voltam-se para Max, assustados com aquela entrada inesperada.

"Agora não", diz Joana.

"É urgente", diz Max.

"Pode fazer o favor de sair da minha sala?", pede Joana.

Max aponta para o garoto e pergunta:

"Não tá me reconhecendo?"

O garoto fica calado. Joana exclama:

"Não adianta. Ele já contou tudo."

"Contou o quê?"

"Sai dessa sala, professor", ordena Joana, elevando o tom da voz. "O assunto é particular, e tu não tem nada a ver com ele."

"Tenho." Volta a apontar para o garoto. "Sábado passado, ele viu a Isabel, minha aluna de monografia, num carro em movimento dirigido por um homem. Esse homem era eu."

As duas alunas e Joana olham para o garoto, que está branco como giz.

"Professor Max", diz Joana. "Não adianta querer tumultuar, porque..."

Max adianta-se, até ficar bem ao lado do garoto. Olha para ele e fala:

"Era uma camionete azul. Eu estava dirigindo, e a Isabel estava nua, só de óculos, no banco do carona. Ela ria sem parar, parecia maluca. Não foi isso que tu viu?"

O garoto olha para Doriane, para Cledi, para Joana e depois outra vez para Max. Está desnorteado. Max insiste:

"Era eu que estava dirigindo a camionete."

"Tava... Tava escuro", balbucia o garoto. "E foi bem rápido."

"Olha bem pra mim. Era eu, não era?"

"Acho que era", diz o garoto, finalmente.

"Vamos parar com essa palhaçada", exclama Joana.

"Não tem palhaçada nenhuma aqui, professora. Eu estou assumindo o que fiz. Dei a carona pra Isabel, que estava completamente bêbada na saída da festa. No meio do caminho, ela tirou a roupa. Tava alucinada, provavelmente tomou alguma droga no bar."

"Não!", diz Doriane, espantada. "Foi o professor Eugênio que tava no carro. A Isabel nos contou tudo. Os dois transaram no carro dela."

Max olha para Joana e fala rápido, sem permitir interrupções:

"A Isabel tava puta com o Eugênio porque não conseguiu seduzi-lo no bar. Foi isso que aconteceu, Joana. Tu sabe como a Isabel é inconseqüente. Ela distorceu tudo pra se vingar. Quando o boato se espalhou, eu e o Eugênio achamos melhor não falar nada a respeito. Ninguém transou com ninguém. Quando senti que ela estava incontrolável, parei o carro, peguei um táxi e voltei pra casa."

Silêncio. Joana balança a cabeça e pergunta para o garoto: "Tu disse que acha que o homem no carro era ele." Joana aponta para Max. "Tem certeza?"

"Tava escuro. Não sei direito. Talvez fosse ele. Eu vi melhor a garota. Se me mostrarem ela, eu posso dizer com certeza."

"Não vai ser preciso", diz Joana.

Max dá um passo na direção da mesa de Joana e diz:

"Eu gostaria de conversar contigo em particular. É possível?"

"Eu tenho que ir embora", lembra o garoto.

"Pode ir", diz Joana. Olha para as duas alunas e completa: "Obrigado, meninas. Já é tarde. Vocês também podem ir. Eu tenho os números dos telefones e, se precisar, eu ligo."

Os três saem. Joana mostra a cadeira para Max.

"Prefiro não sentar", diz Max.

"Tudo bem."

"Joana, por favor, deixa eu te contar toda a história, como ela aconteceu de verdade. Mas deixa eu ir até o fim, tudo bem? Depois tu pergunta o que quiser."

"OK."

"A festa tava normal, todo mundo se divertindo, mas a Isabel tava bebendo demais e dando em cima do Eugênio. Ela é assim mesmo, tu sabe. O Eugênio veio falar comigo, tava de saco cheio, não sabia o que fazer, e eu sugeri que a gente fosse embora. Saímos juntos. Só que a Isabel veio atrás, bêbada, falando bobagem, e o Eugênio ficou preocupado, porque ela não tinha condições de dirigir. Falamos com ela, pedimos que pegasse um táxi, mas ela entrou na camionete. O Eugênio disse que a gente não podia deixar a Isabel sair daquele jeito. Se ofereceu pra levar ela em casa, mas achei melhor eu assumir aquela roubada, porque eu conheço melhor a Isabel, sei me defender. Ele pegou um táxi, e eu convenci a Isabel a me deixar dirigir. Até aqui tá claro?"

"Tá. É uma versão interessante."

"Não é uma versão. É o que aconteceu de verdade."

"Vamos admitir que sim. Pode continuar."

"No meio do caminho, a Isabel pirou de vez e tirou a roupa. Estava muito bêbada, talvez tenha tomado alguma droga durante a festa, sei lá. Eu pedi que ela se vestisse, mas ela tava fora de controle. Então parei o carro, saí e peguei um táxi."

"E não ficou com medo que ela assumisse a direção, que tentasse seguir o táxi e acabasse entrando num poste?"

"Fiquei. Fiquei com medo, sim. Mas ela passou dos limites, e eu pensei: se quiser, que se arrebente; ela é maior de idade, não sou responsável por ela, que se dane."

Joana examina o rosto de Max. Ele está sério, talvez um pouco nervoso, mas não envergonhado, ou inseguro, ou amedrontado. Joana finalmente observa:

"Mas na segunda-feira, quando a fofoca envolvendo a Isabel e o Eugênio se espalhou, seria natural que tu admitisse logo que quem estava no carro era tu, e não o Eugênio."

"Claro. Eu procurei o Eugênio, contei pra ele o que tinha acontecido, e disse que assumiria. Só que ele não deixou. Disse que a fofoca iria desaparecer sozinha, era só não alimentar o boato. Se eu assumisse alguma coisa, se dissesse que realmente um professor estava no carro de uma aluna — nua, vestida ou fantasiada de odalisca, não importa —, a coisa iria ganhar uma proporção muito maior e seria pior pra todos, inclusive pra ele, Eugênio. Então, nós combinamos ficar quietos e..."

Joana interrompe o discurso de Max e pergunta:

"Eu falei com o Eugênio sobre o boato no começo da tarde de segunda-feira. A essa altura, vocês já tinham feito esse pacto de silêncio?"

"Já. Nós combinamos tudo durante o almoço."

"Ele ficou muito nervoso quando eu revelei que sabia da fofoca. Não parecia ter um plano elaborado, ou algo assim."

"Nós não tínhamos um plano, Joana. Só tínhamos combinado não mudar a versão que estava correndo. É natural que ele ficasse nervoso."

"Tu deve saber o que eu sugeri que ele fizesse."

"Sei. Contar tudo pra mulher dele."

"Exatamente."

Joana não tira os olhos de Max enquanto completa:

"Claro que ele não deve ter dito nada. Afinal de contas, quem tava no carro era tu."

Max não hesita e responde:

"Mas ele contou."

"Por quê?"

"Logo depois de falar contigo, ele me ligou. Eu disse que nós tínhamos que manter a mesma versão para todos. Se ele fosse seguir o teu conselho — o que já seria uma bobagem —, ele não podia contar a verdade."

"Que verdade, professor Max?", pergunta Joana, com um sorriso irônico. "A que acaba de ser criada nessa sala?"

"Tá me chamando de mentiroso, professora?"

Joana desfaz o sorriso, baixa os olhos e demora alguns segundos para responder. Quando volta a enfrentar Max, seu rosto já não demonstra qualquer emoção:

"Não sou paga pra julgar ninguém. Sou jornalista, trabalho com fatos, e não com ética. Essa é a tua especialidade. No momento, eu tenho duas versões diferentes para a mesma história. E só uma pode ser verdadeira. Tu pode me dizer mais alguma coisa importante sobre a tua versão? Alguma coisa que faça diferença no meu terreno?"

Max pensa um pouco e depois responde:

"Eu tenho uma testemunha."

"Quem é?"

"Uma aluna que estava na festa me viu entrando no carro da Isabel e talvez tenha visto o Eugênio indo embora de táxi."

"Ótimo. Quem é?"

"Antes de dizer quem é, preciso falar com ela e explicar o que está acontecendo. É uma questão ética."

"Eu tenho uma certa pressa, professor. Tu viu como as coisas estão complicadas."

"Amanhã de manhã, às dez, tá bom?"

"Tá."

"Então eu preciso sair e tentar falar com ela. A senhora me dá licença?"

"Claro."

"Boa noite."

Max dá as costas para Joana e caminha na direção da porta. A voz de Joana, contudo, o paralisa:

"Eu falei com o Gustavo."

Max volta-se para Joana. Ela continua:

"Foi interessante. Nós começamos conversando sobre outras coisas, mas acabamos discutindo também o incidente do ônibus. Deu pra entender melhor o que aconteceu."

"Pensei que esse assunto estava encerrado."

"E está." Pequena pausa. "O senhor já devolveu o pulôver vermelho pro Gustavo?"

"Por que devolveria? É meu."

"Claro. Até amanhã, professor Max."

* * *

Enquanto caminha em passos largos pelo corredor, Max aperta os botões do seu celular. Na descida da escada, começa a falar com Eugênio:

"Onde tu tá?"

"Quase em Canoas."

"Presta atenção: eu acabo de falar com a Joana, e disse pra ela que eu estava com a Isabel no carro. O tal estudante de Direito confirmou."

"Confirmou o quê?"

"Duvido que ele tenha visto alguma coisa além dos peitos da Isabel. Se a gente não fizer bobagem, podemos resolver a situação."

"Cara, isso é uma loucura completa. Nunca vai dar certo."

"Vai. O que não podemos fazer mais é negar que aconteceu alguma coisa. Aconteceu. Eu estava lá. A Isabel surtou e tirou toda a roupa."

"A Joana nunca vai engolir essa."

"Vai. Eu tenho uma testemunha, que me viu entrar no carro da Isabel."

"Que testemunha?"

"Depois eu te digo. Não atende mais o telefone. Quando chegar em casa, vai dormir. Não fala nada pra tua mulher. Melhor: não fala nada pra ninguém. Amanhã de manhã bem cedo, oito horas, vai lá em casa, e eu te explico tudo."

"Cara..."

"Não tenho mais tempo, Eugênio. Só fica quieto, pelo amor de Deus. E não deixa a Joana te achar."

"Eu não posso..."

"Tchau."

Max desliga. Está saindo do prédio da Comunicação e entrando na alameda que leva ao pórtico. Aciona o celular outra vez. Uma voz adulta e feminina:

"Alô."

"Alô, por favor, a Lilian está?"

"Um momento."

Uma pausa. A voz de Lilian:

"Sim?"

"Lilian, é o Max. Eu tenho que falar contigo."

"É...?" A voz fica mais baixa. "Que bom. Quem sabe amanhã de manhã?"

"Tem que ser agora."

"Mas eu tava indo dormir. Minha mãe..."

"Me dá o teu endereço que eu tô indo praí de táxi. Diz pra tua mãe que é um colega, pra tratar de um trabalho de grupo."

"Mas o semestre já acabou!"

"Então inventa outra coisa."

Depois de uma pequena pausa, Max anota o endereço.

* * *

Enquanto o táxi percorre as ruas escuras de Sapucaia, Max tenta fazer outra ligação, desta vez para o celular de Isabel, que está sempre ocupado. Finalmente ela atende, mas há muito ruído de vozes e música no fundo.

"Alô."

"Isabel? É o Max."

"Quem?"

"O Max! Tenho que falar contigo."

"Max? Não entendi. O que tu quer?"

Max quase grita:

"Falar contigo. É urgente!"

"Eu tô no Paraguaio."

"Então me espera aí."

"Daqui a pouco vou na casa da Anita. Tem um festão lá."

"Me espera, Isabel."

"O quê? Não entendi."

O táxi encosta na frente de uma pequena casa de classe média, com um jardim cheio de folhagens muito bem cuidadas. A porta da casa abre, e Lilian se aproxima do táxi. Por uma fresta na janela, uma mulher madura acompanha a movimentação da garota. Max abre a janela e faz sinal para Lilian entrar.

"Entra."

"Não posso."

Max grita no celular:

"Fica me esperando aí! Tchau."

"O que está acontecendo?", pergunta Lilian.

"Um monte de coisas. Tenho que conversar contigo. Vamos dar uma volta? Tem algum bar aqui perto?"

"A mãe não vai gostar de me ver sair a essa hora."

"Pensei que tu era boa em desculpas esfarrapadas."

Lilian morde os lábios e olha para a mãe na janela. Diz:

"Eu vou tentar."

Caminha até a casa e entra. Cinco minutos depois, está de volta. Entra no táxi.

"Prometi voltar em meia hora."

"Ótimo."

"Tem um trailer de *cheeseburger* aqui perto. É bem tranqüilo, mas o *cheeseburger* não é muito bom."

"Não faz mal."

* * *

Lilian está indignada e faz um grande esforço para falar baixo e evitar que o teor da conversa chegue nas mesas vizinhas:

"Nunca — ouviu bem? —, nunca eu vou mentir que te vi no carro daquela imbecil, exatamente na noite em que tu tava comigo. Nunca!"

"Não é essa a questão, Lilian. Uma coisa não tem nada a ver com a outra. Nós estamos resolvendo um problema que..."

"Não tenho nada a ver com isso. Acho esse Eugênio um idiota completo, e a Isabel é uma putinha barata. Quero que os dois se fodam."

Max aproxima-se o mais possível e sussurra:

"Tu quer que eu me foda?"

Lilian titubeia, assustada; depois responde:

"Não."

"Então presta atenção. Tu é uma menina inteligente e sabe o que está acontecendo. Acabo de dizer pra Joana que eu tenho uma testemunha, alguém que me viu no carro da Isabel. Não é só uma questão de salvar o Eugênio; é uma questão de combater esse bando de hipócritas. Eu não sei o que fazer se tu não me ajudar."

Max faz uma pausa estratégica e depois continua:

"Talvez eu esteja pedindo demais."

Lilian morde o lábio inferior, nervosa. Max parece desistir:

"Então tá... Talvez eu consiga falar com algum outro aluno que estava na festa e..."

Lilian corta:

"É só dizer que te vi saindo com ela?"

"É."

"Não vi Isabel pelada, ou fazendo boquete, ou, pior ainda, tentando contar uma piada pra ti?"

"Claro que não."

"Pra quem eu vou ter que contar essa merda?"

"Pra Joana. Talvez pro Tavares."

"E o que eu vou ganhar com isso?"

"Nada."

"Nem a tua admiração?"

"Isso é menos que nada."

Agora é Lilian quem se inclina para falar baixinho com Max:

"Quem te garante que depois eu não vou te chantagear? Eu posso te obrigar a fazer sexo comigo, muitas vezes. Eu posso infernizar tua vida, te transformar num escravo."

"Eu sempre posso cortar as bolas. Tá a fim dum eunuco?"

Os dois riem.

"Pára, Max. Nós estamos falando sério, não estamos? Então a história é a seguinte: eu te vi saindo com a Isabel, no carro dela..."

"Ótimo."

"Mas também te vi voltando, uma hora depois."

"Por quê?"

"Motivos pessoais. No nosso conto de fadas, tu acaba ficando comigo, a princesa, em vez de ficar com ela, a bruxa."

"Não sei..."

"Tu não disse que pegou um táxi e fugiu da maluca, porque ela se pelou? Aí, resolveu voltar pra festa, porque... Sei lá. Esqueceu alguma coisa lá."

"Essa volta é dispensável."

"Não. É indispensável. Questão de autodefesa, ou auto-ajuda, ou auto-ilusão, sei lá. Eu só conto se for assim. E pronto! Um testemunho e tanto. Eu sei mentir muito bem. Como tu acha que eu ganhei a eleição pro CAVHE?"

Max balança a cabeça e vai sorrir, mas percebe que Lilian está falando sério.

* * *

Quando Max chega no Paraguaio, em outro táxi, percebe que não tem mais dinheiro para a corrida. O taxímetro marca 58 reais, e ele só tem quarenta na carteira.

"Espera só um pouquinho", diz Max para o motorista.

Ele sai do táxi e tenta achar Isabel na pequena multidão que se aglomera na calçada em frente ao bar. Só encontra dois amigos, publicitários de sucesso, bebendo vinho. Eles vêm abraçá-lo. Max não perde tempo e pede vinte reais emprestados. Paga o táxi e continua sua busca, entrando no bar. Uma garota acena para ele. É Janete, ex-aluna. Vai falar com ela. Três beijinhos.

"A Isabel deixou um recado pra ti", diz a garota. Janete estende um papel rabiscado. Max lê o bilhete; é um nome — Anita — e um endereço. "Ela diz que tá te esperando lá."

"Obrigado", diz Max.

Max sai do bar. Há um ponto de táxi a menos de trinta metros. Max aproxima-se dos amigos publicitários de sucesso.

"Preciso de mais um favor", diz Max, tentando não parecer um jornalista duro, sem o menor sucesso.

* * *

O porteiro examina Max de alto a baixo e torce o nariz.

"Será que o senhor faria um favor pra mim?", pergunta ele.

"Claro", responde Max.

"Avisa a dona Anita que os vizinhos estão ameaçando chamar a polícia, por causa do barulho."

"Pode deixar."

Quando o elevador passa do sétimo andar, Max já começa a ouvir os tons mais graves — bumbo e baixo. Entre o nono e o décimo, todos os outros instrumentos e uma voz feminina. No décimo quarto, antes da porta do elevador abrir, o alarido de muitas vozes já é perceptível, misturado com a música *techno*. No momento em que Max sai do elevador, sente o estômago vibrando com as ondas geradas pelo *subwoofer*. À sua direita, há uma porta semicerrada. Pela fresta, pode ver luzes coloridas piscando. Max entra, tendo o cuidado de fechar a porta direito.

A festa acontece na cobertura, que ocupa todo o último andar do edifício. Como está frio, somente algumas pessoas — as mais corajosas, ou, o que é mais provável, as mais drogadas — estão na parte de fora, onde fica a piscina. Todas as outras — com certeza mais de cem — se acotovelam no ambiente interno, dançando ou conversando (na verdade, gritando). Na parede oposta à da porta por onde Max entrou, duas pilhas de caixas de som, do tipo grande e profissional, ladeiam a mesa do DJ, que, de fones e boné, manipula discos de vinil. Max deixa que suas pupilas dilatem o suficiente para ver os rostos e começa a circular pelo salão, que está quente, abafado e com cheiro de suor.

Para surpresa de Max, não reconhece quase ninguém. Não se trata de uma festa de universitários, porque a faixa etária média é superior a 25 anos. Com certeza não é uma festa de jornalistas, porque a faixa salarial é muito superior a oitocentos reais. Poderia ser uma festa de publicitários, mas então seus amigos bem-sucedidos, de quem acabara de arrancar uma grana no Paraguaio, estariam ali. De repente, duas mãos fecham-lhe os olhos e ele sente dois seios encostados nas suas costas. É Isabel, com toda certeza.

Um grito: "Adivinha."

"É a Isabel", berra Max.

As mãos escorregam. Isabel surge à sua frente, sorridente e suada, segurando um copo com uma bebida azul.

"Como tu adivinhou?" A voz, meio enrolada, denuncia seu estado de início de embriaguez.

"Eu tenho que falar contigo", grita Max.

"Falar? Vamos dançar!"

"Não. Por favor, Isabel, é sério." Max aponta para a porta de vidro que conduz à área externa da cobertura. "Vamos ali fora."

"Lá tá muito frio."

"Eu te empresto o meu casaco."

"Antes tenho que ir no banheiro."

"Onde é o banheiro?"

Isabel mostra uma porta. Há uma fila. Isabel ri e grita:

"Tá todo mundo com vontade de fazer xixi. Vamos lá em baixo, que é mais tranqüilo."

Isabel pega a mão de Max e o conduz, meio cambaleante, para a porta de saída da cobertura. Descem um lance de escadas. Isabel pede que Max segure o copo e abre sua pequena bolsa a tiracolo, de onde tira uma chave. Isabel sorri.

"A Anita só deu a chave pra mim. Que legal, né? É que eu sempre ajudo ela nas festas."

Entram no apartamento, imenso, luxuoso, cheio de obras de arte. E deserto.

"Os pais dela tão em São Francisco. De vez em quando eles vão pra lá, desbundar, se drogar e entrar em alguma religião nova. Mas acho que o pai dela gosta mesmo é de dar o cu naqueles bares de *fist-fucking*."

Isabel leva Max até o banheiro da suíte de Anita, cheia de bichinhos de pelúcia. O banheiro, impecavelmente limpo e perfumado, é maior que a sala do apartamento de Max. Isabel, sem qualquer aviso, levanta o vestido. Max se vira rapidamente. Isabel baixa a calcinha e senta no vaso. O ruído agudo e molhado da urina saindo em alta pressão se mistura com a música, onipresente.

"Aaaaiiii... Que coisa boa. Eu não tava agüentando mais."

Isabel levanta-se e passa papel higiênico no meio das pernas. Pega o copo da mão de Max e o examina. Faz um muxoxo.

"Tu nem experimentou, professor querido. Esse absinto é importado, maravilhoso."

Isabel toma um gole, sai do banheiro e senta na cama de Anita. Coloca o copo no chão, sobre o tapete com estampa do ursinho Puff.

"Vem aqui, Max."

"Não, Isabel. Pode parar com essa ceninha de sedução. Não vai funcionar."

"Que sedução? Eu só quero conversar contigo."

Isabel coloca a mão nas costas e, com certa dificuldade, abre o zíper do vestido. Dá uma risadinha e puxa o vestido para baixo, descortinando os seios.

A voz de Max é fria e agressiva:

"Alguém já te disse que, às vezes, tu é bem vulgar?"

O sorriso de Isabel se desmancha, e ela pensa bastante antes de responder, insegura:

"Já. Muitas vezes. A minha mãe sempre me diz isso." Outra longa pausa. "Mas eu tento não acreditar nela."

"Olha, Isabel, eu não vim aqui pra discutir contigo. Eu vim te pedir um favor, um favor muito importante."

Isabel coloca as mãos nas costas e tenta fechar o vestido. Não consegue.

"Tu pode me ajudar?"

Max senta ao lado de Isabel na cama e ajuda a fechar o zíper. Isabel não olha mais para Max. Diz:

"Sabe que, outro dia, lá na faculdade, uma colega perguntou se eu era mesmo prostituta?"

"Foi só pra te incomodar."

"Não. Tava curiosa mesmo. Alguém tinha dito pra ela que eu cobrava mil reais por programa."

Max levanta da cama. Isabel continua:

"Eu não ligo a mínima pra essas idiotinhas, por mim elas podem morrer virgens, mas... Eu não pensava que tu me achava vulgar."

"Eu não te acho vulgar, Isabel", protesta Max. "É que às vezes tu passa dos limites. Vamos falar a sério, agora?"

Isabel esconde o rosto e começa a chorar.

"Desculpa, eu tô meio bêbada. Não podemos deixar essa conversa pra amanhã?"

"Não. Tem que ser agora." Max volta a sentar na cama e abraça Isabel. "Eu gosto de ti. Sério."

"Não gosta, eu sei. Tu gosta daquela anoréxica comunista. Já trepou com ela?"

"Isabel, eu acabo de dizer pra Joana que eu estava no carro contigo, sábado passado."

"Como é?"

"Um estudante de Direito, conhecido da Doriane, ou da Cledi, sei lá, tava passando de carro e te viu com o Eugênio, bem na hora que tu tirou a roupa. Ele seria massacrado publicamente, demitido da faculdade, e a mulher dele pediria divórcio. Então resolvi dizer isso, que nós saímos da festa juntos, que tu tava meio bêbada, eu me ofereci pra dirigir teu carro e que depois aconteceu aquilo tudo... Enfim, eu preciso que tu confirme essa versão, talvez amanhã de manhã, lá na faculdade."

Isabel olha rapidamente para Max, com cara de quem não entendeu nada, e pergunta:

"Mas... Esse estudante não viu o Eugênio?"

"Tava escuro e foi rápido. Ele não sabe direito quem ele viu ou deixou de ver. Acabou me reconhecendo como o cara que estava dirigindo o carro."

"Max, não tem o menor sentido... Aquele Eugênio é um idiota. Tu vai te queimar por..."

"Eu estou queimado faz tempo. Duvido que eles me demitam só porque uma estudante tirou a roupa do meu lado. E eu sei me defender, ao contrário do idiota do Eugênio. Eu preciso da tua ajuda. Pra falar a verdade, é mais do que uma ajuda. Eu preciso da tua cumplicidade. Não vai ser agradável, talvez eles te façam perguntas muito vulgares, e com certeza seria melhor pra ti continuar quieta. Tu teria que admitir que falou alguma coisa, digamos, meio dúbia, sobre o Eugênio, e que essa coisa foi mal interpretada. Mas que tu tava comigo, desde a saída do bar até o incidente no carro." Pausa. "Eu não tenho nada pra te oferecer em troca, além da minha amizade."

Nova pausa. Max pega o copo de absinto e toma um gole largo. Isabel enxuga as lágrimas e olha mais uma vez para ele. Sua maquiagem está completamente arruinada.

"E aí, vamos nessa?", diz Max. "Nós temos que ensaiar o teu depoimento."

Isabel sorri e responde:

"Tu é muito mais louco do que eu."

* * *

Isabel termina de falar. Joana fica olhando para ela por um bom tempo. Depois, olha rapidamente para Max, sorri e diz:

"O mundo dá muitas voltas. Tantas que eu fico tonta. Vocês têm certeza que estão fazendo uma coisa certa?"

"Tenho", diz Isabel, com segurança. "Eu comecei tudo, falando uns troços que não devia ter falado, e agora tenho a obrigação de dizer como as coisas aconteceram de verdade."

"Certo. Vocês podem me dar licença? Max, por favor, pede para a Lilian entrar."

Max e Isabel saem. Lilian está no corredor. Parece tranqüila, apesar de desviar os olhos de Isabel.

"Tua vez", diz Max para Lilian.

Ela faz sinal de OK e entra. Isabel beija Max, só uma vez.

"Tchau, professor. Agora vou curar minha ressaca. Foi um prazer."

"Tchau, Isabel."

Isabel afasta-se pelo corredor e desaparece no vão da escada. Max caminha até a porta da saleta de Eugênio e entra sem bater.

"A Isabel já foi", conta Max. "Correu tudo bem. A Lilian entrou agora."

"Como está o humor da Joana?"

"Humor? Ela nunca teve humor. Mas ela tá tranqüila. Nem apertou muito a Isabel. Acho que ela sabe que perdeu o jogo."

"Isso se a Lilian também..."

"Vai dar certo, Eugênio. E, quando ela te chamar, lembra: quanto menos tu falar, melhor."

Batidas na porta.

"Entra", diz Eugênio.

Lilian entra. Os dois professores ficam surpresos.

"Já?", diz Max.

"Ela só perguntou se eu vi mesmo tu e a Isabel saindo no carro dela, depois da festa de sábado. Eu disse que sim e que ainda te vi voltando de táxi, uma meia hora depois. Aí ela me mandou sair e pedir pro professor Eugênio entrar."

"Ótimo", diz Max. E olha para Eugênio, que levanta da cadeira e caminha, em passos rápidos e decididos, para a sala de Joana.

* * *

"Senta, professor."

Eugênio senta.

"Como vai a Viviane?", pergunta Joana.

"Bem."

"Ótimo. Manda um beijo pra ela. E diz que eu tô esperando um convite pra outro jantar maravilhoso."

"Não seja por isso. O convite está feito."

"Não está."

Eugênio, até então sorridente, mostra toda a sua insegurança, fica sério demais e balbucia:

"Como... Não está?"

"Não. Não está."

"Por quê?"

"Porque eu estou esperando que ela faça o convite, e isso ainda não aconteceu."

"Mas eu acabo de..."

"Claro, é como se ela tivesse feito o convite, porque tu é marido dela, vive com ela e também vai participar do jantar. Não vai cozinhar, claro, mas vai ajudar a lavar os pratos depois que eu for embora. Tudo bem, só que, objetivamente falando, ela não me convidou. Ou eu estou mentindo?"

"Não... Claro que não."

"Eu nunca me aprofundei muito em filosofia, ética, semiótica, essas coisas tremendamente complicadas e tão importantes. Confesso minha ignorância. Mas eu sou jornalista, estudei jornalismo, trabalhei em rádio por um bom tempo e acho que sei certas coisas sobre a nossa profissão. Por exemplo, eu sei o que o jornalista procura." Faz uma pausa. "O que tu acha que o jornalista procura?"

"Eu... Acho que o bom jornalista tem o dever de..."

"Não perguntei sobre deveres", corta Joana. "Não sei nada sobre deveres. E nem sei o que é um 'bom' jornalista. Vou fazer a pergunta de outro jeito: com o que os jornalistas trabalham? Qual é a nossa matéria-prima?"

Eugênio desvia os olhos de Joana. Enterrado no sofá, indefeso, frágil, parece uma criança com a consciência pesada, prestes a ser castigada pelos pais. Joana arremata:

"O jornalista trabalha com informação e verdade. É isso que o jornalista procura, é isto que devemos ensinar na faculdade. Será que estou sendo muito simplória, professor?"

Eugênio ergue a cabeça e consegue responder:

"Não."

"Muito bem. Então estamos conversados." Sorri para Eugênio. "E continuo esperando o convite da Viviane."

Joana levanta e estende a mão para Eugênio. Ele também levanta e aperta a mão da colega.

"Até logo, Eugênio."

"Até logo." Pequena pausa. "E obrigado."

"Eu só tenho mais uma dúvida."

O medo nos olhos de Eugênio é tão evidente quanto a sua gravata lilás de seda italiana, comprada numa liquidação da C&A em Bruxelas. Joana não consegue evitar um sorriso antes de perguntar:

"Quando abrem as matrículas para o mestrado?"

Eugênio, tropeçando nas palavras:

"Eu... Ainda não sei. Outubro ou novembro. Quer dizer... Eu acho."

E Joana, mais sorridente que nunca:

"Então me avisa quando tiver certeza. Eu faço questão de ser a primeira a me inscrever, lembra?"

* * *

Viviane, André e Éder estão esperando na esquina do colégio. Eugênio pára o carro e eles embarcam, os meninos no banco de trás, Viviane ao seu lado.

"Como foi?", pergunta Eugênio. E faz o carro arrancar.

"Ótimo", diz Viviane. "Os dois estão com notas ótimas. A professora do Éder só reclamou que ele conversa muito."

"Ela é uma velha idiota!", grita Éder.

"Calma, filho", diz Eugênio.

"Não é idiota coisa nenhuma", diz André. "Ela é legal. O Éder deve ter..."

"Cala a boca", diz Éder.

"Aiii!", grita André. "Ele me deu um beliscão. Tu vai ver..."

O barulho do tapa chega bem nítido ao banco da frente, imediatamente seguido pelo choro desesperado de Éder.

"Chega!", grita Viviane. "Os dois vão ficar sem mesada."

Protestos confusos.

"E, se continuarem enchendo o saco, também não vamos mais ao cinema."

Silêncio, só perturbado por alguns soluços.

"E na faculdade?", pergunta Viviane, depois de um tempo.

Eugênio demora pra responder, mas acaba dizendo:

"A Joana está esperando um convite teu pra ir jantar lá em casa."

Por uma quadra inteira, ninguém fala. Então, Viviane:

"E tu não convidou?"

"Convidei. Mas não adiantou." Pausa. "Quem sabe tu liga pra ela?"

Viviane sorri e diz:

"Mais tarde eu ligo."

12

Ele ficou completamente desarvorado quando eu disse que não tava a fim. "Não tá a fim de quê?", ele perguntou. "De ir ao cinema, de sair comigo, de me ver?" E eu disse: "É. Tô cansada. Vou ficar em casa, lendo. Amanhã te ligo." E, antes que ele começasse a choramingar — detesto homem chorão —, eu disse tchau e desliguei o telefone. É bom. Pra aprender. O Júnior tem um pau duro, limpo e gostoso, e um corpo bonitinho, e sabe fazer massagem, mas... Mas o Júnior é irritante quando fica carente. Mais irritante ainda quando sabe que eu tô puta com ele. Então é melhor nem ligar pra ele amanhã; vou deixar ele sofrer bastante pela cagada que deu. Falar com o Tavares sem me consultar? Quem ele pensa que é? Não tem nem dois anos na minha máquina e já quer mexer nas engrenagens? Se fodeu, claro, com toda a certeza. O Tavares deve ter sacado a filha-da-putice na hora; o Tavares é muito mais esperto do que todos pensam; perto daquele bandinho de professores medíocres, correndo pra fazer mestrados e doutorados capengas, ele é um pós-doutor. Especialidade? A mesma que a minha: a miséria humana. O Júnior deve ter percebido que não deu certo e ficou desesperado. Mas tinha medo da minha reação e resolveu ficar quieto. Covarde chorão. Deve estar se remoendo de arrependimento em casa. É claro que trepa comigo — 50%, no mínimo — por interesse. Pelo menos não fala de amor; no dia em que ele falar de amor, vou dizer que só trepo com ele porque tem um pau duro e limpo (não vou dizer que é gostoso), e eu preciso disso de vez em quando. Preciso mesmo. Precisaria de um pouco mais do que isso, mas quem tem tudo o que quer? *You can't always get what you want*, porque esse mundo é um banquete de mendigos, e não de reis. Não existem reis. Será que ainda existem alguns príncipes? Quando eu era adolescente, eu sonhava em encontrar um homem jovem, bonito, muito inteligente, culto, com alguma grana no banco e uma profissão interessante, que me ensinasse tudo sobre sexo, casasse comigo e me amasse. Hoje espero um homem maduro, mas não muito velho, bem-apessoado, razoavelmente inteligente, que leia alguma coisa além do *Zero Hora*, desde que não seja o *Correio do Povo*, que seja tudo menos jornalista, que não seja pobre demais, que contenha o orgasmo por mais de três minutos, que me ajude a pagar o aluguel e me ame. Na verdade, se me amar de verdade, as outras coisas são negociáveis. Minha carência é patética, eu sei. Aprendi a disfarçá-la, aprendi a transferi-la, a usá-la como energia, mas não aprendi a acabar com ela. Já me disseram que há quem ensine, quem te faça esquecer que um dia faltou alguma coisa. Onde está esse mestre? Um prêmio especial a quem me apresentar esse sujeito. Só não venham me enganar, me apontar um guru idiota, que te faça sentar numa posição ridícula, respirar como uma ameba e comer grama. Sei que não funciona. Sei que nada funciona de verdade, que a ameba vai continuar respirando sozinha e se dividindo eternamente, sem um amebo capaz de dizer: "Vem, eu te amo, vamos deitar pelados um em cima do outro e ver se isso resolve os problemas do Oriente Médio." Caralho... O problema não é só caralho. Se fosse, o caralho do Júnior resolvia. Problemas de verdade são complexos, são formados por grandes lacunas de informação e de compreensão. Problemas de verdade dependem de... (Toca o telefone. Joana levanta e atende. Sorri. Fala por alguns minutos. Desliga. Sorri outra vez. Volta para a cama.) A Viviane sabe. Talvez não saiba de todos os detalhes da trama, as surpresas no meio do caminho, os pactos entre os personagens, as mentiras de todos os tipos, as negociações, mas sabe o essencial: Eugênio se sacrificou por Max, e Max se sacrificou por Eugênio. Os dois coleguinhas de escola, os dois filhotinhos da Companhia de Jesus, acham que podem enganar todo mundo — eu!, em primeiríssimo lugar — construindo belos mundos alternativos, possíveis, verossímeis. E tão verdadeiros quanto as estatísticas do governo. Viviane é uma mulher inteligente, dá de dez naquele doutor de meia-tigela, que não sabe nem mentir direito. Como alguém que ensina Ética pode mentir tão mal? Pelo menos isso o Max faz melhor. Sempre fez. Sempre. Sempre me enganou. Quando o vi pela primeira vez — dez anos atrás, puta que pariu! —, no corredor da faculdade, cabeludo, de jeans desbotado e camisa larga pra fora das calças, com uma lista de chamada nas mãos, pensei que talvez fosse um aluno temporão levando aquela lista, esquecida em algum lugar, para o seu professor. Ele me olhou e sorriu, simpático. No dia seguinte, na secretaria, perguntei para a Regineide quem ele era, aproveitando que os dois estavam conversando e depois ele saiu. Ela disse que era o professor Maximiliano, mas que todo mundo chamava ele de Max. Dava aula de Redação e Ética da Comunicação. E dava pra ver que a Regineide gostava dele. Achei estranho: não parecia ser um professor de Ética. Redação, tudo bem, qualquer um dá aula de Redação, mas... Ética? Isso é coisa para quem fez filosofia e usa paletó sem gravata. Claro, eu era — ainda sou, sempre serei, graças a Deus — mais jovem do que ele, mas a sensação que ele passava, uma sensação de juventude, digamos assim, "espiritual", era incrível. Ele parecia absolutamente alheio àquele mundo de professores, um mundo que mal tinha nascido — a faculdade nem formara sua primeira turma — mas que já tinha todos os vícios acadêmicos possíveis e imagináveis. Nos dias seguintes, percebi que ele não ficava na sala dos professores na hora do recreio, que mal cumprimentava alguns colegas e, por incrível que pareça, que tinha muita intimidade com os alunos e com o diretor, o padre Hernandez; eles viviam juntos, conversando, rindo alto. Eu fiquei muito curiosa e comecei a fazer perguntas. Isso eu faço muito bem, tinha alguma experiência profissional. Não foi difícil descobrir tudo o que interessava sobre Max: formado na Unisinos em 81, trabalhou como revisor na *Caldas Jr.* até os salários começarem a atrasar, passou por vários jornais de bairro e assessorias de imprensa. Ninguém dizia que era brilhante; o maior elogio foi "ele tem um bom texto". Casou, separou; juntou, separou. Sem filhos. Com certeza enfrentava dificuldades financeiras. Quando a faculdade foi criada, em 90, o padre Hernandez o convidou pra lecionar. Ele veio. Pegou Redação e Ética, esta última só pra aumentar a carga horária naquele semestre, enquanto procuravam alguém mais habilitado. Mas acabou ficando, porque os alunos gostavam das aulas, diziam que eram meio malucas, mas que eram divertidas e eles aprendiam. Morava em Porto Alegre, sozinho, mas talvez atualmente tivesse uma namorada fixa. Ou não, ele não falava muito sobre sua vida pessoal. Isso tudo descobri na primeira semana de aula, ao mesmo tempo em que descobria como dar aulas de rádio. No início da segunda semana, tomei coragem e, no bar, me apresentei, disse que estava começando a dar aula e que já sabia que ele era um excelente professor. Ele perguntou quem tinha dito aquela bobagem. Eu respondi que tinham sido os alunos dele, que também eram meus alunos. E confessei que estava um pouco nervosa. Ele disse que dar aula era uma coleção de truques, assim como escrever. Sabendo os truques e tendo um mínimo de energia, dava pra enganar bem e ganhar aquele salário, que era ruim, mas pelo menos não atrasava, como em todos os outros empregos que já tivera. Como ele aprendera os truques — e não era gênio nem nada, pelo contrário, tivera um péssimo índice no teste de QI aplicado no colégio —, eu também aprenderia sem problemas. E sorriu. E eu pensei: esse cara é diferente. Na terceira semana, cada vez que eu cruzava com ele, ele vinha me beijar. Dois beijinhos na face. Isso não era vantagem: ele beijava a maioria das alunas com três beijinhos. Eu comecei a ter ciúmes desse beijinho a mais a que eu não tinha direito. Na quarta semana, finalmente me convenci que estava apaixonada. No resto do semestre, o objetivo mais importante da minha vida — muito mais importante que provar que eu poderia ser uma boa professora para os alunos e para o coordenador do curso de jornalismo, o professor Galvão — foi provar ao Max que eu poderia ser uma boa mulher para ele. Fiz de tudo: roupas novas, botas novas, perfume novo, maquiagem nova, leituras novas. Eu dava um jeito de encontrá-lo casualmente no balcão do bar, puxava conversa sobre a faculdade, insinuava, cada vez mais explicitamente, que precisava de companhia para ir ao cinema, dava carona para Porto Alegre, convidava para ir lá em casa, enfim, dizia de todas as maneiras possíveis que estava a fim. Entretanto, para meu desespero, ele não tava muito a fim. Acabou confessando, no final de uma carona, em julho, depois das aulas da noite, que tinha uma namorada complicada, que tava "meio que vivendo com ela", que não queria começar nada sem acabar aquela confusão etc. Eu disse que tudo bem, compreendia, e que não iria mais incomodá-lo. Ele sorriu, mexeu um pouco no meu cabelo e me beijou. Eu aproveitei o beijo ao máximo, prolonguei-o de todas as formas possíveis, acariciei o corpo de Max e disse que estava disposta a pagar o motel. Ele riu, indeciso. E topou. Foi rápido, mas muito bom. No dia seguinte, na faculdade, fizemos de conta que nada tinha acontecido. Eu esperei, ansiosa, o momento de ficar sozinha com ele

Quando ficamos, percebi que, para ele, não tinha sido fingimento, que para ele nada tinha acontecido mesmo. Ele percebeu minha decepção, foi muito gentil, lembrou que tinha avisado, se desculpou por ter aceitado minha oferta etc. E tudo voltou ao que era antes. Eu, idiota, totalmente iludida, ainda insisti por algum tempo. Mais roupas novas — e agora também calcinhas e sutiãs de modelos que eu nunca imaginara comprar —, mais perfumes novos, um novo corte de cabelo — mais moderno e mais curto. Até que, numa bela manhã, ele me viu no bar e disse que gostaria de jantar comigo. Combinamos nos encontrar no Pedrini, naquela noite. Quando cheguei, bem vestida, maquiada, com dois brincos novos, estava tremendo como uma adolescente. Ele, com um casaco velho e surrado, pediu uma pizza e duas cocas. Estava tão romântico quanto um paralelepípedo. Então começou a falar. Fez duas ou três voltas, voltou a desculpar-se por "talvez, ter dado a entender que estava interessado em mim", disse que eu era uma pessoa ótima e pediu que eu parasse de dar em cima daquele jeito, porque isso seria prejudicial para nós dois, já que toda a faculdade estava comentando há muito tempo e que as piadas já começavam a perder a graça, de tão repetidas. Eu não disse nada. Só percebi, naquele exato instante, o que era óbvio para todos, menos para mim: eu estava sendo ridícula há meses. Levantei da mesa sem me despedir. Chorei como uma criança enquanto dirigia de volta pra cá. Quando cheguei, contudo, já tinha tomado a decisão mais importante da minha vida, que consistia, resumidamente, em nunca mais me sujeitar a uma paixão. E tracei algumas estratégias básicas. Se achavam que eu me arrumava por causa do Max, que aquelas roupas, perfumes e maquiagem eram para ele, então eles estavam enganados, porque tudo aquilo sempre fora para mim, e eu continuaria fazendo as mesmas coisas, e usando as mesmas coisas, sempre que estivesse na faculdade. Se achavam que eu tinha sido subjugada por um homem, que eu era uma mulher fraca, eles veriam quem subjugava quem, quem era forte e quem era fraco. Se eles achavam que eu era sentimental, romântica, eles agora saberiam quem eu era de verdade, e, ao saberem, que compreendessem também que era melhor sair da minha frente, ou eu passaria por cima. Tudo isso decidi naquela noite. E sabia que era pra valer. No sábado seguinte, convocaram todos os professores para uma reunião. Surpresa: o padre Hernandez estava deixando a direção da faculdade, pois fora chamado para ocupar um cargo no Vaticano. E seu substituto, apresentado pelo próprio Hernandez e pelo reitor padre Kozinski, era um sujeito chamado José Tavares. Tavares era um jornalista da antiga, trabalhara com o velho Breno no *Correio do Povo* e tinha ligações históricas com a Igreja Católica. Nos últimos anos, ganhava a vida editando dezenas de pequenos jornais e boletins para paróquias da grande Porto Alegre e dando aula de Jornalismo Comunitário no Vera Cruz. Max ficou arrasado com a saída de Hernandez. Eu adorei. Essa reviravolta nos mecanismos de poder da faculdade abria muitas possibilidades para uma neo-arrivista como eu. Quando cheguei em casa, tomei um porre, sozinha, e revisei cuidadosamente todos os meus planos, estabelecendo como primeira meta ser coordenadora do curso de Jornalismo antes do final do próximo ano, nem que para isso tivesse que empurrar o Galvão pela janela. E fui dormir. Lembro, como se fosse um filme com som dolby digital e projeção perfeita, do sonho que tive naquela noite. Eu estava de volta ao mesmo motel em que transara com Max, numa cama redonda imensa, cercada de espelhos, nos lados, no teto, por tudo, e nós dois estávamos nus, ele deitado bem em cima de mim, imóvel, de modo que eu olhava para o teto e via no espelho só o corpo dele, da nuca aos pés, passando pela bunda, e o meu rosto, só o meu rosto, sobre o travesseiro, bem ao lado da nuca dele, porque eu tinha inclinado meu pescoço até conseguir esse ângulo de visão, e então pensei, pensei dentro do sonho, claro, não, eu não quero esse homem em cima de mim, e imediatamente senti que o peso do corpo dele diminuía, que a pressão do seu tórax contra meus seios estava acabando, e eu vi Max flutuar, distanciando-se de mim, e percebi que se aquilo continuasse ele iria embora, iria atravessar o espelho e eu nunca mais o veria, e então eu pus os meus braços em torno dele e puxei-o pra baixo, pra mim, para ele poder sentir meus peitos, meu perfume novo, e o coração dele começou a bater como louco, e sim, eu disse sim, eu ainda te quero, Max.

13

Seu Darci, com a pedra na mão, escondido atrás de um cinamomo, espera o vira-lata pular o muro. Quando o cachorro salta, aproveitando que naquele ponto o muro é mais baixo, resultado da falta de alguns tijolos, a pedra parte, certeira, e o atinge no lombo. Ele mal tem tempo de ganir, e Darci já se aproxima, correndo, com um cabo de vassoura na mão. O vira-lata pula de volta, mas, em pleno ar, o cabo de vassoura desce, forte, nas suas ancas. Mais um ganido. Quando cai no outro lado, com o rabo entre as pernas, o cachorro foge mancando, enquanto ouve o Seu Darci gritar:

"Foge, desgraçado. Eu sei o que tu quer, bicho ruim."

"O que ele quer, Darci?" A voz vem das costas de Darci, assustando o velho, que faz meia-volta brandindo ameaçadoramente o cabo da vassoura.

"Seu Tavares!", exclama o Seu Darci. E baixa o cabo de vassoura. "Me deu um susto."

"Desculpe. Esses vira-latas tão de olho nos gansinhos. Eles não se metem com os grandes, porque sabem que podem apanhar, mas chegam a babar quando vêem os filhotes. O senhor não quer ver? São muito bonitinhos."

"Quero."

Eles caminham na direção do lago, que está a menos de cinqüenta metros. O sol ainda é tímido, mas, como a atmosfera está excepcionalmente limpa e seca, a sensação de calor sobre o rosto e as mãos dos dois homens é bastante agradável. Quando chegam no lago, Darci pega um saco de plástico cheio de pão velho no bolso do casaco e aponta para a margem oposta, onde estão os gansos. Diz:

"De manhã cedo, eles tão sempre mortos de fome."

Seu Darci parte o pão e atira os pedacinhos na água. Os gansos imediatamente entram na água e nadam rápido na direção dos dois homens. Há quatro filhotes, bem pequenos, entre os adultos. Tavares também pega um pedaço de pão no saco e começa a atirar algumas migalhas. Os gansos alcançam a comida e começam a disputá-la. As mães tentam facilitar a vida dos filhotes na competição, sem muito sucesso. O grasnar nervoso dos gansos famintos preenche o silêncio do campus.

"Não sabia que eles eram tão barulhentos", comenta Tavares.

"Eles gritam sempre, mas ninguém ouve", diz Darci. "Os estudantes fazem muito mais barulho."

"Com certeza. E também dão muito mais trabalho."

"Isso não sei. Graças a Deus, meu trabalho é só cuidar dos gansos, cortar as árvores e dar pedrada nos cachorros."

"Pode crer que é verdade, Darci. Não viu a confusão que eles armaram naquela sexta-feira? Tinha até polícia correndo em volta do nosso laguinho."

"Pois foi mesmo, Seu Tavares. E sabe que, até hoje, eu não entendi direito qual era o motivo da balbúrdia?"

Tavares, sem interromper a alimentação dos gansos, olha para o rosto de Seu Darci enquanto pergunta:

"O professor Max não te explicou?"

Darci hesita por um instante e responde, enquanto continua a jogar os pedacinhos de pão na água:

"Não."

"Vocês são amigos, não são?"

"A gente conversa de vez em quando. Eu conheço o Max desde que ele começou a dar aula aqui no Vera Cruz."

"Então tu deve saber que ele quase foi preso naquela manhã."

"Sei."

"Sabe por quê?"

"Sei não."

"A polícia pensava que ele tinha seqüestrado o ônibus."

Darci ri antes de responder:

"Que bobagem. O professor Max não deve dirigir nem fusca."

"Mas alguém pegou o ônibus. Alguém que estava com um pulôver vermelho."

"Isso eu não sei."

"Como o professor Max estava de pulôver vermelho, primeiro foi confundido com o seqüestrador. Depois, ficou claro que ele tinha vindo de táxi — uma aluna veio junto com ele. Mas aí os policiais disserem que ele estava protegendo o seqüestrador, usando o pulôver só pra confundir as coisas."

Tavares pára de atirar os pedacinhos de pão e encara Seu Darci, que responde com convicção:

"O professor Max não faria uma coisa dessas. Ele é uma pessoa muito correta."

"Claro. Mas já estava até algemado. Então, na última hora, chegou o professor Eugênio e reconheceu o pulôver."

"Sei. Aquele professor que está sempre todo elegante."

"Esse mesmo. Ele e o Max são amigos de infância, sabia?"

"Sabia não."

O pão termina. Tavares dá um tapa nas costas do Seu Darci.

"Aproveita essa calma toda, Darci, porque são só duas semanas."

"Pode deixar, Seu Tavares."

Tavares dá uma última olhada nos gansos e se afasta, rumo à Faculdade de Comunicação. A mão de Darci, antes tão firme ao atirar a pedra no vira-lata, agora amassa, nervosa e um pouco trêmula, o saquinho plástico, onde só restaram umas poucas migalhas de pão.

* * *

"O senhor quer que eu chame os dois para uma conversa?"

O tom soturno e preocupado da voz de Joana não combina com o amarelo — claro e alegre — de seu elegante casaquinho de lã. Ela espera pela resposta tentando não demonstrar ansiedade demais. Tavares, contudo, a tranqüiliza com um gesto largo da mão aberta, como que afastando o problema para longe.

"Não. Eu só queria encerrar a questão tendo certeza que não estamos deixando alguma coisa importante para trás. Quando eu vi o Seu Darci, hoje de manhã, não resisti à tentação de puxar conversa. E agora tenho certeza que o Eugênio protegeu o Max, e que o Darci está envolvido na confusão, só não sei exatamente de que maneira."

"Eu avisei para o senhor que aquele pulôver não era do Max."

"Claro que avisou, Joana. E eu disse que a gente não queria arrumar incomodação, lembra? Se alguém tivesse se ferido mais seriamente, ou se o patrimônio do Vera Cruz fosse atingido, as coisas seriam diferentes. Mas o reitor disse que era assunto encerrado. Está encerrado."

Tavares diminui um pouco o volume de sua voz e continua:

"Nós precisamos de novas matrículas, novos alunos, novos cursos, e não de novos conflitos."

Tavares levanta de sua mesa e vai até a janela, de onde tem uma vista parcial do lago, por trás dos prédios do RU e da Letras. Fala sem olhar para Joana:

"Isso não impede que a gente aprenda alguma coisa com o episódio."

"Com certeza."

Tavares aponta na direção dos lagos, vira-se para Joana e diz:

"Tu já viu os gansinhos que nasceram?"

"Não", responde Joana.

"São muito bonitinhos. Passa lá depois."

"Vou passar." Joana levanta. Hesita. Finalmente se decide:

"Tavares, eu tenho uma coisa importante para relatar."

"Sim?"

"No sábado de manhã, convoquei o Max, o Eugênio e dois alunos — na verdade, alunas — para uma conversa."

"Sobre o incidente do ônibus?"

"Não. Sobre uma fofoca que estava correndo aqui na faculdade."

"Fofoca?"

"Começou na segunda-feira passada e se prolongou pela semana toda. Achei que eu tinha que intervir de alguma maneira, porque já estava passando dos limites."

"Eu não soube de fofoca nenhuma."

"É natural. Na verdade, ela ficou mais restrita aos estudantes dos últimos semestres e a esses dois professores."

"Os dois amigos..."

"É."

"Pelo visto, eles gostam de confusão. Que fofoca era essa?"

"Que um professor tinha se envolvido com uma aluna depois da festa de sábado."

"Que festa?"

"Uma festa de encerramento de semestre, num bar de Porto Alegre."

Tavares parece preocupado. Aproxima-se de Joana e diz:

"Muito bem. Eu não vou mais fazer perguntas. Já ouvi muitas fofocas desde que assumi a direção, e essa não é nem um pouco original. Então, vou pedir apenas que tu me diga, com sinceridade, se eu devo perder tempo com essa fofoca, ou se tudo já está resolvido com a tua reunião de sábado."

Joana, desta vez, não hesita:

"Acredito que não vamos mais ouvir falar do assunto. Por mim, está encerrado. Foi um mal-entendido, uma brincadeira boba que acabou tendo conseqüências ruins."

"Ótimo. Só mais uma coisa: quem são as alunas que participaram dessa reunião?"

"A Isabel e a Lilian."

"A Lilian do Centro Acadêmico?"

"Ela mesma."

"Estranho. Ela parece ser uma garota muito séria."

"Com toda a certeza."

"Mas a Lilian..." Tavares interrompe a frase. Pensa um pouco. "Tá bom. Chega. Não interessa. Eu tenho uma montanha de papéis pra preencher pro Ministério da Educação. Tudo pra nossa pós. Tu não imagina a papelada."

"Imagino sim. Se quiser alguma ajuda..."

"Obrigado. Eu me viro. Até logo, Joana."

* * *

Joana sai. Tavares senta em sua escrivaninha. Esfrega uma mão contra a outra. Pega o telefone e disca.

"Regineide, só me passa ligações do reitor." Pensa um pouco. "Ou da minha mulher."

Desliga o telefone. Abre uma gaveta, pega um pequeno monte de formulários com o timbre do Ministério da Educação e coloca-o sobre a mesa. Começa a preencher. Não levanta mais a cabeça nas três horas seguintes. Quando termina de preencher o último documento, suspira fundo, ergue a caneta, pega o telefone e disca.

"Regineide, dá uma chegadinha aqui, por favor."

Regineide entra.

"Sim?"

Tavares estende a pilha de documentos para Regineide.

"Por favor, entrega isso aqui para o Eugênio. Diz pra ele encaminhar pro Ministério ainda hoje."

"Sim, senhor."

Regineide vai sair. Tavares olha para a janela. O dia, tão claro e glorioso às oito da manhã, agora está cinzento. Os galhos das duas árvores visíveis, quase sem folhas, balançam bastante. Por uma fresta da janela, Tavares sente o vento frio penetrando no seu gabinete. Regineide está na porta. Tavares olha o relógio de pulso: quase meio-dia. Regineide abre a porta. Tavares diz:

"Regineide."

"Sim?"

Tavares indica a poltrona na frente de sua mesa.

"Senta aqui."

Regineide senta. Tavares fala:

"Eu estou com um problema. Tentei, a manhã toda, me convencer de que eu não tenho um problema, mas não consegui. Não sei qual é o tamanho desse problema. Talvez tu possa me ajudar a descobrir."

"Claro."

"Vou fazer algumas perguntas, e as respostas talvez não sejam fáceis. E vou pedir que tu não comente com ninguém o que nós vamos discutir agora."

"Tudo bem."

"Tu ficou sabendo de uma fofoca envolvendo os professores Max e Eugênio e duas alunas do jornalismo?"

Regineide pisca. Suas mãos apertam a pilha de documentos. Ela olha para o chão. Tavares insiste:

"Não estou perguntando a tua opinião a respeito. Só quero saber se alguma coisa chegou em ti."

"Chegou", murmura Regineide.

"E o que chegou?"

"Muitas coisas diferentes. Eu... Eu não saberia dizer exatamente o que... Eu não gostaria de falar a respeito. O senhor me desculpe."

"Eu é que peço desculpas. Essa não é a tua função na faculdade."

Tavares levanta de sua cadeira e vai até a janela. Tenta diminuir a fresta, mas não consegue, porque há uma diferença de nível entre a armação de metal que sustenta o vidro e a moldura da janela. Tavares olha outra vez para Regineide.

"Eu sou muito bronco para certas coisas. Minha mulher vive me dizendo que não percebo coisa nenhuma, principalmente o que acontece com a minha filha e os amigos com quem ela anda. Eu pensava que um deles estava apaixonado por ela, os dois estavam sempre juntos, contei pra minha mulher, e ela riu na minha cara, disse que o garoto era gay e vivia consolando minha filha, que na verdade estava apaixonada pelo filho do nosso vizinho, que às vezes corre comigo no Parque Marinha do Brasil. Resumindo: eu sou cego para essas coisas da atual geração, que se apaixona pela internet e briga antes de beijar."

Tavares volta a sentar-se.

"Mas acho que tem uma coisa que eu percebi faz tempo, aqui na faculdade. Pensando bem, é mais que achar: eu tenho quase certeza que essa menina, a Lilian, a presidente do Centro Acadêmico, está apaixonada há tempos pelo professor Max. Será que eu estou vendo coisas?"

Regineide volta a olhar para o chão. Tavares continua:

"Não te preocupa, Regineide. Se eu percebi, toda a faculdade deve ter percebido também. Eu só queria uma... Uma confirmação, porque estou realmente com um problema, e não gostaria de agir de forma precipitada."

"Eu nunca vi nada entre os dois", finalmente diz Regineide, levantando os olhos. "Que eu saiba, o professor Max sempre tratou a Lilian como qualquer outra aluna."

"Claro que tratou. Mas não foi isso que perguntei. Eu perguntei se estou vendo coisas, ou se a Lilian sente alguma coisa pelo Max. Por favor, Regineide. Eu posso perguntar para outras pessoas, mas não confio nelas como confio em ti. Se eu sair por aí, perguntando um troço desses, isso vai acabar ficando fora de controle." Pequena pausa. "Eu estou vendo coisas, Regineide?"

A secretária, constrangida, murmura outra vez:

"Não. Vários professores e alunos falam sobre isso, desde o ano passado."

Tavares faz uma careta, apertando os lábios e franzindo o cenho ao mesmo tempo.

"Muito bem, Regineide. Pode sair. Talvez eu me atrase um pouco hoje de tarde."

A secretária sai. Tavares abre sua agenda de telefones e procura um número. Quando acha, disca.

"Alô", diz Tavares. "Eu gostaria de falar com a Lilian."

* * *

"Desculpe interromper tuas férias."

"Eu tinha que vir de qualquer maneira. Às quatro tenho uma reunião no Centro Acadêmico."

Tavares e Lilian conversam numa pequena sala de reuniões do prédio da Reitoria. A porta está fechada.

"Lilian, eu vou tentar ser objetivo, porque o assunto é bem desagradável. Eu fui informado de uma série de coisas que aconteceram, e que envolvem pessoas aqui da faculdade, e não vou dormir direito enquanto não esclarecer alguns detalhes."

"O que foi?", diz Lilian, assustada.

"Eu sei o que aconteceu com o professor Max. Não adianta negar."

"Negar o quê?"

"Que vocês tiveram uma relação, depois da festa de encerramento de semestre."

Lilian abaixa os olhos. Tavares continua:

"Tu sabe que eu conheço teu pai há muito tempo. E eu sei que tu tem 17 anos. É menor de idade. Não posso admitir que isso tenha acontecido, não posso fazer de conta que nada aconteceu. Eu me sinto responsável. Eu te chamei aqui pra gente conversar. E pra te avisar de algumas coisas que vão acontecer."

Lilian continua com os olhos baixos, seu rosto pegando fogo, sua respiração curta e irregular, seus pés dobrados para dentro, suas mãos fazendo tanta força dentro dos bolsos do casaco que ameaçam romper a costura. Tavares continua:

"O professor Max vai ser demitido. E talvez seja preso e processado por estupro."

Lilian levanta a cabeça e pergunta, quase gritando:

"Por quê?"

"Eu vou ter que falar com o teu pai a respeito."

"Tu falou estupro? Tá louco? Eu queria transar com ele. O Max não fez nada de errado!"

"Fez. Tu é menor de idade e não tinha condições de julgar o que é certo e o que é errado. Ele tinha. Ele não podia se aproveitar do fato de ser professor e..."

Lilian levanta e corta Tavares:

"Isso é um absurdo. Ele não se aproveitou de coisa nenhuma."

"Não te chamei aqui pra discutir o assunto."

"Mas vai discutir. Se tem alguém culpado nessa história, sou eu."

"Não."

"Vai ter que mandar me prender também."

"Lilian, tu tem que entender que..."

"Não, Tavares. Tu tem que entender que eu queria, ele não queria. Eu planejei tudo, eu fui na festa já pensando nisso, eu tinha decorado tudo o que eu iria dizer."

"Não importa..."

"Claro que importa, pô. O Max foi enganado. Eu estuprei o Max! Eu! E não ele."

"Chega, Lilian. Tu tá gritando."

Lilian encara Tavares, aponta o dedo para ele e ameaça:

"Se tu contar pro meu pai, ou se fizer qualquer coisa contra o Max, eu vou dizer que foi a coisa mais maravilhosa que já aconteceu comigo, que eu queria tanto que ele transasse comigo que rezava todas as noites para o Espírito Santo me iluminar e mostrar o caminho. Eu nunca vou esquecer aquela noite, e duvido que qualquer outra guria dessa faculdade tenha uma lembrança melhor da primeira transa do que a minha, no apartamento do meu professor."

Tavares, sem desviar os olhos de Lilian, responde, em tom pacificador, mas definitivo:

"Não estamos falando dos teus sentimentos, Lilian. Estamos falando de fatos e das conseqüências éticas desses fatos. Infelizmente, a tua opinião não faz a menor diferença." Pausa. "E a minha faz."

Tavares tenta pegar a mão de Lilian, mas ela recolhe o braço, num gesto de repulsa, e sai correndo da sala. Tavares fica sozinho, por um longo tempo, olhando para uma gravura da Virgem Maria, que parece compartilhar com ele uma grande tristeza pelo que inevitavelmente acontecerá nas próximas horas.

* * *

Tavares encosta o carro e desliga os faróis. Desce. Tranca o carro. A rua está deserta. Faz muito frio. Tavares confere o número do edifício e do apartamento num pedacinho de papel. Aperta no porteiro eletrônico. A voz de Max responde. Tavares entra.

"Boa noite", diz Tavares, quando Max abre a porta.

"Boa noite."

Tavares senta na poltrona indicada por Max, que diz:

"Aceita uma cerveja, uma água?"

"Não, obrigado. Não vou ficar muito tempo."

"Claro, eu entendo. Como foi lá na casa da Lilian?"

"Foi... Melhor do que eu pensava. No começo, ela tentou se intrometer, queria participar da conversa, mas o Olavo conseguiu tirar ela de casa, com a promessa de que não tomaria nenhuma atitude sem falar com ela antes. Eu conheço o Olavo há muito tempo. Sabe que ele fez muitos sacrifícios para educar aquela menina?"

"Não sabia. Eu nem conheço o Seu Olavo."

"Sorte a tua." Pequena pausa. "Max, não vim aqui para discutir nada, nem ouvir a tua versão, nem dar a minha opinião sobre o assunto. Isso fica pra depois. Eu só vim te contar o que eu já fiz hoje e comunicar o que vai acontecer agora."

"Certo."

"No começo da tarde, chamei a Lilian para uma conversa. Eu não tinha certeza de nada, não sabia nem se eu tinha direito de fazer aquilo com a menina. Mas eu sabia que a única forma de descobrir o que eu queria era agir como se eu tivesse absoluta certeza de tudo. Tu sabe como é."

"Não sei. Nunca fiz nada parecido. Mas já vi essa cena em alguns filmes de detetive. O cara não sabe de nada, mas faz de conta que sabe de tudo."

"Exatamente. Chama-se 'jogar verde'. Eu aprendi a técnica na minha primeira semana como repórter, quando o meu editor disse que a única forma de conseguir uma informação nova e valiosa de uma fonte do governo era fazê-la acreditar que a informação era tão velha quanto o jornal de ontem."

"Não é um procedimento muito ético."

"Podemos discutir ética mais tarde, professor Max. Hoje, a prioridade é outra."

"Com certeza. O senhor arrancou uma confissão da Lilian, com uma técnica, digamos, antiética, e depois foi contar para o pai dela que a sua filha querida tinha transado com o professor de Ética da faculdade."

"Não." Tavares levanta-se. Está impaciente. "Eu descobri a verdade sobre um fato imoral — e inaceitável — e fui falar com quem de direito, ou seja, com o pai da menina."

"É uma outra maneira de ver as coisas, Tavares."

"É a única maneira que interessa!", grita Tavares. O diretor aponta o dedo para Max. "Tu tá me provocando."

"Não era essa a minha intenção."

Tavares, ainda contendo-se, imita o modo de falar de Max:

"Não era essa a minha intenção..." E finalmente explode: "Pelo amor de Deus, Max. Cai no mundo real! Tu trouxe uma aluna pra esse apartamento, uma menina de 17 anos — virgem! —, trepou com ela e ainda quer discutir comigo?"

Max abre a boca para responder, mas não sai som algum. Tavares continua:

"Eu não usei métodos imorais de interrogatório para saber que a Lilian é menor de idade. Só olhei a data de nascimento na ficha dela, coisa que tu também podia fazer. E eu não torturei a menina até ela confessar que era virgem. Ela disse por livre e espontânea vontade. Claro que isso tu também não sabia, não é?"

Max não responde. Apenas olha para Tavares, procurando demonstrar tranqüilidade, mas sabendo que só exibe surpresa e desespero. Tavares senta outra vez. Procura os olhos de Max. Diz:

"Já falei muito mais do que queria. Eu contei para o pai da Lilian o que aconteceu e disse que tu seria despedido, a menos que pedisse demissão antes. Espero a tua carta até amanhã ao meio-dia. Se não chegar, encaminho a tua demissão. O Olavo disse que iria pensar no que fazer. Tu tem sorte: ele sempre foi um sujeito calmo, tranqüilo. Ele não vai mandar alguém te dar um tiro. Estou convocando a Joana e o Eugênio para uma reunião, amanhã, às seis da tarde. Eu quero que tu venha nessa reunião, porque algumas coisas ainda precisam ser esclarecidas. Acredita: é pro teu próprio bem. Boa noite, professor Max."

Tavares sai. Max fecha a porta. Senta na sua cadeira preferida, que está com um furo grande no estofamento. Fica imóvel nos cinco minutos seguintes. Depois vai para a cama. Deita, ainda vestido. O telefone toca algumas vezes. Ele continua deitado. A campainha, mais tarde, toca outras tantas vezes. Ele não reage. Max dorme.

* * *

O som da campainha invade o apartamento escuro. Uma, duas, três vezes. Tavares acorda, liga a luz de cabeceira e olha para o despertador. Uma e meia. Tonto de sono, cambaleia até o interfone, na cozinha. A voz do porteiro noturno:

"Desculpe, Seu Tavares. É uma mocinha chamada Lilian. Ela diz que é urgente."

"Deixa subir."

Lilian não senta.

"O senhor sabe onde está o Max?"

"O quê?"

"O professor Max. Onde ele está?"

"Como eu vou saber?"

"O senhor falou com ele hoje de noite, não falou?"

"Falei."

"Onde?"

"No apartamento dele."

"Mas ele não está mais lá. Telefonei, depois fui lá. Não tem ninguém."

Tavares tenta impor sua autoridade:

"Lilian, volta agora mesmo pra tua casa. Sabe que horas são? O teu pai deve estar preocupado."

"Tá mesmo. Por tua causa. Onde está o Max?"

"Já disse que não sei. Eu vou ligar pro teu pai e dizer que tu tá bem. E vou chamar um táxi. Tu tem que ir pra casa."

"Pensa que se livra de mim assim tão fácil? Ligando pro meu pai e chamando um táxi? Eu tenho más notícias pro senhor. Não sou uma menininha ingênua. Eu também conheço alguns truques sujos."

"O que é isso, menina? Está me ameaçando?"

"Estou. Pensa bem no que o senhor vai fazer. Pensa mil vezes. E torce para que o professor Max esteja bem."

Lilian sai do apartamento sem se despedir. Tavares volta para a cama. Ana Letícia, a mulher de Tavares, está acordada e nervosa:

"O que está acontecendo, Adilson? Ouvi uns gritos. Pareciam de mulher."

"Era uma aluna lá do Vera Cruz."

"A essa hora?"

"É. Ela é um pouco perturbada."

"O que ela queria contigo?"

"Discutir um problema."

"À uma e meia da manhã? Que problema é esse?"

"Não estou a fim de falar sobre isso agora."

"Mas vai falar, coração. Vai falar. Esse negócio está muito estranho."

"Não posso falar, porque..." Tavares hesita um pouco; depois continua: "Por uma questão ética."

E vira de costas para Ana Letícia, tentando dar a conversa por encerrada. Ana Letícia, contudo, não está satisfeita. E insiste:

"Por acaso, em vez de aluna, não era aquela secretariazinha do Vera Cruz, que sempre fica olhando pra ti na festa de Natal?"

Tavares faz uma careta de desespero. Ele sabe que será uma longa noite.

* * *

Lilian não faz o menor esforço para entrar em silêncio: bate a porta da sala com força; no banheiro, deixa cair o assento da privada; no quarto, joga a bolsa em cima da pequena penteadeira. Tira o casaco. Quando olha para o espelho, vê seu pai, parado na porta do quarto, de pijama verde de pelúcia. Atrás dele, como uma sombra, sua mãe, de robe amarelo-claro.

"Onde tu andava, Lilian?"

"Não te interessa, pai."

"Ainda posso te dar uma boa surra, menina."

"Calma, Olavo", diz a mãe.

"Me deixem em paz."

"Não vou te deixar em paz se não me disser onde tu andava."

Lilian aproxima-se do pai. Encara-o, desafiadora.

"Quer saber mesmo? Eu tentei falar com o Max, porque tô preocupada com ele. Eu tenho que dizer pra ele que isso não vai ficar assim."

"Assim como?"

"Ele não vai ser demitido."

"Ela já foi demitido. E, se existe uma coisa chamada justiça nesse mundo, ele vai ser preso."

"Tu é doente, pai."

"Ele nunca mais vai dar aula."

"Isso nós vamos ver."

"Amanhã de manhã, bem cedo, eu vou na delegacia. Já me informei. Pra mim, o que ele fez chama-se estupro." Olavo pega um papel no bolso da calça e lê: "Mas a lei chama de assédio sexual e sedução de menores. Tanto faz: ele vai ficar um bom tempo na cadeia."

Lilian aproxima-se ainda mais do pai.

"O que tu tá dizendo pra mim chama-se merda. M-E-R-D-A, com letras grandes — caixa-alta, como se diz no jornalismo —, essa MERDA que tá saindo da tua boca desde que..."

"Não!", grita a mãe.

O tapa desferido por Olavo acerta o lado esquerdo do rosto de Lilian, que cambaleia para o lado, mas não cai.

"Filho-da-puta", diz Lilian. E, num gesto rápido e decidido, pega a bolsa sobre a penteadeira e sai do quarto, passando entre os pais. Ela atravessa o corredor, a sala, abre a porta da casa e sai. A mãe chora. Olavo vai atrás da filha, mas pára na porta. Grita:

"Lilian! Lilian!"

Lilian continua se afastando da casa. Não olha para trás.

* * *

As primeiras batidas na veneziana da janela são discretas, mas Gustavo continua dormindo. As batidas ficam mais fortes. Gustavo acorda. Acende a luz de cabeceira. Leva alguns segundos para entender o que está acontecendo. Novas batidas. Ele olha para a janela.

"Quem taí?"

"Eu. A Lilian. Abre a porta, cara. Eu tô congelando."

Gustavo abre a porta. Lilian está com os braços em volta do corpo e pula para se esquentar.

"Entra", diz Gustavo. Ela entra. "Porra, Lilian, tá maluca? Vai pegar uma pneumonia."

"Tô precisando falar contigo."

"Agora? São mais de três da manhã. E fala mais baixo, pelo amor de Deus."

"E também preciso de um canto pra dormir."

"Pirou de vez. A minha mãe me mata se te pega aqui. Vai pensar que..."

"Eu fico na sala."

Gustavo aponta para o sofá, onde uma criança de uns oito anos está dormindo.

"O sofá é do Quico. Não tem onde ficar, Lilian. Sinto muito."

"Cadê teu espírito solidário? Vamos pro quarto."

Gustavo fecha a porta do quarto.

"Eu não tenho cobertor extra. E tá frio pra cacete."

"Não faz mal. A gente fica junto na cama."

"Juntos? Se o teu pai fica sabendo, me mata."

"Agora é tarde, Gustavo."

"O que tu quer dizer com isso?"

"Amanhã te explico tudo. Deita aí."

Gustavo deita. Lilian pede:

"Fica virado pro lado de lá, OK?"

Lilian se enfia embaixo do cobertor, dando as costas para Gustavo. Ele protesta:

"E se eu me virar durante o sono? Não tenho culpa. É normal a gente se virar durante o sono."

"Aí tu vai estar dormindo, ô débil mental. Não enche o saco. Boa noite."

Ficam em silêncio por algum tempo.

"Lilian, posso te perguntar uma coisa?"

"Pode."

"Tu fugiu de casa?"

"Não. Tô só dando um tempo." Pausa. "E eu posso te fazer uma pergunta?"

"Pode, claro."

"De onde saiu esse pijama de palhacinhos?"

* * *

Max manda imprimir. Revisa a carta pela última vez. Dobra a carta e a coloca dentro de um envelope, que, por sua vez, vai para o interior da bolsa de couro. Max abre a torneira do chuveiro e espera a água esquentar. Toma banho. Veste-se. Pega o ônibus até a estação Mercado do Trensurb. Espera seis minutos. Embarca no vagão mais próximo da locomotiva. Desembarca na estação Sapucaia. Pega o ônibus até o campus. Percorre o caminho que leva do pórtico à Comunicação. Acena para o Seu Darci no meio do caminho. Sobe a escada até o segundo andar. Chega na secretaria. Vê Regineide. Ao vê-lo, a secretária tenta sorrir, mas acaba fazendo uma careta. Max tira o envelope da pasta e o coloca sobre o balcão.

"Bom dia. Pode entregar pro Tavares, por favor?"

"Claro. Ele está no gabinete. Quer falar com ele?"

"Não."

Regineide se aproxima de Max e fala em voz baixa:

"Max, ontem de manhã..."

"Eu já estou sabendo, Regineide", corta Max. "Obrigado. Até logo."

Max dá as costas para Regineide e caminha na direção da escada. Começa a descê-la. Tavares o alcança antes do terceiro degrau e convida:

"Vamos tomar um café?"

* * *

"Não vejo a Lilian desde a semana passada."

"Ela não dormiu em casa", explica Tavares. "O Olavo está muito preocupado. Diz que tiveram uma briga e ela fugiu. Provavelmente não tinha dinheiro nenhum. A mãe da Lilian está tomando tranqüilizantes."

"Eu já disse que comigo ela não ficou."

"O Olavo também falou que ela..."

"Bom dia", diz Lilian, assustando os dois. Está de pé, bem ao lado da mesa. Para Tavares: "Eu não dormi com o professor Max. Infelizmente." E para Max: "Eu tenho que falar contigo."

Tavares se intromete:

"O teu pai está muito preocupado. Já telefonou pra ele?"

"Que estranho...", responde Lilian. "De repente, tá todo mundo preocupado comigo. Já vou ligar." E para Max: "Podemos falar mais tarde. Vai ficar por aí?"

"Tenho que ir na biblioteca."

"Ótimo. Depois eu te encontro lá. Mas antes preciso de um favor. Tu tem o telefone da Isabel?"

"Devo ter."

"Então me passa."

Enquanto Max procura o número e o escreve num guardanapo, Tavares olha para Lilian — com ar paternal e compreensivo — e tenta consolá-la:

"Pra tudo na vida tem remédio, minha filha."

"Tá sugerindo que eu tome alguma droga?", diz Lilian.

"Claro que não. Quem falou em droga?"

"O senhor. Acaba de dizer que pra agüentar a vida tem que tomar remédio. A minha mãe faz isso, de vez em quando."

Max interrompe o diálogo estendendo o guardanapo rabiscado para Lilian.

"Tá aqui."

"Obrigado, Max. Nos vemos na biblioteca." Para Tavares:

"Sabe de alguém que possa me conseguir uma receita? Tchau, diretor."

Lilian sai antes que Tavares, meio tonto, consiga responder. Max olha para o diretor e sorri. Tavares aponta para a porta do bar, que acaba de ser cruzada por Lilian, e diz:

"Acho que eu não conhecia direito essa menina."

"Nem eu", diz Max.

* * *

Uma luminosidade baça e azulada, vinda das janelas atrás da mesa de Tavares, junta-se às lâmpadas fluorescentes do gabinete. Um pequeno e primitivo aquecedor elétrico — que não passa de uma resistência em forma de cone no centro de uma pequena armação parabólica de metal —, colocado no chão, bem no canto da sala, irradia tímidas ondas de calor. É como tentar aquecer um iglu com um fósforo. Assim, nem o diretor, nem os professores Max, Eugênio e Joana, sentados em semicírculo em volta da mesa, dispensaram seus grossos casacos. À medida que a reunião avança, a luz vinda da janela vai diminuindo de intensidade, e a área externa transforma-se num breu. Por medida de economia determinada por Kozinski, durante as férias apenas 20% dos postes de iluminação são acionados. O silêncio quase absoluto do campus vazio é, de vez em quando, quebrado pelo grasnar distante dos gansos. Tavares está terminando de falar:

"...cada um com a sua responsabilidade. Eu não sou juiz de ninguém."

Max é o primeiro a reagir:

"Se eu compreendi direito, Tavares, a tua proposta é que cada um de nós apresente a sua versão dos fatos. Pra quê, se tudo foi esclarecido no sábado, inclusive com testemunhas? Depois da festa, eu dirigi o carro de uma aluna, a Isabel, porque ela estava bêbada demais para guiar. No meio do caminho, ela tirou a roupa, numa brincadeira boba. Um estudante estava passando e nos viu nessa situação. A fofoca confusa que acabou correndo na faculdade envolvia o professor Eugênio, que não teve nada a ver com o caso. Eu saí do carro da Isabel, peguei um táxi e voltei para a festa. Isso todo mundo já sabia, desde sábado."

Max olha para Joana, depois para Eugênio, e pergunta:

"Vocês querem acrescentar alguma coisa?"

Os dois ficam em silêncio. Max continua, sempre olhando para Tavares:

"A única novidade, Tavares, é a que resultou da tua investigação. Quando voltei para o bar, a Lilian ainda estava lá. Não tinha onde dormir, porque não há transporte confiável entre Porto Alegre e Sapucaia depois das duas da manhã. Ela acabou indo para o meu apartamento. E aconteceu o que todo mundo que está aqui já sabe. Eu entreguei minha carta de demissão esta manhã e não tenho vontade alguma de dar explicações, ou procurar motivos, ou discutir o assunto com maior profundidade. Pelo menos não agora. Compreendo a tua posição, Tavares, apesar de não concordar com ela. Eu estou assumindo a responsabilidade pelo que fiz. O Eugênio e a Joana não têm nada a ver com isso, e nem sei por que eles estão aqui."

Tavares olha para Eugênio e depois para Joana. Ela fala:

"O relato de Max está de acordo com o que averigüei no sábado." Pequena pausa. "Eu acho que a saída do Max é um pouco precipitada."

"Também acho", diz Eugênio. "Os alunos adoram o Max. Desde que cheguei aqui, só ouvi elogios para as aulas dele. Quem vai perder com a saída de Max? A própria faculdade. Talvez a gente pudesse..."

Tavares levanta a mão, como a dizer que Eugênio tinha avançado um sinal vermelho. O diretor observa:

"A demissão do Max não está em discussão. Eu só pedi que cada um assumisse a sua responsabilidade. Eu assumi a minha, e o Max está saindo do Vera Cruz. Lembro que esta é uma instituição religiosa, que tem um compromisso com a educação integral dos jovens, dentro dos preceitos da fé cristã. O Max deveria ter pensando melhor antes de fazer o que fez."

Joana intervém:

"Às vezes é difícil, Tavares. Essas coisas são inesperadas e acontecem sem que a gente se dê conta delas. E aí já é tarde demais."

"Não foi isso que o professor Max me disse, Joana. Ele estava bem consciente do que estava acontecendo."

"Chega", diz Max. "Qual é a diferença? Proponho acabar logo com isso." Para Tavares: "Quem sabe tu dispensa esses dois? Aí podemos acertar os detalhes que faltam."

Tavares hesita. Insiste:

"Eu pensava em trocar algumas idéias com vocês."

"Sobre o quê, Tavares?", pergunta Max, ríspido. "Não vê que eles estão constrangidos de participar dessa palhaçada?"

"Palhaçada coisa nenhuma!", exclama Tavares. "Nós estamos aqui para..."

Max fala mais alto que ele:

"Nós estamos aqui para referendar uma decisão que já foi tomada."

"Calma", diz Joana, mais alto ainda. "Vocês parecem duas crianças." Olha para o diretor e continua: "Tavares, tudo o que eu tinha a dizer, nesse momento, já disse. Gostaria de falar contigo em particular, mais tarde."

"Eu também", diz Eugênio.

"Certo", diz Tavares. "Falamos depois."

"Com licença", diz Joana.

Ela e Eugênio saem. Tavares, nervoso, abre a agenda e faz de conta que está anotando alguma coisa. Depois olha para Max e conta:

"O Olavo me ligou. Disse que ainda não foi na delegacia. A Lilian está jogando duro com ele."

"Era de se esperar."

"Acho que a melhor coisa pra ti seria convencer essa menina a voltar pra casa, dormir lá essa noite e conversar com o pai dela."

"Já fiz isso. Ela diz que hoje vai dormir em casa."

"Ótimo. Talvez o Olavo não apresente denúncia. Seria ruim para todos."

"Principalmente para o Vera Cruz. Professores que estupram suas alunas não ajudam nas campanhas de marketing."

"Não adianta bancar o irônico, Max. Estou falando das pessoas. Ou tu acha que os pais dessa menina estão satisfeitos com o que aconteceu?"

"Eles estão insatisfeitos por saber o que aconteceu. E não pelo que aconteceu. Ou tu acha que eles queriam casar a filha virgem?"

Tavares levanta, num movimento brusco e nervoso. Afasta-se de Max, na direção da janela, enquanto fala:

"É melhor tu sair. Não tenho mais nada pra falar contigo."

"Mas eu tenho. Eu gostaria de retirar meu fundo de garantia. Não sou rico, nem tenho caderneta de poupança, nem aplicações, nem dinheiro embaixo do colchão. Se ficar sem salário, não tenho como pagar o aluguel."

"Não dá pra tirar o fundo. A demissão aconteceu a teu pedido. Amanhã vou encaminhar a carta ao Departamento Pessoal."

"Então me demite. Pra mim, não faz muita diferença."

"Se eu te demitir, vai ser por justa causa, e aí também não dá pra tirar o fundo."

"A tua boa vontade é impressionante."

"Até logo, professor."

Max levanta e sai. Bate a porta com força. Regineide olha para Max, assustada e confusa.

"O que está acontecendo, Max?"

"Nada." Max olha para um banco, no fundo da secretaria, onde estão sentados Gustavo e Isabel. Fala para eles: "O que vocês estão fazendo aqui?"

Isabel levanta.

"Nós vamos falar com o Tavares."

"Falar o quê?"

"Assuntos particulares."

"Tchau", diz Max. E sai da secretaria.

Regineide avisa Tavares pelo telefone:

"Aqueles estudantes estão aqui."

"Manda entrar. Um de cada vez."

Gustavo entra.

* * *

A voz de Gustavo é firme:

"Mas eu conheço vários jornalistas que estariam muito interessados em saber o que aconteceu."

A voz de Tavares, além de cansaço, revela alguma insegurança:

"Eu não disse que não estava interessado."

"Claro que disse. Acaba de dizer que não interessa quem pegou o ônibus."

"Para mim interessa, meu filho. Não interessa para a comunidade do Vera Cruz, nem para a população."

"Talvez interesse para o professor Max."

"Não sei por que interessaria."

"Ele quase foi preso por me defender. E agora eu sei que ele está ameaçado de demissão. Não quero prejudicar a carreira do melhor professor que eu tive nessa merda de faculdade."

"Tu tá juntando coisas que não têm a menor relação", responde Tavares, irritado. "E não repete mais esse palavrão na minha frente."

"Eu tenho o direito de fazer essa relação. É bem lógica. E estou disposto a contar para os jornais tudo o que aconteceu."

"Seria uma grande bobagem."

"Seria mesmo. Mas demitir o professor Max é uma bobagem ainda maior."

Tavares olha para Gustavo como se quisesse esmagá-lo.

* * *

A voz de Isabel é cheia de ironia:

"Vou consultar a minha agenda. Talvez lembre de outros."

A voz de Tavares — empostada, à procura de um tom de incredulidade e indignação moral — na verdade beira o pânico:

"Isso não tem o menor cabimento."

Isabel ri e responde:

"Mas, na época, coube, professor."

"Não acredito em uma única palavra, tá ouvindo? E a senhorita pode ser expulsa se espalhar uma única mentira dessas."

"Que mentira? É tudo verdade. Tem algumas amigas minhas que sabem disso faz tempo. Por que o senhor não fala com os professores? Dá uma prensa neles, como fez com a Lilian. Eu sei que o senhor é bom nessas coisas. Se quiser, eu posso ajudar."

"Cuidado! Tu já passou dos limites."

"E faz tempo, professor. Minha transa com o Lopes foi no segundo nível."

"Não quero ouvir nem mais uma palavra."

"Ué... Eu pensei que o senhor estava muito interessado em descobrir relações sexuais entre professores e alunas. Ou é só com o Max? O professor Edvar e o professor Cabral também estão nessa."

Tavares pega o braço de Isabel e aperta-o:

"Sai dessa sala. Já."

"Larga meu braço."

"Sai."

Isabel levanta, desvencilha-se da mão de Tavares com um safanão e caminha até a porta. Abre a porta, vira-se para Tavares e conclui, ameaçadora:

"Se há uma regra num determinado agrupamento social, ela tem que se aplicar a todos que fazem parte desse grupo. É uma norma ética elementar. Se o Max for demitido, o Lopes, o Edvar e o Cabral também devem ser. Se o senhor não fizer isso, eu vou falar com o reitor, que talvez tenha algum senso de justiça. Boa noite."

Isabel fecha a porta. Tavares desaba em sua cadeira. Olha para a resistência do aquecedor, uma pequena representação das chamas do inferno que dançam naquela sala. Lá fora o vento gelado faz as nuvens passarem sobre a lua quase cheia, lançando sombras difusas sobre o lago. Os gansinhos dormem encostados em suas mães, dentro do abrigo construído por Seu Darci. Um cachorro, magro e sarnento, uiva faminto perto do muro.

* * *

Lilian olha para seu pai, sentado à sua frente, com os braços abertos, num gesto que reúne súplica emocional rasteira, um suspeito exercício de tolerância e uma oferta demagógica de catarse familiar. Este último ingrediente é reforçado pela expressão angustiada da mãe de Lilian, de pé, logo atrás do marido. Lilian se joga nos braços do pai tentando não chorar, mas os movimentos involuntários de seu tórax — provocados por soluços contidos — e o grande volume de secreção enviada pelas glândulas lacrimais — represado em algum lugar antes de chegar aos olhos — acabam vencendo as fracas barreiras da racionalidade. Lilian chora. Sua mãe vem participar do abraço. É uma catarse familiar, sem dúvida muito primitiva e reconfortante. Lilian, contudo, tem consciência suficiente — mergulhada naquela confusão de braços, mãos e bocas que se apertam e se beijam — para testar se o pai também está disposto a ser, além de paternal, um pouco mais tolerante.

"Pai, mãe", diz Lilian, "eu não gosto que vocês fiquem tristes por minha causa. Eu amo vocês."

"E nós te amamos, filha", diz Olavo.

Lilian se liberta do abraço e afasta-se o suficiente para endereçar a pergunta diretamente ao pai, mas fazendo da mãe uma testemunha:

"Tu tem que me prometer que não vai denunciar o Max."

"Eu prometo que não vou fazer nada com a cabeça quente."

"Nem com a cabeça quente, nem fria, nem morna, pai. O que aconteceu não foi um crime. Foi uma coisa bonita."

"Eu quero conversar contigo sobre o que aconteceu. E a tua mãe também."

Lilian olha para a mãe e diz:

"O que tu quer saber, mãe?"

"Eu... Nunca consigo falar contigo direito."

"Então fala agora."

"Não. Eu quero falar contigo a sós. Sem o Olavo."

"Eu posso sair agora."

"Não", diz Lilian. "Depois eu me acerto com a mãe. Pai, tenta compreender uma coisa: eu tenho 17 anos, e não sete. Todas as minhas amigas já perderam a virgindade. Todas. Eu sou uma mulher faz tempo. Eu decidi fazer aquilo. Eu! O professor Max não tem culpa de nada."

"A gente não tem o direito de decidir tudo na vida", diz Olavo.

Lilian volta à sua cadeira e eleva um pouco o tom da voz:

"Eu tenho o direito de decidir sobre o meu corpo."

"Não vamos começar a brigar outra vez", diz a mãe. "Proponho que a gente vá dormir."

"Só vou dormir aqui se o pai fizer a promessa. Se não fizer, pego minhas coisas e vou embora."

"Isso é chantagem, minha filha."

"O senhor pode chamar como quiser." Para a mãe: "Onde está aquela mala verde?"

"Chega!", exclama a mãe. Para Olavo: "Vamos acabar logo com isso. Promete de uma vez."

"Prometer o quê? Que eu vou ignorar a conduta desse professor?"

"Exatamente, pai. Agora tu acertou em cheio. O melhor é ignorar: combina bem contigo. Quanto mais a gente discutir, pior vai ficar."

"Não posso."

"A mala está no teu roupeiro, né?"

Lilian sai da sala, rumo ao quarto dos pais. Pega a mala na prateleira de cima do roupeiro e volta para a sala, pois esta fica no caminho para o seu quarto. A mãe de Lilian está de pé, esperando por ela. A mãe avisa:

"O pai tem uma coisa pra te dizer."

"O que é?"

Lilian olha para o pai, que, ainda sentado, um pouco hesitante, diz:

"Eu prometo."

"Promete o quê?"

"Que não vou denunciar o Max."

"Promete que não vai denunciar o Max por nada, nem fazer qualquer coisa que o prejudique."

Olavo olha para a sua mulher, que o observa atentamente, e finalmente diz:

"Eu prometo."

Lilian, calada, devolve a mala ao roupeiro da mãe. Passa pelos pais outra vez, beija os dois, dá um "boa-noite" meio tímido e vai para seu quarto.

* * *

Batidas discretas na porta do quarto. Lilian, já de camisola, vai abrir.

"Entra, mãe."

"Não. Já é tarde. Podemos conversar amanhã. Eu só queria saber uma coisa."

"O que é?"

"Tu gosta dele?"

"Faz diferença?"

"Faz."

"Eu estou apaixonada por ele há uns dois anos."

"E ele?"

"Ele gosta de mim, me trata com carinho, mas não me ama."

A mãe estende a mão e faz um carinho no rosto de Lilian.

"Daqui a pouco tu vai encontrar alguém que te ame muito, porque tu é a menina mais bonita, inteligente e corajosa do mundo."

"Pena que ele não ache a mesma coisa."

"Os homens são meio bobos. Boa noite, querida."

"Boa noite, mãe."

Beijam-se. Abraçam-se. Deslizam para debaixo de várias camadas de cobertores. Olavo ronca. A mãe reza. Lilian fecha os olhos. Fica imóvel por algum tempo. Depois sua mão desliza para o meio de suas pernas e ela começa a se masturbar suavemente pensando em Max.

* * *

Max vê TV. Perto de sua poltrona, no chão, um copo vazio e uma garrafa de uísque pela metade. O telefone está fora do gancho. É um filme brasileiro da década de 70. Vera Fischer, com vinte anos de idade, ou perto disso, corre nua por um iate, rindo. Um homem muito mal intencionado aproxima-se dela. Max começa a se masturbar olhando para a cena. A cena termina; entra um comercial de comida para cachorros. Max, frustrado e com o pau duro, apaga a TV. Fecha os olhos. Reconstrói a cena, imagina a sua seqüência, com Vera Fischer sendo desnudada peça a peça por ele, Max, dono do iate e tão mal intencionado quanto o ator a quem substituiu. De repente, numa manobra infeliz de seu imaginário, entra o comercial de comida para cachorros. Max levanta-se, irritado. Vai até o banheiro, liga o chuveiro elétrico. Quando a água esquenta, entra no box. Deixa que a água — não muita, mas quase fervendo — caia sobre os seus ombros. Pega o sabonete. Ensaboa os pentelhos. Massageia o pau ainda meio duro, usando a espuma como lubrificante. Para sua surpresa, começa a se masturbar pensando em Lilian. O orgasmo, muito intenso, combina-se poderosamente com a sensação provocada pela água quente em suas costas. Max abre a boca e inspira profundamente. A porra esguicha tão forte que atinge a parede do box, a quase um metro de distância.

14

São três possibilidades. A primeira: ignorar essas ameaças absurdas, mandar o Max para o inferno e depois agüentar as conseqüências, que são quase imprevisíveis (apesar de haver uma razoável certeza de que o professor Cabral, ministro da eucaristia, jamais se envolveria com aquela louca). A segunda: voltar atrás na decisão de demitir o Max, considerando que seria péssimo para o Vera Cruz ter um aluno seqüestrador de ônibus e três professores suspeitos de transarem com a mesma aluna. Há dois problemas nessa segunda opção: eu perderia minha autoridade, agora que já comuniquei minha decisão para a Joana, e — bem pior — eu não saberia o que dizer para o Olavo, que, afinal de contas, não deve abrir um processo contra o Max, mas tem a minha garantia de que ele não ficará impune, que será demitido, que nunca mais vai dar aula no Vera Cruz. A terceira possibilidade... Pelo amor de Deus, preciso encontrar uma terceira. Três é o número sagrado, o número da Santíssima Trindade, que o Espírito Santo me ilumine. Três é o número que supera o maniqueísmo, que vai além do primitivo dualismo radical do bem contra o mal. Tudo que é radical é perigoso. Então a terceira possibilidade é aquela que está no meio, aquela que faz justiça, mas não desemboca numa sentença draconiana, aquela que vai encarar o problema com firmeza e tranqüilidade, que... Puta que pariu, que terceira possibilidade é essa? Ou eu volto atrás na demissão do Max, me livrando desse monte de merda de seqüestro de ônibus e sexo na faculdade — e o Max, a Joana, o Eugênio e todos os que ficarem sabendo (duvido que isso permaneça em segredo) vão achar que não tenho mais autoridade —, ou mantenho minha decisão, o Max vai embora, e sabe Deus o que vem pela frente. Aquela Isabel é completamente maluca, o guri do ônibus tem todo jeito de terrorista-mirim. Terror é o que eles querem que eu sinta. Mas a terceira alternativa tem que existir. É preciso pensar mais a longo prazo, esquecer essa pressão absurda, agir com a sabedoria de Salomão, é isso mesmo, posso propor às partes que o professor Max seja serrado ao meio, de modo que metade dele fique dando aula e a outra metade seja demitida. Sem brincadeira, sem brincadeira. É preciso pensar no futuro, José Tavares. É preciso revisar os planos sem perder a pureza dos objetivos. Ainda dá pra chegar na pró-reitoria de assuntos comunitários, sete mil por mês e futura aposentadoria com dignidade, sem enfrentar mais essas confusões com professores sem moral, alunas ninfomaníacas e alunos seqüestradores. Ir pescar na plataforma de Tramandaí terça-feira de manhã, comer galeto ao primo-canto e polenta com queijo todo santo domingo, despachar a Ana Letícia para visitar a irmã em Pernambuco e jogar pôquer a dinheiro com a turma do Guedes na cozinha lá de casa... O céu! O Kozinski sabe que eu seria um excelente pró-reitor, que eu trabalharia duro na transformação do Vera Cruz em universidade, tenho bons contatos com políticos, com empresários, com jornalistas de todos os tipos. O Kozinski disse que precisa de mim. Não convidou ainda, mas vai convidar, assim que aquela idiota da Graziela cair fora, e ela está por um fio, não conseguiu diálogo nenhum com a empresa de ônibus, ela é a verdadeira responsável por tudo que aconteceu. E quem tá de olho no cargo? Só o Sinderman. E esse, apesar de competente e de trabalhar muito, tem um problema básico: é judeu. Se eu conheço bem o Vera Cruz, duvido que ele tenha alguma chance contra mim. Não que se trate de uma disputa religiosa. O Kozinski sempre diz que ficou surpreso com a minha capacidade de superação, porque, afinal de contas, eu substituí o padre Hernandez, o mítico padre Hernandez, que praticamente começou isso tudo e agora está lá no Vaticano, deve ver o Papa todos os dias. E aí está outra variável importante: o Max é o professor mais próximo do Hernandez na faculdade. Eles se conhecem há muito tempo, eram amigos íntimos; a Joana, uma vez, insinuou que poderia ter acontecido alguma sacanagem entre os dois no tempo do colégio, quando Max era adolescente, puta que pariu, fofoca é coisa do diabo. Com ou sem sacanagem, a amizade dos dois é um fato. E se o Max resolve recorrer ao Hernandez? Mas o cara não se abalaria da Itália para defender um professor que acabou com a virgindade de uma aluna de 17 anos. Aposto que não. Agora, ele também poderia mexer os pauzinhos de longe, quem sabe falar direto com o Kozinski, e aí eu nem saberia o que... Não, o Max não vai falar com o Hernandez, não é estilo dele. O estilo do Max é bancar o garotão rebelde, o jornalista inimigo do poder, o professor que ensina as coisas da vida, e não o que está nos livros. Mas ele lê muito, isso eu sei, está sempre pedindo mais livros para a biblioteca, o cara é a contradição em pessoa. Por que, sendo amigo do diretor da faculdade, tendo a possibilidade de fazer uma carreira acadêmica, ele nunca fez mestrado? Estaria ganhando mais, provavelmente teria um contrato decente, em vez de continuar como horista, fazendo bico pra revistas alternativas que nunca pagam porra nenhuma. Por que se vestir daquele jeito? Deve ter algum problema psicológico. Não se casou, não tem filhos, não tem carro, vem pra faculdade de Trensurb, vive naquele apartamento velho e pequeno. E sujo, eu vi. Os alunos gostam dele, dizem que as aulas são boas, alguns dizem que são as melhores. Duvido. Se ele quisesse realmente ser professor já teria feito uma pós. E por que nunca vai na sala dos professores, tomar café com os colegas no recreio? Muitos professores não gostam dele. E a Joana... Por que a Joana faz questão de infernizar a vida de Max? E por que ela, agora, se mantém distante da confusão, fica naquela de "isso está de acordo com o que já averigüei...". Pensei que a Joana iria correndo buscar a corda para enforcar o Max. E esse professor Eugênio? Ele está deprimido, isso é possível ver na cara dele. Talvez seja por causa da fofoca, que o colocou no lugar do Max no carro da maluca. Talvez não. Que o Espírito Santo me ilumine, pelo amor de Deus! A terceira alternativa... Eu preciso de um milagre.

* * *

Ele estava cansado e confuso. Confessou apenas que estava cansado, claro, tinha dormido mal à noite, pensando no que ele chamava de "teu grave problema". Mas eu sabia bem o que tirou o sono dele. A Lilian já me contara o que tinha armado com o Gustavo e a Isabel. Que trio... Lilian, Gustavo e Isabel, três mosqueteiros porras-loucas na defesa de um D'Artagnan jurado de morte pelo rei de Vera Cruz por ter tirado a honra de uma virgem. Eu até me diverti vendo Tavares dar dezenas de voltas sobre o assunto, afirmando que tinha uma solução. Jurou que, alta madrugada, recebera uma espécie de iluminação, vinda de não sei qual santo ou santa, que lhe mostrara um novo caminho a seguir. E discorria com todo o entusiasmo possível contra todas as formas de radicalismo, de esquerda, de direita, ou de centro. Eu pensei em perguntar o que seria um radicalismo de centro, mas acabei ficando quieto, porque queria que ele dissesse de uma vez qual era a tal grande solução. Antes ele tinha que me convencer que não agia forçado pelas circunstâncias, ou acuado pelos estudantes, ou de modo impulsivo. Era preciso que eu compreendesse seu esforço hercúleo para chegar nessa proposta que nunca aparecia. Só o interrompi uma vez, justamente quando, para demonstrar não sei que ponto de seu tortuoso raciocínio, ele ameaçou entrar no mérito da questão, mesmo que de forma indireta, com o velho argumento da responsabilidade ética ontológica de todo professor. O Tavares disse que não tinha nada contra homossexuais, que tinha um amigo homossexual, mas não contrataria um professor se soubesse que ele era homossexual, não só pelo perigo mais óbvio, o de esse professor tentar seduzir algum aluno, mas também pelo risco das suas aulas se transformarem numa defesa — ou até numa apologia — do homossexualismo. "Professor de jornalismo tem que ensinar o que é notícia, como entrevistar, como escrever objetivamente, e não ficar dando sua opinião sobre as opções sexuais de seja lá quem for." Tavares sorria, com a certeza de que eu, um heterossexual, concordaria com ele. Só que eu contra-ataquei com tudo. Primeiro disse que a opção sexual de alguém nunca, em hipótese alguma, deve determinar qual profissão esse alguém pode ter. Muitos homossexuais são ótimos professores. Esta pode ser sua verdadeira e única vocação. Como poderíamos condenar alguém a violentar seus sonhos e suas aspirações de vida simplesmente porque é um pouco diferente da maioria? Depois disse que, durante séculos, professores heterossexuais reacionários e fascistas apresentaram a homossexualidade a seus alunos como uma doença, como um desvio de comportamento, ou como coisa do diabo. Ainda lembrei que milhões de livros didáticos censuraram a literatura e deturparam a história para criar uma sociedade de pensamento único em relação ao sexo, o que é uma mentira deslavada. Assim, se um professor homossexual, eventualmente, fizer proselitismo de sua opção sexual, não fará maior dano que essa corrente avassaladora de preconceito e ignorância, tão mais poderosa e quase onipresente. Concluí dizendo que o risco de uma tentativa de sedução de um aluno por parte de um professor homossexual é tão grande quanto em qualquer outra situação de ensino. Senti uma grande tentação em me apresentar como uma prova — viva, concreta e presente naquela sala — de meu argumento, mas considerei — acho que sabiamente — que Tavares interpretaria aquilo como uma provocação. Terminei de falar, e ele me olhava com surpresa e desgosto. Ele sabia que precisava me transformar de inimigo declarado em possível aliado para um acordo de paz. Eu, contudo, mantinha visível minha liberdade de pensamento. Naquela altura, mais por birra que por convicção. Eu não queria facilitar a vida de um sujeito que me julgara sem oferecer possibilidade de defesa. Tavares, então, finalmente começou a esboçar a sua terceira via. Falou longamente de sua relação com a família de Lilian, como conhecia o Seu Olavo há muitos anos, como a mãe de Lilian era nervosa etc. Também me garantiu que o pai de Lilian não pensava mais em me acusar de estupro, nem de qualquer outra coisa, porque julgava que minha demissão já era um castigo bem grande. Ao dizer isso, Tavares me encarou, para ver como eu reagiria. Mas eu estava frio, calmo (na medida do possível) e ainda disposto a aproveitar a nova relação de forças proporcionada pelas manobras de Lilian. O recado de Tavares era claro: eu escapara de um mal maior — ser processado e provavelmente encerrar minha carreira como professor devido à execração pública —, mas não poderia escapar de um mal menor — a demissão do Vera Cruz. Ele estava com minha carta de demissão sobre a mesa, o que significava que o assunto ainda não chegara à Reitoria. Tavares contava, na lenta e penosa armação de sua terceira via, que eu o ajudasse um pouquinho. Cedi, relutante, e disse, mais uma vez, que compreendia as razões que tinham levado à minha demissão. Ele sorriu, amistoso, e anunciou que tinha uma proposta concreta, que podia ser resumida em três pontos fundamentais (ele antes disse acreditar que o número três é muito poderoso):

Primeiro — todas as partes envolvidas nos acontecimentos que procederam à festa de encerramento de semestre concordariam em manter discrição absoluta sobre os fatos (que naturalmente acabariam esquecidos) e se comprometeriam a não criar nem espalhar mais boatos prejudiciais ao bom nome do Vera Cruz e de seus professores;

Segundo — nada mais se acrescentaria ao episódio do seqüestro do ônibus, que, aliás, já estava oficialmente resolvido e arquivado;

Terceiro — eu não seria demitido naquele momento, preservando assim minha reputação e possibilitando a continuidade de minha carreira. No entanto, não daria mais aula no próximo semestre. Teria apenas funções administrativas, diretamente ligadas ao gabinete do diretor, e minha carta de demissão seria apresentada em fevereiro do ano que vem. Meus salários seriam preservados por um bom período (suficiente, quem sabe, para arrumar um lugar numa outra faculdade) e minha vida não sofreria um abalo tão violento.

Tavares parecia orgulhoso de sua proposta. Eu disse que havia alguns problemas. Por exemplo: eu não poderia responder por todas as partes envolvidas (teoricamente, nem estava a par das ameaças de Gustavo e da chantagem de Isabel). Ele respondeu que isso não era problema. Tendo a minha concordância com o essencial da proposta, ele mesmo entraria em contato com os outros. E gastou mais algum tempo descrevendo como tudo na vida, inclusive o que parece não ter solução, se enfrentado com método e perseverança, acaba sendo remediado. Tavares, talvez cansado de ouvir a própria voz, finalmente parou com a lengalenga e olhou para mim, à espera de uma resposta. Eu pensei, pensei, pensei e disse que iria pensar e amanhã daria a resposta. Ele ficou decepcionado, confessou que gostaria de se livrar logo desse peso nas suas costas, mas disse que entendia minha hesitação. Deu um prazo: até as seis da tarde do dia seguinte. Tavares, acostumado a agir de acordo com os horários de fechamento dos jornais da *Caldas Jr.*, não sabia viver sem prazos. Eu aceitei, prometi telefonar ou voltar ao campus, ele disse que estaria esperando em seu gabinete até o horário combinado, depois tinha compromisso, prometera levar a mulher na inauguração de uma exposição de uma artista plástica, que pintava quadros horrendos, e apontou para um quadro nem tão horrendo assim, na parede do gabinete, perto do cabide. Eu levantei, apertei a mão dele e saí.

Telefonei logo para Lilian. Marcamos encontro em Sapucaia, na frente do mesmo trailer de *cheeseburger* em que conversáramos dias atrás. O trailer estava fechado, e eu sentei num murinho baixo, com um pouco de frio, mas logo o sol me esquentou. Ela chegou de cabelo molhado, e eu podia sentir o cheiro bom de sabonete que vinha do seu corpo. Nos beijamos — dois, no rosto — e ela sentou ao meu lado no murinho. Contei da forma mais detalhada possível minha conversa com Tavares e sua proposta de solução para toda a crise. Ela estava séria e prestou muita atenção. Só riu quando eu lembrei da nossa discussão sobre professores homossexuais; ela disse que eu era louco de discutir esse tema com um cara que era burro como uma porta; ele poderia achar que eu era veado. Eu disse que, devido às circunstâncias, isso não seria de todo mau. Nós rimos juntos. Depois Lilian disse que a proposta de Tavares não era suficiente; que ela, o Gustavo e a Isabel estavam dispostos a ir até o fim para me manter dando aula. Eu agradeci, disse que nunca recebera um apoio tão precioso em toda a minha vida (e que, sem dúvida, acreditava na perseverança desse trio insólito), mas que eu estava considerando aceitar a idéia de

Tavares, porque era a única que oferecia uma saída honrosa para todas as partes envolvidas. Não adiantava procurar o melhor apenas para mim. O Tavares estava envolvido, ele tinha assumido alguns compromissos, e ignorá-los seria levar a situação para o campo do conflito aberto. Eu afirmei para Lilian que estava cansado demais para uma briga dessas. Ficamos conversando mais de uma hora, com a Lilian ainda inconformada com a solução. O trailer abriu, perto do meio-dia, e logo o cheiro de carne e ovo frito tornou-se insuportável. Lilian acendeu um cigarro; eu nunca a tinha visto fumar, aquilo me chocou um pouco. Ela disse que às vezes fumava escondida. Acabei convencendo Lilian de que a solução do Tavares era a melhor pra todo mundo. Ela disse, meio triste, que tinha que voltar pra casa, porque a mãe estava preparando um almoço especial. Pena que não podia me convidar, e eu disse "quem sabe um dia". Na hora dos beijos, tive vontade de abraçá-la bem forte, sentir o perfume de seus cabelos e passar as mãos em suas costas, mas senti vergonha, lembrando da punheta no chuveiro, e me mantive longe dela. Ela deu três passos, virou-se e mandou um beijo. Eu olhei para aquela garota maravilhosa e pensei que algum dia talvez eu a merecesse. E, de lambuja, ainda poderia filar um belo almoço caseiro, coisa que não constava do meu cardápio há tanto tempo que nem vale a pena lembrar.

15

"Eu aceito, Tavares."

"Ótimo, Max. Fica tranqüilo que eu falo com todo mundo."

"Eu já falei com a Lilian."

"Claro. Mas não precisa falar mais. Agora é comigo."

"Entendi."

(...)

(...)

"Não estou te proibindo de falar com a Lilian. Tu vai levar uma vida normal aqui na faculdade. Só não vai dar aula, nem orientar monografias."

"Eu dou aula há tanto tempo que não dar aula vai ser estranho."

"Com certeza."

(...)

"Olha, Max, no começo vai ser complicado. Vão te fazer perguntas, vão querer explicações, principalmente os alunos. Mas eu tenho a saída. Vamos dizer que tu foi escolhido como o nosso *ombudsman* nesse semestre."

"Como é que é?"

"*Ombudsman.* Tu não pode dar aula porque agora vai ter a

responsabilidade de ouvir os alunos, os professores, os funcionários, todo mundo, sobre a nossa faculdade. Sempre gostei muito desse negócio de *ombudsman* no jornalismo. Acho muito moderno. A *Folha de S. Paulo* tem há muitos anos, mas os nossos jornais são muito antiquados, tu sabe muito bem disso. E sempre funciona assim: escolhem um cara na redação — pode ser um repórter experiente, ou redator, mas é mais comum que seja um editor — e ele fica encarregado de ouvir os leitores, os próprios colegas, a direção do jornal, enfim, todo mundo, e depois escrever a respeito no próprio jornal. O cara vira uma espécie de crítico interno."

"Tá, eu sei como funciona a coisa num jornal, mas como vai acontecer numa faculdade?"

"Da mesma maneira. Tu vai escrever no nosso jornal."

"No *Luneta*, o jornal dos alunos?"

"Exatamente."

"Mas ele só sai uma vez, no final do semestre."

"Exatamente. Mas tu pode me entregar relatórios mensais. Não ri! Eu tô falando sério, Max. Seriam muito valiosos para mim."

"Tá me parecendo uma grande palhaçada."

"Só parece, Max. Na verdade, é uma justificativa maravilhosa para o teu afastamento da sala de aula. E, quando tu sair da faculdade, no começo do ano que vem, ainda vai ter essa importante experiência no teu currículo."

"E se eu resolver escrever o que os alunos realmente acham da faculdade?"

"Não será publicado, é claro. E ainda teremos que rediscutir o nosso acordo. Max, pensa bem, chega um aluno pra ti, no começo do próximo semestre, e diz — 'Que porra de sacanagem fizeram contigo, hem?'. O que tu responde?"

(...)

"É difícil, não é? Tu responde: 'O Tavares me pediu pra ser o *ombudsman* da faculdade. O que tu acha das aulas de Filosofia?' E aí o cara senta o pau e tu anota tudo. Não é maravilhoso?"

(...)

"Como a função de *ombudsman*, que eu acabo de criar, está diretamente ligada à direção, ou seja, a mim, tu vai ter uma mesa aqui na ante-sala do gabinete, com um computador só teu."

"Tavares, duvido que os professores engulam esse negócio."

"Claro que vão engolir. E sabe por quê? Porque tu vai ser um *ombudsman* de verdade, vai realmente ouvir todo mundo, vai receber *e-mails* com críticas ferozes, vai descobrir um monte de coisas erradas. Não é genial? Eu resolvo o problema da tua saída das aulas e ainda contribuo para o aprimoramento da faculdade. Tudo dentro de certos limites, lógico. Não adianta querer fazer uma revolução, mas isso tu já sabe, está aqui há 12 anos. Pensa assim, Max: é um serviço importante, que precisa ser feito, e tu, por uma série de circunstâncias, é a pessoa mais indicada para fazê-lo. É ou não é?"

"Não."

"Por que não?"

"Não vai dar certo."

"Vai. Já combinei tudo com a Joana."

"O que a Joana tem a ver com isso?"

"Ela é a coordenadora do Jornalismo. É óbvio que tu vai trabalhar em colaboração com ela."

"Nem fodendo."

"O que é isso, Max? Calma!"

"Tavares, me diz uma coisa. Essa tua idéia de *ombudsman* também surgiu por uma iluminação da tal santa?"

(...)

"Tavares, fala a verdade."

"Tá legal. Foi uma sugestão da Joana. Eu estava conversando

com ela hoje de manhã, tentando bolar uma boa explicação pra tua retirada da aulas, e de repente ela teve essa idéia. No começo, também achei meio maluca, mas depois, quanto mais a gente pensava, mais parecia genial. Max, eu estou convencido de que é uma solução perfeita."

"Perfeita? Vou fazer papel de idiota por um semestre."

"Não. Tu vai fazer papel de *ombudsman*. Pode dizer que é uma experiência, que é uma inovação que eu inventei e que tu não teve escolha. Pode botar no meu rabo, dizer que eu sou maluco, que não vai dar certo, mas aí tu dá o teu *e-mail* e diz pro cara que, se ele quiser, pode criticar à vontade."

"Palhaçada."

"Olha aqui, não tenho mais tempo. A minha mulher tá me esperando pra ir na porra da exposição da artista amiga dela. Tenho que sair. Vou te dar uma alternativa: a gente diz que tu é o *ombudsman*, mas tu não faz porra nenhuma, fica tomando café no bar, lendo na biblioteca e escrevendo no computador. Vai ter que responder os *e-mails*, só isso. Também funciona, mas vai ser muito mais chato pra ti. Tchau, Max. Por que tu não dá uma passadinha na sala da Joana? Ela vai gostar de falar contigo."

* * *

"Tem idéia melhor?"

"Não. Mas não posso aceitar essa merda."

"Tu já aceitou tanta coisa, Max. Qual é a diferença? É só uma boa desculpa."

"Não posso enganar os alunos."

"Mas poderia enganar os professores?"

(...)

"Max, não me olha desse jeito. Eu tô brincando."

"Tá brincando com uma coisa séria."

"Desculpe. Olha, eu só tentei ajudar. Eu penso nesse negócio de *ombudsman* faz tempo, mas não tinha coragem de propor pro Tavares. Tinha medo que ele colocasse um idiota."

"E agora esse idiota sou eu. É isso?"

(...)

(...)

"Deixa pra lá. O Tavares vai pensar em outra coisa. Ou tu mesmo pode propor."

"Não preciso propor coisa nenhuma. Prefiro sair agora, em vez de aceitar essa palhaçada."

"Tu que sabe, Max. Mas, na minha opinião, tu vai perder oito meses de salário por um orgulho meio besta."

"Não é orgulho."

"O que é então?"

(...)

"O Eugênio também achou boa a idéia do *ombudsman*."

"Não me interessa a opinião do Eugênio."

"Claro. A única opinião que interessa é a tua. É uma boa visão de mundo para um professor de Ética."

"Ex-professor de Ética."

"Porque tu quer. A vida continua, Max. E dá muitas voltas."

"Tantas que eu fiquei enjoado."

* * *

"Não é palhaçada. Max, pensa bem, mais importante que discutir essa tua nova função é a garantia de que tu vai ficar aqui na faculdade mais oito meses. E, depois, quem sabe o que pode acontecer?"

"Eu sei o que pode acontecer se eu fizer realmente um trabalho de *ombudsman*: o Tavares me demite na hora. Se eu ficar fazendo de conta, mentindo pra todo mundo, agüento duas semanas e me demito."

“Bobagem. Tu tá pensando de um modo maniqueísta. O *ombudsman* não precisa enfrentar o poder, nem pode usar os dados que colhe para desestabilizar quem governa um país ou dirige um jornal. Um *ombudsman* é um limitador de poder, uma ponte entre quem emite informação e quem recebe. Ele não faz revolução; ele aperfeiçoa os mecanismos.”

“Eu seria um *ombudsman* de mentira.”

“Não. Seria como todos os *ombudsmans*, um sujeito que não está nem de um lado, nem do outro, está no meio. E tem mais: todo *ombudsman* tem um prazo limitado, como seria o teu.”

“Todo *ombudsman* também tem estabilidade no emprego.”

“Claro. Não foi essa a tua combinação com o Tavares?”

“Ele tem a minha carta de demissão na gaveta.”

“Mas não vai usar. Um *ombudsman* não pode ser demitido. Tu vai ter essa garantia. Max, ele sabe que tu é um cara equilibrado, que não vai sair por aí bancando o porra-louca. Tu é professor de Ética.”

“Tu andou combinando as coisas com a Joana.”

“Por quê?”

“Vocês estão usando os mesmos argumentos.”

“Coincidência. Cara, considerando tudo o que aconteceu, acho que é uma ótima saída. E lembra o seguinte: se eu quiser, posso complicar tudo outra vez.”

“Isso é uma ameaça?”

“É. Eu também tenho direito a crises de escrúpulos.”

“Não fode, Eugênio. São coisas bem diferentes.”

“Não são. Se eu tenho que ficar quieto e engolir toda essa ficção que tu criou para me encobrir, e ainda ficar posando de professor acima de qualquer suspeita, por que tu não pode posar alguns meses como *ombudsman*? Me parece uma coisa bem parecida, além de ser bem mais simples. Ou não?”

(...)

"Tá decidido. Tu conhece alguém que poderia dar aula de Metodologia da Pesquisa na pós?"

* * *

"Alô."
"Max, é a Lilian."
"Oi."
"Tô bem pertinho da tua casa. Posso passar aí?"
"Melhor não."
"E na lancheria?"
"Também não."
(...)
"Lilian, a situação ainda tá confusa."
"Por isso eu queria falar contigo."
"Pode falar."
"Não sei falar essas coisas por telefone, Max. Prometo ficar só meia hora. Nem isso. Não tem perigo."
"Claro que tem perigo."
"Então vamos marcar num lugar seguro. Alguma sugestão?"
"Não. Lilian, vamos deixar pra depois."
"A gente se encontra no recanto oriental da Redenção, às cinco da tarde."
"Não posso."
"Tchau, Max."
Clic.

* * *

A pintura está um pouco descascada, mas isso não é o suficiente para tirar o bom-humor do grande Buda, que sorri, iluminado pelo sol dourado. Uma moeda de cinco centavos brilha no pé da estátua, mas logo desaparece, nas mãos de um mendigo muito negro de barba muito branca. Lilian está sentada num banco que lhe permite ver discretamente todo o recanto, que abriga alguns colegiais e duas crianças pequenas, sob o olhar vigilante da babá. Alguns corredores passam pelas beiras do recanto, com seus abrigos de cores berrantes. Lilian vê Max antes que ele a veja. Ele caminha devagar, olhando para todos os lados, desconfiado. Lilian não consegue evitar um sorriso. Acena na direção de Max, que vem sentar-se ao seu lado, nervoso. Ele não se inclina para beijá-la. Ela sorri.

"Por que tanta paranóia, Max?"

"Entre outras coisas, prometi pro Tavares não falar contigo por enquanto."

"E tu acha que ele contratou um detetive particular pra ficar te vigiando?"

"Talvez."

"O Vera Cruz não tem verba prum troço desses."

"Tem muitos alunos do Vera Cruz que moram em Porto Alegre."

"E tu acha que eles vão nos denunciar por sentarmos juntos num banco da Redenção? Relaxa."

"Não vou conseguir relaxar, Lilian. Desculpe."

"Eu só quero saber o que vai acontecer contigo."

"Ainda não sei. Vou decidir hoje de noite. Amanhã te digo."

"Promete que não vai sair da faculdade."

"Não prometo nada."

"Tu às vezes é bem irritante. E sabe ser mais cabeçudo que o meu pai."

"Sinto muito."

"Vamos pro teu apartamento."

"Não."

"Se tu não quisesse me ver, não teria vindo aqui. Confessa,

Max, que tava com vontade de me ver. Lá no trailer, eu fiquei com essa impressão, pela primeira vez na vida."

"Impressão tua."

"Talvez. Sabe, Max, eu não tenho pressa."

"Eu tenho. Preciso voltar pra casa."

"Vai, então."

"Tô indo."

Mas Max não levanta. Os dois conversam até o sol se pôr. No crepúsculo, a imagem do Buda vai ficando cada vez mais indefinida, até se confundir com o fundo de seu abrigo amarelo. As crianças vão embora. Os corredores são cada vez mais raros. Uma mulher de abrigo amarelo coloca uma moeda no pé da estátua. O mendigo reaparece, logo depois, mas está bêbado demais para reparar na moeda. Anoitece. Noite escura, sem lua e sem estrelas. Quando amanhece, a moeda já desapareceu.

* * *

O relógio no canto inferior direito do monitor marca 06:59. Max passeia com o mouse sobre os arquivos da pasta de textos. Abre alguns. Fecha logo depois. Abre um texto arquivado como "noites.doc". Desta vez, lê até o fim. O título do texto é "Rohmer e as noites de lua cheia". Max levanta e abre a veneziana da janela. Parece ficar surpreso com a claridade que invade o quarto. Vai até a sala. Pela janela, vê o de sempre: telhas de amianto, a parede do edifício vizinho, o guapuruvu, o *outdoor*. Passa a mão no vidro sujo da janela. Seus dedos ficam pretos. Vai até a cozinha, umedece um pano e limpa o vidro da janela, no começo com gestos largos e preguiçosos, depois com crescente energia. Volta à cozinha, enche um balde com água, procura e acha mais panos. Ataca as outras janelas. Quando termina, inicia uma blitz nervosa e avassaladora em todas as peças do apartamento, arrumando o que está fora do lugar, organizando livros e CDs nas estantes, trocando os lençóis e as fronhas da cama, colocando as roupas usadas no cesto do banheiro, lavando a louça suja na cozinha. Ao meio-dia, Max está suado e levemente ofegante. Passeia pelo apartamento, dando os últimos retoques na faxina, que, se não foi profunda, pois há toneladas de pó debaixo dos móveis, devolveu ao ambiente um ar de civilização há muito perdido. Max tira a roupa do corpo, imunda e malcheirosa, joga tudo no cesto e entra no banho. É um banho quente e demorado. Max sai e coloca o roupão. Vai até a sala. Disca.

"Alô, Tavares. É o Max."

"Oi, Max."

"Eu vou ter estabilidade no emprego até fevereiro?"

"Vai."

"Eu vou poder trabalhar de verdade?"

"Vai. Sob a minha supervisão, claro."

"Isso pode ser perigoso, Tavares."

"Eu confio em ti."

"Então aceito."

"Ótimo. Tu começa no primeiro dia de aula. Já vou providenciar teu computador e teu cantinho. Aproveita as férias, professor."

"Vou aproveitar."

"Até logo, Max."

"Até logo."

Max volta para o quarto e abaixa a veneziana. A luz entra por várias frestas, de modo que não há escuridão, apenas penumbra. Max tira o roupão. Entra, nu, embaixo dos cobertores bem estendidos. Sente o travesseiro macio. Fecha os olhos. A luz nas frestas da veneziana vai diminuindo lentamente.

Agosto, 2001

16

Max, de pé, segurando a pasta de couro na mão direita, olha para a pequena mesa de computador (tampo de fórmica branca, bastante arranhado) e para a cadeira (pés de metal cinza, assento e encosto de madeira pintados de verde-claro). Os móveis estão encostados no meio de uma das paredes da ante-sala do gabinete de Tavares, que não tem janelas. Em compensação, há três portas: uma leva ao corredor do primeiro andar (por onde Max acaba de entrar), outra à secretaria e uma terceira à sala do diretor. A decoração se restringe a uma placa de plástico com o ícone clássico do "Proibido fumar" e um vaso, bem no canto, com uma planta que parece estar prestes a morrer, pelo tom amarelado e doentio de suas folhas. A desolação seria menor se pelo menos houvesse um computador sobre a mesa. Não há.

Regineide sai da secretaria e encontra Max. Sorri para ele, encabulada.

"O Tavares solicitou o computador no começo da semana passada", diz Regineide. "Era pra ter chegado na sexta, mas tu sabe como essas coisas são complicadas."

"Claro."

Regineide olha para a mesa vazia.

"Eu devo resolver isso logo. Hoje ainda. Desculpe, Max."

"Não esquenta. O Tavares também pediu uma linha telefônica pra ligar o modem?"

"Isso não sei."

Max coloca a pasta sobre a mesa.

"Se tivesse pedido, tu saberia, não é?"

"Provavelmente."

Max ouve a voz de Tavares ao mesmo tempo que sente uma mão batendo em seu ombro.

"Ela sabe tudo, Max."

O diretor faz a volta e segura os dois ombros de Max, encarando-o nos olhos.

"E nunca tem culpa de nada. A culpa pode ser da burocracia, do pró-reitor de Administração, do almoxarifado, ou até pode ser minha. Mas, com toda certeza, não é da Regineide." Tavares aponta para a mesa e continua: "Isso tudo é temporário, só pra quebrar o galho. Se Deus quiser, vou arrumar uma salinha pra ti, com um computador de última geração ligado na internet." Pausa. "Se Deus não quiser, vou falar com o reitor. Ah, ah, ah... Essa foi boa..."

"Não te preocupa, Tavares. Eu me viro."

"Com certeza. Vamos bater um papo lá pelas dez?"

"Não pode ser agora?"

"Tenho reunião com a Joana."

Max abre a pasta, pega duas folhas grampeadas e as entrega para Tavares.

"Isso aqui são algumas idéias para a minha nova função."

Tavares dá uma olhada rápida nas folhas.

"Eu não te disse pra descansar bastante nas férias?"

"Ter idéias não cansa."

"Ah, ah, ah... Foi boa. Vou aplicar essa na Joana. Ter idéias não cansa..."

Tavares acena, amistoso, e entra em seu gabinete, fechando a porta atrás de si.

"Tô passando café", diz Regineide, ainda sem jeito. "Se quiser, daqui a pouco..."

"Acho que vou querer, obrigado."

Max coloca a cadeira na frente da mesa. Senta. Abre a pasta e começa a tirar algumas folhas de papel. Percebe que a cadeira está desnivelada. Levanta, pega um papel, dobra-o e coloca-o sob um dos pés. Senta outra vez. Agora a cadeira está estável. Olha para o relógio de pulso: 7h59. Olha para a frente: uma parede pintada de azul-claro. Max levanta outra vez. Ergue a mesa e, afastando-a da parede, faz com que ela gire 180 graus. Puxa a cadeira, recoloca o calço. Senta. Agora, em vez da parede, tem, à sua frente, a porta que leva à secretaria; à sua direita a porta do corredor; e, à sua esquerda, a porta do gabinete de Tavares. Pega uma caneta na pasta e escreve numa das folhas sobre a mesa, com letras bem grandes e em caixa-alta: "OMBUDSMAN". Usando o tampo da mesa como régua, corta o papel, mais ou menos no dobro da largura ocupada pelo que acaba de escrever. A seguir, dobra o papel, formando um "V" de cabeça para baixo, que coloca sobre o tampo, na diagonal, virado para o lado de fora da mesa, bem visível para quem entra na ante-sala. Toca o sinal. Aos poucos, aumenta o número de vozes dos alunos passando no corredor, rumo às salas de aula.

* * *

Nove e meia. Regineide toca a campainha. Pouco depois, a porta do corredor abre, amplificando o ruído dos estudantes que descem para o intervalo. Eugênio entra e fecha a porta às suas costas. Abraça Max, que pergunta:

"É uma visita social, ou tem alguma coisa a declarar para o *ombudsman*?"

"Visita social", responde Eugênio. Ele examina a plaquinha improvisada por Max e completa: "Por enquanto."

"Então vamos pro bar, que aqui a gente vai ficar de pé."

Os dois estão saindo, mas, quando Max abre a porta, surgem dois funcionários do Vera Cruz, vestindo seus macacões cinza e segurando grandes caixas de papelão. Ao mesmo tempo, Regineide sai da secretaria e explica:

"É o computador, Max. Não quer dar uma olhada?"

"Bem na hora do recreio?"

"É melhor conferir", adverte Eugênio. "Depois, se tem alguma coisa errada, é um parto pra trocar."

"Onde a gente instala?", pergunta um dos funcionários.

Max aponta para a mesa. Os funcionários começam a desencaixotar os equipamentos. Regineide volta para a secretaria.

"Pô, Max", diz Eugênio, "primeiro dia de trabalho e já tem computador. Eu levei duas semanas pra ter o meu".

"E essa sala é bem maior que a tua", brinca Max.

"É verdade."

"E tem três portas. A tua só tem uma."

"Estou morrendo de inveja." Eugênio mostra a plaquinha e provoca: "Será que o Tavares não sabe que está criando um monstro?"

"Foi idéia da Joana. Pensei que tu soubesse."

"Mais ou menos."

Tavares entra na ante-sala, com ar preocupado, e interrompe o diálogo dos professores:

"Não vou poder falar contigo agora, Max. Pode ser hoje de noite?"

"Sem problemas."

Tavares vira-se para Eugênio e diz:

"Vou falar com o reitor. Temos problemas. O professor Germano desistiu."

Eugênio fica surpreso:

“Eu falei com ele na sexta-feira, tava tudo certo. Vinha hoje de manhã assinar contrato.”

“Não vem mais. Recebi um *e-mail* dele, dizendo que agradece, que o projeto é bom, deseja sorte, mas não tem interesse.”

“Impossível”, contesta Eugênio, nervoso. “Ele tava muito empolgado.”

“Não está mais. Eu contei pro Kozinski, e ele acha que tem alguém nos sabotando.”

“A troco de quê?”

“Sei lá. Tem vários cursos de pós-graduação sendo planejados no estado, e poucos doutores em Comunicação. A disputa é grande.”

“Vou falar com ele. Esse cara é débil mental.”

“Pode falar. Mas acho melhor a gente já procurar um substituto. Até logo.”

Tavares sai. Eugênio está perturbado.

“É o Germano da UFRGS?”

“É. Ele vai se aposentar no final do ano. Fiquei um mês convencendo o cara a vir pra cá. Seria o coordenador do núcleo de Tecnologias Digitais. Tínhamos acertado salário, horário, tudo.”

“E agora não vem mais.”

“Não dá pra acreditar, cara. Eu tenho que ligar pra ele. Depois volto aqui.”

Eugênio sai. Um dos funcionários avisa:

“Terminamos. O senhor quer que a gente ligue?”

“Claro.”

Quando a tela do Windows aparece, Max escuta batidas na porta.

“Entra.”

Joana aparece, sorridente e simpática.

“Tá muito ocupado?”

“Não. Tô vendo se o meu computador funciona.”

Joana olha para a máquina.

"Parece bem mais poderoso que o meu."

"Hoje estou provocando inveja em todo mundo."

"Vamos tomar um café? Ou o *ombudsman* não se mistura com a ralé?"

Max, surpreso, leva alguns segundos para responder:

"Vamos."

* * *

Sentam numa mesa no canto do bar, que acaba de ser desocupada. Tomam café expresso servido em copos de isopor.

"Se tu quiser podemos deixar para outro dia", diz Joana. "O Tavares só tem horário na quarta."

"Não. Prefiro hoje. Assim a gente se livra logo disso."

"Max, tu sabe que esse negócio de *ombudsman* foi idéia minha?"

"Sei."

"Eu tava há horas pensando nisso, até já tinha conversado com o Tavares a respeito. Não pensa que foi só uma solução para o teu problema."

"Não pensei nada. Aceitei porque não tinha outra saída. Depois, decidi que a única maneira de agüentar era levar a sério. O Tavares te mostrou as minhas idéias?"

"Mostrou. Achei ótimas. E me ofereci para fazer a tua apresentação para os alunos. Ele disse que gostaria de participar também, mas tu sabe como ele é ocupado, duvido que conseguisse na quarta."

Max procura os olhos de Joana.

"Joana, me diz uma coisa, agora falando sério, tu acha que o Tavares está mesmo interessado em..."

A fala de Max é interrompida por Lilian:

"Bom dia."

Max e Joana olham para Lilian, que está com Gustavo e Isabel ao seu lado.

"Oi", diz Isabel, sorridente e mais provocante do que nunca, num vestido preto justo e com uma gargantilha escura estilo coleira de cachorro cheia de tachinhas prateadas. Uma bota de couro de salto muito fino completa o figurino de nítida inspiração sadomasô. Lilian, apesar de estar vestida com a displicente combinação camiseta-calça jeans de sempre, usa algo inédito: uma leve maquiagem, composta por um batom vermelho claro, sobrancelhas mais escuras que o normal e cílios negros, que destacam seus olhos castanhos com bastante felicidade. Gustavo — este sem surpresas, fiel à sua imagem tradicional de anarquista fora de moda — limita-se a acenar.

Max levanta, beija as duas meninas e aperta a mão de Gustavo. Joana, meio inibida, beija os três.

"Puxem umas cadeiras", diz Max.

"Não dá", diz Lilian. "Eu tenho que voltar pra aula. Só queríamos saber se está tudo bem."

"Tudo bem", diz Max. "Daqui a pouco vou passar em todas as salas e explicar a minha função."

Gustavo se intromete:

"Tão dizendo por aí que tu virou aquele negócio que tem nos jornais... om-não-sei-o-quê."

"*Ombudsman.* É verdade."

"E como a gente faz pra reclamar?"

"Não enche, Gustavo", corta Isabel. "Ele nem começou a trabalhar ainda e tu já quer reclamar."

"Eu já estou trabalhando", contesta Max, divertido, "mas uma das minhas regras é que não vou receber reclamações no bar. Tem que ir lá na minha sala. Quer marcar um horário?"

"Quero."

"Amanhã às oito da manhã."

"Tô lá."

Joana termina o café, levanta e fala para Max:

"Estou te esperando na minha sala."

"OK."

Ela sai. Imediatamente, Lilian ocupa cadeira em que ela estava, e Gustavo e Isabel puxam cadeiras para sentar também.

"Vocês não têm aula agora?", pergunta Max.

"Temos", responde Lilian. "Max, o que aquela imbecil quer contigo? Nunca vi vocês dois juntos aqui no bar."

"Tá tudo bem." Olha para os três. "Vocês se acalmem, por favor. A Joana tem que fazer o trabalho dela, e eu tenho que fazer o meu. Ponto. Vai dar certo."

"Se ela te encher o saco, tu avisa", diz Isabel, "que eu vou direto falar com o Tavares. Ele tá comendo bem aqui, ó...", e mostra a palma da sua mão.

"Só aí?", provoca Lilian, rindo.

"Vai te foder", responde Isabel, também rindo.

Max olha para as duas, espantado com tanta intimidade.

17

Depois que uma pessoa faz alguma coisa para outra durante algum tempo, e tem a impressão de que faz bem, é natural que essa pessoa ache que é insubstituível, ou ao menos pense que a sua substituição será muito complicada, provocando choro e ranger de dentes. É o que eu pensava também. Hoje esperei que a minha ausência das salas de aula fosse provocar um terremoto. E nada. Assim como, no primeiro semestre, o Eugênio me substituiu em Ética, agora o Araújo e o Baltar assumiram as minhas turmas de Projeto Especial, de Redação e os meus orientados de monografia, e vão tocar o barco pra frente. O Eugênio, inexperiente, ainda se quebra um pouco e continua inseguro, mas o Araújo e o Baltar nem me perguntaram o que eu fazia ou deixava de fazer. Provavelmente daqui a um ou dois semestres ninguém mais vai lembrar que um certo professor Maximiliano deu aula no Vera Cruz. Heráclito está certo. Tudo passa, tudo se movimenta, tudo muda. Ninguém entra duas vezes no mesmo rio. E ninguém come duas vezes a mesma mulher. Eu pensava ser um bom professor e um razoável amante. Até tinha uma teoria psicológica a respeito: o traço definidor de minha personalidade seria o exibicionismo — público/acadêmico ou privado/

sexual —, que me fazia ser bom nessas duas coisas (e apenas nessas duas): entreter estudantes numa sala de aula e satisfazer uma mulher na cama. Teoria que agora mostrar todos os seus imensos furos.

Quando a Fátima revirava os olhos, apertava meus braços com toda a força e sussurrava aquele monte de coisas, eu poderia jurar que ela precisava de mim — ou pelo menos do meu pau e da minha língua — para ser feliz. Tanto que ela riu, realmente animada, quando eu propus que, apesar da separação, ela estava autorizada a me procurar sempre que quisesse aliviar as tensões do dia-a-dia para um bom tratamento sexual, com direito a orgasmos vaginais e clitorianos sem compromissos emocionais. Eu achava que ela viria de dois em dois dias, ou pelo menos todos os sábados. Entretanto, em março, quando eu liguei pra ela, solitário e carente, e ela disse que não podia naquela noite, meu orgulho ainda me fez desligar o telefone rapidamente e decidir esperar que ela fizesse o próximo movimento. Que não houve. Semana passada, no auge da crise do Vera Cruz, liguei outra vez. Ela disse que estava bem, e eu perguntei se ela já estava namorando, e ela disse que sim, e eu desabei por dentro, meu orgulho de amante sofisticado e vigoroso transformado num trapo sujo que se arrastava pelo chão. Primeiro pedi que ela me fizesse uma visita, depois quase implorei, confessando que me sentia solitário, que precisava dela, e se ela não pudesse se dar inteira, que fosse só o corpo, um empréstimo rápido do seu corpo. Ela não achou graça, disse que poderíamos jantar juntos um dia desses, e desligou o telefone antes que eu me rebaixasse ainda mais. Eu amava essa mulher, e por alguns meses ela foi o centro do universo pra mim, mesmo que ela não acreditasse nisso e mesmo que eu desse motivos para essa desconfiança, indo ao jogo do Grêmio em vez de passar a noite com ela. Hoje, tenho certeza de que o amor é a coisa mais importante da vida.

Mas eu não pensei sempre assim. Primeiro eu não pensava nada a respeito, porque o próprio assunto, o amor, não me interessava. Lembro de ficar tremendamente entediado quando, nos filmes de Jerry Lewis, havia aquela cena romântica, em que o abobado, apesar de muito abobado, trocava um beijo com a coadjuvante loira gostosa. Pra que essa porra de cena? Eu queria mais ação estúpida, mais correria desenfreada, mais piadas idiotas. Então, um belo dia — lembro que foi durante as férias de verão, na praia, numa matinê cheia de garotos que, como eu, detestavam os beijos — aquela mesma cena romântica teve um efeito bem diferente. Alguma coisa cutucou meu cérebro, ou meu coração, ou meu saco, ou meu pau, essas coisas são difíceis de definir, e eu realmente gostei de ver aquele beijo. A ação estúpida que veio depois me pareceu estúpida demais. Quando cheguei em casa, disse para a minha mãe que estava cansado e que iria dormir um pouco. Meus irmãos não estavam em casa, de modo que pude fechar a porta e apagar a luz. Eu não sabia me masturbar, ou melhor, nem sabia que a masturbação existia, tinha no máximo dez anos, mas, quando deitei de bruços, a cena do beijo, o rosto e o corpo daquela atriz voltaram com força total. Me concentrei durante muito tempo na cena, no beijo, no rosto da atriz. E, de repente, alguma coisa absolutamente estranha aconteceu comigo: um calor intenso percorreu minha coluna de cima pra baixo, ou de baixo pra cima, sei lá, e um formigamento inusitado — e muito, muito gostoso — brotou do meio das minhas pernas, o que me levou a crer que eu tinha feito xixi nas calças. Fui até o banheiro, e constatei que o xixi era pouco e mais grosso do que o normal. Não perguntei para os meus irmãos o que era aquela gosma e durante muito tempo não via qual era a relação exata entre a sensação no meio das pernas e o xixi diferente. Ou melhor: vi uma relação, só que ao contrário. Quando eu sentia vontade de fazer xixi, pensava em aproveitar, deitar na cama de bruços, pensar naquela atriz, por quem eu estava doidamente apaixonado, e produzir aquele formigamento tão bacana. E, desde aquela época de ignorância abissal, o que mudou na minha maneira de pensar o sexo e o amor? Apenas alterações culturais, provocadas pela educação, sempre castradora, e pelos filmes, que, graças a Deus, com altas doses de sacanagem, iam neutralizando a ação dos professores e dos padres. Ainda olho para uma mulher e penso: "eu gostaria de comer essa aí?", e, em caso positivo, "quais são as minhas chances?".

Foi muito estranho hoje, na mesa do bar, ver Joana, Isabel e Lilian juntas, olhando pra mim, de certo modo preocupadas comigo. Até a Joana! A piranha Joana, já no final do último semestre, fez coisas estranhas. Eu pensava que ela não hesitaria nem por um segundo para forçar a minha demissão e, se fosse possível, promover meu definitivo desaparecimento da face da Terra como professor. Bastaria ter manobrado as coisas nesse sentido, porque eu era um alvo muito fácil, depois dos episódios do ônibus e da Isabel. Mas Joana esperou, ouviu minha sucessão de mentiras, deu a entender que não acreditava e acabou quase como cúmplice. A troco de quê? Talvez ela tenha gastado todo o ódio — porque ele sai aos borbotões, há anos — e agora esteja cansada demais para recarregar o tanque. Mais estranho ainda é pensar que já trepei com ela, e até que foi bom. Só depois vieram as conseqüências, que foram péssimas, que me obrigaram a falar a verdade pra ela: "Sim, eu estava interessado em te comer, mas não estou te amando neste momento, nem estou interessado em te amar no futuro." E, depois, quando ela se revelou por inteiro, dei graças a Deus por ter deixado as coisas bem claras. E se eu tivesse me apaixonado? Conheci uma Joana-apaixonada e uma Joana-piranha. Não conheço essa Joana-colega, que passou de aula em aula comigo, nas turmas da manhã e da noite, me apresentando como *ombudsman*, dando os horários de atendimento, dizendo que eu conhecia muito bem a faculdade, porque dava aula desde que ela fora criada; que eu tinha essa nova função, importantíssima, e que certamente me daria bem. Bem assim, com todos os superlativos e advérbios a que tinha direito, e por mais que eu me esforçasse para ver onde estava a armadilha daquelas palavras, só via os olhares admirados dos alunos e dos professores, todos embalados pela voz serena e confiante de Joana. Provavelmente muitos alunos — principalmente dos primeiros semestres, que ainda não conhecem as relações de poder da faculdade — pensaram que Joana e eu éramos amigos. Que coisa maluca. O mundo tá virado.

Virado mesmo. Ver a Lilian com aquela maquiagem, ao lado da Isabel, foi um susto. Amigas, essas duas? Difícil entender. E aí, numa seqüência rápida e absurda de raciocínios, pensei: dessas três garotas, a mais lógica para comer seria a Isabel, porque ela é uma mulher sensual, livre, sem problemas existenciais e nunca disse que estava apaixonada por mim, o que é muito seguro e confortável. Em vez disso, trepei com as outras duas (e me ferrei nas duas vezes). Resumindo tudo: eu sou daqueles homens que pensam com o pau em vez de pensar com a cabeça, só que o meu pau é especialmente burro. Depois que me despedi das meninas, e enquanto caminhava até a sala da Joana, revisei meus objetivos para o semestre: manter distância de Lilian, tratando-a bem, mas sem permitir qualquer intimidade; ignorar qualquer provocação de Isabel; ficar atento para as manobras de Joana; e preparar minha saída do Vera Cruz, bancando o *ombudsman* por um semestre, de acordo com o combinado com Tavares. Decidi ainda que manteria um registro pessoal de todas as minhas novas atividades, de modo que pudesse provar (principalmente para mim mesmo) que eu era um *ombudsman* de verdade. E aí, se eu não fizesse mais nenhuma cagada nos próximos seis meses, talvez conseguisse superar o caos que tomara conta da minha vida e achar um novo rumo, de preferência um rumo tranqüilo, longe de intrigas acadêmicas, mulheres perigosas e sexo complicado.

18

06/agosto — terça-feira

— 8h30 — Gustavo (sexto nível — Jornalismo) — fez as pazes com Lilian (pelo que entendi, brigou com o seu grupo anarquista radical, porque a maioria decidiu se mudar pra Três Coroas e criar uma comunidade alternativa) e voltou a ser vice-presidente do CAVHE. Disse que uma das suas novas funções (decidida meia hora atrás) é ser o representante dos alunos junto ao *ombudsman*. Eu disse que a idéia de *ombudsman* é proporcionar um contato direto (isto é, sem representantes) entre a instituição e todas as pessoas que se relacionam com ela. Então ele disse que falaria mesmo assim, como aluno. Foram três observações:

(1) denúncia sobre as aulas do professor Júnior; Gustavo diz que é um imbecil, e um prepotente, além de ser injusto nas avaliações (ele, por exemplo, ficou em exame no semestre passado só porque não entregou um trabalho, enquanto um monte de patricinhas, que não entendem nada de diagramação, tiraram notas ótimas, porque puxam o saco do professor);

(2) "todo mundo" diz que o professor Eugênio não sabe dar

aula e se enrola todo; mas isso ele vai poder afirmar com mais calma em breve, já que é aluno agora;

(3) o professor Baltar sempre chega atrasado.

— 9h — Prof. Eugênio — ainda enfrenta dificuldades para contratar professores, mas acha que vai conseguir abrir o mestrado em março. Tavares falou com o reitor sobre a possibilidade de oferecer salários um pouco maiores na pós, e assim facilitar a atração de professores com titulação. Talvez seja possível. Perguntou o que eu acho do Júnior, que deve concluir o doutorado no final do ano. Tentei ser o mais objetivo possível: entrou no Vera Cruz há menos de dois anos; não tem trabalhos significativos no mercado; não tem a minha simpatia, por vários motivos, todos subjetivos. Eugênio diz que Júnior terá o título de doutor no final do ano, e acha que é inevitável convidá-lo para dar aula na pós.

— 10h30 — Lilian — me convidou para almoçar; perguntei se ela tinha algum assunto acadêmico para tratar; ela disse que não; mandei que ela voltasse para a sala de aula imediatamente.

— 10h45 — Roberto Torres (quinto nível — Publicidade) — reclamou que a comida do RU está péssima. Ontem (segunda-feira) à noite teve fortes dores intestinais e diarréia. Não é a primeira vez. Desconfia das almôndegas.

— 11h — Fernanda Teixeira (primeiro nível — Jornalismo) — denunciou que os bichos (ela é caloura) estão sendo ameaçados pelos veteranos. Disse que entende a cerimônia, é um "ritual de iniciação", mas pediu proteção contra trotes cruéis ou constrangedores. Perguntei se ela conhecia algum trote que não fosse cruel ou constrangedor. Ela não achou graça. Então prometi falar com os veteranos a respeito.

— 11h15 — Walter Nequete (sétimo nível — Jornalismo) — várias observações sobre a disciplina Ética da Comunicação, que cursou um semestre atrás com o professor Eugênio. Queixas contra o conteúdo (extenso demais) e a forma (aulas chatas e desinteressantes).

— 11h30 — Isabel (oitavo nível) — está preocupada porque não terminou ainda a monografia (e eu era seu orientador). Eu disse que não iria mais orientá-la, porque agora sou apenas o *ombudsman*. Ela disse que vai falar com o Tavares a respeito.

— 11h50 — Tavares marcou reunião para o início da tarde.

— 12h — Profa. Joana — disse que tinha que falar comigo com urgência. Vamos almoçar juntos.

* * *

Logo que chegam, a cantina está com poucas mesas ocupadas. Joana começa a falar assim que sentam:

"Daqui a pouco, isso aqui vai estar lotado e barulhento. Então prefiro ir direto ao assunto, e depois a gente come mais tranqüilamente, OK?"

"Por mim, tá ótimo."

"Ontem de noite, botei o Júnior na parede. Ele negou até o fim, mas tenho certeza que está mentindo. Foi ele quem convenceu o Germano a não vir para a nossa pós."

"Se ele negou, como tu tem certeza?"

"Eu conheço o Júnior. A gente tá junto há mais de um ano. Na verdade, tava. Brigamos de vez. Ele levou todas as coisas dele do meu apartamento"

"Vocês moravam juntos?"

"Mais ou menos."

"Qual é o interesse dele em sabotar a pós?"

"Ele não quer sabotar a pós. Ele quer ser o coordenador da pós. E, pra isso, tem que derrubar o Eugênio, que, aliás, não convidou o Júnior nem pra dar aula."

"Mas vai convidar. É só esperar um pouco."

"O Júnior acha que o Tavares e a Reitoria estão sacaneando, porque já fez mestrado, tá fazendo o doutorado, e continua como horista."

"Mas ele não tem nem dois anos na faculdade!"

"É, eu já tinha dito isso pra ele. Mas não adianta. Primeiro tentou convencer o Tavares de que o Eugênio deveria ser afastado porque estava envolvido com a Isabel; como não deu certo, agora quer provar que o Eugênio é incompetente."

"Tu já contou tudo isso pra Tavares?"

"Pretendo contar hoje de tarde. Mas antes queria falar contigo."

"Por quê?"

"Não sei. Tive vontade. Ontem, depois da briga com o Júnior, chorei bastante, coisa que não fazia há muito tempo. E o que me fez parar de chorar foi essa idéia de contar tudo pra ti."

Joana pára de falar e fica olhando para Max, que continua calado, como se não soubesse o que dizer. O garçom se aproxima. Eles pedem as bebidas. Um outro garçom começa a colocar travessas de metal em cima da mesa: picles variados, salada de radite com bacon, salada de batata com maionese, polenta frita com queijo, espaguete fino com molho de tomate. Quando o garçom se afasta, e Joana começa a se servir, Max finalmente fala:

"Só porque virei *ombudsman* da noite pro dia não significa que eu esteja preparado pra tratar de um assunto desses. É bem complicado."

"Eu sei. Mas não pedi ajuda para o *ombudsman*. Pedi ajuda pro Max."

Um terceiro garçom aproxima-se da mesa com dois espetos nas mãos: coração e galeto. Joana aceita um pouco dos dois. Max dispensa o coração. Joana parte uma coxinha e, sem levantar os olhos, diz:

"Também quero pedir desculpas por algumas coisas que fiz como coordenadora. Tu tem todo o direito de achar que eu não gosto de ti. Então... Eu queria te dizer que isso não é verdade."

Max, com um pedaço de polenta na ponta do garfo, também baixa os olhos. Quase não falam até o fim da refeição. Ambos escolhem sagu como sobremesa.

* * *

Joana sai da sala de Tavares, passa rapidamente pela mesa de Max, sorri, tímida, para ele e desaparece pela porta do corredor. Max ouve a voz de Tavares:

"Professor Max!"

Max entra na sala de Tavares, que está com ar cansado.

"Eu sei que tu já sabe, Max. O que vamos fazer?"

"Tô achando isso tudo muito estranho", responde Max. "Até alguns dias atrás, eu seria despedido. Agora, todo mundo quer a minha opinião sobre o futuro dos meus próprios colegas."

"É verdade. Mas não se trata de uma questão apenas profissional. Tu é amigo do Eugênio, e, pelo que a Joana percebeu, ele tem inimigos fortes aqui dentro. Eu confio muito na intuição da Joana. E ela quer que eu demita o Júnior."

"Sem provas?"

"Aí que tá. Eu teria que falar com esse professor Germano, mas nem conheço o cara, não tenho intimidade com ele, e a coisa ficaria muito óbvia. A Joana também não pode, está diretamente envolvida. Pro Eugênio ele não vai dizer nada. Tu conhece esse Germano?"

"Já fiz duas ou três entrevistas com ele. Eu e o Eugênio fomos colegas de um filho dele no ginásio. Fazíamos alguns trabalhos de grupo na casa dele. Na época, o Germano trabalhava na *Folha da Tarde* e tava começando a dar aula na UFRGS."

"Pois é. O Eugênio me falou. Foi por isso que nós pensamos..."

Max balança a cabeça, irritado.

"Essa não! Pô, Tavares, não vou falar com ele sobre essa confusão."

"Tudo bem. Eu sei que é complicado. Eu vou achar outra solução." Tavares abre a agenda e lê alguma coisa. "Como vai o trabalho?"

"Bem. Eu estou sentindo falta de uma conexão pra internet."

"Até o fim da semana. Mas trocar de sala vai ser mais difícil do que eu imaginava."

"Tudo bem. Seis meses passam depressa."

Tavares sorri e diz:

"Nem sempre."

* * *

Max sai da sala de Tavares e, antes mesmo que sente, Regineide dá o recado:

"O professor Eugênio pede que o senhor passe na sala dele."

Eugênio está nervoso. Convida Max para tomar um café no bar. Eles descem.

"Na verdade", diz Eugênio, enquanto esperam seus *cappuccinos* no balcão, "acho que é uma grande sacanagem o Tavares te pedir um troço desses".

"Faz parte do jogo."

"O que tu acha?"

"Não acho nada. Não sei nem o que eu tô fazendo aqui, totalmente fora do meu horário de trabalho."

Chegam os *cappuccinos*.

"Claro. Vai pra casa, Max."

Eugênio mexe o *cappuccino* sem parar. Insiste:

"Será que a Joana não quer uma desculpa pra demitir o cara só porque quebrou os pratos com ele?"

Max olha para a janela do bar. A tarde já vai bem adiantada. O céu ameaça chuva. Ele olha para Eugênio e diz:

"Foi ela que botou o Júnior pra dentro. De certo modo, ela tem até o dever de chutar o cara, se ele fez alguma coisa errada."

"Tu acredita mesmo nisso?"

"Não sei."

"Pois é."

Max tamborila com os dedos sobre a mesa. Toma seu café. Olha para o cartaz com os preços dos salgadinhos. Depois volta a encarar Eugênio e diz:

"Puta que pariu! Qual é o número do Germano?"

* * *

O professor Germano Daltro aparenta ter entre sessenta e 65 anos. Recebe Max na mesma sala em que, uns trinta anos atrás, Max, Eugênio e Vicentinho, o filho de Germano, costumavam copiar verbetes das enciclopédias Delta Larousse e Brasileira de Mérito para fazer os trabalhos encomendados pela dona Eva, professora de Estudos Sociais. Germano diz que falou com o filho — que mora no Rio de Janeiro e trabalha como engenheiro da Petrobras — no dia anterior. Vicentinho está bem, tem um bom cargo, um ótimo salário, uma mulher magra e loira, e um casal de filhos lindos e saudáveis.

"Ele sempre me agradece pela conversa que tive com ele quando soube que pretendia fazer vestibular para jornalismo."

"Pois é. Eu não tive essa sorte. Meu pai já tinha morrido na época, e a minha mãe disse que era uma profissão que combinava comigo."

"Essas são as mais perigosas. Profissão não é pra combinar com a gente. É pra ganhar a vida. Olha só o nosso caso: somos jornalistas, mas também viramos professores, assessores, bajuladores, relações-públicas, redatores de discursos de empresários, revisores de bula de remédio, qualquer coisa que ajude a ganhar a vida, já que a nossa profissão 'combina', em vez de pagar um bom salário. E olha que eu tive sorte: durante algum tempo, até que a UFRGS pagou razoavelmente. Depois é que ficou esse caos. Mas aí eu já tava pegando meu boné. E te garanto que vou sentir mais saudade das aulas que das redações."

"Eu conheci alguns alunos do senhor. Sempre elogiaram suas aulas."

"Deve ter sido há muito tempo."

"Nem tanto."

"Então os caras tavam mentindo. Nos últimos cinco anos eu só enganei."

"Ninguém engana alunos numa sala de aula."

Germano sorri, com ar cansado, mas simpático.

"Sabe que eu tenho uma teoria sobre a trajetória de um bom professor? A trajetória dos ruins não interessa: eles começam ruins, vão piorando e terminam péssimos. Mas a dos bons... Eu não tô te chateando?"

"De jeito nenhum."

"Eu acredito que a qualidade das aulas de um bom professor, em cada momento histórico de sua carreira, depende de três variáveis: conhecimento do assunto tratado na aula, conhecimento da melhor forma de transmitir esse conhecimento, e energia, vontade, enfim, tesão de dar aula. O bom professor alcança seu ponto máximo apenas no momento em que essas três linhas se encontram em níveis elevados — e mais ou menos homogêneos —, o que geralmente dura uns sete ou oito anos. Quando se começa a dar aula, o nível de tesão é máximo, o nível de conhecimento do assunto pode até ser médio (é mais comum que seja baixo), mas o nível de didática é zero. As aulas têm força, vigor, mas são confusas demais. Os anos passam. Se um bom professor der a mesma disciplina umas seis ou sete vezes, inevitavelmente descobrirá como organizar os conhecimentos (que, nesse ponto, já são mais sólidos, porque o cara está no auge de sua capacidade intelectual) e a melhor maneira de transmiti-los. O tesão de dar aula já diminuiu um pouco (é uma linha sempre descendente) mas ainda é alto. Resultado: as melhores aulas da sua vida. Pena que os anos continuam passando, porque a energia vai se acabando, o cara já não tem saco de se atualizar, de ler, começa a repetir as aulas, começa a usar as fórmulas de modo mecânico, de modo que, cedo ou tarde, transforma-se numa caricatura de professor. Ele sabe como dar aula, mas está cansado demais para buscar novos conteúdos e passa a se preocupar com coisas idiotas, como política universitária, títulos acadêmicos, professores concorrentes, essas coisas que não têm sentido algum nas aulas de graduação. Eu até fiz um gráfico sobre essa minha tese. Se tu quiser, te mando por *e-mail*."

"Eu vou querer. Mas o senhor fez mestrado, doutorado..."

"Claro. Era a maneira de manter o emprego e aumentar o salário. Fiz o mais rápido possível, antes que outros fizessem, e assegurei meu lugar. Só que isso não tem nada a ver com dar aula de redação jornalística. É ou não é?"

"Não sei. Ainda não fiz pós-graduação."

"Não enrola, meu filho. É ou não é?"

"Acho que é."

"Pode apostar. Então agora podemos falar do que te interessa. Tu quer saber se o Júnior — aquele pseudojornalista que comeu todas as minhas alunas enquanto explicava pra elas as manhas do Pagemaker — influenciou a minha decisão de não aceitar o convite do Eugênio. É isso?"

"É", diz Max, surpreso.

"Ele me ligou hoje de manhã, achando que alguém viria me procurar perguntando por isso. A resposta é simples: sim. Eu estava em dúvida, o salário é bem razoável, e faz tempo que eu penso em sair de Porto Alegre, comprar uma casinha num desses condomínios suburbanos que têm jardineiros que vendem a alma pro diabo pra deixar a tua grama verde. Por outro lado, entrar outra vez numa sala de aula, fazer chamada, ficar chafurdando na internet pra saber o que um veado francês escreveu na semana passada sobre o ciberespaço... Mesmo uma turma pequena — como é na pós — dá muito trabalho. Aí o Júnior veio aqui, disse que o professor Eugênio é um péssimo professor, que os alunos detestam as aulas dele, que os professores já contratados para a pós são, no máximo, medíocres (ele me mostrou a lista, e eu não conhecia ninguém), e que o Eugênio não tem uma idéia muito concreta do que está fazendo. O Júnior me mostrou o currículo provisório e eu tive que concordar com ele. Liguei pro Eugênio e disse que eu tinha desistido. Na verdade, nunca cheguei a aceitar em definitivo, mas o Eugênio só sabia dizer que o meu contrato estava pronto. É isso. Ficou claro?"

"Ficou."

"Quer falar alguma coisa a respeito?"

"Não."

"Ótimo. Aceita um uísque?"

"Aceito."

* * *

Quando Regineide aperta a campainha, os três professores — Max, Eugênio e Joana — já estão sentados na sala de Tavares. Pela janela às costas do diretor, entra a luz cinza de uma manhã fria e nublada. Max está terminando de falar:

"...ele ajudou a formar uma opinião negativa sobre a pós. Disso não tenho dúvida. Mas, se mentiu ou deixou de mentir, aí já não sei."

"Tu é muito ingênuo, Max", diz Eugênio. "O Júnior deve ter nos esculhambado de alto a baixo."

"É provável. Mas o Germano não me disse isso."

Eugênio vira-se para o diretor:

"Tavares, agora temos provas."

"É", diz Tavares, sem muita convicção. "Mas continuamos sem saber exatamente o que ele disse."

"É óbvio o que ele disse", contesta Eugênio, exaltado.

"Calma, Eugênio", diz Tavares. "Não posso demitir da noite para o dia um professor prestes a ter doutorado. O Vera Cruz está pagando metade do curso do Júnior com uma bolsa especial."

"Ele está prejudicando a faculdade", diz Joana, em voz baixa e calma. "Ninguém tem dúvida disso. Fica difícil pra mim trabalhar com um professor que está jogando contra."

"Quem sabe eu falo com ele?", diz Max. "Talvez ele saiba alguma coisa que nós não sabemos. E, de qualquer maneira, ele precisa ter uma oportunidade para se defender."

"Bobagem", diz Eugênio.

"Bobagem por quê?", diz Max. "Nós estamos fazendo uma série de suposições, achando isso ou aquilo, e nem ouvimos o cara."

"Ele não merece ser ouvido. É um traidor. Por mim, pode ir para o quinto dos infernos. E tem mais: eu não trabalho mais com esse sujeito."

"Calma, Eugênio", corta Tavares. Para Max: "Fala com ele. Não vai fazer mal."

Na saída, Max fala com Eugênio:

"Vamos dar uma volta? Precisamos conversar."

* * *

Max e Eugênio caminham pela margem do lago, com as mãos nos bolsos. Um sol tímido tenta romper o cobertor de nuvens escuras no céu. Em vão; acaba definitivamente escondido por uma grande formação cinza-chumbo.

Eugênio está com o rosto tenso.

"Sinceramente, Max. Nós temos um problema grave, esse cara tá nos fodendo, e tu vem com esse papo furado. Quem sabe a gente discute isso depois?"

"Acho melhor agora."

Eugênio fica em silêncio por algum tempo. Depois diz:

"Tudo bem. Vamos lá."

"Eu falei com alguns alunos, ouvi algumas coisas — claro que ninguém se preocupa em elogiar porra nenhuma — e resolvi falar contigo sobre isso. Em primeiro lugar, há algumas queixas em relação às tuas aulas."

A reação de Eugênio é automática:

"Quem se queixou?"

Max olha para Eugênio e não diz nada. Eugênio olha para o chão e diz:

"Desculpe. Claro que isso não interessa."

"São reclamações naturais, compreensíveis, que talvez te ajudem a melhorar as aulas. Tu tá a fim de ouvir?"

"Tô", diz Eugênio, sem o menor entusiasmo.

"Eles dizem que o conteúdo é muito extenso e confuso, e que a forma de dar as aulas é meio chata. Eu disse que, muitas vezes, as aulas expositivas são inevitáveis. Eles dizem que esse não é o ponto, porque uma aula expositiva pode até ser boa."

"Eu estou usando os mesmos conteúdos das tuas aulas." Eugênio pensa um pouco. "Só acrescentei duas ou três coisas de Santo Agostinho e Hegel, e aí tive que correr um pouco em outros pontos."

"Tudo bem. Com o tempo, tu vai acertando o programa. E a questão da dinâmica das aulas?"

"Tem aulas expositivas, mas eu também faço seminários, dou leituras, trabalhos de grupo. É bem variado. Max, eu sei que tu fazia umas coisas mais estranhas, tipo julgamentos e disputas entre grupos, mas, sinceramente, achei melhor não arriscar." Pausa. "Em algumas aulas, eles simplesmente estragam tudo. Ficam esculhambando, falando, enchendo o saco, não fazem as leituras. E às vezes eles não passam de um bando de débeis mentais."

"Eles não são débeis mentais. São estudantes de 18 ou 19 anos. Só isso."

"Tu quer dizer que a culpa é minha, se eles esculhambam a aula?"

"Não é uma questão de culpa."

"Claro que é."

"É um contrato simples, Eugênio. Eles querem aprender, mas não estão dispostos a aceitar qualquer tipo de aprendizado, até porque estão pagando por ele. E tu tá sendo pago para ensinar, de modo que eles são os teus clientes e, indiretamente, os teus patrões."

"Só falta dizer que cliente sempre tem razão."

"Alunos, quando falam com honestidade, quase sempre têm razão."

Eugênio pára de caminhar e olha para Max, irritado.

"O que tu quer, Max? Diz de uma vez."

"Não quero nada. No final do semestre, vou embora. Achei que talvez pudesse te ajudar a melhorar as aulas."

"Quer me salvar de novo, é isso?"

Max estende a mão e aperta o braço de Eugênio.

"Tu não tá entendendo, cara."

Eugênio afasta a mão de Max com um movimento brusco do braço.

"Não, tu é que não tá entendendo. Não quero ser ajudado. Não preciso de ajuda. Não fiz nada de errado, não transei com nenhuma aluna, não devo favor pra ninguém."

"Tu tá sendo ridículo, Eugênio."

"Eu? Te olha no espelho, cara. Tu tá levando a sério essa bobagem de *ombudsman*! É inacreditável! Deram um jeito pra esconder a merda que tu fez, pra disfarçar a tua demissão, e tu agora acha que tem algum poder. Tu deve ter batido a cabeça, Max. Eu sou doutor, sou coordenador do curso de pós-graduação, tenho contrato de quarenta horas, com dedicação exclusiva, meu salário é cinco vezes maior que o teu. Não preciso da tua ajuda, e muito menos que tu venha me dizer como eu devo dar aula. A cadeira é minha, e faço com ela o que eu quiser. Quer saber de mais uma coisa? A Joana inventou essa merda de *ombudsman* só pra passar adiante a responsabilidade pela demissão do Júnior, já que eles brigaram. Como tu é burro, cara! Volta pra tua ante-sala e fica lá, puxando o saco do Tavares, que talvez ele te consiga uma boquinha num jornalzinho de alguma igreja aqui de Sapucaia."

Eugênio dá as costas para Max e caminha na direção da faculdade.

* * *

07/agosto — quarta-feira

— 9h — Gustavo (aluno do sexto nível — Jornalismo) — teve uma aula de Ética da Comunicação, ontem, e agora diz que já tem condições de confirmar tudo o que ouviu: o professor Eugênio é péssimo. Disse também que estavam pensando em fazer um abaixo-assinado contra o professor Júnior, que é autoritário e não tem condições de dar aula. Eu disse que era bom pensar bem no texto do abaixo-assinado, que é uma coisa muito séria. Ele disse que estavam na sétima versão.

— 9h30 — Isabel disse que conseguiu com Tavares uma autorização especial para que eu termine a orientação da sua monografia. Fiquei de falar com o Tavares a respeito.

— 10h — Roberto Torres (aluno do quinto nível — Publicidade) — melhorou da barriga, mas ainda desconfia das almôndegas. Prometi investigar a procedência da carne e as condições de armazenamento.

* * *

"Só falei a verdade pro Germano", garante Júnior. "Sou obrigado a mentir pelo bem da nossa faculdade?"

"Não", responde Max. "Mas lembra que a verdade, nesse caso, é bastante relativa."

"Olha, Max, eu sei que esse Eugênio é teu amigo, mas ele é uma fraude completa. Pergunta pros alunos dele. Não sei como o cara fez doutorado no exterior, imbecil do jeito que é."

"Competência profissional também é uma coisa relativa. Será que o Germano não mereceria uma chance de conhecer o Eugênio pessoalmente, antes da tua detonação?"

"Não sei. Não tenho nada a ver com isso. Cada um com seus problemas."

"A pós não é um problema exclusivo do Eugênio."

"Vamos parar com essa bobagem e falar claro. Eu não vou deixar que esse babaca me prejudique. Eles te pediram pra falar comigo, não foi? O Tavares, a Joana, o Eugênio, todos eles são uns cagalhões incompetentes, que se escondem atrás..."

Max corta:

"Não tenho a menor obrigação de ficar te ouvindo. Já sei o que eu queria saber."

Max dá as costas para Júnior e se afasta.

* * *

Sala de Tavares. Max está de pé, no fundo. Joana, sentada bem na frente do diretor, avisa:

"O Júnior tá decidido a ir até o fim."

"Esse sujeito não tem condições de dar aula", diz Tavares. "É uma pena. Amanhã ele tá na rua. Joana, precisamos de um substituto."

"Ele está nervoso", diz Joana.

"O que ele pode fazer?", diz Tavares. "Reclamar pro bispo? Duvido que o bispo escute."

* * *

— 19h30 — Frederico Nantes (aluno do sexto nível — Jornalismo) — disse que os métodos de avaliação do professor Júnior no semestre anterior foram fascistas. Ele está colhendo assinaturas contra Júnior, e diz que provavelmente todos os seus ex-alunos vão assinar.

— 20h — Lilian reclama que metade dos computadores da sala de Redação estão estragados. Prometi conferir a manutenção.

— 21h — plenamente confirmadas as suposições do aluno Roberto Torres. Em rápida visita ao frigorífico da cozinha do RU, constatei que a temperatura de armazenamento das carnes, que deveria ser entre zero e cinco graus negativos, estava em quatro positivos. O funcionário disse que era um problema do termômetro. Tirei do bolso o termômetro que eu levara (emprestado pela Regineide), enfiei no meio das futuras almôndegas e confirmei: quatro positivos. O funcionário ficou com cara de bobo. Eu disse que...

* * *

Gritos. Max pára de escrever e vai até o corredor. Os gritos ficam mais altos. Alguns estudantes saem das salas e olham na direção dos banheiros, que ficam em frente às salas das coordenações dos cursos. Max vê Gustavo perto dos banheiros, com os braços erguidos para o alto, pedindo calma aos colegas, pelo menos vinte, que se aglomeram nas proximidades. Max caminha para lá. Logo Tavares está ao seu lado, com ar preocupado.

"O que tá acontecendo?", pergunta o diretor.

"Já vamos descobrir", diz Max.

Os dois homens chegam ao bolo de alunos. Alguns parecem assustados. Todos olham para a porta do banheiro feminino. Max segura o braço de Gustavo com força e pergunta:

"O que houve?"

"O maluco do Júnior pegou a professora Joana e tá com um canivete na garganta dela. Diz que vai matar ela se alguém entrar."

"Pegou? Pegou como?"

"Eu tava conversando com a Joana, na sala dela, aí o Júnior entrou sem pedir licença, a Joana mandou ele sair, mas ele gritou um monte de palavrões, se atirou em cima dela, agarrou ela, e aí eu vi que ele tava com um canivete aberto na mão, não podia fazer nada, e ele foi arrastando ela pra fora da sala, e quando chegou no corredor tinha um monte de gente, aí ele levou ela pra dentro do banheiro, o pescoço dela tava sangrando um pouco, mas acho que não é grave, só que ela tá apavorada, ele disse pra ninguém entrar no banheiro."

Tavares pega o celular e disca. Mais alunos chegam, a confusão é grande. Max vê Lilian tentando se aproximar e grita para ela:

"Lilian, vê se afasta todo mundo. Pega umas cadeiras e fecha o corredor. Quanto menos gente aqui, melhor."

"O que tá acontecendo?", grita Lilian.

"Faz o que eu disse!", ordena Max.

Lilian tenta cumprir a ordem de Max. Tavares olha para Max e diz:

"Vou dar uma olhada."

Tavares vai até a porta. Só consegue olhar para dentro depois de dar dois passos no interior do banheiro. Max e todos os alunos podem escutar perfeitamente o diálogo que se segue.

"Larga ela, Júnior. Tu enlouqueceu?"

"Não. Não enlouqueci. Tô só levando uma conversa com a Joana. Precisamos esclarecer umas coisas."

"Abaixa essa faca."

"Não chega mais perto, Tavares. Eu juro que mato essa cadelinha agora mesmo."

"Calma. Vamos conversar com calma."

"Não tenho nada pra conversar contigo. Já sei o que vocês querem fazer comigo. Mas não vão fazer."

"Ninguém vai fazer nada contra ti."

"Mentira! Eu detesto mentira, Tavares. Sai, mentiroso! Sai!"

"Calma."

Um grito de Joana.

"Sai! Ou eu furo essa cadela."

A voz de Joana, pela primeira vez:

"Pelo amor de Deus! Tá doendo!"

"Sai, Tavares!"

Tavares aparece na porta, branco como giz. Olha para Max, apavorado, e conta:

"Eles estão sentados no chão, no fundo do banheiro, e ele tá com uma faca pequena na garganta dela. O Júnior enlouqueceu de vez." Pausa. "Enlouqueceu de vez."

Cinco seguranças do campus chegam. Três deles seguram revólveres na mão. Tavares adianta-se e fala com eles.

"Temos que ter muito cuidado. Ela tá bem na frente dele."

Um grito de Joana, o mais forte de todos. Um dos seguranças armados adianta-se e diz:

"Eu vou entrar."

"Cuidado", diz Max.

Ele entra.

"Eu vou matar ela! Eu vou matar ela!"

"Calma!"

"Atira, então! Atira!"

"Joga fora essa faca."

"Atira! Eu não me importo! Atira!"

O segurança sai e diz:

"O cara tá louco. Não dá pra atirar, porque ele tá bem atrás dela. Tá usando ela como escudo. Temos que entrar pela janela que fica atrás. Como se chega lá?"

"Pelo telhado do estúdio de TV", diz Tavares. "Eu mostro o caminho."

O segurança combina alguma coisa com os outros. Três deles seguem Tavares. Os outros dois ficam ao lado da porta. Um deles segura uma arma. Lilian organizou uma espécie de barricada com cadeiras e mesas, fechando o corredor, mas a confusão é cada vez maior. Alguns professores não obedecem e forçam passagem. Lilian grita com eles.

Max aproxima-se da porta e grita:

"Júnior, é o Max. Posso entrar?"

"Max, o grande professor Maximiliano da Silva? Logo tu, Max? Tu, o grande comedor de alunas do Vera Cruz? Entra, colega."

Max entra devagar. Vê, no fundo do banheiro, sentados, Joana e Júnior, como se fossem um só ser de quatro braços e quatro pernas. Júnior está apoiado na parede de azulejos brancos e aperta contra si o corpo de Joana, de costas para ele. O professor a segura com o braço esquerdo, enquanto sua mão direita segura o canivete junto ao pescoço da colega. Há um filete de sangue no pescoço de Joana, que olha para Max, em pânico absoluto. Júnior sorri para Max e fala:

"Aí tá bom. Fica aí." Max pára, ainda perto da porta. Júnior continua. "Eu preferia que mandassem o Eugênio. Tô precisando falar com ele. Mas ele é teu amigo, né? Aliás, vocês dois se merecem. Combinam bem. Ouvi falar que faziam uma meia no tempo de colégio. É verdade?"

"Júnior, a situação está sob controle. Não aconteceu nada demais. Eu queria conversar contigo."

"Eu e tu? Não temos nada pra conversar. Eu tenho que falar com a nossa coordenadora, que tá armando a minha demissão. Sabe que ela montou um abaixo-assinado pra me derrubar?"

"Não foi ela, Júnior. Foram os próprios alunos."

"Como tu é ingênuo, Max. Tu acha que alguma coisa acontece no curso de Jornalismo sem que a professora Joana saiba, sem que a professora esteja por trás? Eu vi o comunistinha falando com ela, e a porra do abaixo-assinado tava bem em cima da mesa. Ela decidiu me dispensar, Max. Primeiro não quis mais trepar, depois começou a fazer tudo ao contrário na faculdade, e agora quer se livrar de mim. Ela é uma piranha, Max. Tu sabe disso muito bem. Ela tinha um prazer especial de te enrabar, Max. Até fiquei desconfiado um tempo, me disseram que vocês dois tiveram um caso, tempos atrás. Mas depois desencanei, porque senti que ela te odiava muito."

Max vê surgir — no canto da janela, às costas de Júnior e de Joana, atrás do vidro sujo, na contra-luz de um poste distante — a ponta de uma escada. Logo depois, lentamente, aparecem a silhueta de uma cabeça, seguida do tronco, dos braços, das mãos, de uma arma. Max evita olhar para lá e fala:

"Júnior, pensa bem, por enquanto a gente resolve a coisa sem maiores problemas. A Joana pode dizer que foi um mal-entendido, e tu pode dizer que foi só um momento de desequilíbrio."

"Essa é boa, Max! Foi o que tu disse, depois de comer aquela guria? Um momento de desequilíbrio."

"Foi, Júnior. Foi exatamente o que eu disse."

Enquanto Júnior fala, a silhueta na janela, agora um corpo completo, aponta a arma para baixo, na direção da cabeça de Júnior.

"E deu certo, não deu? Tu taí, não foi demitido, tá até posando de *ombudsman*... Será que eles vão me promover também? O que tu acha, Joana?"

Joana não responde. Júnior ri e continua:

"De repente, ela não quer falar. Gozado, né?"

Max dá dois passos à frente.

"Me dá o canivete, Júnior."

"Pára! Fica aí. Tu enlouqueceu? Por que eu faria isso?"

Max dá mais um passo.

"Porque é melhor pra ti. Tem um sujeito com uma arma apontada pra tua cabeça. Ele vai te matar."

Júnior ri.

"Essa é boa, Max. Tem um homem com uma arma apontada pra minha cabeça... Tu quer que eu acredite nessa merda? Isso aqui não é um filme do Tarantino. Estamos no Centro Universitário Vera Cruz, na cidade de Sapucaia do Sul, no banheiro da Faculdade de Comunicação. E essa aqui é a professora Joana Caravaggio, nossa coordenadora, que foi minha namorada. Inclusive ela gostava de dar o cu. Sabe que o cu dela é uma beleza? Um buraquinho doce, sempre cheiroso, um cuzinho ideal. Era só passar um creme de amêndoas no pau, ela sempre deixava o creme numa gavetinha perto da cama, e aí era só meter lá dentro. Ela adorava. A piranha adorava. E sabe o que mais? Ela também..."

O barulho de uma telha quebrando, vindo da janela, detém Júnior. Para virar o corpo e olhar por cima de seu ombro, ele é obrigado a afastar um pouco o canivete da garganta de Joana. Max aproveita e se joga na direção do braço de Júnior. Consegue bater na sua mão. O canivete cai. Um tiro. Vidros quebrados. Outro tiro. Gritos. Muitos gritos. O banheiro é invadido. Max levanta, mas tropeça em alguém. Cai outra vez. Os gritos continuam. Max vê Joana, também caída no chão, e a abraça. Os dois olham para Júnior, sendo carregado por três seguranças na direção da porta. Entre a confusão de dezenas de pés em movimento, um grosso filete de sangue serpenteia pelo piso cinza do banheiro. Max olha para sua mão, estranhamente pintada de vermelho, e só então percebe que está ferido.

* * *

"Obrigada pela confiança", diz Lilian, baixinho. "Prometo que não vou tentar te agarrar. Posso chegar mais perto?"

"Claro."

Lilian dá dois passos e agora está junto à cabeceira da cama de Max no Hospital Moinhos de Vento.

"Como tu conseguiu entrar?", pergunta Max.

Lilian sorri, e seu rosto se ilumina por inteiro quando responde:

"Usei a tática clássica dos repórteres: caminhar rápido e não olhar para ninguém. Quando cheguei aqui no corredor, foi só perguntar pra uma enfermeira onde estava o professor cabeludo e maluco." Lilian olha para a mão direita de Max, que está envolta num grande curativo. "Como tá a mão?"

"Acho que vai ficar bem. Eles me disseram que provavelmente não vou perder movimento algum. E a cirurgia foi mais simples do que parecia."

"Tá sabendo das coisas?"

"Mais ou menos. Falei com o Tavares há pouco. Ele disse que a Joana está em casa, e está bem. Mas que o Júnior ainda está no pronto-socorro."

"É. Mas ele também vai ficar bom. A bala atravessou o ombro, mas não atingiu nada muito importante. Acho que sai do HPS amanhã. O Tavares te contou o que o advogado dele quer?"

"Não."

"O advogado tá alegando insanidade temporária. E apresentou pra polícia um laudo, de três anos atrás, que mostra que o Júnior já esteve internado por distúrbios mentais. Aí, em vez de ser preso, o Júnior iria para uma clínica psiquiátrica."

"Laudo de três anos atrás? Antes de ele entrar no Vera Cruz?"

"Parece que sim."

"E o Tavares sabia disso?"

"Sei lá. É uma boa pergunta pra se fazer pra ele, né?"

Uma enfermeira entra no quarto e olha para Lilian com cara de zangada.

"Não é hora de visitas. A senhorita tem que sair."

"Tá bom, tudo bem. Tchau, professor."

"Tchau, Lilian."

Lilian sai. Max fica olhando para a porta. A enfermeira pergunta:

"Aluna?"

"É."

"Que menina estranha... Ela estava incomodando?"

Max demora tanto para responder que a enfermeira, preocupada em regular a altura da cama, não está mais prestando atenção quando ele murmura:

"Não. De jeito nenhum."

* * *

"É uma situação delicada, Max", diz Tavares.

O rosto de Joana mostra ainda mais preocupação que o do diretor. Tavares continua:

"Não queremos esconder nada. Houve uma avaliação séria. O Departamento Pessoal chamou um psiquiatra para analisar o caso, e ele disse que o Júnior estava recuperado, que seu histórico recente era muito bom, que tudo que ele precisava era de um emprego para se recuperar definitivamente e enterrar de vez o passado."

"Como é o nome desse psiquiatra?", pergunta Max.

Tavares se mexe na cadeira, mostrando grande desconforto. Joana intervém:

"Estamos tentando descobrir. A Reitoria ainda não localizou o laudo."

"Há uma possibilidade dele ter sido perdido", acrescenta Tavares. "Max, não fica pensando bobagem. O reitor me garantiu que não é sacanagem. Eles fizeram uma avaliação séria. O problema do Júnior aconteceu quando ele ainda estava no colégio. Ficou internado alguns meses, depois nunca mais aprontou. Fez toda a faculdade com excelentes notas, tirou dez no mestrado, trabalhava..."

"Ia à missa...", diz Max, sem qualquer tom de ironia.

Tavares e Joana se olham. Max continua:

"Ninguém ainda foi capaz de me dizer o que o Júnior fez no colégio."

Joana fala sem olhar para Max:

"Quando ele tinha 17 anos, disputou a presidência do grêmio estudantil e perdeu. Houve uma discussão com o colega que ganhou. O Júnior tinha um canivete e feriu o garoto. Foi relativamente grave, mas o garoto foi operado e ficou bem. O Júnior era menor, sempre tirava boas notas. A família alegou que o problema era a maconha, que ele tinha experimentado pela primeira vez naquele dia. Dois colegas confirmaram essa história. O Júnior foi internado por dois meses. Depois trocou de colégio e continuou a vida normalmente."

"Até ser contratado pelo Vera Cruz e perder alguma coisa outra vez", diz Max.

"Exatamente", diz Joana. "Mas o Tavares esqueceu de dizer uma coisa importante. Eu batalhei muito para que o Júnior fosse escolhido. Na época, eu o conhecia há um ano, mais ou menos, e sempre o achei perfeitamente equilibrado. Ele tinha me contado o episódio do colégio, e admitiu que a história da maconha era bobagem, uma desculpa que o advogado acertou com o psiquiatra contratado pela família. Ele não gostava de falar a respeito, mas parecia muito sincero. Eu convenci o Tavares que ele era o melhor candidato."

"E ele era o único que tinha mestrado", acrescenta Tavares. "Tu sabe o quanto isso é importante, Max."

"Sei", diz Max.

"Eu tive o cuidado de pedir que o caso fosse analisado pela Reitoria, e o próprio reitor sabia do incidente no colégio", diz Tavares. "O laudo foi feito, disso não tenho dúvidas." Tavares olha diretamente para Max antes de prosseguir: "Os jornais ainda não publicaram nada sobre o passado de Júnior. Estão tratando o caso como... como um caso de desequilíbrio temporário."

Max não consegue evitar um leve sorriso irônico. Tavares percebe. Levanta, nervoso, e continua a falar enquanto caminha de um lado para o outro pelo gabinete:

"Eu dei alguns telefonemas, tu sabe que eu conheço todo mundo. Só pra garantir que não vai haver sensacionalismo. Seria péssimo para todos." Tavares pára e encara Max. "Seria péssimo especialmente para mim, claro. Péssimo mesmo."

"Eu imagino", diz Max.

"Por outro lado, nenhum aluno foi ferido. Se isso...", aponta para a mão enfaixada de Max, "...tivesse acontecido com um aluno eu já teria pedido demissão. Na verdade, eu disse para o reitor que meu cargo estava à disposição, mas ele quer que eu continue." Pequena pausa. "Tu tá entendendo onde eu quero chegar?"

"Mais ou menos."

Joana faz um sinal para Tavares.

"Deixa eu falar um pouco agora." Joana também encara Max: "Resumindo o caso: eu e o Tavares, talvez com a ajuda do Departamento Pessoal, fizemos uma grande bobagem, dois anos atrás, quando contratamos o Júnior. Assumimos um risco desnecessário. Eu, pessoalmente, me sinto responsável pelo que aconteceu. E agora temos que tomar algumas decisões. O Tavares acha que quanto menos se mexer nessa história, melhor. Eu... nós achamos que tu, Max, como a maior vítima, tem o direito de decidir o que será feito. E nós vamos acatar a tua decisão."

Max esboça um sorriso, que logo se desfaz.

"Como é que é? Não sou juiz. Nunca tive a menor vocação para ser juiz. Sou jornalista, como vocês."

"Tu é professor de Ética", lembra Tavares.

"Não. Eu fui professor de Ética, por absoluto acaso, porque não tinha ninguém pra dar a cadeira." Max sorri. "Só achando graça mesmo. Vocês me convocaram pra uma reunião pra oferecer os próprios pescoços, numa espécie de sacrifício ritual. É isso? Então me digam uma coisa: o pescoço do reitor também está ao alcance do meu machado?"

Tavares responde imediatamente:

"Sim. Está. Conforme forem as tuas declarações para os jornais, o reitor me disse que poderia renunciar, pelo bem da instituição."

Max olha para Tavares e depois para Joana, surpreso demais para continuar o diálogo.

Dezembro, 2001

19

A mão direita do padre Kozinski envolve a de Max, mas não a aperta. O reitor inclina-se levemente e pergunta em voz baixa:

"Posso apertar?"

"Pode", diz Max.

"Com força?"

"À vontade."

Kozinski, entretanto, não aperta com força. Em vez disso, levanta também a esquerda e envolve a mão direita de Max entre as suas.

"É um prazer vê-lo aqui, professor Max", diz Kozinski.

"O prazer é meu", responde Max.

Kozinski solta a mão de Max. O gabinete do reitor, uma sala não muito ampla, decorada com austeridade, está quase lotada por duas dúzias de professores, alguns convidados e quatro jornalistas. Três garçons servem salgadinhos e refrigerantes. Dois aparelhos de ar-condicionado, ligados na potência máxima, tentam vencer o calor de dezembro, mas quase todos os participantes da cerimônia estão suando em seus melhores ternos. Kozinski sorri e continua:

"Sei que o senhor é amigo do padre Hernandez. Tem notícias dele?"

"Faz muito tempo que não nos falamos."

"O senhor sabe que o Hernandez tem um posto importante no Vaticano?"

"Sei."

"Mas ele me disse, semana passada, que gostaria de voltar para o Brasil."

"Duvido. Ele não é louco. Me garantiu, há uns dois anos, que conhecia todos os bons restaurantes de Roma."

Kozinski sorri outra vez.

"Eu disse 'gostaria'. O senhor deve saber que nós, os padres, quase nunca estamos exatamente onde gostaríamos de estar."

Tavares aproxima-se e interrompe o diálogo:

"Está na hora, reitor. Os salgadinhos estão acabando, e os jornalistas já descobriram que só tem refri."

"Muito bem", diz Kozinski. "Eu falo primeiro, é isso?"

"Exatamente."

O padre Kozinski caminha até um microfone, que está inst lado, com seu pedestal, sobre um pequeno tablado num dos can tos da sala. O reitor dá duas batidinhas leves, para testar o som As caixas respondem bem. Ele começa:

"Bom dia. É com grande prazer que estamos recebendo todos vocês para este ato, que lança oficialmente o nosso Curso de Pós-Graduação em Comunicação Social. Este é um passo fundamental na construção de um sonho..."

O reitor fala de improviso por uns quatro minutos sobre a estratégia para a iminente transformação do Centro Universitário Vera Cruz em Universidade. Quando termina, recebe as palmas protocolares e anuncia uma breve explanação do professor Eugênio Salézio sobre o curso. Eugênio, elegante num *blazer* azul-escuro, lê um discurso de cinco minutos, em que conta a origem da pós, sua organização e sua importância no cenário da Comunicação Social no Rio Grande do Sul. Agradece o apoio que recebeu de vários professores e funcionários da faculdade — sem nomeá-los, "evitando assim alguma injustiça". Conclui pedindo que os jornalistas divulguem as características inovadoras do currículo, que estão resumidas no *folder* que todos receberam na entrada, e anuncia que já há nove alunos inscritos, o que é um prenúncio de grande sucesso. Agradece a atenção e chama Tavares para o microfone. Palmas.

Tavares, com seu jeito bonachão cuidadosamente estudado, diz que pensou em matricular-se, mas, como é um cachorro velho — que fez toda a sua carreira jornalística com coisas absolutamente antiquadas, como máquinas de escrever e linotipos —, tem medo de não aprender os truques novos e passar vergonha na frente de um garoto de vinte e poucos anos que dá mais atenção para o seu computador que para a sua namorada. Sendo assim, continuará com seu modesto trabalho administrativo, deixando as novidades para os doutores formados na Europa. Algumas risadas e palmas um pouco mais entusiasmadas que as anteriores. Tavares agradece e diz que, infelizmente, não será servido almoço. Mais risadas, desta vez sinceras. Professores, convidados e jornalistas começam a se dispersar. Eugênio bate no ombro de Max, sorri, aponta para Viviane e anuncia:

"Ela tem um convite a fazer."

Viviane, num vestido azul-escuro, elegante e discreto, sorri para Max e diz:

"Estamos pensando em jantar fora hoje, pra comemorar. Não quer ir com a gente?"

Eugênio completa:

"Tu escolhe o restaurante. E o mais importante: foi idéia do Kozinski, e ele paga tudo. Só nós três e a Joana. Vamos lá?"

"Quem sabe. Eu..."

"Não tem quem sabe, Max. É hoje ou nunca. Tu sabe que o Kozinski economiza até no vinho da missa."

Viviane e Eugênio ficam esperando a resposta de Max, que, meio constrangido, aceita:

"Tudo bem. Mas não escolho restaurante nenhum. Só conheço uns dois ou três, e são todos ruins."

"Não tem problema", diz Eugênio. "Eu passo às oito no teu apartamento."

O casal se afasta. Max percebe que Joana está olhando para ele, no outro lado da sala. Joana sorri para ele e aproxima-se devagar, fazendo estalar seus saltos finos sobre o piso de madeira.

"Aceitou?"

Max dá um sorriso amarelo e assente com a cabeça.

"Ótimo", diz Joana. "A Vivi me falou de um lugar novo e muito chique. Quando o Kozinski vir a conta, vai ter um enfarte."

"Tem que ir de gravata?"

"Não. Mas tu fica muito bem de gravata. Deveria usar mais."

"Deus me livre."

"Deus já te livrou de coisas bem piores, Max. Essa vai ser fácil pra ele. Até a noite."

Joana sorri — um belo e luminoso sorriso — e sai da sala. Max enxerga um garçom carregando uma bandeja quase cheia de croquetes e corre até alcançá-lo. Pergunta para o garçom:

"Vem cá, meu amigo, tu sabe se esses croquetes foram feitos aqui no RU ou comprados fora?"

"Veio tudo de fora, professor."

"Então, por favor, coloca essa bandeja em cima de uma mesa e me traz um guaraná bem geladinho."

* * *

Viviane explica que o cardápio do restaurante tailandês divide, como é de praxe, os pratos em "normais", "quentes" e "muito quentes", e que a temperatura em questão se refere à quantidade de pimenta. Ela recomenda que os marinheiros de primeira viagem escolham as opções "normais" e ainda peçam que a pimenta fique abaixo do que o *chef* — um oriental magro, careca e muito esquisito, que fica no fundo, numa espécie de poleiro, acompanhando a preparação dos pratos na cozinha, toda à vista dos fregueses — considera normal. Max e Joana demoram um pouco para escolher e têm muitas dúvidas. Viviane e Eugênio, que se dizem familiarizados com as opções, pois em Bruxelas havia um tailandês muito barato, ajudam. Eugênio pede champanha francesa. Joana diz que duvida que Kozinski aceite aquela conta, mas Eugênio se responsabiliza, sob o olhar complacente de sua esposa. Explica que as garrafas seguintes serão nacionais, mas honestas.

Duas hora e meia e várias garrafas de champanha depois, Max levanta para ir ao banheiro. Eugênio vai atrás. Os dois fazem grande esforço para seguir em linha reta. Fazem xixi lado a lado.

"Como a Joana tá bonita hoje, não acha?", diz Eugênio.

"É", diz Max.

"E agora tá solteira. Não vai encarar?"

"Acho que não."

"Tô te incomodando com esse papo?"

"Não."

"Eu sempre achei que ela gostava de ti. Até ouvi uns boatos sobre um caso antigo."

Max fica quieto. Eugênio vai lavar as mãos.

"Desculpa, eu tô sendo chato."

"Não tá."

"Então me diz aí, Max. Tu continua sozinho?"

Max também vai lavar as mãos. Responde:

"Tô sozinho."

"Isso não faz bem, Max. Se eu fosse tu, aproveitava. Ela tá de carro, provavelmente vai te dar carona. Vai sem medo, amigo."

"Medo do quê?"

"Às vezes eu acho que tu tem medo da vida. Mais medo do que eu..." Eugênio começa a rir. "Puta que pariu, eu bebi tanto que comecei a filosofar. Desculpa, Max."

"Pára de pedir desculpa."

"Parei. Tudo bem. Eu fico uma besta quando bebo. Quando não bebo também, mas aí eu consigo disfarçar. Ah, ah, ah, como diria o Tavares. Ah, ah, ah..."

Os dois secam as mãos. Eugênio, meio cambaleante, voz insegura, continua:

"Ela não é uma mocinha... Uma garotinha... Mas ela tem as pernas bonitas. E os seios acho que são legais também. Acho... Não dá pra ter certeza. Nunca se sabe. Mas vale a pena conferir, Max. Quer dizer, acho que vale."

Voltam para a mesa. Viviane, a mais bêbada de todos, faz o brinde final em homenagem a Max, com a taça já vazia:

"Por seu ato de heroísmo, que será para sempre lembrado na história das universidades brasileiras. Que ele nunca mais seja obrigado a entrar no banheiro feminino sem estar realmente necessitado."

Max pega seu copo e, olhando para Eugênio, completa:

"E pelo sucesso do curso de pós-graduação em Comunicação da Universidade Vera Cruz."

Batem os copos. Chega a conta. Eles saem do restaurante. Eugênio, cambaleante, diz que vai deixar o carro no estacionamento e chamar um táxi. Joana, que se considera apta para dirigir, oferece carona para Max. Ele aceita. Beijos de despedida. Max segue Joana até o carro.

* * *

A porta já está aberta. A rua está deserta. Max pergunta:

"Não quer descer?"

"Será? Já é tarde."

"Tu que sabe."

"Amanhã dou aula cedo. Melhor não."

"Tudo bem."

Max começa a levantar. O álcool faz a voz de Joana soar insegura e frágil:

"Só se for bem rápido. Que horas são?"

Max olha o relógio, já de pé.

"Uma e meia."

"Ah... Então não dá. Eu só queria te dizer uma coisa mesmo."

"Pode dizer."

"O que tu vai fazer agora?"

"Agora... Agora, nesse instante?"

"Também. Mas é tarde. Eu perguntei agora... que o semestre vai acabar."

"Ainda não sei."

"Já pensou em se inscrever na pós?"

"Não."

"Talvez fosse bom pra ti."

"Vou pensar."

"Eu gostaria muito de te ter de colega."

"Certo. Boa noite, Joana."

"Boa noite."

Max bate a porta e fica esperando que Joana arranque. O carro sai bem devagar. Max sobe para o seu apartamento, desaba na cama e dorme totalmente vestido.

* * *

Max encontra em seu escaninho um envelope com o selo da Universidade Luterana de Pelotas, endereçado "Ao Sr. Prof. Maximiliano da Silva". Pega o envelope e desce para o bar, que está quase vazio: apenas dois garotos com cara de sono, numa mesa de canto, estudam para uma prova. Max pede um café expresso, um copo de água mineral e um pacotinho com quatro aspirinas. Quando está abrindo a embalagem dos remédios, Joana entra no bar, de óculos escuros. Beijam-se no rosto e ficam lado a lado no balcão.

"Acho que vou aceitar uma dessas", diz Joana, apontando para as aspirinas. "Talvez até mais de uma."

"À vontade."

Tomam dois comprimidos cada um.

"Que ressaca infernal", diz Joana. "Não estou acostumada com bebida."

"Não adianta se acostumar. A dor de cabeça é a mesma", diz Max. "Vamos sentar?"

Enquanto tomam seus expressos, Max abre o envelope da Universidade de Pelotas. É uma carta de dois parágrafos. Max lê rapidamente e guarda o envelope em sua pasta de couro.

"Eu disse alguma bobagem ontem?", pergunta Joana. "Confesso que não lembro direito de tudo."

"Que eu me lembre, não."

Joana tira os óculos.

"Olha o meu estado... Sabe que dormi totalmente vestida? Nem as sandálias tirei. Há anos que não ficava com umas olheiras assim."

Max sorri. Joana recoloca os óculos. Max confessa:

"Eu só tirei os sapatos. Mas tu não tá tão mal assim."

Eugênio entra no bar. Sua aparência é absolutamente normal e saudável. Eugênio pede um suco de laranja e vai sentar com os colegas. Joana olha para ele, surpresa, e diz:

"Nós dois dormimos vestidos e estamos quase pedindo uma ambulância pra voltar pra casa. E tu chega assim, cheio de energia... Só falta dizer que não tá de ressaca."

"E não tô mesmo." Olha, divertido, para Max e Joana. "Vocês dormiram vestidos por quê? Não deu tempo de tirar a roupa?"

"Vai te catar, Eugênio", diz Joana. "Parece um idiota, rindo desse jeito a essa hora da manhã."

"Desculpe. Eu tive boas notícias."

"O que foi?", pergunta Max.

"Adivinha quem vai dar a aula magna inaugural do nosso curso de pós-graduação?"

Nem Max nem Joana arriscam um palpite. Parecem mais preocupados com suas respectivas ressacas.

"Querem uma dica?", insiste Eugênio.

Mesmo diante do silêncio dos colegas, Eugênio prossegue:

"É francês, mas ficou preso por longo tempo na Bolívia."

"O Debray?", pergunta Max, admirado.

"Exatamente", diz Eugênio, orgulhoso. "Cheguei em casa ontem, depois do jantar, tão bêbado quanto vocês, abri o *e-mail*, e tava lá a resposta dele. No começo, nem acreditei. Cá entre nós: foi um golpe de sorte incrível, porque ele estava pensando em vir para o Brasil, a convite de USP, em março. Aí ficou fácil. Vamos só pagar a passagem até Porto Alegre e dar uma ajuda de custo."

"Quem é esse cara?", pergunta Joana. "E por que ele ficou preso na Bolívia? Era traficante, ou alguma coisa assim?"

Os dois homens olham para ela, surpresos com a ignorância de Joana. Max explica:

"O Régis Debray tem vários livros publicados sobre mídia e é um intelectual conhecido no mundo todo. Foi preso na Bolívia, no final da década de 60, quando fazia guerrilha ao lado de Che Guevara."

"Um guerrilheiro? Sério? O Tavares sabe disso? Eu acho que ele não vai gostar."

"Isso foi há muito tempo", diz Eugênio. "Depois o Debray virou até assessor do Miterrand. O cara é muito bom, Joana."

"Eu sempre quis conhecer um guerrilheiro", diz Joana. "Ele é velho? Quantos anos ele tem?"

"É bem mais velho do que nós", diz Eugênio.

"Parabéns, Eugênio", diz Max. "É um começo de curso realmente poderoso."

"Obrigado."

Eugênio termina o suco e levanta.

"Vou contar a boa notícia pro Tavares."

Ele sai. Joana pergunta:

"Esse é o cara da violência simbólica?"

"Não", diz Max. "O da violência simbólica é o Bourdieu."

"Que inferno! Eu sempre confundo esses franceses."

* * *

Max chega à sua mesa, na ante-sala do gabinete de Tavares, pega o envelope já aberto e lê outra vez a carta. É uma proposta de emprego para o próximo semestre. Vinte horas semanais, oito passagens de ônibus Pelotas-Porto Alegre (ou vice-versa) por mês, remuneração um pouco inferior à que recebe no Vera Cruz, hospedagem paga pela universidade em hotel três estrelas. A proposta é assinada pelo professor César Caldana, do Departamento de Jornalismo e Ciências da Comunicação, que solicita uma resposta urgente, por telefone ou *e-mail.* As disciplinas oferecidas são Redação Jornalística I e II, e Legislação e Ética da Comunicação Social. Max guarda a carta no envelope e vai até a porta que leva à secretaria. Chama Regineide, que logo aparece. Max pergunta:

"Oi, Regineide. Tu lembra de algum aluno chamado César Caldana? Eu não tenho certeza, mas acho que..."

"Eu lembro dele, professor", diz Regineide. "Era aquele que foi orador da turma e queria fazer um discurso de apenas três palavras na formatura. O Tavares quase expulsou o guri."

O rosto de Max se ilumina.

"Claro! O louco do Cezinha. Ele queria dizer 'Todos têm culpa' e depois sentar. Tu vê, Regineide... Esse protótipo de rebelde agora é chefe do Departamento de Jornalismo de uma faculdade em Pelotas."

"O mundo tá virado, professor."

"Já que o mundo tá virado, será que hoje vão instalar a linha telefônica do meu computador?"

Regineide assume um ar meio trágico e diz:

"Isso é o que prometeram, Max." Pausa dramática. "Mas tu sabe como é. Semana passada também prometeram. O Tavares me disse que o problema é o Irmão Haroldo, lá na pró-reitoria de Administração. Ele começou uma campanha de redução dos gastos com telefone, e aí... Já viu, né?"

Max volta para sua mesa. Pega o envelope da carta e desce até o pátio. Usa o telefone público e faz uma ligação a cobrar para Pelotas.

* * *

Horas mais tarde, Lilian entra na ante-sala, com o olhar baixo e entristecido. Max indica a cadeira, e ela senta. Lilian observa a mesa de Max, que está tomada por livros, folhas de papel e pastas de papelão.

"Tá fazendo uma faxina, Max?", pergunta Lilian.

"Mais ou menos. Tô juntando minhas coisas."

"Juntando? Pra quê?"

"Tá chegando o final do semestre. Eu vou embora."

Lilian, nervosa, vai falar, mas desiste. Morde os lábios com força e finalmente diz:

"Combinei de dar uma passada na casa da Isabel hoje de noite. Não tá a fim? Só pra jogar conversa fora e beber umas cervejas."

"Eu saí ontem de noite, dormi muito tarde. Acho que vou estar cansado pra burro."

"Vai ser cedo, tipo oito."

"Não dá, Lilian."

Lilian diminui o tom da voz.

"Eu tenho que falar contigo, Max. Tenho mesmo."

"Pode falar."

Lilian balança a cabeça.

"Não aqui."

Regineide abre a porta e chama:

"Telefone, Max."

Max levanta e diz:

"Outra hora a gente continua."

Lilian, com a cara fechada, vai embora. Max entra na secretaria e atende o telefone.

"Alô?"

Do outro lado, uma voz bem conhecida:

"Max? Sou eu, o Mateus."

"E aí, cara? Pô, há quanto tempo... Onde tu anda?"

"Em Bagé."

"Bagé? Virou criador de gado?"

"Não. Continuo sendo professor. É uma doença incurável, tu sabe."

"Sei."

"Tô aqui desde agosto. Dou Jornalismo Gráfico e Teoria da Comunicação."

"Que bom, cara. E o salário, como é?"

"Mais ou menos. Vou fazer concurso pra federal de Santa Maria. Enquanto isso, eu me viro."

"Claro."

"Max, acabo de falar com o Cezinha. Ele também dava aula aqui, até o semestre passado, quando virou coordenador em Pelotas e ficou com quarenta horas e dedicação exclusiva. Carreira meteórica. Ele é completamente louco, tu sabe tão bem quanto eu, mas é bom professor. Ele me telefonou e disse que tu vai dar aula lá."

"É bem provável. Ainda faltam alguns detalhes."

"Pô, cara, olha só a coincidência, nós estamos precisando urgente de um professor de Jornalismo Gráfico pra dividir a cadeira do último semestre comigo. O cara que dava aula comigo, o Dirceu, casou com uma ex-aluna podre de rica e virou plantador de soja. Dá pra acreditar? E a mina ainda é gostosa pra burro. Comigo não acontece um troço desses. Comigo só cruza mulher tipo a Joana, que te enfia a faca na barriga e nem pára pra ver o sangue correndo. Pena que aquele cara não fez o serviço nela. Ouvi um boato de que tu salvou a piranha. É verdade?"

"Boato. Foi a polícia que prendeu o cara."

"Eu sabia!", exclama Mateus, aliviado. "Max, olha só, tu pega essa cadeira de Jornalismo Gráfico junto comigo, mais duas turmas de Realidade, e aí eles te dão vinte horas. De ônibus, não dá nem duas horas de viagem entre Pelotas e Bagé, e aí..."

"Calma, Mateus", diz Max. "Que Realidade é essa?"

"Realidade Socioeconômica e Política Brasileira. Cadeira do básico. É o que o Vera Cruz chama de EPB, Estudos de Problemas Brasileiros. É só falar um pouco da globalização, da dívida externa, essas coisas. Tu tira de letra. O Dirceu mandava os caras fazerem resenhas de dois livros e comentarem umas matérias da *Folha de S. Paulo.*"

"Eu nunca dei EPB."

"Isso não interessa, Max. Pô, cara, pensa bem, tu escolhe os dias da semana que forem melhores pra ti, de acordo com as aulas em Pelotas, eu posso ajeitar o horário. Se tu juntar os dois salários, dá pra viver legal. Dois dias em Pelotas, dois dias em Bagé, e três em Porto Alegre, no final de semana. É o paraíso do professor itinerante."

"Não sei se eu quero ser um professor itinerante."

"E quer ser o quê? Repórter? Tu não tem mais idade pra trabalhar sábado e domingo e ganhar uma mixaria que não dá nem pro aluguel. Acorda, Max! É uma proposta irrecusável."

"Eu tenho que pensar."

"Claro, cara. Pensa um pouco. Eu já falei pro nosso coordenador que eu tinha o cara ideal pra vaga do Dirceu, mas posso esperar até a sexta-feira que vem pra confirmar."

"Certo. Sexta a gente se fala."

"Não vai me decepcionar, companheiro. Lembra da nossa famosa dupla de zaga, Max e Mateus? Tem um campinho de futebol bem legal aqui no campus."

"Ótimo. Vou pensar."

"Sexta te ligo, cara. Pensa direito."

"Pode deixar. Tchau."

Desligam. Max coloca o telefone no gancho e olha para Regineide, pensativo.

* * *

O som do porteiro chega distante. Misturado com o chiado da resistência do chuveiro elétrico e com o ruído da água caindo no chão do box, é quase inaudível. Quase. Max ignora o primeiro toque. Mas há um segundo, e depois um terceiro, este bem prolongado. Max interrompe o banho, seca-se rapidamente, coloca o roupão e caminha descalço até a cozinha. Pega o interfone.

"Sim?"

Uma voz insegura e meio enrolada:

"É a Lilian. Posso subir?"

Max olha para o relógio na parede, em cima do refrigerador: 23h45.

"Já é tarde, Lilian."

"É bem rápido."

"Melhor não. Amanhã a gente se fala."

"Cinco minutos, Max."

Max olha para o interfone, com cara de brabo, como se ele fosse capaz de transmitir toda a sua contrariedade. Sem dizer mais nada, aperta o botão que abre a porta de entrada. Um zumbido abafado chega pelo interfone.

"Abriu?"

"Não."

"Deve estar chaveada. Eu vou descer. Espera aí. Vai demorar um pouquinho."

"Tá legal."

Max se veste apressadamente. Quando abre a porta da entrada, vê que Lilian está com o mesmo olhar triste daquela tarde.

"Desculpa a incomodação."

"Entra."

Já no apartamento, Max faz Lilian sentar na poltrona menos estragada e pega uma toalha para secar seu cabelo. Ainda de pé, pergunta, meio impaciente:

"O que é essa cara de enterro?"

"A minha mãe morreu."

Max pára de secar o cabelo. Fica olhando por um tempo para a garota, como se esperasse a conclusão da brincadeira, que não vem. Max senta.

"Morreu? Quando?"

"Ao meio-dia. Coração."

"E por que tu não me disse hoje de tarde?"

"Eu tentei."

"Desculpe, Lilian. Olha... Eu não sabia. Mas tu falou até numa festa na Isabel."

"Não falei em festa nenhuma. Só te convidei para conversar um pouco, já que a Isabel ficou de me levar pra dar uma volta aqui em Porto. Tô vindo de lá. Acabou a cerveja."

"Tu não devia estar no velório? Quando é o enterro?"

"Amanhã de manhã. Eu já vou voltar pra lá." Lilian limpa as lágrimas de seus olhos. "É que eu não consigo ficar perto do pai. Acho que eu odeio ele demais."

Max rapidamente se aproxima de Lilian e, agachado, a abraça com força. Lilian chora bastante. Max mantém o abraço bem apertado e fala baixinho:

"Não odeia, não. Esse sentimento é normal. A gente sempre tem que achar um culpado nessas horas."

"Desculpa, eu tô sendo uma idiota."

"Não."

"É que o pai nunca se preocupou com a felicidade dela. Só pensava nele mesmo. Ele tem uma amante em Novo Hamburgo; o Gustavo já viu os dois juntos, na entrada de um motel da BR-116. A mãe não sabia, mas devia desconfiar. Ela morreu de desgosto."

"Ela morreu porque o coração falhou, Lilian. Não fica pirando."

"Tudo bem."

Lilian limpa as lágrimas e levanta. Fala, com a voz ainda insegura:

"Eu tinha decidido te falar uma outra coisa, faz tempo, e vou ter que falar agora. Não sei nem por quê, mas tem que ser agora."

"Pode falar."

"Eu não te amo mais."

Max fica olhando para Lilian, sem saber o que dizer. Ela ainda acrescenta:

"Então, pode relaxar, pode parar de me tratar como se eu tivesse lepra, AIDS, ou coisa pior. Pode voltar a ser meu amigo."

"Eu sempre fui teu amigo."

"Não. Nesse semestre inteiro, tu me tratou como... Sei lá como. Foi horrível."

"Lilian, sinceramente, eu não..."

"Eu já vou indo, Max. Tenho que voltar pro velório, e a Isabel já deve estar lá embaixo, no carro dela, me esperando. É perigoso."

"Certo, mas..."

Lilian dá três beijos rápidos no rosto de Max e pergunta:

"Tu trancou a porta?"

"Não."

"Então não precisa descer. Tchau, Max."

E, antes que Max possa fazer qualquer coisa, Lilian sai do apartamento.

20

No enterro do tio Ramiro, em julho do ano passado, no cemitério São Miguel e Almas, tava chovendo muito. O túmulo ficava na parede, bem embaixo, num canto, e o lugar estava tão escuro, às nove da manhã, que ligaram as lâmpadas no teto da galeria. Minha mãe chorava sem parar, e aquilo parecia estar absolutamente de acordo com o ambiente. Eu chorei um pouco, abraçado na mãe, apesar de não estar me sentindo triste. O tio Ramiro sempre foi um personagem distante e anódino. Chorei porque tudo à minha volta parecia esperar esse procedimento padrão.

Hoje, no cemitério em que enterraram a mãe de Lilian, estava um dia lindo, o sol brilhava entre nuvens muito brancas, havia uma brisa agradável que fazia circular o ar perfumado do começo do verão e aquela tendinha armada em volta da cova mais parecia um abrigo sofisticado para um piquenique no parque. É difícil chorar num cenário assim, de modo que nem tentei. Eu não conhecia a mãe de Lilian e fiquei a distância. Também não sabia qual seria a reação do pai de Lilian se eu me aproximasse. Fiquei quase todo o tempo ao lado do Tavares e da Joana. A Isabel consolava Lilian. Elas viraram mesmo amigas, o que é estranhíssimo e não tem lógica nenhuma. Mas é ótimo para as duas, acho. Elas são tão diferentes que talvez se complementem com perfeição.

No final da cerimônia, logo depois que baixaram o caixão e Tavares entrou na fila das condolências, eu contei para a Joana das duas propostas de emprego no interior. Ela ficou surpresa. Disse que, depois de tudo que tinha acontecido, seria natural que a minha situação fosse reestudada, e que já tinha falado com Tavares a respeito. Nada de definitivo, só umas conversas rápidas, mas tinha certeza que Tavares não considerava meu afastamento como decidido. Eu disse que em momento algum, durante o semestre, ele fizera qualquer indicação nesse sentido, de modo que o nosso acordo estava mantido. Eu esperava estar na folha de pagamento até fevereiro. Em março, tinha que arranjar algum trabalho. Joana perguntou se eu já tinha aceitado os convites de Pelotas e de Bagé, e eu disse que ainda estava pensando. Nunca tinha morado no interior, e estava com medo de não agüentar.

Tavares voltou, com passo apressado, e disse que precisava estar na faculdade antes das 11. Joana contou sobre as propostas que eu recebera. Tavares, ao contrário dela, não demonstrou surpresa. Perguntou que tipo de regime de trabalho estavam me oferecendo, e eu expliquei que eram contratos de vinte horas. Ele disse que, nesse caso, era até um avanço na minha carreira. Joana ficou puta. Mesmo falando baixo — bem perto dali, prosseguiam os cumprimentos aos parentes da morta —, ela não foi nem um pouco sutil e lembrou a Tavares que ele tinha prometido reexaminar a minha demissão. Ele ficou constrangido, disse que aquele não era um bom momento para discutir o assunto e marcou uma reunião comigo para o começo da tarde. Joana só faltou fuzilar o Tavares com os olhos. Quando ele saiu, na direção do seu carro, ela me encarou por alguns segundos, angustiada, como se não soubesse o que fazer, e depois disse que ia aproveitar a carona de Tavares. Saiu correndo, alcançou-o e, antes de entrarem no carro, ainda deu pra ver que Joana apontava o dedo para ele, numa evidente acusação. O carro saiu, e eu fiquei sozinho.

Entrei na fila. Era o penúltimo. Enquanto esperava minha vez de demonstrar tristeza — e eu estava triste de verdade, apesar do sol e do canto dos bem-te-vis —, fiquei olhando para Lilian, que estava separada do pai por uma mulher de uns sessenta anos, talvez uma tia. Então lembrei que o pai de Lilian, durante toda a cerimônia, não abraçara a filha, naquela demonstração óbvia de mútuo apoio num momento de dor compartilhada. Lembrei também da revelação que Lilian me fizera na noite anterior, sobre uma suposta amante daquele homem alquebrado, que parecia absolutamente incapaz de freqüentar um motel da BR-116. Até que ponto aquela garota — de rosto infantil e corpo de modelo, alta, mas tão magra que os seios mal apareciam sob a camiseta branca — tinha avançado no julgamento de seu pai? Talvez muito.

Tive vontade de sair da fila, que avançava vagarosamente, e escapar daquele contato constrangedor. Sabia que isso era impossível. Pensei no que dizer — "meus pêsames" sempre me pareceu antiquado demais, mas "meus sentimentos" era pior ainda, uma expressão ridícula, pretensamente moderna, que eu não imaginava saindo da minha boca. Decidi não falar nada, só estender a mão e cumprimentar. E então veio a grande dúvida: eu deveria ou não beijar o rosto de Lilian? Com toda a certeza, os outros familiares não tinham a menor idéia de quem eu era, mas o pai dela sabia e poderia considerar o gesto inconveniente. Mais uma vez tive vontade de sair da fila e correr para bem longe. Mas fiquei e esperei.

No final das contas, não foi complicado. Eles já estavam no piloto automático. Estendiam a mão e sorriam sempre do mesmo jeito. A mão de Lilian estava quente e macia. Ela disse, bem baixinho: "Desculpa por ontem." Eu sorri de volta e disse: "Não foi nada." E segui em frente. Isabel estava estranha. Senti alguma censura e até um pouco de raiva na maneira como me olhou. Quando acabei os cumprimentos, e começava a me afastar, ouvi a voz de Isabel nas minhas costas. Ela me alcançou, e conversamos por alguns minutos. O tom de censura permanecia, e ela queria saber o que Lilian conversara comigo na noite anterior. Eu menti, disse que ela me contara sobre a morte da mãe, nada além disso. Isabel não acreditou. Disse que eu precisava apoiar Lilian, que ela estava sofrendo muito, que o pai dela era um vagabundo, que ele não valia nada, que a Lilian não agüentaria ficar morando com ele. Eu disse que eu era, provavelmente, a pior pessoa do mundo para intervir nesse caso, considerando o que tinha acontecido. E Isabel me acusou de estar usando o passado para me isentar de algo que tinha que fazer no presente, considerando o que Lilian sentia por mim. "Se tu não quer te meter, tudo bem", disse Isabel. "É um direito teu. Mas tu não tem o direito de tratar a Lilian como se ela fosse uma desconhecida. Eu não pensava que tu era tão canalha." Eu não soube o que responder. Isabel me deu as costas e foi embora. E aí, ao ouvir pela segunda vez aquela verdade tão evidente, eu comecei a desabar.

Em vez de pegar um táxi na entrada do cemitério, decidi caminhar. Como o cemitério fica na periferia da cidade, havia pouco movimento nas ruas. Andei meio sem destino, embora achasse que estava me aproximando da avenida que faz a ligação principal com o centro de Porto Alegre. Apenas uma coisa era certa: eu tinha, nos últimos meses, me transformado num idiota completo em relação a Lilian. De agosto a novembro, apesar das várias tentativas da garota, eu não tivera uma única conversa decente com ela. Por quê? Por medo e por aceitar, sem qualquer resistência, esse joguinho de repressão que se seguiu à descoberta da nossa transa.

Por algum tempo, ainda tentei construir duas desculpas esfarrapadas: o ataque de Júnior a Joana teria me balançado emocionalmente, e minhas funções como *ombudsman* me exigiriam um certo distanciamento dos alunos. Besteiras, claro. Eu evitara Lilian por dois motivos bem simples: sabia que ela estava apaixonada e tinha medo que, caso nos vissem juntos, minha lenta e penosa jornada de volta à respeitabilidade acadêmica fosse prejudicada. Medo e egoísmo. Medo e hipocrisia. Medo e submissão. Isabel estava absolutamente certa. Eu tinha me comportado como um canalha, talvez inconscientemente, só que agora a verdade se espalhava à minha frente, mais brilhante que o sol iluminando aqueles jardins tristes das casas suburbanas.

Descobri que estava perdido, literalmente falando. A rua acabava num terreno baldio, e minha única companhia eram três cachorros magros e sarnentos, que tentavam extrair algum alimento de um monte fedorento de lixo. Dei meia-volta, apressando o passo. Perguntei como chegar à avenida e, depois de algumas quadras meio erráticas, consegui pegar um táxi, que me deixou na estação do Trensurb. Eu combinara falar com o Tavares de tarde e ainda tinha que terminar de pegar minhas coisas no Vera Cruz. No trem em movimento, percebi que continuava me enganando: eu tinha tempo de ir em casa, mas tinha medo que Lilian aparecesse no meu apartamento, na saída do enterro, e eu não queria ficar sozinho com ela. Medo e vergonha. Muita vergonha. Se Lilian entrasse no vagão, naquele momento, eu sairia pela mesma porta e me jogaria da plataforma nos trilhos, torcendo para que o maquinista desse a partida o mais rápido possível. Medo, vergonha e nenhuma perspectiva de enfrentar o que eu estava sentindo.

Desci e fiquei sentado na plataforma por algum tempo, vendo o movimento dos trens e de seus usuários, o habitual bando de operários, empregadas domésticas, camelôs e estudantes. E tentando descobrir como me transformara tão rapidamente naquele canalha covarde sentado na estação Sapucaia do Trensurb. Cheguei a algumas tristes conclusões. A primeira delas é que, como em vários outros momentos da minha vida, eu optara pela segurança, em vez de brigar pela felicidade. A solidão, para mim, nunca foi exatamente uma peça do destino, ou uma hóspede indesejada. Pelo contrário: várias vezes eu me deixara tragar pela inércia sentimental, pelo ócio emocional, que me devoravam com toda a tranqüilidade, sem fazer alarde, nas frestas do cotidiano, na minha incapacidade de reagir a uma corrente que me puxava para baixo, para o fundo do rio, onde eu poderia enfim descansar, livre da correnteza, entre aqueles animais ou vegetais que vivem mas não se mexem, apenas sugam o mínimo necessário do lodo para continuar vivendo. E, quando morrem, é como se não morressem, porque continuam ali, nem precisam de um enterro como o da mãe da Lilian, apodrecem simplesmente e se misturam ao substrato que os viu nascer, crescer e definhar até um fim nada glorioso. Eu sempre quis viver como uma alga cinzenta, agarrada num monte de areia suja e poluída, morrendo de medo da correnteza da superfície do rio, que está sempre correndo, que nunca é o mesmo, que é como a mulher capaz de fazer a vida valer a pena, porque tem riscos, tem desafios, tem mistérios.

A segunda conclusão foi ainda mais triste. Eu tivera uma oportunidade maravilhosa para combater essa minha covardia existencial e a desperdiçara da pior maneira possível: arrastando outra pessoa comigo para o fundo lodoso do rio. Depois de transar com Lilian, depois de sentir o quanto ela gostava de mim — e eu sentira, com toda a certeza —, em vez de enfrentar a óbvia oposição do mundo, eu me refugiara num papel de defensor dos fracos e oprimidos, criando discursos e fantasias que pretensamente salvariam outras pessoas, como Eugênio, enquanto colaborava com as forças de ocupação da maneira mais abjeta possível. Os nazistas passeavam com seus tanques em minha vida, e eu, de dia, posava nas fotos da Resistência francesa tiradas por Robert Capa, quase como um herói, mostrando um fuzil reluzente, ao lado de meus destemidos e sorridentes companheiros de luta. Contudo, à noite, eu me entregava espontaneamente ao alto comando da SS, sem qualquer emoção especial, e me submetia a sessões de interrogatório e tortura que reduziam o falso herói à sua verdadeira dimensão — um covarde, agarrado às normas dos invasores e disposto a continuar colaborando com as forças de ocupação.

O canalha ainda tentou criar uma desculpa: eu não estava apaixonado por Lilian, como ela estava por mim. E todos sabem que é a paixão que dá coragem, é o amor que leva o homem aos seus movimentos revolucionários. Isso é verdade. Mas há uma outra verdade, tão importante quanto essa: eu, como sempre, evitara me apaixonar, fugira de qualquer comprometimento com aquela garota maravilhosa, cujo rosto que se oferecia ao beijo me fez acreditar numa ética sublime — porque humana — imensamente superior à moral divina e sem sentido que me impediria de transar com ela. Contudo, fora apenas um brevíssimo momento de transgressão, um pequeno lampejo de aspiração a uma identidade e a uma vida verdadeira — uma vida na correnteza da superfície — tudo logo abandonado em troca da segurança do lodo, do fundo, do substrato ancestral que me alimentava e esperava minha morte. Durante a transa com Lilian, a coisa mais maravilhosa que aconteceu na minha vida nos últimos anos, eu senti que poderia ser um homem outra vez. E resolvi, nos minutos que se seguiram, continuar sendo uma alga. Eu escolhi a morte em vida, é muito mais confortável. Não há dor. Nem medo.

Almocei sozinho no RU, sob o olhar cheio de ódio do funcionário que quase foi despedido por conta do armazenamento inadequado da carne para as almôndegas. Ele saía da cozinha de cinco em cinco minutos. Eu sentia seu olhar nas minhas costas e temia que o feijão estivesse envenenado. Na biblioteca, verifiquei que os livros que encomendara no começo do semestre finalmente haviam chegado. Folheei *Sobre Ética e Psicanálise*, de Maria Rita

Kehl, e decidi retirá-lo, mesmo sem saber se voltaria tão cedo ao campus. Eu tinha — e ainda tenho — a esperança de compreender melhor as raízes de minha covardia. Na secretaria da faculdade, Regineide me garantiu que o Tavares estaria lá antes das duas. Aproveitei para esvaziar meu armário na sala dos professores.

Quando Tavares apareceu, estava nervoso e irritado. Queria mais detalhes dos convites que eu havia recebido. Lembrou do Cezinha, a quem impedira de fazer um discurso anarquista na formatura — "Aquele menino era um desequilibrado", resmungou —, e também esculhambou Mateus, chamando-o de "inconseqüente e desrespeitoso". Perguntei quando Mateus o havia desrespeitado, e ele desconversou. Eu insisti. Ele finalmente disse que, depois de ser demitido, Mateus ligou para ele e disse um monte de barbaridades sobre a Joana. Eu fiquei quieto, o que pareceu irritar Tavares ainda mais. Finalmente entramos na questão. Tavares disse que havia prometido para a Joana fazer o possível para me manter no Vera Cruz. Esse era o motivo das discussões durante o enterro. Segundo Tavares, a morte da mãe de Lilian complicava a minha situação. Ele estava planejando falar com Olavo, o pai de Lilian, e lançar uma espécie de balão de ensaio sobre o acordo que haviam feito em julho. Se Olavo demonstrasse alguma abertura, Tavares pediria uma espécie de prorrogação da minha permanência e até, se fosse possível, uma autorização implícita para a minha volta à sala de aula. Com o falecimento da esposa, os planos foram destruídos. Numa conversa rápida que teve com Olavo, por telefone, logo depois de receber a notícia da morte, o pai de Lilian afirmara que a mulher estava muito abalada desde os acontecimentos que envolveram Lilian, em julho, e que certamente o enfarte estava ligado à tensão nervosa provocada pela seqüência de desgostos.

Eu não contestei Tavares. Provavelmente ele não conhece a interpretação de Lilian para a morte da mãe. Apenas observei que ninguém pode afirmar, com razoável certeza, o que leva uma pessoa ao enfarto. Tavares balançou a cabeça e disse que de uma coisa tinha certeza: aquele não era o momento de pedir perdão para mim. Foi a minha vez de ficar irritado. Posso ser um covarde e um canalha, mas nunca implorei perdão para ninguém. Ainda não. Decidi abreviar ao máximo aquela conversa, que obviamente não levaria a lugar nenhum, e disse que aceitaria os convites das universidades de Pelotas e Bagé. Até aquele momento eu não decidira porra nenhuma. E, como sempre, a vida estava me levando para a posição mais segura e livre de conflitos possível. Longe de Lilian, de Tavares, de Joana, do Vera Cruz, dos 12 anos da minha vida em que eu pensava estar construindo alguma coisa, mas apenas preparava mais um movimento para baixo, na direção do fundo e do lodo.

Tavares ficou evidentemente aliviado. Falou no futuro, na possibilidade de eu voltar um dia, até sorriu, disse que eu era um sujeito leal, que todos cometem erros na vida, inclusive ele, e que a vida é assim mesmo, cheia de armadilhas, mas logo ali adiante pode nos oferecer um prêmio inesperado, como esses convites para dar aula no interior. Em covardia, eu ganho dele. Em hipocrisia, ele dá de dez em mim. Apertei a mão de Tavares sem o menor entusiasmo e saí daquele gabinete, que fora meu vizinho por um semestre inteiro, rezando para nunca mais chegar perto dali. Adeus, Vera Cruz.

Uma coisa leva à outra. Enquanto caminhava até a salinha do Eugênio, decidi que, em março, antes de ir para Pelotas e Bagé, eu entregaria o apartamento de Porto Alegre. Não havia sentido em pagar o aluguel de um imóvel que só seria usado três dias por semana. Já que era pra interiorizar... Eugênio não acreditou. Ficou dizendo que eu tinha pirado, que eu não agüentaria, que ele tinha feito planos pra mim. Essa última afirmação me fez rir. Eu quis saber que planos eram esses. Eugênio disse que tinha conseguido, na recém-formada Reitoria de Pós-Graduação, uma bolsa integral, que me permitiria fazer o mestrado de graça, a partir de março. "Ninguém pode te impedir de estudar no Vera Cruz", disse Eugênio, muito sério. E eu respondi: "Eu conheço alguém: eu. Nunca pensei em fazer mestrado. E não vou fazer." Eugênio queria argumentar; eu não deixei. Disse que teríamos tempo de conversar com mais calma e saí da salinha sem janelas, mais uma vez desejando nunca mais entrar ali.

Regineide me pegou no corredor. Joana estava no telefone. Ela queria falar comigo o mais rápido possível. Combinamos um encontro às sete da noite, no Paraguaio, apesar dela não saber onde ficava (nem que existia). O bar tava vazio. Pedi um uísque, que tomei em quatro goles, enquanto ela mal tocou na sua cerveja. Foi uma conversa truncada, difícil, como se falássemos línguas diferentes. Joana disse que Tavares cederia; eu disse que não. E que, mesmo que cedesse, eu não estava interessado em continuar no Vera Cruz. Com os dois contratos de vinte horas juntos, ganharia bem mais do que o meu salário atual. Menti que estava pensando em juntar dinheiro para comprar um apartamento. Ela sabia que eu estava mentindo. Como acontecera no papo com Tavares, percebi que não chegaríamos a lugar algum, e o melhor seria encerrar a conversa logo, para continuar bebendo em silêncio, sem diálogos chatos e dispensáveis. Foi o que tentei dizer, o mais educadamente possível, depois do segundo copo de uísque. Joana não me ouviu.

Ela me olhava e falava comigo como se eu fosse um grande injustiçado. Aquilo me irritou um pouco. Canalhas não gostam de ser confundidos com sofredores, porque são tipos diferentes de filhos-da-puta. Eu disse então, o mais explicitamente possível, que estava apagando o Vera Cruz da minha vida, que eu entregaria o apartamento em Porto Alegre assim que ajeitasse minha vida em Pelotas e Bagé. E aí decidi me mudar antes de março — se for possível — para evitar a repetição de situações como aquela. Joana foi ao banheiro. Na volta, disse que ia pra casa. Me convidou para ir junto, pois ainda tinha coisas a dizer, e o bar já tinha muita gente, e ela não estava se sentindo bem ali. Eu disse que combinara encontrar alguns amigos meus mais tarde. Eu estava mentindo outra vez, e outra vez ela percebeu. Dois beijos no rosto. Nada de dramas. Joana disse que nos encontraríamos na faculdade. Ela não sabia que eu já levara todas as minhas coisas. Ela saiu. Eu pedi outro uísque, que deveria ser o último, mas não foi.

Bebi seis. O Paraguaio me fez parar e me enfiou num táxi. Tive alguma dificuldade para abrir a porta do edifício e achar o elevador. Mas estou aqui. Em segurança, sozinho. Sinto que não há caminho de volta à superfície. Desço lentamente para a escuridão do fundo do rio, onde deverei ficar até que meu corpo se confunda com o lodo, cemitério de algas e de homens como eu.

Julho, 2002

21

A sala 11 da Faculdade de Comunicação Social da Universidade Luterana de Pelotas tem pontos positivos e negativos. O mais positivo é a vista agradável que as grandes janelas oferecem do campus. Além disso, quando o tempo está bom, como é o caso desta manhã fria e luminosa de quinta-feira, os raios de sol entram na diagonal, proporcionando um calor agradável que se espalha por todo o ambiente. O mais negativo também vem pela janela: sempre há alguma obra em andamento, algum novo prédio sendo construído, e o barulho, às vezes, é insuportável. Quando o dia é quente, e as janelas têm que ficar abertas, Max prefere levar seus alunos para o pequeno auditório, onde o ruído dos misturadores de concreto é parcialmente abafado pelas cortinas duplas. São 8h15. Max está terminando de ler o texto impresso numa folha de papel que segura na mão:

"Onze horas e quinze minutos. Discussão da sentença e avaliação. Alguma dúvida?"

Max olha para os 25 alunos da turma da manhã da disciplina de Legislação e Ética da Comunicação Social. É um conjunto não muito homogêneo de estudantes: 11 são de Pelotas (destes, dois são negros); sete vieram de cidades próximas, no sul do estado (Rio Grande, Herval, Jaguarão, Chuí, Santa Vitória do Palmar, Camaquã e São José do Norte). Os outros sete vieram de outras regiões; apenas um veio de Porto Alegre. Há, além dos gaúchos, um paranaense e uma paulista de traços orientais. São 13 garotos e 12 meninas. O paranaense, Gerson Soares, não pode ser chamado de garoto, pois tem 49 anos. É funcionário do porto de Rio Grande e passou todo o semestre dando desculpas pelas suas faltas constantes. É, de longe, o pior aluno da turma. A melhor é Márcia Li, a nissei paulista, que, além de tirar dez em todas as disciplinas, é linda, simpática e vice-campeã brasileira de arco-e-flecha.

Cada um dos alunos está com uma folha xerocada à sua frente, que reproduz as anotações de Max para as duas últimas aulas do semestre. Rubens, um dos negros de Pelotas, fala:

"Tô achando pouco tempo, professor. E a gente tá com um monte de prova marcada."

"E também tem os trabalhos das outras cadeiras", complementa Guiomar, uma loira forte de Herval.

Vários alunos apóiam, com interjeições variadas, as observações de Rubens e Guiomar. Max levanta o braço e diz:

"Em primeiro lugar, nós não estamos começando agora. Começamos no início do semestre. Em segundo lugar, hoje vocês ficaram de me trazer os casos pra escolher. Se a gente trabalhar dentro do cronograma e dividir as tarefas direito, adiantamos muito o processo. Com uma ou duas reuniões durante a semana vocês preparam o julgamento."

"Mas vamos ter que ler um monte de coisa, professor", reclama José Fontes Matzenbacker, de São José do Norte, dono de uma voz grave e poderosa, que lhe valeu o apelido de José FM.

"Essa é a idéia", diz Max. "Ler, estudar e escrever um pouco. Façam fichas com as idéias principais dos filósofos. Vocês podem ler as fichas durante o julgamento, não tem problema nenhum.

Eu já assisti a muitas palestras de doutores e doutoras que leram tudo, do início ao fim. O importante é que sejam textos originais e que vocês saibam do que estão falando. Vocês estão estudando desde o começo do semestre, não é mesmo? Então agora é só fazer uma síntese e organizar o material como se fosse um arsenal à disposição para uma batalha. De acordo com o tiro que vem de um lado, o outro lado responde com um míssil ou com a infantaria. Depois o júri decide quem argumentou melhor. Eu posso revisar os textos, contanto que eles sejam entregues até a véspera do julgamento, ao meio-dia."

Silêncio na sala. Márcia Li levanta a mão e pergunta:

"Mas a gente também pode improvisar?"

"Pode. Pode ler um pouco, improvisar, voltar a ler... Mas primeiro precisamos de um caso."

Márcia Li volta a falar:

"Pelo que eu falei com o pessoal, não temos muitos casos pra escolher."

Max faz uma panorâmica pela turma e pergunta:

"É mesmo? Quem trouxe um caso?"

Silêncio. Finalmente, Hermes Azevedo — um garoto de Chuí, que trabalha como fiscal da Receita Federal na fronteira com o Uruguai e sonha em ser assessor de imprensa para escapar dos plantões da madrugada — levanta a mão:

"Eu pensei numa coisa, professor."

"Trouxe por escrito?"

"Não. Tive a idéia agora."

"Pode falar."

"Um sujeito foi pro Uruguai e comprou um monte de coisas idiotas, tipo brinquedos, CDs de música e jogos de computador. Ultrapassou um pouco a cota, mas não parece ser contrabandista. O fiscal examina o carro por cima e manda passar. Aí aparece um repórter, que tá fazendo uma matéria pra um jornal qualquer, e pede uma carona pro sujeito, mas não se identifica como repórter. No meio da viagem, o cara começa a contar vantagem, diz que vive só de contrabando, que tem esconderijos incríveis na lataria do carro, que traz um monte de muamba todo mês, que tem esquema com alguns fiscais etc. O caso é: o repórter tem o direito de fazer uma matéria entregando o cara?"

"É um caso interessante, Hermes", diz Max. "Só que é meio parecido com aquele do jornalista que entregou sua fonte pra polícia porque descobriu que o sujeito era traficante. Lembra? Foi no início do semestre."

"Tem razão, professor."

"Quem mais fez o tema de casa?", pergunta Max.

Não há reações. Max olha para Márcia Li e diz:

"Nem tu, Márcia?"

Márcia demora um momento para responder. Depois, responde sem muita convicção:

"Eu trouxe, mas não sei se serve."

"Não quer ler pra nós?"

"Eu também não escrevi." Sorri e pensa um pouco. "Tu tinha dito que esse caso não precisava ter relação direta com jornalismo, que era até melhor que fosse uma coisa da vida comum, que poderia acontecer com qualquer pessoa."

"É verdade. Acho que tá todo mundo cansado dessas discussões sobre limites do sensacionalismo e preservação das fontes. As questões éticas podem ser bem mais emocionantes. E bem mais graves. Vocês parecem que têm medo de ir fundo nas coisas. Cadê os grandes temas? Sexo, traição, covardia, coragem, mentira, vingança..."

"Acho que o meu caso é por aí."

"Ótimo. Qual é o caso?"

"Pensei na história de um professor do segundo grau, com uns 30 anos, mais ou menos." Márcia pára e olha para Max, que se mantém impassível. Márcia continua: "Uma das alunas está apaixonada por ele. E aí, um dia, os dois transam."

"Isso não chega a ser um grande conflito ético", diz Max.

"O problema é que ela é virgem e menor de idade. Um outro professor descobre o caso e conta pro diretor do colégio. Aí o diretor conta pro pai da aluna, que vai até o colégio armado e tenta matar o professor. Só que ele erra e mata a filha."

Márcia pára outra vez e olha para Max, que não faz qualquer comentário. Márcia prossegue:

"Eu pensei em fazer o julgamento do professor, e não do pai. Como se fossem dois processos paralelos, entende? O pai está respondendo por homicídio culposo, e o professor por assédio sexual e corrupção de menores."

Márcia espera a reação de Max, que continua calado, olhando para o fundo da sala. José FM quebra o silêncio com sua voz de trovão:

"Eu achei essa história sensacional. Lá na minha cidade aconteceu um troço parecido."

"Lá em Camaquã também", diz Luíza, uma menina sardenta e muito estrábica. "Só que o pai acertou o tiro no professor, e aí ficou tudo certo. Nem sei se teve julgamento."

A turma toda começa a rir. Max levanta a mão e pede silêncio. Fala baixo, tentando aparentar tranqüilidade, mas sua voz está um pouco trêmula:

"A história é boa, mas tem um componente emocional que complica tudo. E essa morte... Não sei. Tá muito Nelson Rodrigues. Em vez de discutir ética, a gente passaria muito tempo discutindo se o crime foi ou não passional."

"Ué...", diz Luíza. "Tu tá sempre dizendo que a ética não pode ser separada dos sentimentos e dos costumes, que tudo se mistura, que as pessoas sempre sofrem, de uma maneira ou de outra."

"É verdade", diz José FM. "A história da Márcia é tri boa. Eu quero defender esse professor fodão. Ele não tem culpa se o pai da menina é um débil mental."

José FM é apoiado por alguns e vaiado por outros. Conversas paralelas começam em todos os cantos da sala. O grito nervoso de Max parte sem qualquer aviso:

"Silêncio!"

Os alunos param de falar e olham para Max, surpresos com sua intervenção quase violenta. Luíza fala em voz baixa:

"Calma, professor. A gente tá só discutindo o caso."

"Uma coisa é discutir como adultos, como universitários; outra coisa é brincar como crianças do primeiro grau. Antes de aprender a falar, vocês têm que aprender a ouvir."

Silêncio na sala. Max continua:

"Peço desculpas pelo grito. Vamos voltar para a questão. Eu veto esse caso porque ele não é didático. A morte da aluna encobriria completamente a discussão ética da conduta do professor. Alguém tem um outro caso?"

"Eu tenho uma proposta, Max", diz FM. "Vamos mudar um pouco a história. Tiramos a morte da aluna e ficamos só com o caso do professor. O pai da aluna fica sabendo da transa, vai até a faculdade e tira satisfações do professor. Quer que ele seja demitido, ou pode processar o professor. Aí temos apenas uma questão ética. Que tal?"

A proposta de FM é apoiada ardorosamente por toda a turma. Max ainda tenta se opor, inventa outras objeções, mas elas são prontamente derrubadas pelos estudantes. Em um semestre inteiro de aulas, com inúmeras discussões daquele tipo sobre ética, alguns alunos de Max aprenderam alguma coisa de retórica e da arte de vencer debates sem precisar ter razão. José FM descobriu que é fã de Sócrates e Platão. Márcia Li gosta de Schopenhauer. Hermes cita Nietzsche para conquistar as alunas dos primeiros semestres. Nenhum deles se tornou especialista em ética, e mais da metade da turma quer apenas a nota mínima para seguir em frente, mas, mesmo numa pequena faculdade do interior, algumas mentes juvenis ainda são capazes de se entusiasmar por textos velhos e idéias novas. Max é vítima destes pequenos monstros que criou e não consegue mais recuar.

Gerson Soares — o mais velho da turma, incluindo Max — se oferece para ser o juiz, e é aceito depois de jurar que virá à aula. Max o ameaça de reprovação automática se faltar. Max pergunta se há voluntários para atuar na promotoria, e apenas Márcia Li levanta o braço. É imediatamente aceita. José FM diz que está interessado em ser advogado de defesa. Também é aceito. Aírton levanta a mão e diz, sem gaguejar:

"Eu também quero."

Imediatamente todos se voltam para Aírton, surpresos com o pedido. Max sorri e pergunta:

"Promotoria ou defesa?"

"De... De... De... De..."

"Defesa?", ajuda Max.

"Isso, defesa", consegue pronunciar Aírton, arrancando aplausos dos colegas. Ele agradece acenando timidamente.

Aírton é o filho caçula de um bem-sucedido advogado de Pelotas, que já foi vereador e deputado estadual pela antiga Arena. Os seus dois irmãos seguem as pegadas do pai: o mais velho já trabalha no escritório do pai; o do meio estuda Direito. Aírton é inteligente e seus trabalhos escritos costumam ser brilhantes; sua gagueira, no entanto, o impede de participar mais ativamente das aulas de Max. Sentado no fundo da sala, sua figura passa quase sempre despercebida.

Os demais alunos torcem para escapar do sorteio das demais vagas na promotoria e na defesa. Preferem atuar como um dos jurados, pois estes terão apenas de justificar seus votos em três laudas, em vez de pesquisar as diversas escolas da ética do direito que serão expostas durante o julgamento e depois participar dos debates, assistidos por todos os alunos interessados da faculdade. É a chance de brilhar. Mas também há um risco considerável de se expor ao ridículo.

Max faz o sorteio fechando os olhos e soltando a ponta da caneta sobre a folha de chamada. Na acusação, além de Márcia Li, ficam Rubens, Guiomar e Hermes. Na defesa, Luíza, de Camaquã, e Ana Paula, de Santa Vitória do Palmar, juntam-se a José FM e Aírton.

Depois de definir os 11 jurados, Max distribui as funções de apoio entre os cinco alunos restantes. Carlos é o meirinho (encarregado da ordem no tribunal e com autoridade para expulsar possíveis baderneiros do recinto). Também são designados dois estenógrafos-eletrônicos (gravam todo o júri com câmaras de vídeo) e dois auxiliares administrativos (que vão produzir o palco do auditório, com as bancadas do júri, da promotoria e da defesa).

Quando todos já sabem suas funções, Max retoma a palavra:

"Vamos fazer como no outro julgamento: ninguém vai discutir os fatos. Eu dou os fatos. Eu sou a verdade."

"Então tu é Deus, como sempre", diz Luíza, que está furiosa por ter sido sorteada.

"Sou. Alguém tem que fazer esse serviço sujo", responde Max. "Se a gente ficasse discutindo o que aconteceu, essa cadeira só acabaria no ano que vem. Não vale acrescentar nada. Vale interpretar de todos os jeitos possíveis e argumentar com base nas escolas da ética. Que vença o melhor, ou seja, quem estudar mais. Os fatos são os seguintes..."

Max vira-se para o quadro-negro e escreve:

(1) O Professor, 30 anos, mantém uma relação sexual com a sua Aluna, virgem e menor de idade (tem 17 anos);

(2) O Diretor fica sabendo, através de uma denúncia anônima, e conta o que aconteceu para o Pai da Aluna;

(3) O Pai da Aluna exige a demissão do Professor e o acusa de assédio sexual e sedução de menores.

Assim que Max termina de escrever, Márcia Li levanta o braço e pergunta:

"Essa lei sobre assédio sexual é bem recente, né?"

"É de 2001", diz Max. "Mas, lembrem, estamos discutindo ética, e não leis. Não se trata de uma questão jurídica."

Guiomar pergunta:

"Ali no item um, não tem que especificar se o professor sabia que ela era menor e virgem?"

Max leva algum tempo para responder. Quando fala, parece inseguro:

"Se não sabia, devia ter perguntado. Então, não faz diferença."

José FM reage imediatamente:

"De jeito nenhum. Ela é que devia ter avisado o cara. Se não avisou na hora, o problema é dela. Todo mundo sabe que garotas de 17 anos virgens são tão raras que..."

"Nem mais uma palavra, José", corta Max. "Quem decide quem é essa menina sou eu. Quem decide quem é o professor sou eu. Vocês não têm o direito de interrogar os personagens, nem de apresentá-los desse jeito ou daquele. Vocês não podem fazer o professor jurar sobre a Bíblia que ele não sabia que a menina era virgem, nem arranjar testemunhas para dizer o contrário. Vocês só podem interpretar e justificar as ações objetivas através de conceitos éticos. Se isso não está bem claro, acho melhor a gente parar por aqui. Não estou dando aula de dramaturgia."

"Tudo bem", diz FM. "A gente entendeu."

"Ótimo. Não respondo mais perguntas. Quem sair dos fatos para tentar influenciar o júri, criando versões, perde o julgamento."

"Mas é isso que os advogados fazem o tempo todo", diz FM. "Criam versões. E sempre ganha a melhor versão."

"Vocês serão jornalistas, e não advogados. É importante saber a diferença, e estamos aqui para isso", diz Max. "Vamos trabalhar. O júri fica nessa sala, a defesa vai pra biblioteca e a promotoria vai pro auditório. Nos encontramos de novo às 11h25."

Metade dos alunos começa a sair. Max faz um sinal para Márcia Li. Enquanto ela se aproxima, Max retira da pasta o livro *Sobre Ética e Psicanálise*. Max mostra o livro e diz:

"Acho que ele vai ser mais útil para a defesa. Te dou depois do julgamento."

"Tudo bem, professor. Mas talvez eu te peça mais alguma coisa emprestada. Posso ligar pro hotel?"

"Pode."

Márcia Li sorri e sai. Não há beijos de despedida.

* * *

"O que tu fez com os teus alunos de Ética, Max?", pergunta Cezinha, enquanto serve vinho para Max e para Rejane, sua mulher e professora de matemática. "Nunca vi uma turma tão excitada na minha vida. Tinha 15 caras na biblioteca quando eu saí de lá. E dois tavam quase saindo no tapa pra ver quem retirava um livro do Aristóteles." Cezinha olha para Rejane. "Aristóteles! Dá pra acreditar?"

Max sorri amarelo e explica:

"Eu passei um trabalho pra eles."

"Eu também passo trabalho pra eles. E sabem o que eles fazem? Primeiro bocejam. Depois sorteiam alguém pra ir na internet e achar textos prontos para a turma toda."

Max sorri outra vez e olha para o fogo na lareira. A casa de Cezinha e Rejane não é muito grande, mas é confortável e tem uma sala com lareira, uma mesa grande de madeira — onde repousam os restos do jantar, que teve como prato principal um risoto de champignon — e quatro poltronas muito macias. O vinho, importado, não é dos mais baratos. Cezinha, como coordenador do curso de Jornalismo, contratado com quarenta horas e dedicação exclusiva, ganha quase cinco vezes mais que seu ex-professor no Vera Cruz. Cezinha fez mestrado logo que terminou a graduação.

"Aquele teu quarto no hotel não é muito frio?", pergunta Rejane.

"Um pouco", diz Max.

Um choro de criança chega na sala, trazido pelo alto-falante do *baby-phone*, que acompanhou Rejane a noite toda. Ela levanta e vai atender o filho do casal.

"O Julinho também quer jantar", diz Cezinha, sorrindo, orgulhoso. "Tu nunca pensou em ter filhos, Max?"

"Não."

"Filho incomoda um pouco, mas é muito bom. Considerando a relação custo-benefício, vale a pena, pode acreditar."

"Acredito."

"É impressão minha, ou tu tá preocupado com alguma coisa?"

"Impressão tua."

Cezinha serve mais vinho para Max.

"Depois de três cálices de vinho, o velho Max que eu conheço sempre se solta um pouco mais. Diz aí, meu amigo, qual é o teu drama?"

"Não tem drama nenhum."

"Então é a síndrome do professor itinerante, a angústia de não ter um lar definido, os quilômetros percorridos em ônibus..."

Rejane volta, com um sorriso amarelo no rosto. Fala para Cezinha:

"Acabaram as fraldas, querido. Desculpe, eu esqueci de comprar hoje de tarde."

"Tu tá me dizendo que eu vou ter que sair, com esse frio de rachar, pra comprar fralda? Não dá pra resolver com fralda de pano?"

Rejane não parece gostar muito da idéia. Max intervém:

"Eu tava pensando em sair mais cedo hoje. Se tu me deixar no hotel, do lado tem uma farmácia 24 horas."

"Mas a gente acabou de jantar", protesta Cezinha.

"Eu tenho várias coisas pra fazer. Sério."

Cezinha balança a cabeça, insatisfeito.

"Tu que sabe, Max."

* * *

Na garagem, ainda antes de ligar o carro, Cezinha volta ao ataque:

"Sabe qual é o teu único defeito, Max? Tu acha que não precisa de ajuda pra nada, que pode resolver tudo sozinho. Não lembro de uma única vez, nesse semestre inteiro, que tu tenha me pedido alguma coisa, nem como amigo, nem como coordenador do curso. Tu já pensou nisso?"

"Eu te pedi pra usar o auditório nas aulas de Ética. Também pedi um computador. E fui atendido nas duas coisas."

Cezinha liga o carro e começa a manobrar.

"Bobagem. Eu tô falando de alguma coisa importante. Eu já me ofereci pra te arranjar um apartamento barato e pra te conseguir uma namorada. Tu não aceitou nem meu convite pra uma pescaria."

Max fica em silêncio. Cezinha continua:

"Tô pensando em propor pro Gessinger passar teu contrato

pra quarenta horas no semestre que vem. Ele já me disse que te considera um excelente professor, o que é óbvio até para uma pessoa obtusa como o nosso digníssimo diretor. Tu topa? Mas aí tu tem que largar Bagé."

O carro sai da garagem e ganha as ruas de Pelotas. Nas calçadas, raros e encasacados pedestres. Max demora para responder. Quando fala, parece inseguro:

"Não sei. Eu gosto de lá."

"Pensa, Max. Teu salário vai ficar bem melhor e acabam essas viagens chatíssimas. Ou tu vai me dizer que gosta das viagens?"

Max não responde.

"Tu tem um tempo pra decidir, Max. Até a semana que vem. Mas é uma oportunidade de ouro, porque o chato do Pontes vai fazer doutorado em Berlim, pelo menos dois anos. Precisamos de mais alguém pra dar aula de Redação. Tu vai pensar?"

"Vou."

Cezinha liga o rádio. Ficam em silêncio até o carro encostar na frente do hotel de Max, que compra as fraldas na farmácia ao lado e as entrega para o amigo.

"Diz pra Rejane que o risoto tava ótimo", pede Max.

"Isso tu já disse, Max. Duas vezes. Tchau, companheiro. Qualquer coisa, me liga."

22

Eu gosto das viagens de ônibus. Não tive coragem de dizer pro Cezinha, porque ele teria achado, provavelmente com razão, que eu estou enlouquecendo. Mas agora eu posso ver claramente. *I can see clearly now...* como diria — na verdade, cantaria — Johnny Nash. E a chuva foi mesmo embora. Como continuava a música? *I can see all obstacles in my way...* Bom, aí fica difícil. Nunca vi os obstáculos à minha frente. E o resto da letra, que eu já soube de cor e até arranhei no violão, em tempos imemoriais, não lembro. Claro, tinha o *It's gonna be a bright (bright, bright, bright) sunshiny day.* Um brilhante dia de sol. A canção é de um otimismo quase indecente. O mais provável é que amanhã chova de novo.

Eu quase disse pro Cezinha: "Taí uma coisa que eu gosto: sentar no ônibus e esperar que ele me leve de um lugar pro outro." O Cezinha me mandaria para um psiquiatra, porque todos os professores itinerantes detestam as viagens. Mas eu gosto, não posso negar para mim mesmo. Eu não tenho nenhuma obrigação durante o trajeto. Nunca falo com ninguém. Nunca acontece nada de extraordinário. Eu simplesmente espero que o motorista cumpra sua obrigação e me conduza em segurança até o destino, com apenas uma parada de 15 minutos para um café ruim numa lancheria de posto de gasolina.

Eventualmente, o ônibus poderá se envolver em algum acidente horrível, mas não seria minha culpa. Eu poderia estar dormindo, ou acordado, ou lendo, ou pensando nos peitos da Silvana, que isso não faria a menor diferença. Até já pensei em morrer entre Pelotas e Bagé, nalgum ponto ermo da BR-293, um lugar sem nada perto. Mas morrer logo, sem ficar agonizando, porque o socorro levaria muito tempo. Há grandes extensões sem coisa nenhuma dos dois lados da estrada. A decadência econômica transformou todo o sul do estado numa terra de ninguém. Quem nasce por aqui e tem alguma ambição na vida sai o mais rápido possível. Eu, lógico, fiz o caminho inverso.

Talvez eu não gostasse da viagem se ela demorasse mais do que ela demora — três horas e 45 minutos. Talvez se fossem as cinco horas entre Pelotas e Santa Maria — que o Freitas encara toda semana —, ou as dez horas entre Pelotas e Uruguaiana — que a Natália enfrenta tão estoicamente — eu poderia dizer para o Cezinha: "Ótimo, me tira logo dessa estrada infernal." Mas eu posso me considerar um felizardo no mundo dos deslocamentos acadêmicos. Tenho até vontade de conhecer essas pequenas cidades que passam pela janela do ônibus — Hulha Negra, Pinheiro Machado e Capão do Leão —, das quais não consigo formar um imaginário mínimo. Se o Mateus conseguisse a vaga em Santa Maria, enfrentaria uma viagem como a minha, uns 250 quilômetros, suportável.

Se eu aceitasse a proposta do Cezinha, teria que abandonar o Mateus. Seria uma pena. Foi bom voltar a dar aula de Jornalismo Gráfico com ele, e Bagé é uma cidade interessante. Claro, eu me livraria das aulas de Realidade Socioeconômica e Política Brasileira, mas até estas, agora no final do semestre, revelaram seu lado divertido. Nunca pude falar tão abertamente de política em sala de aula (e sem nenhum medo de estar fazendo proselitismo; os alunos são quase todos mais raivosos que eu). O Mateus fez o possível para que eu me enturmasse com seus amigos professores, especialmente com a Diana, de TV, que ele diz que está a fim de mim. Sem chance. Sei que ela transou com o Mateus nas férias, e ele só quer passar adiante, porque está interessado naquela professora de Letras que vem sempre no bar da Comunicação durante o recreio.

Outro dia quase contei pra ele que transei com a Joana, em priscas eras. Estávamos bêbados, depois de um jantar em que a comida estava horrível e o vinho estava ótimo, e ele dizia o quanto ela era odiosa e desprezível, e de repente a imagem que me veio da Joana não era igual à que ele estava pintando — e que eu assinaria embaixo até algum tempo atrás —, e senti vontade de confessar aquela noite que passei com ela. Só não contei porque tive medo de engatar uma outra confissão: a de que havia algum fundo de verdade nos boatos sobre minha participação no episódio do banheiro do Vera Cruz. Como explicar para o Mateus que eu não só tinha comido a piranha como também tinha, de certo modo, arriscado a minha vida por ela? Fiquei quieto, ainda bem.

Talvez também seja melhor ficar quieto em relação ao julgamento. Quando Márcia Li apresentou o caso, pensei que eu deveria impugná-lo de qualquer maneira, que era só uma questão de achar um argumento razoavelmente forte, e o resto seria decorrente da minha autoridade como professor. Entretanto, à medida que a discussão evoluía, meus argumentos se mostravam mais do que fracos: eram ridículos, e eles perceberam isso. Cheguei a pensar que era uma coincidência grande demais, que alguém contara para Márcia Li o que tinha acontecido comigo no Vera Cruz, mas Márcia Li está acima de qualquer suspeita. Seus olhos puxados não têm capacidade de dissimulação.

De qualquer maneira, é apenas uma aula, uma manhã, e meia hora depois estará tudo esquecido e começarão as férias. Uma ficção, uma brincadeira para tentar mostrar que a ética não é algo teórico, algo que está exclusivamente no mundo das idéias, e sim que dança entre as sombras da caverna. A essa hora, Márcia Li deve estar preparando a acusação ao Professor, usando sei lá qual método de ataque impiedoso e arrasador, talvez uma combinação de Kant e Schopenhauer. Mas o FM vai tentar detê-la, também com armas de grosso calibre, aposto que vai usar Nietzsche. Tenho que falar pra ele do livro da Maria Rita; há ali alguns pontos interessantes para a defesa do Professor. Ele precisa de uma chance. E já sei o que fazer em relação a Lilian. Amanhã, logo depois da aula de Redação, vou para Bagé e fico lá todo o final de semana. Se ela vier pra Pelotas, encontrará apenas um quarto de hotel vazio e uma bela cidade que perdeu o trem da história.

23

Márcia Li, Aírton e Max, segurando as bandejas metálicas do RU, caminham até uma mesa de quatro lugares, onde já estão a pasta de couro de Max e duas sacolas com o logotipo da universidade. Sentam. Max começa a comer. Márcia Li começa a falar:

"Nós estamos com algumas dúvidas, Max."

"Montes de dúvidas", acrescenta Aírton, sem gaguejar.

"Não venham me perguntar coisas sobre os personagens ou sobre os fatos. Eu quero uma discussão intelectual, de conceitos, e não uma investigação criminal, ou uma disputa retórica. Os fatos são aqueles que eu botei no quadro. Até pensei em acrescentar alguma coisa, mas depois desisti."

"Tudo bem", diz Márcia Li. "Isso a gente entendeu. Vamos usar o julgamento para expor as doutrinas."

"Exatamente", diz Max.

"Mas nós temos que estar sempre citando os autores, ou simplesmente colocamos as idéias, sem dar as... As... Ffff... Ffff..."

Aírton pede socorre com os olhos.

"Fontes?", ajuda Max.

"Isso. As fontes", confirma Aírton.

"Não precisa citar as fontes. Os alunos vão identificar naturalmente as origens dos discursos se aprenderam alguma coisa durante o semestre. Vocês devem convencer os jurados que o Professor é culpado ou inocente, usando tudo o que puderem. Sem patifaria." Max olha, bem sério, para Márcia Li e Aírton. "Vamos fazer um jogo limpo. Não vale atacar os personagens."

"Mas vale interpretar o que eles fizeram", diz Márcia.

"Não. Vocês não têm que interpretar as ações dos personagens. O nosso objetivo é mais simples: mostrar como as diferentes escolas éticas julgam os fatos e as conseqüências desses fatos", diz Max.

"Não vejo muito bem qual é a diferença", diz Aírton. "No final das contas, a discussão vai cair sobre os..., os..., os..." Ele se esforça muito e acaba conseguindo dizer: "...os personagens. As decisões que eles tomaram são individuais. Não há normas universais para todos os conflitos éticos."

"Isso já é argumentação, já é uma forma de ver a ética", diz Max. "Vamos simplificar a coisa: se vocês tentarem influenciar o júri apresentando os fatos de um modo que eu considerar tendencioso, eu interrompo o discurso na hora e recoloco os fatos originais. O que o professor fez não está em discussão. Nós vamos discutir se ele tinha justificativas éticas para fazer o que fez, ou se deve ser condenado. E quem vai interpretar é o júri."

"Protesto, Max!", exclama Aírton, dessa vez sem tropeços. "O professor é inocente até prova em contrário. Quer dizer: o réu não precisa de uma justificativa para fazer alguma coisa; é a promotoria que precisa de uma boa razão para condenar."

Max sacode a cabeça e diz:

"Negativo. O teu raciocínio é jurídico, e não ético. Mas tudo bem, eu me expressei mal. Não se trata de condenar ou absolver alguém. Nós vamos fazer uma avaliação do valor moral de um ato. Só isso. O júri é um mero espetáculo, uma espécie de alegoria da sociedade."

"O espetáculo precisa de uma vítima", diz Márcia Li. "É isso?"

"É. No nosso caso, a vítima é simbólica. No mundo real, ela tem filhos, mau hálito e contas atrasadas. Hoje de noite vou pra Bagé. Se quiserem mais alguma coisa, usem a internet. E lembrem que eu só vou revisar os textos que chegarem até o meio-dia da véspera do julgamento. E agora vamos comer. O meu estômago não está nem um pouco interessado em questões morais."

* * *

A modesta biblioteca central das Faculdades Integradas da Campanha está quase deserta. Max examina vagarosamente a estante dos livros de filosofia. Folheia um grosso volume de Santo Agostinho, mas acaba recolocando-o no lugar. Ao sair do prédio, percebe que o casaco, tão necessário quando saiu do hotel, de manhã cedo, agora é dispensável. O sábado está ensolarado. Max joga o casaco sobre o ombro e olha para o relógio: 11 horas. De onde está pode ver que não há ônibus na parada, uma quadra e meia adiante. Começa a caminhar no sentido contrário, rumo ao centro da cidade. São seis quilômetros. Chega à rua do seu hotel quase duas horas depois, um pouco suado, assobiando *I can see clearly now* e com o casaco desajeitadamente amarrado na cintura. Examina um cardápio colado com durex na janela de um restaurante italiano. Continua caminhando. Faltam poucas dezenas de metros para a portaria do hotel. Max olha para a praça, do outro lado da rua. Todos os bancos estão ocupados, em sua maioria por velhos e crianças. Mas um dos bancos, o que fica bem na frente do hotel, abriga duas garotas, cujas roupas alegres e coloridas contrastam vivamente com tudo que está em volta delas. O olhar de Max naturalmente se dirige para aquele banco e para aquelas garotas. Max continua andando e, à medida que se aproxima, os rostos das garotas vão crescendo e ficando mais nítidos, até que as reconhece e pára. Ao mesmo tempo é reconhecido. A garota de óculos, com longas botas de couro negro e salto fino, levanta-se e abana para ele, sorridente. A outra, mais alta, apenas olha, ressabiada. São Isabel e Lilian.

Max, depois de um momento de hesitação, atravessa a rua e acelera o passo. Lilian levanta do banco. Max está na frente das duas ex-alunas. Ele estende a mão para Isabel. A mão de Max fica no ar, sendo observada pelas garotas com perplexidade.

"O que é isso, Max?", diz Isabel. "É proibido beijar na praça?"

"Desculpe", diz Max, atrapalhado. "Eu tô... Eu me desacostumei."

Max adianta-se e dá dois beijos em cada uma.

"Resolvemos fazer uma surpresa", diz Isabel. "Quer dizer, eu decidi. A Lilian era contra a nossa pequena excursão. Mas eu tenho meus truques de convencimento. Aprendi contigo, Max."

"É uma surpresa mesmo."

"Pelo visto, aqui em Bagé professor não beija ex-alunas."

"Alguns beijam."

"Claro... Alguns..." Isabel vira-se para Lilian. "Não vai falar nada?"

"Não enche, Isabel."

Isabel fala rápido

"Ela tá emburrada. Mas daqui a pouco desemburra. Ela tinha desistido de te visitar. Tinha até a passagem comprada pra Pelotas, mas desistiu, não sei por quê. Aí eu resolvi me meter. Tu sabe que eu sou metida. Eu disse pra ela que tava disposta a passear um pouco. E eu também queria falar contigo, tava com saudades. Eu tenho saudade até de uma bota que me deu um calo horrível no calcanhar. Vocês sabem como eu sou emotiva." Lilian e Max sorriem. "Aí eu disse pra Lilian que, antes de viajar, nós tínhamos que ter certeza onde tu andava, que essa vida de professor viajante deve ser uma loucura, cheia de lances inesperados e reviravoltas no destino. Consegui o telefone do teu hotel em Pelotas com o Tavares e falei com um rapaz simpático, chamado Rodrigo. Ele disse que tu tinha acabado de sair e que tava indo pegar um ônibus pra Bagé. Viu como eu sou uma menina esperta? Posso ser uma boa repórter, porque sei fazer perguntas. Tu também me ensinou alguma coisa sobre isso. Vocês não tão com fome? Eu tô morrendo de fome."

* * *

Max e as duas garotas entram no quarto.

"Foi a melhor lasanha que já comi na vida", diz Isabel. Ela olha para Max. "É impressão minha, ou tu engordou um pouco?"

"Talvez tenha engordado. Muito churrasco."

"Tá fazendo algum exercício?"

"Eu caminho bastante."

"Eu agora tô fazendo caratê. É muito bom dar umas porradas. Principalmente em homem. Tem um guri metido a besta, que se acha o maior gostosão. Outro dia meti a mão com tanta força na cara dele que ele ficou com o olho roxo. Foi um acidente, claro." Isabel sorri e aponta para a porta do banheiro. "O banheiro é ali?"

"É."

Isabel entra no banheiro. Lilian, sem olhar para Max, diz:

"Vamos embora à meia-noite. Eu... Eu e a Isabel queremos saber algumas coisas sobre esse negócio de pós-graduação. O Eugênio disse pra fazer lá no Vera Cruz mesmo, mas... Nós estamos em dúvida. Falamos com alguns alunos do curso, e eles não parecem muito entusiasmados."

"Quando vocês pretendem fazer a pós?"

"A Isabel termina a graduação agora em julho. Eu adiantei um monte de cadeiras e pretendo acabar no final do ano."

"Já?"

"Eu tô estudando de manhã e de noite. Quero sair de casa o mais rápido possível, trabalhar, ter a minha vida. A Isabel me falou que é fácil conseguir um trampo de professor tendo um título. É verdade?"

"Mais ou menos."

"Mas deve ser mais fácil que conseguir trabalho como repórter. Conheço um monte de gente que levou currículo até pra jornalzinho de igreja e não conseguiu nada."

"É... O mercado é uma..."

A porta do banheiro abre e Isabel sai, já falando:

"O mercado é uma merda? Não! Se fosse uma merda até que era bom. O mercado é uma merda inexistente. Alguém tem que cagar um mercado pra nós, com urgência." Isabel olha para Max e Lilian. "Vocês continuam de pé! Tão se sentindo mal?"

Max faz com que Lilian e Isabel sentem nas duas únicas cadeiras do quarto e coloca água e pó na cafeteira elétrica. Ele senta na cama. Logo o cheiro do café passado inunda o ambiente.

"Max, fala a verdade", pede Isabel. "Essa pós do Eugênio é ou não é uma fraude?"

"Não sei."

"Todo mundo diz que os professores são horríveis e não têm saco nenhum. Em vez de dar aula, indicam uns livros complicados e fazem seminários, em que os próprios alunos têm que apresentar os conteúdos."

"Isso é bastante comum em cursos de pós-graduação."

"Isso é uma mentira, principalmente se os alunos são precários e nunca leram bosta nenhuma."

Max fica em silêncio.

"Eu tô pensando em ir pra Espanha ou pra Portugal no fim

do ano", diz Isabel. "E quero que a Lilian vá junto comigo. Em duas talvez seja mais fácil, tanto pra mim quanto pra ela."

"Não entendo muito disso", diz Max, "mas imagino que seja complicado conseguir duas bolsas para a mesma universidade". Max pensa um pouco. "Vocês querem bolsa, ou vão pagar os cursos?"

"É claro que nós queremos bolsas", diz Isabel. "Mas não sabemos nem por onde começar. Tem essa CAPES, o CN-não-sei-o-quê..."

"O Eugênio conhece bem como funcionam esses esquemas."

"Ele não está dando a mínima pra gente", acusa Isabel. "Quer saber de uma coisa? Esse teu amigo é um convencido, um cara desprezível que..."

"Eu conheço o Eugênio há tempo", corta Max. "E ele é meu amigo."

"Ele tinha a obrigação de nos ajudar", diz Lilian. "Em vez disso, fica fazendo lobbyzinho pra conseguir alunos pro curso dele."

"Não queremos fazer a pós no Vera Cruz", define Isabel. "Queremos viajar e fazer um curso decente. E tu vai nos ajudar a encontrar esse curso. Ou não vai?"

"Talvez eu não seja a melhor pessoa pra ajudar."

"Nós achamos que é", insiste Isabel.

Max levanta-se, vai até a janela, olha para fora, volta a encarar as duas meninas e diz:

"Nós estamos em Bagé, num quarto de hotel, sem internet, sem qualquer informação sobre cursos de pós-graduação no exterior. Eu nunca saí do Brasil na vida, nunca pedi bolsa e não tenho contato com universidade alguma fora do triângulo Sapucaia-Pelotas-Bagé. O que faz vocês pensarem que eu posso ter alguma utilidade?"

"A gente confia em ti", diz Lilian.

"E a gente gosta de ti", diz Isabel.

"E tu foi o melhor professor que eu tive na vida", diz Lilian.

"E tu ainda vai aprender o quanto é importante ajudar duas garotas maravilhosas, que viajam quatrocentos quilômetros pra te encontrar e te dizer o quanto confiam e gostam de ti", completa Isabel.

Max olha para as duas garotas. Isabel, atrás de seus óculos de lentes de fundo de garrafa, mantém a mesma postura desafiadora e consciente da própria sensualidade que Max encontrou há quatro anos, na primeira vez que a viu, nos corredores do Vera Cruz. Ela encara, desafia, mantém Max acuado com suas botas de saltos muito finos e blusa cuidadosamente escolhida para realçar o desenho dos seios. Lilian olha para o chão. Ela ainda é, de certo modo, a garota com cara de pré-adolescente, que cresceu rápido demais e parece desprezar o próprio corpo. Por outro lado, no canto dos seus olhos, na maneira como cruzou as pernas e até na calça que está vestindo, muito justa, acompanhando sinuosamente as longas pernas desde a cintura até os tornozelos, alguma coisa mudou. Max espera que Lilian volte a olhar para ele. E então sorri.

* * *

Assim que saem do bar, Lilian e Isabel dão as costas para o vento forte e gelado que varre a rodoviária de Bagé e começam a pular e a esfregar as mãos. Max, com as mãos nos bolsos de um casaco de couro, aponta com a cabeça na direção do box 12, atrás delas, e diz:

"É pro outro lado, meninas."

"Tem certeza que tá na hora?", pergunta Isabel. "Se eu ficar mais um minuto aqui fora vou virar sorvete."

"O ônibus já tá ligado. E deve ter calefação."

O trio corre na direção do ônibus. Isabel abraça Max, dá um beijo rápido no rosto do professor e entra no ônibus. Lilian sorri para Max e aproxima-se devagar. Ele começa o abraço, que vai se estreitando pouco a pouco. Para surpresa de Max, os olhos de Lilian estão um pouco acima dos seus, o que significa que a garota cresceu alguns centímetros desde a última vez que a abraçou. Se ela usasse as botas de Isabel, com certeza ficaria muito mais alta que ele. Lilian beija Max no rosto e começa a desfazer o abraço, mas Max procura os olhos da garota e puxa seu corpo outra vez. Mantém a pressão por alguns segundos. Lilian responde crispando suas mãos e apertando fortemente as costas de Max. Finalmente olha para Max, mas é apenas por um segundo. Logo ela se afasta, quase bruscamente, e entra no ônibus. O motorista fecha a porta. O ônibus manobra para deixar o box e abandona a Rodoviária, desaparecendo na cerração. Max também vai embora, muito mais lentamente do que se esperaria, como se estivesse imune ao frio do começo da madrugada bageense.

24

Não chega a ser um "Guia Completo para o Sucesso Acadêmico na Península Ibérica". Por outro lado, não está mal: as informações sobre os cursos estão atualizadas (confiando que as universidades européias mantenham seus *sites* em dia) e há um roteiro de possibilidades de obtenção de bolsas nos órgãos competentes. O Eugênio me deu muitas dicas por *e-mail*, talvez acreditando que começo a pensar numa pós para mim. Deixei que ele pensasse o que bem entendesse. Foi interessante constatar a grande quantidade de cursos de Comunicação em Portugal e na Espanha, os dois únicos países em que Isabel e Lilian cogitam morar. Vários deles parecem ser interessantes. Talvez não sejam tão interessantes na prática quanto o são nos programas.

Mas aposto que estão alguns anos-luz à frente do curso do Eugênio. Ele me perguntou insistentemente como estou me sentindo. Na última mensagem, depois de agradecer as dicas sobre o CNPq, eu disse que a vida no interior estava me fazendo bem. Depois de enviar, fiquei pensando sobre a expressão "me fazendo bem", geralmente usada para definir alguma coisa ruim na atualidade, mas que revelará seus benefícios no futuro, tipo "tenho que estudar muito para essa merda de prova, mas preciso de uma boa nota em matemática", ou "detesto fazer tantos abdominais, mas preciso eliminar essa barriga indecente", ou "não gosto de ser tão duro com meus alunos, mas eles precisam aprender o quanto a disciplina é importante". Será que boas notas em matemática, barrigas decentes e personalidades disciplinadas valem mesmo tantos sacrifícios? Será que essas coisas — estudar, malhar e forjar consciências fortes — "fazem bem"? Será que essa ética de resultados, conservadora e cristã, é a melhor maneira de encarar a vida? Não a vida de qualquer um; cada um que decida o que é melhor para si mesmo. Estou falando da minha vida, essa maravilhosa vida em trânsito, de hotéis, rodoviárias e pastéis em lancherias de postos de gasolina.

Quando Lilian me abraçou antes de entrar no ônibus, senti um calor inacreditável. Tive vontade de convidá-la para voltar ao hotel comigo, deixando Isabel e suas botas de saltos finos dentro do ônibus, a caminho de Porto Alegre. Mas, se ela não quisesse abandonar a amiga, poderia levá-la também, talvez até fosse melhor. Sentaríamos, nós três, na minha cama, e eu abandonaria todos os malditos sentimentos morais por algumas horas. E eu abraçaria Lilian, beijaria Isabel, tiraria as roupas de Lilian, lamberia as botas de Isabel, acariciaria o rosto de Lilian, tiraria os óculos de Isabel, apalparia a bunda de Lilian, chuparia os peitos de Isabel, desnudaria Lilian, arrancaria o sutiã de Isabel, baixaria as calcinhas de Lilian, molharia o dedo na boca de Isabel, mostraria o meu pau duro para Lilian, passaria a língua no cu de Isabel, meteria o pau bem devagar na boceta de Lilian, depois na de Isabel, e faria as duas gritarem de prazer, gozarem, se acabarem, tudo isso com o maior carinho, tudo isso com o maior respeito, tudo isso com a maior sinceridade, porque, sinceramente, naquele sábado as duas me fizeram acreditar outra vez na possibilidade de dar alguma coisa a mim mesmo além das doses cotidianas de moral, dos vinte quilômetros de trilhos de covardia entre Porto Alegre e Sapucaia pelo

Trensurb; dos 190 quilômetros de asfalto de culpa entre Pelotas e Bagé pela BR-293.

E, de repente, tive vontade de ser julgado, ali, naquele momento, naquele quarto de hotel de Bagé, queria que alguém isento me dissesse: "Vai, come logo essas gurias, porque é isso que elas querem, é disso que tu precisa, e é isso que o cosmos, a humanidade, Deus, determinam ser bom." Ou que me dissesse: "Não. O cosmos, a humanidade e Deus determinam que elas estão interditadas, e essa interdição é pelo bem e pela felicidade de todos, inclusive a tua, a delas, a do cosmos e a de Deus." Eu acataria a sentença; quem sou eu para discutir o bem e a felicidade de Deus, se não consigo nem entender os textos de Foucault? Preciso desse julgamento. Quero ver o meu carrasco. Quero que o processo corra sem subterfúgios regimentais de advogados espertos. Quero que esse ônibus chegue logo a Pelotas, porque preciso organizar e revisar o meu dossiê sobre cursos de pós-graduação em terras longínquas para gentis estudantes brasileiras sem experiência e enviá-lo para Lilian e Isabel, nas distantes Sapucaia e Porto Alegre, e essa parece ser a minha tarefa mais importante dos últimos tempos.

25

Tamira, a secretária-estagiária de Cezinha, abre a porta da sala de aula e diz para Max, com o mau-humor de sempre:

"Telefone pro senhor no Departamento. A pessoa diz que é urgente."

Max anuncia para a turma de Realidade Socioeconômica e Política Brasileira:

"Volto logo."

Quando sai da sala, Tamira diz que vai fazer um lanche. Max atravessa o corredor com passos largos e rápidos. Entra na pequena sala de Cezinha e pega o telefone.

"Alô."

Do outro lado, a voz de Isabel:

"Oi, Max. Somos nós. Isabel e Lilian." A voz fica mais baixa. "Fala alguma coisa aí, Lilian."

A voz de Lilian:

"Oi, Max. Obrigado por tudo. Recebemos o teu texto ontem de noite. É exatamente o que a gente precisava. Deve ter dado um super trabalho."

"Nem tanto."

Volta a voz de Isabel:

"Essa putinha pelotense que atendeu o telefone disse que tu tava dando aula. É verdade?"

"É."

"Diz pra ela ser mais simpática, senão vou aí e dou um golpe de caratê nas fuças dela."

"Eu dou o recado."

"Nós sabemos que o horário de aula é sagrado etc. etc., então vamos ao que interessa."

Um breve intervalo. Então Max ouve as duas vozes juntas, cantando com alguma desafinação:

"Parabéns pra você, nessa data querida, muitas felicidades, muitos anos de vida." E um grito, tão forte que Max afasta o telefone do ouvido: "Viva o Max!"

Risos. Max diz:

"Hoje não é o meu aniversário."

"Hoje é o aniversário da tua carreira de professor, seu bobão", diz Isabel. "A gente viu ontem de noite, no site do Vera Cruz. Tu assinou contrato dia 9 de julho de 1990. São 12 anos como professor. Talvez tu não tenha mais volta, já pensou? Ser professor até a morte. Tá perdido."

Novo intervalo. Agora é Lilian:

"Desculpe, Max. A Isabel teve essa idéia, ontem. Não sei se foi uma boa idéia. Eu sei que tu é jornalista, como nós vamos ser."

Isabel retoma o controle do telefone:

"Ela não sabe de nada, Max. Nós vamos ser professoras que nem tu. Cuidado! Quando nós formos professoras, nós vamos..." Ruídos variados. Max consegue ouvir, entre risos: "Larga esse telefone, sua puta." Mais ruídos, mais risos. E depois o sinal de linha ocupada.

Max coloca o fone o gancho e volta para a aula, onde a realidade socioeconômica e política brasileira espera pacientemente pelo seu intérprete.

* * *

O auditório está quase lotado. Além dos duzentos lugares nas fileiras de poltronas verdes da platéia, foram colocadas mais oitenta cadeiras extras, ocupando os dois corredores e o fundo. No pequeno palco, o simulacro de tribunal de júri está modestamente montado: bem à esquerda, dispostas em diagonal, as duas fileiras de cadeiras de madeira dos 11 jurados. No centro, na poltrona mais imponente encontrada pelos alunos de Max no campus (cedida, com mil recomendações e cuidados pela secretária do reitor), o veterano estudante Gerson Soares está sentado, sorridente, bebendo cada gota daquela súbita e inesperada posição de destaque no mundo acadêmico. Bem na sua frente, sobre uma banqueta alta, um pequeno martelo repousa sobre um retângulo de madeira. À direita, e também em diagonal, duas bancadas — a da promotoria e a da defesa — ocupadas cada uma por quatro alunos. Todos eles manipulam nervosamente folhas de papel, onde estão os textos que servirão de base para suas falas. Max revisou vários textos, corrigiu algumas frases e cortou os erros mais grosseiros. Um cartaz, colado com fita crepe na base do palco, exibe, em caracteres feitos com pincel atômico azul, as mesmas notas que Max escreveu no quadro-negro da sala de aula, uma semana atrás:

(1) O Professor, 30 anos, mantém uma relação sexual com a sua Aluna, virgem e menor de idade (tem 17 anos);

(2) O Diretor fica sabendo, através de uma denúncia anônima, e conta o que aconteceu para o Pai da Aluna;

(3) O Pai da Aluna exige a demissão do Professor e o acusa de assédio sexual e sedução de menores.

Max está sentado na primeira fila, segurando um microfone, cujo fio — bastante extenso — se estende até um velho amplificador, ligado a duas caixas de som nos dois extremos do palco. Ao lado de Max, Cezinha. Os dois conversam em voz baixa, enquanto os últimos lugares são ocupados. Max observa a expressão dos seus alunos. Márcia Li, atrás de uma considerável pilha de papéis, agora olha para o tampo da sua bancada e parece buscar concentração para a batalha. Seus companheiros de promotoria — Rubens, Guiomar e Hermes — estão mais descontraídos. Conversam, sorriem, parecem estar orgulhosos de estar ali. Luíza, Ana Paula e Aírton ouvem, muito compenetrados, alguma instrução de última hora dada por José FM, o líder da defesa. Dois alunos com câmaras de vídeo estão prontos para gravar tudo. Max olha para trás e vê algumas pessoas de pé, paradas junto à porta do auditório. Não cabe mais ninguém. Cezinha dá uma leve cotovelada na barriga de Max e murmura:

"Nunca vi esse auditório lotado assim. Parabéns."

"Vamos começar?", pergunta Max.

"Vamos", diz Cezinha.

Os dois levantam e vão até a beira do palco. Max entrega o microfone para Cezinha, que começa:

"Bom dia a todos. Estou aqui apenas para dar os parabéns a todos vocês, e especialmente para o professor Max, do qual eu fui aluno e que agora é meu colega. Há alguns anos atrás eu participei de um julgamento como esse, na Faculdade de Comunicação do Centro Universitário Vera Cruz."

Cezinha aponta na direção da bancada da defesa e continua:

"Eu sentei ali e usei tudo o que eu tinha para tentar vencer. Eu perdi. E doeu muito. Mas nunca aprendi tanto em tão pouco tempo na minha vida. É isso que desejo a todos nesta manhã. Vamos aprender, vamos nos preparar para enfrentar esse quebra-cabeças maluco que é o mundo. E vamos acreditar que ainda é possível dar um sentido para a palavra ética. Obrigado."

Alguns aplausos, não muito entusiasmados, são puxados por Tamira. Cezinha passa o microfone para Max e fala em voz baixa:

"Vou sentar lá atrás. Convidei o Gessinger pra dar uma olhada, e ele só vai chegar depois das oito e meia. Boa sorte."

Cezinha sai. Max vira-se para a platéia e diz:

"Nossa regra básica é a seguinte: não estamos aqui para discutir fatos." Aponta para o cartaz, que está bem ao seu lado. "Os fatos são estes. Estamos aqui para discutir formas de julgar os fatos, sob o ponto de vista da ética. O Professor e a Aluna são seres abstratos, que vão servir para que a gente analise um caso específico. No mais, acho que vocês estão acostumados com a cena em filmes de julgamento: o juiz comanda tudo e mantém a ordem; os promotores acusam, os defensores defendem, e os jurados, depois de ouvirem todos os envolvidos, deliberam e decidem. É isso. Ninguém fora deste palco tem o direito de falar até que o júri dê a sentença. Quem não obedecer será convidado a se retirar. Passo a palavra e o comando dos trabalhos ao juiz."

Max entrega o microfone para um aluno, que rapidamente o leva para Gerson Soares. O juiz improvisado segue com seu ar de absoluta sobriedade. Max prepara-se para sentar. Seus olhos fazem uma última panorâmica pelo auditório lotado. Não conhece a grande maioria. Os seus alunos de Redação concentram-se à esquerda, nas primeiras filas, perto do júri. Há três professores de pé, no fundo, mais dois sentados. Veteranos, calouros e estudantes dos níveis intermediários misturam-se, o que é algo raro nos eventos da faculdade. Max começa a girar o corpo e a dobrar os joelhos para sentar. Seus olhos estão abandonando a platéia. A visão inesperada de um rosto feminino, contudo, faz com que Max tente deter o giro do corpo e a flexão dos joelhos. Por uma fração de segundo, seus olhos ainda encontram, numa linha reta imaginária, o que parece ser os olhos de Lilian. Não há como deter mais o movimento, e Max senta, aturdido.

A voz de Gerson ecoa no auditório:

"A promotoria tem a palavra por meia hora. De acordo com as normas, não serão concedidos apartes. Somente o professor Max tem o direito de interromper. O acadêmico Rubens Silveiro é o primeiro a falar."

26

Lilian. Ela está aqui. Não deveria estar aqui, não pode estar aqui.

* * *

Rubens levanta, caminha até a cadeira de Gerson e pega o microfone. Ele — assim como todos os alunos da defesa e da promotoria — está vestido especialmente para a ocasião: os tênis de cores berrantes foram substituídos por outros mais discretos (ou até por sapatos, como é o seu caso); os jeans de longa data, por calças menos desbotadas e menos puídas; os desleixados casacos e pulôveres do dia-a-dia, por peças mais sóbrias. Márcia Li está de vestido até o joelho e bota preta. Luíza e Ana Paula estão de calça, mas as suas blusas têm padronagens sofisticadas. As três exibem discreta maquiagem. O *blazer* cinza-claro de Rubens faz um forte contraste com sua pele bem escura. Ele segura alguns papéis na mão e parece estar tranqüilo. Aproxima-se dos jurados, olha para eles, depois para a platéia.

* * *

Como ela sabia do julgamento? Ou simplesmente não sabia. Veio aqui falar comigo sobre a pós no exterior. Mas viria sozinha, sem a Isabel? É uma coincidência absurda. Esse julgamento todo é um absurdo. A história se repete como farsa, mas a farsa pode se repetir como história?

* * *

"Senhoras e senhores, bom dia. A promotoria vai demonstrar que o Professor, ao aceitar uma relação sexual proposta pela sua Aluna, virgem e menor de idade, agiu de forma eticamente condenável. Quando pedimos que o Professor seja declarado culpado, não estamos acusando um professor real, nem querendo que a classe dos professores seja, de forma alguma, colocada sob suspeita. Mas estamos, com toda a certeza, afirmando que qualquer professor, ao aceitar ter uma relação com uma aluna menor de idade, virgem ou não, está agindo de forma errada."

* * *

Eticamente condenável? Rubens não sabe do que está falando. Ou sabe? Pode estar se esforçando para seguir as regras. A palavra "aceitar" é neutra o bastante para não conotar uma ação mais direta do Professor, como se ele tivesse proposto, ou facilitado, ou demonstrado vontade de trepar com a Aluna. Eu demonstrei? Lilian poderia dizer, mas ela, bêbada, tinha condições de interpretar o que eu estava sentindo? Duvido. Aceitar, no final das contas, é uma boa palavra. Eu aceitei um presente de Lilian.

* * *

Rubens faz uma pequena pausa. Suas próximas frases são dirigidas à platéia. Ele dá pequenas olhadelas ao papel que segura na mão direita, mas sabe quase tudo de cor. Demonstra segurança e até sorri de vez em quando.

"Distinguir o certo do errado, o bem do mal, o que deve ser feito do que não deve ser feito. Estes são os grandes desafios da ética e da moral. Não entraremos aqui em discussões minuciosas destas expressões, que têm significados diferentes e levam a ramos específicos da ética. O professor Max, desde o início do semestre, nos diz que as palavras são importantes e devem ser estudadas, mas elas não substituem as coisas, o mundo real, as situações concretas, que exigem decisões, às vezes muito difíceis, por parte de todos nós."

* * *

Antes de dar aula, eu achava que ética era uma palavra melhor que moral. Ser ético parecia ser um elogio, enquanto ser moral era quase como ser moralista, ou seja, um filho-da-puta reacionário. É incrível como as palavras vão ganhando significados diferentes à medida que são usadas e se desgastam, ou simplesmente participam de jogos retóricos capazes de fazê-las funcionar como camaleões, adaptando-se rapidamente à intenção do parágrafo e depois do próprio autor. Quando descobri que era tudo uma questão lingüística — "costume" em grego é "ethos", enquanto em latim é "mores" — tive um choque. É claro que muitos tentam manter uma distinção, como os que querem fazer da moral um conjunto de conhecimentos teóricos, enquanto a ética estaria relacionada às decisões práticas do dia-a-dia. Aristóteles e Platão, cada um do seu jeito, tentaram separar o saber teórico e o saber prático, e talvez este seja o principal erro da história da filosofia. Erro inevitável, tudo bem, mas um erro.

* * *

Rubens agora se dirige para os jurados, cuidando para não dar as costas para a platéia.

"E caberá às senhoras e aos senhores, daqui a poucas horas, decidir sobre as ações do Professor. Será um juízo exclusivamente de valor, porque os fatos estão dados, são claros, são indiscutíveis por definição. Não cabe debater o que aconteceu. Nós estamos aqui para julgar as conseqüências éticas desses fatos, se eles deveriam ser evitados, se o Professor poderia ter feito outra coisa, em vez de fazer o que fez."

* * *

O Professor poderia ter dito para a Aluna: minha querida, eu tenho vontade de te comer, mas preciso pensar muito bem nas conseqüências disso tudo. E pensar muito bem, é claro, equivale a não fazer imediatamente, adiar para dali a meia hora, ou por uns dias, algumas semanas, um par de meses, talvez anos, e aí chega a impotência, ou o mal de Alzheimer, ou o de Parkinson, ou o câncer. E a morte resolverá o problema do Professor sem que a Aluna ou a sociedade sejam prejudicados. A morte é a melhor amiga do "pensar melhor".

* * *

O estudante negro gira um pouco mais o corpo, de modo a favorecer outra vez a platéia. Agora ele parece estar falando realmente de improviso:

"O professor Max, há pouco, disse que vocês devem estar acostumados com os julgamentos nos filmes. É verdade. Mas este tribunal é um pouco diferente. Nos filmes, os advogados passam quase o tempo todo discutindo o que aconteceu, chamando testemunhas ou peritos, tentando destruir a versão apresentada pelo outro lado. Não se trata de uma discussão ética. É uma disputa pela imaginação do júri. É uma briga para convencer os jurados de que as coisas aconteceram dessa ou daquela maneira, ou de que não há provas suficientes para condenar alguém com toda a certeza. Nosso julgamento não é assim. O Professor, com toda a certeza, teve uma relação com a Aluna, e a defesa não poderá dizer o contrário. O Professor teve ampla liberdade para decidir se aceitaria ou não essa relação, pois, do contrário, esse julgamento não teria o menor sentido. A liberdade do Professor para fazer ou não fazer também é um fato. Ninguém forçou ele, ninguém ameaçou ele, ninguém interferiu com o livre-arbítrio dele. Ele quis; e fez. Essa é a nossa questão. Ele tinha o direito de querer, de desejar; isso é claro, é compreensível, é humano. Mas ele tinha o direito de exercer o seu desejo?"

* * *

Minha memória para filmes é péssima. Lembro de ter visto na TV, numa madrugada qualquer, *Testemunha de acusação*, baseado em Agatha Christie. Existem mesmo bons filmes sobre julgamento, devo ter visto vários, mas nenhum deles... Rubens está falando muito em liberdade, e isso provavelmente não é uma boa tática. Liberdade sempre é uma palavra mais adequada para a defesa. Essa expressão "exercer o seu desejo" também é muito infeliz. Ninguém pode ser condenado por exercer o seu desejo, e sim por estupro, assédio sexual ou sedução de menores.

* * *

Rubens dá uma olhada rápida nos papéis que segura com a mão direita e seleciona um deles. Começa a ler:

"Se todos, sempre, sem qualquer norma proibitiva, buscassem satisfazer seus desejos, não seríamos homens. Seríamos animais. Somos homens porque temos valores éticos, porque recebemos uma educação capaz de nos fazer crer nesses valores e saber o que é certo e o que é errado. Nossa sociedade está baseada nesse fato. Sem ética, sem padrões, não há possibilidade de pensar numa comunidade. Sem normas de conduta, não há justiça, nem lei, nem liberdade. Enganam-se aqueles que dizem que tudo é relativo, que cada um deve agir de forma autônoma. Somos seres sociais, temos que agir socialmente. E também somos seres morais, e temos que agir eticamente. Nossa liberdade não termina, como naquele velho clichê, na liberdade do outro. Nossa liberdade tem os limites próprios do ser livre e moral."

"Sartre dizia que o homem, ao escolher com liberdade, cria o seu valor. Sartre também dizia que as normas éticas não são universais, e que cabe a cada indivíduo criar os valores que guiam seu comportamento. São idéias bonitas, que parecem resolver questões muito complicadas. Infelizmente, são idéias que não se aplicam à vida dos seres humanos. Se o Professor escolheu, com absoluta liberdade, aceitar a relação com a Aluna, e isso o isenta da culpa, também seria inocente um assassino que, com absoluta liberdade, escolhesse matar um desconhecido por dinheiro. Eu aposto que ninguém, neste auditório, seria capaz de defender um matador profissional só porque ele escolheu livremente matar alguém e diz ter um código de ética próprio que legitima sua ação. Esse código não foi de grande valia para as pessoas assassinadas."

* * *

Que peito... Criticar Sartre. Ele nunca leu Sartre. Eu li apenas uma peça de Sartre, uma ediçãozinha de bolso de *As mãos sujas*, quando ainda estava no colégio. Ler Sartre era um gesto de rebeldia e demonstrava grande engajamento político, isso no tempo em que rebeldia e política significavam alguma coisa. A Carolina, minha quase namorada (dois beijos, o segundo de língua, depois ela preferiu ficar com o Igor, que tinha carro), lia *O segundo sexo*, de Simone de Beauvoir, na mesma época. Eu achava que uma guria capaz de ler Simone de Beauvoir com certeza deixaria de ser virgem bem cedo. E deixou. No carro do Igor. A liberdade sexual não adiantava grande coisa pra quem não tinha carro.

* * *

Rubens aproxima-se bem dos jurados e passeia diante da bancada, dando olhadas rápidas para a platéia. Não olha para o papel quando diz:

"A defesa do Professor vai falar muito em liberdade, em escolhas livres, vai garantir que a Aluna também teve liberdade para se relacionar com o Professor, como se liberdade fosse um valor supremo, acima de todos os outros. Não é."

Volta a ler:

"Ser livre é apenas uma das facetas do ser humano, e não necessariamente a mais importante. Sartre estava certo ao dizer que liberdade é fundamental, mas sabemos que, em nome da liberdade, já se gerou muita dor e injustiça em todo o mundo. Nossos jurados são jovens, e os jovens têm a tendência de considerar a liberdade um bem acima de todos os outros. Eu também sou jovem, e compreendo muito bem esse sentimento. No final desta manhã, ao considerarem todas as razões apresentadas neste julgamento, peço que escolham livremente, como Sartre propõe, mas que esta liberdade esteja ligada intimamente a uma consciência moral. Sem essa consciência, repito, não passamos de animais, ou de seres humanos supostamente livres que escravizam seus semelhantes, desprezam culturas ancestrais e destroem a natureza. A liberdade não acaba com a necessidade de uma ética. É bem o contrário: a liberdade é o primeiro passo para que a ética tenha razão de ser."

* * *

Lilian fez uma escolha realmente livre? Essa é uma questão central. Será que alguém vai se dar conta disso? Há um fato objetivo: ela e a Aluna são menores de idade em termos legais, o que as torna irresponsáveis pelas suas decisões. Se este fosse um julgamento de verdade, provavelmente a acusação bateria sem parar nessa tecla: cabia ao Professor perceber que ela não tinha liberdade para dispor de seu corpo. Seu corpo não lhe pertencia integralmente. Lilian ofereceu como presente algo que não tinha.

Engraçado isso. A única coisa que realmente "temos" na vida permanece interditada por um longo período, e boa parte desse período é aquele em que precisamos aprender a lidar com esse corpo. Os adolescentes são obrigados a usar seu corpo secretamente. Não há outra alternativa: o organismo está sendo inundado por doses maciças de hormônios, e eles estão na plenitude da potência sexual. Os pais, é claro, fazem de conta que não vêem. E que tipo de professores eles têm para aprender sobre sexo? Os meninos têm as prostitutas, profissionais do ramo, às vezes agenciadas por um amigo ou irmão mais velho. Triste arranjo.

E as meninas? Prostitutos são mais difíceis, e as mães e irmãs mais velhas não fazem o mesmo agenciamento, pois seriam chamadas de putas e excomungadas até a sétima geração. Então as adolescentes querem dar para um menino mais velho, que seja compreensivo, tenha alguma experiência e seja capaz de amá-las, nem que seja por dez minutos. Não é que isso seja raro. Isso simplesmente não existe, por mais que as revistas *Capricho* e *Atrevida* digam o contrário. Lilian cansou de esperar. Ser virgem aos 17 anos é quase um pecado contra a natureza.

* * *

O estudante negro dá um último olhar para os jurados e se dirige à platéia:

"Muito obrigado. Vou passar a palavra para a minha colega Márcia Li."

Alguns aplausos isolados, logo sufocados pelo olhar repressor do juiz. Rubens passa o microfone para Márcia Li e volta à bancada. Ela sorri, olha rapidamente para Max e aproxima-se dos jurados. Não está segurando papel algum.

"Bom dia", diz Márcia, olhando para os jurados. "Bom dia", repete, agora para o público. "O meu colega Rubens já disse uma série de coisas importantes sobre ética, moral e liberdade. O Rubens também já fez alguns juízos de valor sobre as doutrinas morais que regulam nossos atos. Enquanto ele falava, notei que os meus colegas, advogados de defesa, tomavam notas, trocavam opiniões em voz baixa e já pensavam no que iriam dizer para se contrapor ao discurso do Rubens. E então eu pensei: está começando o debate, e as pessoas esperam que o vencedor tenha razão. Eu tenho certeza que essa razão está conosco, na acusação, mas sou obrigada a confessar uma coisa: muitos debates são vencidos por quem não tem razão."

* * *

Pra onde a Márcia vai com esse discurso?

* * *

Márcia aponta para os jurados.

"Estas pessoas, nas próximas horas, serão testemunhas de um debate cheio de ataques e defesas. Os dois lados têm armas poderosas, e farão de tudo para usá-las com a máxima eficiência." Márcia abandona a platéia e se concentra apenas no júri, mas mantém a voz bem alta. "Vocês vão ouvir de tudo. Os dois lados têm estratagemas cuidadosamente planejados na última semana, e os golpes baixos não só são permitidos como fazem parte da regra do jogo. O verdadeiro vai parecer falso, e o falso vai parecer verdadeiro. O único objetivo é vencer o jogo."

* * *

Não li nada parecido com isso. Ela só pode estar preparando o terreno para o intuicionismo ético. Mas logo ela, que é a mais preparada de todos para o debate, vai desqualificar o debate? É uma tática suicida. Se bem que essa bobagem pode ser altamente populista, se for bem trabalhada. E se os jurados forem intelectualmente preguiçosos, até podem entrar nessa canoa furada. Mas logo a Márcia? Ela tá usando Schopenhauer com as mesmas distorções que a direita tanto gosta de usar.

* * *

Márcia vai até o juiz e fica bem ao seu lado.

"O meu colega Gerson é o juiz deste jogo. Se alguém passar do tempo, ou personalizar o debate, ele vai interferir. Mas ele não poderá fazer nada se perceber uma sutil e inteligente jogada para desestabilizar o adversário. Este é um debate, e as avaliações morais são altamente subjetivas."

Ela caminha até a beira do palco e pergunta ao público:

"Mas será que esta alta capacidade de argumentar, essa busca tão intelectual da verdade ética, vai nos apontar, sem sombra de dúvida, se o Professor tinha ou não o direito de se relacionar sexualmente com sua Aluna, que era menor de idade?"

Márcia Li aponta para as bancadas da defesa e da promotoria:

"Será que as palavras e os argumentos dessas pessoas — e eu me incluo entre elas — podem realmente resolver a questão? Tanto os meus colegas da acusação como os meus adversários leram muito sobre ética. Aristóteles, Platão, Spinoza, Kant, Sartre, Hegel, Moore, Freud e muitos outros. Será que estes grandes nomes da história da filosofia, que criaram sistemas completos de ética e de moral, vão acabar com a nossa angústia, a ponto de podermos julgar sem o risco de cometer injustiças? Acho que não. Se eles estivessem aqui, neste momento, aposto que também se envolveriam num debate dos mais violentos para decidir quem tem razão."

* * *

Sacanagem. A Márcia tá usando patifaria intelectual para denunciar a patifaria intelectual. Está acusando grandes pensadores de não serem perfeitos e de não terem todas as respostas, quando eles nunca garantiram nada parecido com isso. E agora está usando as limitações do pensamento sobre a ética para desqualificá-lo como um todo.

* * *

Márcia faz uma longa pausa. Primeiro varre a platéia com os olhos, da esquerda para a direita. Depois vai mais para o fundo do palco e, diminuindo o volume da voz, fala para os jurados, mas de modo que a platéia possa ver perfeitamente seu rosto.

"Sei que o debate está apenas começando, mas o que sinto, neste momento, é que este debate, aqui neste palco, não vai revelar verdade alguma. Eu tenho convicção de que a culpa ou a inocência do Professor não pode depender de um jogo de argumentos, porque jogos desse tipo são vencidos não por quem fala o que pensa, e sim por quem fala o que é necessário para ganhar o jogo. Eu quero vencer, e acredito que o Professor não agiu corretamente, mas, nesse momento, preciso dizer o que realmente sei sobre o caso."

* * *

Ela só sabe que nada sabe, mas vai dizer o contrário: que sabe porque não pode saber. E tem gente que vai cair nessa.

* * *

Márcia aumenta o volume da voz. Começa falando para a platéia, mas logo volta para os jurados:

"É muito mais importante saber a verdade que provar a verdade. E, para saber da verdade, é preciso confiar no coração, no ponto mais profundo da consciência, na intuição, chamem como quiserem. Eu prefiro chamar de coração. Eu peço que cada um, neste momento, faça um grande esforço para esquecer que estamos neste auditório e que participamos de um grande jogo."

* * *

A intuição como resposta. O coração como órgão decisório. O próximo passo é estabelecer o dogma religioso, que vai guiar a intuição para Deus, mas esse passo ela vai esconder.

* * *

"Acabou o jogo. Eu peço que cada um leia, dentro do seu coração, o que está escrito, com letras bem evidentes, sobre a relação do Professor com sua Aluna. Eu peço que vejam o Professor, apesar de ele ser uma idealização, como um homem que tem a responsabilidade de ensinar, enquanto a Aluna é uma garota de 17 anos que tem o direito de aprender. Apenas isso. Fechem seus olhos e tentem ultrapassar as inúmeras barreiras que envolvem o coração: as idéias das outras pessoas, as regras da sociedade, as modas passageiras, as frases bonitas. É preciso ir bem fundo, para só então ver o que é íntimo. Ali, sobre o coração de cada um, estará a imagem da verdade. E sobre ela não haverá dúvida."

Márcia Li respira fundo. Parece emocionada, ou finge estar emocionada com alguma competência.

"Nenhuma mentira, nenhum jogo de cena, nenhum artifício, nem argumento, nem palavra, nem sistema filosófico, pode arranhar essa verdade. Para julgar o Professor, é preciso ter a coragem de procurar o que há de mais íntimo em cada um de nós. Eu estou pedindo este esforço, e tenho certeza de que, se cada um agir assim, a verdade, e não a palavra mais bonita, vai vencer."

* * *

Shakespeare fazia de conta que não acreditava nas palavras, ou que seus personagens estavam acima delas. E, enquanto isso, construía o que hoje chamamos de "homem" com as palavras de seus personagens.

* * *

Márcia vira-se rapidamente para a platéia. Seus olhos encontram os de Max, muito rapidamente. Ela sorri para a platéia e conclui:

"Eu já olhei para o meu coração. Muito obrigado."

Alguém na platéia grita "Bravo". Alguns aplausos. Um outro "Bravo".

"Silêncio", diz Gerson, enquanto Márcia volta para a bancada.

* * *

Puta que pariu. Olhou para mim e disse que tinha olhado para o seu coração. O que ela quer dizer com isso? Será que ela ganhou mesmo a platéia com essa bobagem fundamentalista? Quem gritou "Bravo"? Lilian ainda está lá no fundo? Será que eu posso me virar e tentar olhar para ela sem que isso chame muita atenção? Se alguém gritar outro "Bravo" eu posso fingir que estou tentando localizar o infrator... Agora! Onde está Lilian? Ali! Mas ela é mesmo tão alta? Será que Isabel está com ela? Pode ser aquela garota de costas? Se ela se virar e estiver de óculos. Puta que pariu, tá todo mundo olhando pra mim. Tenho que sentar.

* * *

"Nos próximos trinta minutos, a palavra é da defesa", diz Gerson.

José FM pega o microfone com a mão direita. Na esquerda, segura uma folha de papel. Ele olha para a folha e começa, com sua voz muito grave e firme:

"As grandes épocas de nossa vida são aquelas em que temos coragem de rebatizar nosso lado mau de nosso lado bom."

José desvia os olhos da folha para a platéia e continua:

"Quem disse isso não fui eu, infelizmente. Foi Nietzsche, lá no final do século XIX. Algumas pessoas dizem que Nietzsche era louco, ou que pelo menos morreu louco. Outras que foi um gênio, que abalou a estrutura da filosofia."

Pausa. José olha para os jurados.

"Eu não acho que Nietzsche era louco. Acho que era um cara corajoso, que tinha peito pra falar o que pensava — e ele pensava com a própria cabeça —, o que era uma coisa muito rara. E que, infelizmente, continua sendo."

* * *

No intervalo eu tenho que correr até lá. Mas elas nem sabiam desse... O que o FM disse? Citou Nietzsche. Começar com Nietzsche é perigoso. É como um cantor que já começa com o tom muito alto. Fica difícil subir ainda mais, se a música exigir. Mas o FM não poderia mesmo resistir, considerando tudo que leu e a forma como a Márcia colocou a questão. Se fosse um júri de verdade, ele estava perdido. Mas Nietzsche tem esse dom de parecer louco e genial ao mesmo tempo, o que geralmente funciona bem para os jovens (os jovens de espírito, claro). O texto que ele escreveu é razoável. Será que vai ler o texto todo? E se eu tivesse que ir ao banheiro? Na passagem, poderia tentar localizar a Lilian. Não. Melhor não.

* * *

FM, ainda para os jurados:

"Agora há pouco, eu estava ouvindo a minha colega Márcia falar todas aquelas coisas bonitas sobre a verdade, a intuição, esse negócio de ler no coração, e foi aí que lembrei do Nietzsche. E dessa frase. Quando ele fala das 'grandes épocas de nossa vida', ele está se referindo à vida real, a vida de homens de verdade, que têm um coração de verdade, que bombeia sangue sem parar e nos mantêm vivos. Não sei se tem alguma coisa escrita no meu coração, mas eu garanto que, se alguém tentar olhar, vai sujar as mãos, porque o sangue vai correr."

FM abandona dramaticamente o júri e chega até a beira do palco. Então pega um papel no bolso, aponta para o próprio peito e lê:

"Isso é o que nós somos, seres de carne, osso e muito sangue. Seres que têm intuição, mas que também têm sobre si o peso da sua época, da sociedade em que vivem, das normas, das leis, das proibições, dos pecados. Quando Nietzsche fala em rebatizar nosso lado mau de nosso lado bom ele não está simplesmente fazendo uma frase. Está falando muito sério. Está discutindo moral e ética num patamar bem diferente daquele que a promotoria propôs."

Aponta um dedo acusador para Márcia Li e continua:

"Moral é coisa séria, e ética é um negócio importante demais pra virar conto de fadas, o que sempre acontece quando alguém pretende tornar universal e retirar do tempo algo que é essencialmente histórico."

* * *

No entanto, as pessoas gostam de pensar que as normas e as leis obedecem a princípios inalteráveis e inatacáveis. As pessoas gostam de achar que o bom de hoje sempre foi bom e que continuará sendo o bom de amanhã. Elas precisam dessa certeza, estão acostumadas com ela, são treinadas para ela desde que nascem, e só assim conseguem dormir à noite com alguma tranqüilidade. O FM não vai salvar o Professor apresentando-o como vítima de uma moral fora do tempo. A moral do senso comum, ou seja, da classe média, sempre é reacionária, e a moral ensinada nas faculdades de Direito está presa a um tempo congelado e idealizado, sei lá que tempo, mas eles começam no Direito Romano e terminam na Idade Média. Avançar mais é ideologicamente muito perigoso. Kant está à esquerda deles todos. No Rio Grande do Sul, as faculdades de Direito são sempre as últimas a entrar em greve e as primeiras a sair. Direito e direita. Interessante essa coincidência.

* * *

FM continua sua leitura empolgada e um pouco dramática demais:

"Foi preciso que um pensador corajoso como Nietzsche chutasse o balde da filosofia para que os homens se vissem outra vez como homens, em vez de um bando de ovelhas a caminho do matadouro. E agora a moral desse rebanho quer condenar o Professor. Nietzsche mostrou, com toda a clareza do mundo, que a moral desse rebanho, meus amigos e minhas amigas, não tem mais nenhum sentido."

FM fala mais baixo, como se dissesse algo proibido.

"Essa moral que se pretende universal não é exatamente humana. O que acreditamos ser essa moral — o que os grandes filósofos dizem ser a fundamentação dessa moral — não passa de uma forma de expressão de fé dogmática, que impede qualquer tentativa de contestação, e que está a serviço de uma visão de mundo pequena, mesquinha, baseada em ressentimentos e na noção de pecado."

FM abandona o papel e improvisa:

"Ninguém duvida que o Professor pecou! Se existe um lugar chamado inferno, é para lá que ele vai. E sabe quem vai com ele? Todos os que estão presentes nessa sala e que tiveram alguma relação sexual fora do casamento. Ou que pelo menos pensaram em ter. Eu lembro que, para os cristãos, os pecados acontecem sempre que há uma intenção. Lembram? Pensamentos, palavras e obras. Então o Professor vai para o inferno, eu vou pro inferno..."

Faz um gesto largo, incluindo todo o público em sua predição.

"E aposto que vocês todos vão pro inferno... Ou quase todos."

Alguns risos. Encorajado, FM continua:

"Aposto que até as gurias do primeiro semestre estão com a passagem comprada para o inferno!"

Muitos risos. Alguém grita no fundo:

"Só se salva a Aninha!"

"Silêncio!", grita Gerson. E, pela primeira vez, bate com o martelinho sobre a madeira. "Ordem! Ordem!"

FM aproveita para ir até a bancada e tomar água de um copo de plástico.

"É claro que alguém vai lembrar que todo pecador pode se arrepender e pedir perdão, evitando um destino tão terrível. É verdade. Mas o Professor, infelizmente, não tem esse benefício. Ele vai pagar em vida, com a destruição de sua carreira profissional e de sua honra, por um pecado que Deus é capaz de esquecer, mas que os homens do rebanho de Deus não são capazes de perdoar."

Volta a olhar para os jurados.

"Isso é o que eu leria", exclama José FM, "se pudesse ver a

verdade impressa em meu coração, guiado pelas mágicas mãos de minha colega Márcia Li".

* * *

Muito melodramático. O FM partiu de um pensador irônico para chegar a uma conclusão populista e melosa. Nietzsche dizia que cristianismo não passa de platonismo para as massas. Mas esse Nietzsche para as massas do FM está a um passo do sensacionalismo. O que talvez funcione muito bem com os jurados.

* * *

Com a platéia em silêncio, FM volta para o seu lugar. Entrega o microfone para Ana Paula, que se levanta, mas não se distancia da bancada. Ela deixa o microfone muito longe da boca quando começa a falar, de modo que sua voz fica muito baixa.

"Bom dia. Eu vou tentar explicar algumas coisas das..."

O operador de som tenta aumentar o volume do amplificador, gerando microfonia. Ela pára. Titubeia. Aírton, bem atrás dela, parece ainda mais apavorado, como se o fracasso da colega antecipasse o seu iminente desastre. Ana Paula finalmente continua:

"Desculpe. Vou explicar as origens das leis e das normas, e mostrar por que o Professor é inocente."

* * *

Começou pessimamente. Não lembro de ter revisado nada da Ana Paula.

* * *

“Em primeiro lugar, vamos verificar se há algum sentido nesse julgamento.”

Outra vez indecisa, incapaz de lembrar as palavras que decorou, vai até a bancada, pega suas anotações e lê:

“Na visão libertária clássica, as normas só se justificam para proteger os direitos dos cidadãos. Assim, as leis servem para proteger as pessoas contra ações que lhe sejam prejudiciais, e quem decide o que é prejudicial é a própria pessoa.”

Ana Paula parece ganhar confiança.

“No nosso caso, não há qualquer indício de que a Aluna considera a ação do Professor prejudicial.”

Ana Paula tira os olhos do papel.

“Pelo contrário, tudo indica que ela pensava em ter um benefício, o seu próprio prazer, e não um prejuízo. Perder a virgindade antes do casamento era um prejuízo no século XIX. Não é mais. Se fôssemos adotar a visão libertária clássica das normas morais, esse julgamento não teria razão de ser.”

* * *

Melhorou bastante. É um raciocínio incompleto, mas, se ela apresentar as outras visões, pode ficar mais sólido.

* * *

Ana Paula, ainda perto da bancada, fala com alguma segurança:

“Mas há outras maneiras de ver as normas morais. Tem muita gente que pensa nas leis de uma forma mais ampla. Elas servem não só para proteger os direitos das pessoas quando elas são ameaçadas por outras pessoas, mas também quando elas podem ser prejudicadas por suas próprias ações. Essa visão parte do princípio de que há pessoas — crianças, por exemplo — que não têm condições de decidir se algo é bom ou ruim para elas mesmas."

Ana Paula, mais corajosa, abandona a bancada, aproxima-se dos jurados e tenta olhar para eles.

"Essa é uma visão chamada de paternalista. No nosso caso, é um paternalismo explícito, porque é o Pai da Aluna que está exigindo que o Professor seja demitido. Não sabemos o que a Aluna pensa a respeito, e, na verdade, isso parece nem interessar. Então poderíamos pensar da seguinte maneira: se, em algum momento desse julgamento, o Pai declarasse que não está mais interessado na demissão do Professor, o julgamento seria cancelado? E mais: se ficasse provado que o pai é um desequilibrado, que não tem as menores condições de avaliar a conduta de sua filha, outra pessoa teria que levar adiante a acusação."

* * *

Muitas outras pessoas poderiam fazer isso.

* * *

Ana Paula sorri, timidamente, pela primeira vez.

"Seja quem for essa pessoa, ela teria que provar que pode julgar melhor o que é bom ou ruim para a Aluna do que a própria Aluna. E aí saímos do campo moral para entrar no campo legal. No Brasil, onde vivemos, a Aluna, por ser menor de idade, sai perdendo em qualquer confronto, porque não tem plenos direitos. Com 17 anos, é considerada incapaz de discernir o que pode ou não pode fazer com seu próprio corpo. Seu pai, ou qualquer outra pessoa que tenha autoridade sobre ela, poderá acusar o Professor e exigir que ele seja preso. Fica a pergunta: com 17 anos, a Aluna precisa de um pai que decida por ela?"

* * *

Essa menina é uma surpresa.

* * *

"Finalmente, há uma terceira visão, que é a visão moral das normas. Elas não são apenas para proteger as pessoas contra outras pessoas, ou contra elas mesmas, e sim uma forma de colocar em prática a moral dominante de uma determinada sociedade, ou seja, proibir tudo que essa moral considerar errado. Não interessam mais os direitos dos indivíduos, nem os prejuízos que as pessoas possam causar umas às outras e a si mesmas, o que vale é o que a sociedade pensa das ações em si."

Ana Paula olha para a platéia.

"Vocês devem ter percebido que, na primeira visão, esse julgamento não teria nem começado, porque nenhum direito da Aluna foi contrariado, e ela acha que não teve qualquer prejuízo na relação com o Professor. Na segunda visão, o Pai diz que tem o direito de mandar o Professor para a cadeia, porque sua filha não tem condições de avaliar o que é bom ou ruim para ela. Na terceira, é a sociedade, ou seja, todos nós, que criamos as normas e as leis capazes de condenar o professor, independente do que pensa a Aluna ou o pai dela."

Volta para os jurados.

"Eu lembro que não estamos julgando pela lei brasileira. Estamos decidindo se a ação do Professor é moralmente condenável, num contexto, digamos assim, universal. Cada um tem o direito de adotar a sua visão do que aconteceu, de acordo com suas próprias convicções éticas, e escolher livremente o destino do réu. E mesmo na visão mais tradicional das normas, é importante considerar que nem sempre a moral da sociedade é capaz de acompanhar a evolução dos costumes que está acontecendo no mundo real. Estamos decidindo se uma garota de 17 anos é capaz de julgar o que é ou não prejudicial para ela mesma, em vez de se submeter à opinião do pai, da mãe, da sociedade ou de quem quer que seja. O destino do Professor depende da visão de cada um de vocês sobre essa questão. Muito obrigada."

Algumas palmas. Ana Paula respira fundo e volta para a bancada, com ar de alívio.

* * *

Incrível. Ela conseguiu dar uma boa aula de fundamentos das normas. Simplificou um pouco no final e jogou em benefício próprio, mas quem não faria a mesma coisa?

* * *

Ana Paula entrega o microfone para José FM, que levanta rapidamente, pega o microfone e caminha na direção da platéia.

"Eu vou voltar um pouco no tempo. Essa questão que envolve o Professor é superantiga, e para compreender bem a acusação eu vou ter que falar do próprio início da filosofia moral. A promotoria colocou a questão fora do tempo, fora do espaço, fora de qualquer possibilidade de discussão, pois mandou os jurados e todos vocês olharem para seus corações, como se a verdade fosse evidente em si mesma. Assim, ela quer que vocês condenem o Professor porque ele agiu errado, agiu contra a virtude, agiu contra o bem. E eu admito que muitos de vocês podem ficar bem satisfeitos com esse tipo de simplificação, porque é a mais fácil, é a mais cômoda, é a que não exige qualquer esforço de pensamento."

FM vai até os jurados. Olha para o papel que tem nas mãos e lê:

"Nós somos racionais, nós pensamos, e só por isso não somos animais. Somos homens. Quatro séculos antes de Cristo, Sócrates caminhava pelas ruas de Atenas fazendo perguntas para todos os cidadãos que encontrava pelo caminho. Ele perguntava, por exemplo, o que é uma virtude. Se o cara respondia que virtude era fazer o bem, ele perguntava o que era o bem. E aí o cara embatucava, porque não é fácil dar essa resposta. Quando alguém respondia, quase sempre dizia que fazer o bem era fazer o que os seus pais tinham ensinado, ou o que todos os outros cidadãos diziam ser o certo. Mas e daí? Quem assegura que os pais e que os outros cidadãos estão certos sobre o significado do bem? Muitos atenienses ficavam irritados e xingavam Sócrates, mas uns poucos finalmente admitiam que não sabiam o que era o bem, ou que eles apenas imaginavam saber, e aí iniciavam uma caminhada filosófica, ou seja, uma busca racional dos significados da virtude e do bem."

* * *

Tá certo. É um texto bem didático. Mas a Márcia Li tem aquele do Aristóteles, e aí tudo vai se complicar.

* * *

"O que nós pensamos", continua FM, "está condicionado pela nossa educação, pelos nossos pais, pelos nossos amigos, pela nossa religião, pelos costumes".

Pára de ler e improvisa:

"Nesses corações, em que a Márcia Li diz estar escrita a verdade, quase nada foi escrito por nós mesmos. Se tem alguma coisa lá, foi escrita ao longo dos anos, desde que nascemos, pela sociedade, que quer a nossa obediência aos seus valores, à sua moral, às suas leis. Nada disso é natural, embora às vezes pareça ser."

José olha para a platéia e depois vai até o cartaz colado na beira do palco. Agachando-se e inclinando-se para a frente, aponta para o nome do Professor.

"O Professor está sendo julgado por homens que raciocinam, e não por homens cegos, que se recusam a buscar a verdade."

Fica de pé outra vez. Recomeça a ler:

"Sócrates dizia que todo homem também tem um caráter, uma determinada maneira de ver o mundo, que é absolutamente pessoal e única. Ou seja, todo homem livre tem sentimentos e atitudes próprias, que podem levá-lo a obedecer sempre aos costumes da sociedade, ou a transgredi-los. O Professor é um homem livre e tem um caráter. Quando a Aluna propôs que os dois transassem, o Professor certamente sabia que, se aceitasse, estaria contrariando os costumes, ou a moral dominante, mas o seu caráter o levou a esse enfrentamento. É esse caráter que está em julgamento. É essa colisão entre o que pensa o Professor e o que a nossa sociedade tenta inscrever em nossos corações e em nossas mentes."

O estudante aproxima-se dos jurados.

"Eu acredito, meus colegas e minhas colegas, que a primeira coisa a fazer é agir como Sócrates: perguntar sempre, perguntar cada vez com mais profundidade, e não aceitar respostas fáceis, como quer a promotoria. O caráter do Professor é o caráter de um cidadão que ousou pensar diferente do que a sociedade, com toda a sua demagogia, quer que a gente pense e aceite como natural. E esse é o nosso desafio: considerar a oferta consciente da Aluna, compreender a atitude do Professor e só então decidir."

Recomeça a improvisar:

"O Professor é um sujeito ético, conhecia as causas e as conseqüências de sua ação, e agiu livremente, de acordo com o seu caráter. O Professor não é um boneco, um escravo do sistema, um robô teleguiado pela moral da sociedade. E nós, colegas, também somos homens e mulheres livres, e temos o dever de usar a nossa liberdade, pensando e decidindo de acordo com o nosso próprio caráter. Muito obrigado."

Muitas palmas. Na bancada da promotoria, os quatro alunos conversam em voz baixa.

* * *

O final ficou muito confuso. O que o caráter dos jurados tem a ver com o caráter do Professor? O FM se emocionou e provavelmente mais confundiu que esclareceu. E ainda deixou a bola picando para a promotoria. Quem vai falar agora?

* * *

O juiz Gerson anuncia:

"Nos próximos 15 minutos, a palavra está com a promotoria."

Márcia Li se apresenta outra vez. Está ainda mais séria que no início do julgamento. Olha para José FM — que está sorridente e satisfeito com o próprio desempenho — por um tempo suficiente para que todos no auditório percebam a direção do seu olhar. Depois volta-se para os jurados e começa:

"Eu vou aceitar a provocação dos meus colegas da defesa. Querem falar de caráter? Ótimo. Vamos falar de caráter. Mas antes é preciso acrescentar mais alguma coisa à discussão, o que certamente teria a concordância de Sócrates. Vamos aprofundar, vamos perguntar sempre. E a pergunta que eu faço agora é a seguinte: o caráter do Professor fez com que ele, automaticamente, resolvesse aceitar a oferta de sua aluna? Não. O Professor tinha duas opções à sua frente: aceitar ou negar. E isso se chama decisão. Não é possível deliberar sobre o nascimento do Sol, sobre a nossa mortalidade, sobre as estações do ano. Mas é possível para um professor deliberar sobre a oferta de sexo por uma estudante menor de idade. Em outras palavras, dependia apenas do Professor a responsabilidade por sua escolha. Era um ato de vontade. E aqui vou aceitar outra vez a proposta do meu colega da defesa, que lembrou da nossa racionalidade. O professor fez a sua escolha levado por sua vontade, mas esta deveria ser guiada pela razão. O que, infelizmente, não aconteceu."

* * *

Aristóteles. Ela vai destruir o FM.

* * *

Márcia Li encara a platéia.

"Há pouco, vocês foram chamados de pecadores e ameaçados com o fogo do inferno. Claro, isso tudo foi uma grande encenação, para tirar o ato do Professor do centro da disputa. Eu disse que vocês assistiriam a esse tipo de teatro."

A nissei aponta para a bancada da defesa.

"E agora eu vou ser obrigada a defender a platéia dessas acusações infantis e absolutamente injustas."

Márcia Li volta a olhar para a platéia. Pega suas anotações e lê:

"Na Grécia antiga, já se sabia que todo ser humano tem instintos, tem paixões, tem desejos. E o sexo é o nosso desejo mais básico e mais primitivo. Foi o desejo que levou a Aluna, uma adolescente de 17 anos, à sua proposta. Não estou falando de pecado, de inferno. Estou falando da natureza dos homens e das mulheres. Todos temos desejo sexual. Mas daí a dizer que estamos submetidos a eles é uma bobagem muito grande. Se o Professor, conforme diz a defesa, é um sujeito ético, não poderia aceitar o destino, que colocou na sua frente o desejo de sua aluna, e muito menos se deixar levar pelo seu próprio desejo."

* * *

Tudo bem, Márcia. Mas quem disse que o desejo está errado por definição? Se não houvesse desejo, não haveria bebês. Submeter-se totalmente aos desejos não dá, mas às vezes ele... E, porra!, eu nem desejava Lilian! Pelo menos não naquela noite, naquele momento, quando ela propôs... Claro, depois teve o beijo, teve o rosto dela, os olhos dela, o corpo dela. Mas foi um desejo construído pela Lilian. Ela despertou o meu desejo com absoluta consciência. E eu sabia muito bem o que estava acontecendo. Eu não me deixei levar pelo desejo. Eu tive que abrir algum espaço para ele.

* * *

A estudante aumenta o volume da voz, que, pela primeira vez, fica ríspida, como se estivesse indignada. Mas ainda está lendo:

"Ou alguém aqui acha que o Professor não aceitou a oferta pensando em seu próprio prazer? Se ele era, realmente, um sujeito ético, deveria saber o que pode ou não pode realizar em relação às ofertas de suas alunas! A sua vontade racional deveria ter se imposto ao seu prazer egoísta e ter impedido o que aconteceu. E eu digo isso sem recorrer aos supostos valores da sociedade, sem me valer dessa moral coletiva que a defesa está atacando sem parar, como se ela fosse uma coisa ruim. Eu estou apenas exigindo algo que um homem de caráter, livre e racional, poderia ter feito: esquecer de si mesmo e pensar na sua aluna."

* * *

O Professor pode ter pensado apenas em seu prazer. Seria uma coisa perfeitamente normal. Mas eu pensei num monte de outras coisas, até lembro de algumas delas. Lembro de ter decidido tudo olhando para o rosto de Lilian. Parecia que a resposta estava no rosto dela. Se eu fui egoísta, perdi a noção do que é egoísmo.

* * *

A fala de Márcia Li tem evidente efeito sobre a platéia, que está tão silenciosa que é possível ouvir, através das janelas fechadas, o distante canto de um bem-te-vi.

"Quando aconteceu o choque entre o instinto natural, que também poderíamos chamar de animal, e a razão, que também poderíamos chamar de livre-arbítrio, quem venceu? Venceu o animal, e não o homem. O Professor, um educador, não soube educar a sua natureza. Ele foi passional, irracional, selvagem. Ele não soube orientar a sua vontade para o bem — e não vamos perder tempo tentando definir o bem como um valor universal. Estou falando do bem para a Aluna, que está, neste momento, sendo submetida a todo esse constrangimento. Pelo bem de uma estudante de 17 anos..."

Pára de ler e improvisa um pouco:

"...por uma questão de caráter, o Professor deveria ter sido civilizado e negar-se a ter uma relação com ela."

* * *

"Civilizado"? Isso eu teria cortado do texto. A palavra "civilização", às vezes, é um excelente motivo para sair matando gente. Quando se combina com a palavra "religião", então... Até rimam. Péssima rima. Essa é a dupla invencível. É só lembrar as Cruzadas, a Inquisição... As pessoas realmente religiosas e civilizadas sabem disso. Pena que são tão poucas.

* * *

A estudante olha os jurados um por um e volta a ler:

"E eu não tenho medo algum em falar também no bem da sociedade. Sem um caráter firme, sem uma preocupação moral, sem o domínio de nossos desejos e de nossas paixões, a vida em sociedade seria impossível. Nós não estaríamos aqui, debatendo, e sim lutando como animais para fazer prevalecer um determinado ponto de vista. Se todos agíssemos como o Professor, aceitando a força dos instintos, a sociedade simplesmente não existiria. Condenar o Professor é assegurar que a ética continuará regulando nossas vidas e que nossos direitos mais básicos como seres humanos continuarão a ser respeitados."

Ela faz uma pausa dramática antes de finalizar:

"Condenar o Professor é defender a humanidade. Muito obrigada."

Alguém, no fundo do auditório, grita "Muito bem!". Há muitas palmas. Márcia Li sorri, vitoriosa, e continua:

"Quanto a essa interpretação equivocada que a defesa fez da minha primeira colocação, quando falei de ver o que está escrito em nossos corações, eu lembro a todos que eu não disse que esse era um procedimento fácil. É o mais difícil de todos. Só conseguem olhar o próprio coração aqueles que têm coragem de mergulhar bem fundo em sua própria individualidade, jogando fora todas as camadas de mentiras que cercam a verdade."

* * *

Tá tentando remendar...

* * *

Márcia Li recomeça a ler:

"Nietzsche escreveu um dia: 'Nós somos — até a medula e desde o começo — habituados a mentir. Ou, para expressá-lo de modo mais virtuoso e hipócrita, em suma, mais agradável, somos muito mais artistas do que pensamos.'"

Desvia os olhos do papel e continua por conta própria:

"Acho que não é preciso acrescentar muito mais. Nietzsche pode ter sido um grande artista e um grande escritor. Mas, como filósofo da moral, ele não tem qualquer autoridade para socorrer o Professor. Nietzsche é um grande mentiroso."

"Então viva a mentira!"

O grito saiu do fundo do auditório, provocando imediatamente risos, vaias e outros gritos, difíceis de serem interpretados. Gerson bate o martelo e grita "Ordem". Max olha pra trás e vê que há uma confusão entre vários estudantes. Faz um sinal para Carlos, o meirinho, que se aproxima e escuta a ordem de Max:

"Vai lá, descobre quem gritou e tira o cara do auditório. Se ele encrencar, me chama."

Carlos sobe o corredor lotado com alguma dificuldade. Pouco a pouco, o auditório vai silenciando. Gerson fala:

"O auditório não pode se manifestar. A promotoria continua com a palavra."

Márcia Li retoma a sua exposição, aparentemente tranqüila. E continua a ler:

"Se a gente estivesse aqui à procura da mentira, já tinha encontrado. Infelizmente, encontrar a verdade é bem mais complicado. Eu tenho apenas uma última colocação a fazer. Meus colegas da defesa disseram que a moral não passa de uma fé na norma dominante e insinuaram, através da palavra pecado, que nós estamos acusando o Professor baseados nos Dez Mandamentos de Moisés. Eu respeito esses mandamentos, mas preciso deixar bem claro que religião e moral são duas coisas bem diferentes. Schopenhauer, um filósofo que não tinha religião, que não acreditava em Deus, dizia que todos os homens éticos reconhecem dois princípios básicos: não devemos ferir ninguém e devemos ajudar aos outros sempre que possível. Para acreditar nisso, não é preciso acreditar em Deus. É preciso apenas acreditar no ser humano. Obrigado."

Márcia Li volta à sua bancada. O auditório continua em silêncio. Carlos surge à frente de Max e explica:

"Era um estudante de História. Já tinha saído quando eu cheguei."

"Ótimo", diz Max.

Gerson anuncia:

"A defesa tem a palavra, por 15 minutos. Logo depois, haverá um intervalo."

Luíza pega o microfone. Ouve uma última recomendação de José FM, assoprada em seu ouvido, e vai até a bancada do júri. Sua voz muito fina deixa transparecer algum nervosismo ao ler o texto:

"O Professor foi acusado de não ter caráter, ou de ser um mau-caráter, o que, na prática, parece ser a mesma coisa. Mas não é. Se ele simplesmente não tivesse caráter, estaria totalmente dominado. Pelos seus instintos e pelas normas sociais. E aí o Professor não seria um homem e não teria mesmo por que acreditar na humanidade. E não deveria estar sendo julgado, porque, sem liberdade para fazer suas escolhas, sem autonomia, um homem está abaixo do bem e do mal. Então vamos considerar, antes de qualquer coisa, que o Professor é um homem, e ele usou seu caráter para tomar a decisão."

* * *

Não disse nada até agora. Esse papo de caráter tá começando a ficar chato e repetitivo.

* * *

Luíza, ainda nervosa, olha para Max e sorri, esperando algum apoio. Max sorri de volta. Ela segue lendo:

"Quando Aristóteles escreveu *Ética a Nicômaco*, de onde a promotoria retirou a sua última fala, a palavra que designava a essência da virtude era *aretê*. Aristóteles sabia que a *aretê* da *pólis* era um conjunto de qualidades que foram formadas no decurso do tempo, que ela tinha sido construída pala história dos gregos."

* * *

Ela vai contrapor Aristóteles ao próprio Aristóteles, que, de certo modo, era um relativista. E o texto dela é bom.

* * *

Luíza começa a improvisar, dando rápidas olhadas no papel:

"Ao dizer que o Professor simplesmente se deixou levar pelo desejo, e que isso sempre é uma imoralidade, a promotoria não está sendo fiel a Aristóteles. Ele dizia que tanto os vícios quanto as virtudes dependem de uma escala, em que o moralmente correto está no centro, está na moderação, enquanto o errado está na falta ou no excesso. Vou dar um exemplo bem simples: se a coragem é uma virtude, a coragem em demasia já é uma temeridade, ou, para usar um termo mais cotidiano, com a licença de todos, é uma porra-louquice."

Alguns risos. Ela continua:

"Já a falta de coragem chama-se covardia. Deu pra entender? A coragem, qualidade que todos admiramos, está limitada, de um lado, pela porra-louquice, e, do outro, pela covardia. Onde, exatamente, ficam esses limites? Essa é a questão que envolve a escolha do Professor."

A voz da estudante não mostra mais nervosismo. Ela caminha até a beira do palco e enfrenta a platéia, sem olhar para o papel:

"Agora vamos ver qual era a virtude que poderíamos esperar do Professor quando ele recebeu a oferta da sua aluna. Estamos falando de desejo e de sexo, não é? Então vamos começar supondo que o Professor aceitasse qualquer proposta de suas alunas, sem ligar para idade, sem ligar para nada, pensando apenas no próprio prazer. Como ele seria chamado? De tarado. De sacana. Ou, para usar um termo mais antigo, de libertino. Libertinagem é a forma de conduta de quem não vê limites na satisfação de seus desejos. Esse é o Professor? De jeito nenhum. O único fato concreto que temos é que ele aceitou uma, e apenas uma, oferta de sua Aluna, de 17 anos."

* * *

Tá indo bem. Se ela voltar logo para o texto...

* * *

Luíza caminha na beira do palco. Olha outra vez para o papel e recomeça a leitura:

"Agora vamos ver a situação oposta. O Professor recebe ofertas de suas alunas e simplesmente não reage. Ele consegue sufocar completamente seu instinto, sua natureza, e despreza qualquer aproximação. Nem olha para suas alunas, e as trata como meros objetos assexuados. O que ele seria? Seria também um objeto, um ser indiferente à vida. E, na minha opinião, um péssimo professor. Há uma outra opção. O Professor reage intensamente às ofertas de suas alunas, seu desejo é despertado, mas vai sufocando sua sexualidade, vai empurrando pra dentro dele mesmo seu instinto, porque todos dizem que o sexo é uma coisa ruim. Por dentro, ele é um vulcão prestes a explodir. Por fora, é uma imensa pedra de gelo."

E improvisando:

"Vocês sabem o que acontece com esse tipo de gente? Ou desenvolvem uma doença mental, ou, pior ainda, seu desejo sexual se transforma em violência. Estou falando de estupro e de assassinato. Se Eros não pode vencer, vence Tanatos. Entre a vida e a morte, o Professor escolheria a morte."

* * *

Nossa! Pegou pesado. Mas não deixa de ser lógico. É um freudismo ginasiano, e ela é a própria ginasiana tentando dar um passo maior do que as pernas... O que é ótimo: não existe outra maneira de aprender.

* * *

Ela pára na frente dos jurados.

"Um homem de bom caráter, um homem virtuoso, não é nem uma coisa, nem outra. O Professor não é um tarado, nem é um homem assexuado. Ele é um homem comum. Certamente já tinha recebido outras ofertas antes, e as desprezou. Então, agora..."

"Protesto!", grita Rubens. "Ela está saindo dos fatos."

Gerson olha para Max, que faz um discreto sinal de positivo. Há alguns murmúrios na platéia. Gerson bate o martelo. Max, mantendo-se sentado, fala bem alto:

"A defesa não pode fazer suposições sobre o que aconteceu antes dos fatos que estão sendo julgados."

"Muito bem, professor", diz Luíza, "vou falar de outra maneira. O que eu tô dizendo é que os professores, de modo geral, estão sujeitos a receber ofertas de suas alunas, que às vezes são bem explícitas. Isso é uma coisa comum, e o Professor não é diferente de seus colegas. Quando ele aceitou a transa, aceitou aquela transa, especificamente, e pode muito bem ter considerado que aquela era uma garota madura, que tinha idade suficiente para saber o que estava fazendo e..."

"Protesto!", grita Márcia Li. "Ela está supondo a personalidade da aluna."

Gerson olha outra vez para Max, que faz sinal de negativo. O próprio Gerson anuncia:

"Protesto negado. A defesa pode continuar."

"Negado por quê?", exclama Rubens. "Não é permitido mexer nos personagens."

Parte da platéia está com Rubens, mas também há algumas vaias. Gerson bate o martelo e olha para Max, pedindo ajuda. Max olha para a bancada da promotoria e, mais uma vez, explica, em voz bem alta:

"Ela não afirmou que esta era a personalidade da Aluna. Ela só disse que o Professor pode ter pensado que era. É uma suposição válida."

* * *

Fui imparcial? É possível ser imparcial? Acho que não. Mas é possível tentar não ser parcial. Se a acusação pode supor que o Professor tem um problema de caráter, porque a defesa não pode supor que o Professor achou que a Aluna era uma garota madura e consciente do que estava fazendo? Eu achei que Lilian sabia o que estava fazendo.

* * *

Luíza, com um sorriso vitorioso nos lábios, continua lendo, mas cada palavra tem a força da sua convicção:

"Chegamos ao xis da questão. É impossível julgar com honestidade o Professor como um ser ideal, porque ele é um ser humano, como todos nós. Ele não errou, nem por excesso, sendo um tarado, nem por falta, sendo um ser assexuado ou um estuprador. Ele simplesmente permitiu que o seu prazer e o prazer de sua aluna fossem satisfeitos, porque supôs que isso não causaria qualquer prejuízo, que ninguém sairia ferido. Se o pai da aluna se considera ferido, é um direito dele, mas estamos aqui para julgar a moralidade do ato do Professor pelas nossas próprias cabeças, e não pela cabeça do pai, ou do diretor da escola. Somos livres, nesse momento, para decidir se um ser humano pode exercer a sua humanidade, num momento específico e considerando as conseqüências de seus atos. No caso, não há qualquer conseqüência negativa, porque a aluna não está protestando. Não posso afirmar que ela gostou..."

Risos na platéia. Luíza também sorri.

"...mas com certeza não está reclamando."

Volta a improvisar:

"Lá na minha terra, em Camaquã, ouvi dizer que aconteceu um caso parecido. Sabe o que aconteceu? O pai da aluna deu um tiro no professor. A vida é assim. O sexo é considerado algo terrível por algumas pessoas, e elas reagem com ódio e violência. Hoje, aqui, neste auditório, temos o dever histórico de dizer não para esses seres vingativos e selvagens. E dizer sim para o amor. Porque o sexo é o começo do amor. Quando penso na transa do Professor e da Aluna, penso em duas pessoas que se amaram, talvez por apenas uma hora, mas se amaram. Devemos proteger esse amor, devemos assegurar que esse amor possa surgir, devemos impedir que as pessoas que não sabem amar, ou que substituíram o amor pelo ódio em seus corações, continuem destruindo o amor. Eu não peço apenas a absolvição do Professor, eu peço que ele seja reconhecido pelo seu caráter, pela sua coragem, e pela sua busca do amor."

Luíza faz uma pequena pausa antes de concluir.

"O amor vai vencer! Obrigada."

Muitos gritos, aplausos e assobios. O auditório parece uma torcida de futebol comemorando um gol.

"Muito bem, Luíza!", grita alguém.

"Já ganhou!", berra uma voz feminina.

Gerson bate com o martelo, sem o menor resultado. Max levanta e olha para trás. Perto da janela, dois estudantes seguram uma faixa: “FAÇA AMOR, NÃO FAÇA A PROVA DE EPB!” Carlos, o meirinho, já está indo na direção dos estudantes, com a cara fechada.

* * *

Que esculhambação! Melhor fazer logo o intervalo.

* * *

Max grita para Gerson:

“Anuncia o intervalo.”

“Intervalo de 15 minutos”, berra o juiz. O tumulto continua. Max levanta o mais rápido possível.

27

Antes do terceiro passo, rumo ao corredor que poderia levá-lo ao fundo do auditório, Max vê sua trajetória interrompida por Cezinha e pelo diretor da faculdade, Geraldo Gessinger, que caminha na direção de Max com um grande sorriso nos lábios. Max pára, parece avaliar uma rota alternativa, mas não há tempo nem espaço para a fuga. A mão de Gerson desce, pesada e calorosa, sobre o ombro de Max, enquanto o diretor fala muito alto, para se fazer ouvir sobre o alarido dos estudantes:

"Sensacional! Sensacional! E o Cezinha me disse que eles estão no quarto semestre. Às vezes pareciam advogados falando. Advogados de verdade. É mesmo sensacional. Nunca vi nada parecido."

Gessinger chega bem perto de Max e fala mais baixo:

"Vou te confessar uma coisa, professor Max. Eu estava com medo. O tema do julgamento... Sabe como é, essa é uma faculdade luterana, religiosa... E esse negócio de sexo... Mas..."

Volta a falar bem alto:

"Está tudo perfeito. Tudo muito respeitoso. Eu fiquei prestando atenção, realmente prestando atenção, e a cada momento eu achava uma coisa diferente. Que o Professor devia ser demitido imediatamente, depois que ele era um cara bacana, que era uma vítima e..."

"Essa é a idéia", corta Max. E logo aponta para o fundo do auditório. "Eu estou preocupado com alguns desordeiros lá atrás e estava justamente indo para..."

"Não te preocupa, Max", interrompe Cezinha. "Tá tudo em ordem. Eu coloquei mais gente pra ficar de olho. E aquela faixa já foi confiscada."

"Confiscada?", diz Max, confuso.

"Só até o final do julgamento. Depois devolvo."

"Está tudo indo muito bem, professor", diz Gessinger. "É uma pena que eu não possa ficar mais. Mas eu vi que está tudo sendo gravado. Eu gostaria muito de ver as fitas."

Max olha por cima do ombro de Gessinger, na direção do ponto onde pensou ter visto Lilian. Nem sinal dela. O diretor insiste:

"Será possível?"

"O quê?", retruca Max, distraído.

"Ver as fitas."

"Claro. Vamos fazer cópias e deixar na biblioteca."

"Sensacional!", exclama o diretor. "Tudo na biblioteca."

"Eu não disse, Gessinger?", aproveita Cezinha. "O Max já fazia esse tipo de coisa lá no Vera Cruz, quando eu era aluno, e sempre funcionava bem pra burro."

Max volta a olhar por cima do ombro de Gessinger.

"Um professor assim não pode mais ser horista", afirma Gessinger. "A partir do próximo semestre, quarenta horas e dedicação exclusiva! Que tal?"

Max não responde. Continua tentando localizar Lilian. Cezinha bate no ombro de Max.

"E aí, Max? Que tal?"

"Que tal o quê?", diz Max, voltando a olhar para os dois.

Gessinger, um pouco decepcionado, olha para Cezinha, que sorri amarelo e tenta remendar:

"O Max fica muito concentrado nesses julgamentos." E para Max: "O nosso diretor está propondo um contrato de quarenta horas para o próximo semestre. E um salário muito melhor, claro. Adeus ônibus, adeus Bagé!"

Gessinger acrescenta:

"E eu acabo de decidir que o Max passa direto pra professor-adjunto."

"Tá brincando... Assim, ele vai acabar ganhando mais do que eu..."

Os dois riem e ficam esperando a reação de Max, que só vem depois de mais alguns exasperantes segundos:

"Eu gosto de viajar de ônibus pra Bagé. Mas estou muito honrado com o convite... Será que podemos continuar nossa conversa daqui a pouco?"

* * *

Com um arranque inesperado, Max ultrapassa Cezinha e Gessinger, que não conseguem esboçar qualquer reação, e sobe o corredor com grande dificuldade. Percorre o fundo do auditório olhando para todos os lados. Carlos vem falar com ele:

"Acho que agora tá tudo bem. O cara da faixa disse que..."

"Presta atenção", diz Max, quase ríspido. "Tu viu uma guria bem alta, magra, do lado de uma outra guria com uns óculos de lentes bem grossas? Talvez com umas botas de salto alto."

"Elas são da Comunicação?"

"Não."

"Não vi."

"Talvez eu tenha confundido... Tu não viu uma guria alta? Eu quero dizer bem alta. Mais alta que tu."

"Tem muitas gurias mais altas que eu, professor. Como ela é? Ela é bonita?"

Max não responde. Fica olhando para Carlos por algum tempo. Depois diz:

"Deixa pra lá."

E volta a procurar sozinho.

* * *

Nada. Procurei no fundo do auditório, na ante-sala, nos corredores. Fui até o bar. Um aluno veio falar comigo, queria comentar alguma coisa do julgamento. Nem ouvi o cara, disse que precisava voltar para o auditório. E corri para o único lugar onde elas ainda poderiam estar: o banheiro feminino. Fiquei parado na entrada do banheiro, fazendo de conta que examinava os cartazes na parede. Cada vez que uma estudante saía, eu olhava. Nada. O tempo do intervalo se esgotou, e eu tive que voltar para o meu lugar. O Gessinger e o Cezinha me esperavam. Queriam continuar falando da alteração do meu contrato, mas eu disse que era melhor conversar depois, com mais calma, porque o Gerson já estava batendo o martelo dele, tentando conseguir silêncio. O Cezinha me olhou como se eu fosse louco, e o Gessinger riu e disse alguma coisa como "tem professor que me enche o saco todo dia para conseguir um contrato". Eu olhava para o fundo do auditório, ainda na esperança de ver as meninas. Nada.

O julgamento recomeçou. Era a última fala da promotoria. Guiomar tentou usar Spinoza. Ele tinha estudado direitinho, mas Spinoza é complicado, e o texto ficou confuso, tentei arrumar, só que não deu muito certo. Guiomar pegou o conceito de "servidão" para caracterizar a atitude do Professor como a de um homem incapaz de refrear suas paixões. Até aí, tudo bem. No entanto, quando ele tentou ligar a servidão com o juízo moral, ficou muito confuso. Spinoza não é assim tão positivista. Ele também compara, também relativiza, e também acaba, apesar de toda a sua vontade de ser racional como um geômetra, chamando para o debate coisas bem pouco racionais, como Deus e a felicidade. Guiomar concluiu dizendo que o homem feliz não é feliz porque é virtuoso e refreia suas paixões; mas o contrário: porque o homem é virtuoso e feliz, consegue deter seus instintos. Pra mim, isso não faz o menor sentido. Nunca me senti um cara feliz. Tenho a impressão de que quase toda a humanidade é muito infeliz, o que não dá direito às pessoas de saírem matando umas às outras.

Depois Hermes resumiu todos os argumentos da acusação para os jurados. Saiu-se bem. Deixou a impressão de que o Professor deveria ser condenado por qualquer cidadão com consciência moral. Não conseguiu definir o que é consciência moral, claro, aí o furo é mais embaixo. Eu esperava, ansioso, que tudo aquilo terminasse de uma vez. Quando Guiomar sentou, e Gerson anunciou a fala final da defesa, Aírton levantou e pegou o microfone. Eu pensei: esse menino vai começar a gaguejar, a defesa vai pro espaço, e o Professor será inapelavelmente condenado. Mas então Aírton começou a falar, e logo percebi que eu estava muito errado. Ele segurava um livro grosso na mão direita.

* * *

"Bom dia. O meu pai é advogado. Tenho dois irmãos mais velhos. Um já é advogado, e o outro está estudando Direito em Porto Alegre. Quando eu era criança, e me perguntavam o que eu queria ser, eu sempre respondia: quero ser advogado, como meu pai. Mas, na hora do vestibular, eu me inscrevi em Jornalismo, porque achava que seria mais legal ganhar a vida procurando a verdade nas ruas do que interpretando essa verdade dentro de um tribunal. Claro, eu também era gago — mais gago do que sou hoje — e achava que um advogado gago não teria muita chance no mercado. Quando o professor Max disse que nós faríamos um julgamento, achei muito engraçado, porque eu teria uma chance de experimentar, mesmo que por pouco tempo, a profissão que eu pensava que teria quando criança."

"Então eu disse para o FM que gostaria de participar da defesa do Professor. Ele estranhou, porque eu não sou de falar muito na sala de aula. Acho que também ficou com medo que eu estragasse tudo. Aí eu prometi que iria estudar muito e tentaria não gaguejar. Ele aceitou. E nós fizemos uma combinação: se eu empacar de repente, se eu não conseguir dizer alguma palavra, ele vai me ajudar. Mas não é porque eu não sei o que dizer. Eu sei a palavra, só não consigo pronunciar. É um problema psicológico. A palavra está aqui" — aponta para a sua cabeça — "mas é como se eu não fosse capaz de dizer essa palavra. Quando eu fico nervoso, a coisa piora. Então vou tentar não ficar nervoso."

Ele respira fundo antes de recomeçar.

"Até as aulas do professor Max, neste semestre, todos os professores sempre nos diziam que o jornalista é um sujeito que procura a informação e a verdade de forma imparcial. Eu acreditei nisso. Mas aí o professor Max começou a falar umas coisas sobre moral e sobre ética que fazem a gente pensar sobre o que é essa verdade, mesmo que não queira. E também sobre a tal imparcialidade do jornalista, que é uma coisa tão difícil de definir que não vale a pena o esforço."

"Eu estou demorando a chegar no caso do Professor, mas é que não consigo pensar nessa questão como o julgamento de uma pessoa. Na verdade, não faz a menor diferença se o Professor for condenado. Ele não tem um corpo físico para ser preso. Se a gente condenar o Professor à morte, não poderíamos matá-lo. E, de acordo com algumas coisas que andei lendo — e eu concordo com elas —, um julgamento que não pode punir não tem sentido. Na verdade, nem pode ser considerado um julgamento."

Aírton caminha na direção do júri. FM olha para Aírton, surpreso.

"Eu acho que o réu não fez nada de errado, e isso é o suficiente para mim. Se vocês pensam diferente, se acham que o Professor é um bandido, um corruptor de menores, que ele deve ser condenado, tudo bem, condenem. Garanto que não vai fazer a menor diferença para o réu. Tô me lixando." FM acompanha Aírton, cada vez mais indignado. Aírton devolve o olhar. "Desculpe, FM. Sei que não foi isso que a gente combinou. É que, de repente, eu percebi que tinha uma coisa muito importante pra dizer — e tem que ser hoje, agora, porque não sei se vou ter outra oportunidade assim no resto da faculdade."

"Eu quero falar sobre as idéias de um cara chamado Foucault. Ele escreveu um livro, *Vigiar e Punir*, que é o livro mais importante que já li na vida. Não é muito divertido, não. E é bem difícil de entender às vezes. Eu comprei esse livro porque estava na bibliografia que o professor Max entregou. Nós nunca usamos nas aulas, e ele tava pegando poeira na estante até a semana passada, quando eu resolvi dar uma olhada, pensando nesse julgamento. Eu fiquei muito impressionado, porque é um livro que fala sobre as formas de aplicar as penas, ou de punir os presos. Ele descreve execuções horríveis, mostra como as cadeias foram inventadas e o que acontece dentro delas. Eu li em dois dias, não conseguia largar o livro. Provavelmente não entendi direito algumas coisas, mas o que entendi já é suficiente para mim, e acho que tem tudo a ver com o caso do Professor."

"Eu sempre achei que o poder era uma coisa destrutiva, que ele impedia as pessoas de fazerem o que elas gostam, tipo o poder da censura, ou o poder da polícia. Por exemplo, muita gente deve pensar que a função da moral seria evitar que um professor desejasse a sua aluna, ou pelo menos impedir que eles transassem. Mas o Foucault explica que o poder funciona bem diferente. Na verdade, funciona ao contrário. O poder não é destruidor. É criador."

Aírton mostra a capa do livro que tinha na mão para a platéia: é uma compilação da Constituição e do Código Penal.

"Os pensamentos dos homens que redigem as leis também são criados pelo poder. E estes pensamentos geraram as leis que agora são usadas para acusar o Professor. Os mesmos jogos de poder e pensamento criaram as cadeias, os condenados e as formas de punir. Eu sei que estamos discutindo ética, e não legislação, mas é importante entender como o poder cria essas leis, como ele tem uma força positiva, e não negativa. O poder constrói o mundo e as nossas próprias vidas. Eu estudei um pouco a origem dessas leis do código penal que tratam dos crimes contra os costumes aqui no Brasil. Sabe quando a maioria delas foi escrita? Na década de 40. Algumas foram modificadas, mas a essência permanece a mesma. Tem, inclusive, uma expressão muito engraçada, a da 'mulher honesta'. Mas também há leis bem novas, como essa do assédio sexual."

Aírton abre o livro e o consulta enquanto fala:

"Se esse julgamento fosse real, o Professor estaria sendo acusado com base no artigo 216-A — Constranger alguém com o intuito de obter vantagem ou favorecimento sexual, prevalecendo-se o agente da sua condição de superior hierárquico ou ascendência inerente ao exercício de emprego, cargo ou função — e no artigo 217 — Seduzir mulher virgem, menor de 18 (dezoito) anos e maior de 14 (catorze), e ter com ela conjunção carnal, aproveitando-se de sua inexperiência ou justificável confiança."

Aírton fecha o livro, olha para os jurados e continua:

"No artigo 216-A, que trata do assédio sexual, a questão é saber se o Professor usou sua condição hierárquica para constranger a Aluna." Aírton consulta um papelzinho dobrado que pega do bolso da calça. "Constranger alguém, segundo o dicionário Houaiss, é tolher a liberdade, subjugar, sujeitar, dominar; obrigar alguém, geralmente com ameaças, a fazer o que não quer; forçar, coagir, compelir."

Aírton aponta para o cartaz colado no palco.

"Eu peço que vocês leiam os fatos apresentados: o Professor, 30 anos, mantém uma relação sexual com a sua Aluna, virgem e menor de idade (tem 17 anos). Não há qualquer indício de que houve uso da força, ameaça ou qualquer outra forma de constrangimento. Então, é óbvio que o Professor é inocente no artigo 216-A."

"Protesto", grita Márcia Li. "Nós estamos discutindo ética, e não as leis."

"Eu só estou dando um exemplo", defende-se Aírton. "Já vou voltar para a ética."

Aírton e Márcia Li olham para Max. O professor fala:

"Mais dois minutos com as leis, Aírton. No máximo."

"Tudo bem. Tem uma coisa desconhecida nos fatos do cartaz: o Professor seduziu ou foi seduzido? Não podemos saber. Contudo, tem um ponto bem objetivo: a Aluna era virgem. Se não fosse, e, na noite anterior, tivesse perdido a virgindade com um colega de aula, o Professor certamente também seria considerado inocente em relação ao artigo 217."

Márcia Li levanta-se. Parece muito indignada:

"Protesto! Ele está manipulando os fatos."

"Não estou!", responde Aírton. "Os fatos estão escritos no cartaz."

Márcia insiste:

"Ele está manipulando as leis."

Max intervém:

"Não percebi qualquer manipulação. Agora volta para a ética, Aírton."

Márcia está nervosa. Olha para Max e balança a cabeça. Os colegas da bancada tentam acalmá-la. Aírton retoma a palavra:

"Acho que uma coisa ficou evidente: para essa lei, o que importa é se a menina era virgem ou não. Esse artigo, o 217, foi escrito há cinqüenta anos, quando a virgindade ainda era um grande tabu, e casar virgem não era uma exceção à regra, como é hoje. Aparentemente, não é essa a questão posta neste julgamento. Queremos descobrir se a ética — ou melhor, se as diferentes escolas da ética — condenam o Professor, independente de a lei condená-lo ou não. Ética e legislação são coisas diferentes, e suas relações são mais indiretas do que parecem ser. A verdade, pessoal, é que quase todo mundo, aqui nesse auditório, sente que há alguma coisa errada nas relações sexuais entre professores e alunas, por uma razão muito simples: esse sentimento moral não está baseado em leis, que até podem ser interpretadas com certa objetividade. O julgamento moral do Professor está acontecendo dentro de nós, faz parte de nós, ou, como diz Foucault, nos atravessa. Não adianta sair em busca de uma 'verdade ética' capaz de absolver ou condenar o Professor."

"A verdade não é uma coisa que possa ser achada na rua, ou num tribunal, ou algo que a gente possa desvendar acumulando conhecimentos ou técnicas. A verdade é aquilo que nos força a pensar de uma certa maneira, quer dizer, é aquilo que é criado para nos fazer entender uma coisa como verdadeira, boa, virtuosa, e não falsa, má, imoral. Portanto, as leis existem porque o poder as criou, mas o poder cria coisas muito mais eficientes que as leis. O poder cria a verdade."

Aírton encara Márcia Li.

"Por isso, Márcia, olhar a verdade inscrita no coração da gente não é garantia de nada. Essa verdade existe, mas ela será sempre o resultado de mecanismos de poder, que são históricos, e que variam de cultura para cultura, de sociedade para sociedade, de pessoa para pessoa. A verdade inscrita no coração do pai da Aluna é bem diferente da verdade que está no coração da Aluna. Qual verdade devemos escolher?"

Aírton volta a olhar para a platéia.

"Já ouvi meu pai dizer muitas vezes que a verdade acaba vencendo. Mas é claro! Ela tem que vencer, porque nós a inventamos para justificar o mundo, e a cada dia ela pode mudar, porque o mundo vai se transformando. Nós vivemos dentro dessa verdade criada, e os mecanismos que a criam são absolutamente transparentes. Parece que nem existem. É um grande sistema de pensamentos, que vai criando vários tipos de verdades. Para compreender a verdade, nós temos que fazer uma história da verdade."

"Primeiro eu achei que isso era o fim do mundo, porque tudo que eu achava que era verdadeiro, alguém tinha me feito pensar que era verdadeiro. Mas aí, bom, aí eu entendi que se a gente sabe como esse sistema funciona pode tentar fazer ele funcionar de forma diferente, ou pelo menos pode ter a esperança de interferir de alguma maneira nesse sistema."

"Por exemplo, o pai da Aluna acredita piamente que o Professor é um criminoso; para ele, isso é uma verdade incontestável. O artigo 217, esse que fala da sedução e foi escrito cinqüenta anos atrás, permite que ele processe e eventualmente consiga condenar o Professor. Basta que um determinado juiz pense da mesma maneira. Aconteceu a sedução, e a lei diz que, independente do que pensa a Aluna, de 17 anos, o Pai, que é o responsável legal, pode levar a ação adiante. É importante lembrar também que há uma certa diferença entre as meninas de 17 anos da década de 40 e as atuais."

Um grito sai da platéia:

"E que diferença!"

Risos e aplausos. Gerson usa o martelo várias vezes, até que volta o silêncio e Aírton retoma a palavra.

"Então, o que eu quero dizer é que a gente pode ficar meses procurando uma moral universal, ou uma moral natural, ou pelo menos uma moral razoavelmente consensual, para dizer que o professor é culpado ou inocente, e não vamos chegar a lugar nenhum. Não há moral natural, nem universal. O que há é um jogo de poderes criando e aplicando a sua moral, e nos fazendo pensar dessa ou daquela maneira. E aí eu compreendo perfeitamente o meu pai, a maneira como ele vê o mundo, e não posso querer que ele veja o mundo, ou a verdade do mundo, da mesma maneira que eu vejo."

"Direito e Jornalismo são coisas parecidas: buscam uma coisa que é muito complicada de achar, ou até de definir. Eu acredito que como jornalista vou fazer a mesma coisa que um bom advogado teria que fazer: ficar perguntando sem parar de onde veio essa coisa que todo mundo tá dizendo que é verdade. E se eu fosse escrever uma notícia sobre o que aconteceu entre o Professor e a Aluna eu pensaria mil vezes antes de dizer para o leitor que uma menor foi seduzida, porque o jornalista é um fabricante de verdades e um poderoso criador de formas de pensamento que estabelecem uma determinada verdade."

"Vocês devem estar pensando, então, o que estamos fazendo aqui? Se a verdade é assim tão relativa, se a moral é uma coisa que depende do poder, não é melhor jogar tudo pro espaço? Pra que ficar pensando em valores morais, se eles nunca param no tempo e parecem ser sempre o produto de relações de poder exercidas no passado?"

"Mas aí é que está a importância de brigar, de lutar. Aí é que está a possibilidade de ter esperança. Se o mundo é assim, como hoje o vemos e pensamos, não significa que será sempre assim. Se a lei diz que o ato do Professor é um crime, e isso pode fazer os jurados pensarem do mesmo jeito, então vamos começar dizendo bem alto que essa lei está errada, porque não acompanhou as transformações da sociedade. E tá na hora de alguém fazer alguma coisa a respeito."

"Pai, eu sei que tu tá escondido aí atrás." Aírton aponta na direção do fundo do auditório, provocando um burburinho na platéia. "O Zé me falou que tu vinha, e eu quero dizer que te amo muito, e que eu sei que tu queria três filhos advogados. Mas eu vou ser jornalista mesmo, que a faculdade tá muito cara pra mudar agora."

Um senhor de uns sessenta anos, meio careca, sai de trás de uma coluna e passa a ser o centro das atenções da platéia. Cezinha e Gessinger surgem repentinamente na frente de Max. Estão de pé, de costas para o palco. Cezinha, com um meio-sorriso, curva-se na direção de Max e observa:

"Esse rapaz está falando há quase meia hora."

Max olha para o relógio e surpreende-se.

"É verdade. Não tinha notado. Vou pedir que ele conclua o raciocínio."

"O raciocínio dele está fugindo dos nossos objetivos", diz Gessinger. "Não estamos aqui para discutir a ética da sociedade."

Max olha para Gessinger, confuso, e diz:

"Estamos aqui exatamente para discutir a ética da sociedade."

"Num plano ideal, professor", diz Gessinger. "Esse menino está falando nas leis. E ele tem idéias bem esquisitas sobre a verdade."

"Não achei esquisitas."

Gessinger eleva bastante o tom da sua voz:

"Eu achei. Nós, jornalistas, sabemos o que é a verdade."

Aírton interrompe sua fala e olha para os três homens que estão discutindo na primeira fila. Todos os espectadores também olham para lá. Max fala em voz baixa para Gessinger, mantendo a calma:

"Acho que estamos atrapalhando, Gessinger. Quem sabe o rapaz conclui, e depois nós continuamos?"

Gessinger percebe que todos os olhares estão concentrados nele. Sorri, pra disfarçar, e fala para Max:

"Dois minutos."

Max fala em voz alta para Aírton:

"O teu tempo está esgotado. Pode concluir, por favor."

Cezinha faz um sinal para dois alunos, sentados ao lado de Max, e eles levantam-se, nem um pouco satisfeitos. Cezinha e Gessinger, nessa ordem, ocupam as poltronas contíguas à de Max. Aírton volta a falar:

"Resumindo: o importante é batalhar para que essa lei mude, porque aí, mais cedo ou mais tarde, os pensamentos das pessoas mudam também. Não importa tanto a ordem do ataque à verdade estabelecida, contanto que se ataque. Tem gente que acredita que a própria evolução social vai aprimorando as leis, mas isso nem sempre acontece, ou acontece tão lentamente que muita gente sofre sem razão."

"Eu proponho fazer um abaixo-assinado, agora, e coletar milhares de assinaturas para mudar essa lei. Vamos pressionar os deputados, vamos para a imprensa, porque o Professor não existe, é uma fantasia, mas professores que transam com suas alunas e têm o azar de serem denunciados por algum idiota, estes sofrem de verdade."

Gessinger inclina-se para a frente, olha para Max e ordena:

"Manda esse guri calar a boca."

"Ele já está terminando", responde Max.

"Isso aqui virou uma palhaçada completa!", esbraveja Gessinger, que completa para Cezinha: "Manda cortar o microfone dele."

Cezinha, muito nervoso:

"Calma, pessoal. Max, pelo amor de Deus, está na hora de encerrar a fala do Aírton."

Mas Aírton pega uma folha dobrada em quatro no bolso da camisa e continua:

"...quem está disposto a assinar agora? Vou ler: 'Nós, abaixo assinados, membros da comunidade universitária brasileira, propomos que o artigo 217, do capítulo segundo, do título sexto da parte especial do Código Penal Brasileiro, que trata dos crimes contra os costumes, tenha sua redação modificada, por estar absolutamente inadequado às grandes transformações por que passou a sociedade brasileira nos últimos cinqüenta anos. Em vez do que está — Seduzir mulher virgem, menor de 18 (dezoito) anos e maior de 14 (catorze), e ter com ela conjunção carnal, aproveitando-se de sua inexperiência ou justificável confiança, com pena de reclusão de dois a quatro anos — propomos a seguinte redação — Seduzir mulher virgem, menor de 16 (dezesseis) anos e maior de 14 (catorze), e ter com ela conjunção carnal, aproveitando-se de sua inexperiência ou justificável confiança, com pena de reclusão de dois a quatro anos.'"

Aírton abaixa o papel e segue:

"Pode parecer pouco, diminuir de 18 para 16 a idade da vítima, mas garanto que já seria um grande avanço. Se uma garota de 16 anos pode votar e decidir quem será o presidente do Brasil, também pode decidir com quem deseja perder a virgindade, e ninguém tem o direito de se meter nessa decisão. Estamos propondo que, a partir dos 16 anos, uma garota possa ser a proprietária legal do próprio corpo, o que já acontece na prática há muito tempo. Se a gente se mobilizar realmente, se esse abaixo-assinado tiver a adesão da sociedade e..."

Aírton interrompe seu discurso quando Gessinger, com a cara vermelha de raiva, já de pé, grita com Max e Cezinha:

"É uma palhaçada!"

Max levanta-se e responde:

"O senhor está interrompendo a aula."

"Isso não é uma aula. É um deboche."

A platéia começa a vaiar. Alguém grita:

"Gessinger reacionário!"

As vaias ficam ainda mais altas. O pai de Aírton se manifesta, gritando do fundo do auditório:

"Quem é o idiota que está cassando o direito do meu filho falar?"

Risadas.

"Eu!", vocifera Gessinger

Outra voz anônima:

"Deixa ele falar, ô velho estúpido."

Gessinger olha para Max:

"Tu me paga, canalha."

Cezinha tenta remendar:

"O Max não tem culpa. Ele nem sabia o que os alunos iriam falar."

"Não interessa", diz Gessinger, ameaçador. "E eu já mandei que tu cortasse o microfone dele."

Cezinha sobe no palco e caminha na direção do amplificador. Um tremendo coro de gritos e vaias acompanha seus passos. Cezinha desliga o amplificador e começa a voltar. Aírton olha em volta, sem saber o que fazer. Então Carlos, o meirinho, sobe no palco e liga outra vez o amplificador. Muitos aplausos.

Um grito:

"Vai, Aírton!"

Aírton caminha rapidamente até a bancada da defesa, abre uma pasta e retira um pequeno monte de folhas. Mostra as folhas para a platéia e diz:

"Eu tenho várias cópias do abaixo-assinado. Quem quiser assinar..."

Dezenas de estudantes aproximam-se do palco. As folhas de papel começam a circular de mão em mão. Cezinha passa a mão no cabelo, cada vez mais nervoso.

Gessinger olha para Max e diz:

"Tu tá despedido, palhaço."

O pai de Aírton, que estava assinando uma das folhas, se intromete:

"O senhor está dando um péssimo exemplo para os estudantes." E, para Max: "Eu posso defendê-lo, professor."

Gessinger parece prestes a começar uma briga, mas Cezinha agarra o diretor por baixo do braço e arrasta-o para fora do auditório. Gessinger ainda grita:

"Tá despedido. E não dá mais aula em lugar nenhum."

Max senta. Parece estar calmo. Carlos se aproxima e pergunta:

"O que a gente faz agora?"

"Deixa comigo", diz Max. "Me alcança o microfone, por favor."

Carlos traz o microfone para Max, que fala para a platéia:

"Peço desculpas pelo que aconteceu. A defesa tem dois minutos para concluir."

Max senta. Carlos devolve o microfone para Aírton, que agradece para Max, sorri para o pai, que agora está sentado na primeira fila, e diz:

"O Foucault chamaria o nosso abaixo-assinado de positivismo crítico. Se o passado determinou o nosso presente, nós temos condições de construir um futuro melhor, a partir de ações concretas no presente. E essa estratégia precisa acontecer sempre no particular, no específico, como é o nosso caso. Ficar discutindo idéias, fazer filosofia, pode ser bem agradável, como foi essa manhã para todos nós, mas isso não vai fazer o mundo ficar mais agradável. Esse abaixo-assinado, se for levado a sério, pode gerar outros abaixo-assinados, que poderão gerar outras formas de pressão, e se mudarmos a lei, ou se pelo menos tentarmos mudar a lei, ou se fizermos as pessoas pensarem no absurdo da lei, então estaremos participando desse jogo de poderes que forma a verdade, em vez de simplesmente assistir e reclamar."

"Foucault diz que não há uma moral que sirva para todos. Nós, aqui, quando assinamos esse documento, queremos criar uma moral para os nossos dias, mais próxima da nossa realidade, e isso é a coisa mais produtiva e verdadeiramente revolucionária que podemos fazer. Essa é uma responsabilidade de cada um de nós."

"Agindo assim, de forma positiva, propositiva e crítica, nós vamos construindo uma verdade que alguns até poderão chamar de universal, mas que é um conjunto de estratégias que vão se juntando, apoiando umas às outras, em função de uma luta que pode ser comum para muitas pessoas. Milhares de pessoas de verdade, que são julgadas por leis que não fazem mais sentido."

"Aceitar a verdade é aceitar o poder que a criou. Aceitar a moral dominante é aceitar o poder que a construiu. Se ainda sonhamos em ser livres e transformar alguma coisa, e não podemos mais fazer aquelas revoluções sonhadas na década de 60, então que ao menos a gente consiga lutar contra essa verdade e contra essa moral, contra essa lei, e vamos começar mandando o Professor pro espaço e batalhar para que gente de verdade não seja punida por uma bobagem dessas."

Uma dúzia de seguranças uniformizados entra no auditório pelos corredores laterais, caminhando rápido e empurrando quem não sai da frente. Aírton percebe o que está acontecendo e apressa o fim do discurso:

"Não estou dizendo que podemos construir uma verdade que esteja fora do poder. Verdade é poder. Sempre será. Não poderemos nunca achar uma essência da verdade. Mas poderemos sempre lutar por uma verdade, e contra o poder que pretende que a gente simplesmente aceite o mundo como ele é."

Um dos seguranças desliga o amplificador. Outro arranca o microfone das mãos de Aírton. Um terceiro tira as fitas das câmaras de vídeo, apesar dos protestos dos operadores. A platéia reage com vaias e uma chuva de papéis sobre o palco. A confusão é geral.

Aírton grita:

"Vamos assinar! Vamos assinar!"

Jurados, promotores e advogados de defesa abandonam seus lugares. Alguns correm para assinar, outros estimulam a platéia a vaiar mais. FM discute asperamente com os seguranças que roubaram as fitas de vídeo. Márcia Li tenta aproximar-se de Max e chamar sua atenção, mas não consegue. Enquanto seus colegas se dividem entre a indignação pelo autoritarismo do diretor e a satisfação juvenil pela balbúrdia, ela permanece séria e preocupada; parece não acreditar no que está acontecendo. Gessinger aparece de repente, ao lado de dois seguranças e pega o microfone. O amplificador é religado e o diretor fala:

"O evento está encerrado. Por motivo de segurança, este auditório será imediatamente evacuado. Peço a todos que colaborem."

Mais vaias. Mais papéis. Rubens e Guiomar começam a discutir com Gessinger, aos gritos, mas a esculhambação é tanta que ninguém mais ouve coisa alguma. O pai de Aírton, orgulhoso, abraça seu filho.

Sem que ninguém perceba, Max vai saindo do auditório, sempre olhando para os lados. No trajeto até a sala de professores, ainda examina os rostos excitados dos estudantes que passam por ele. Alguns tentam conversar, mas Max não responde. Depois de pegar alguns livros no seu armário, Max sai do prédio da faculdade, alcança a saída do campus e caminha na direção do hotel. O sol do meio-dia, quente e amistoso, acompanha os passos lentos do professor pelas ruas de Pelotas.

28

Max, ainda vestido, com as mãos na nuca, olha para o teto, deitado em sua cama do hotel. A pintura está descascada em alguns pontos. Toca o telefone. Max atende. A voz angustiada de Márcia Li:

"Professor, preciso falar contigo. É urgente. Posso subir?"

Max demora um pouco a responder. Márcia insiste:

"É bem rápido. Prometo."

"Sobe", diz Max.

Márcia Li senta na frente de Max, com as mãos entrelaçadas e a fisionomia carregada. Ela fala rápido, com um acento nervoso na voz:

"Professor, eu vim aqui fazer uma confissão e pedir desculpas. Eu sei que agi errado, desde o início, e agora estou tentando diminuir as conseqüências da minha burrada. Já disse para o idiota do Gessinger que, se tu for demitido, a faculdade inteira entra em greve."

"Vocês não têm nada a ver com o que..."

"Por favor, me escuta", corta Márcia. "Me ouve até o fim. Eu tenho muito a ver com tudo o que aconteceu."

Max levanta-se e caminha para a janela.

"Não vejo como."

Márcia dispara:

"Eu conheço a Isabel."

Max olha para Márcia, surpreso. A garota continua:

"Ficamos amigas em Brasília, no Encontro Nacional dos Estudantes de Comunicação. Na época eu morava em São Paulo. A gente de vez em quando trocava uns *e-mails*, e ela sabia que eu tinha vindo pra cá."

Pequena pausa. Márcia continua:

"Eu recebi uma mensagem da Isabel há duas semanas, perguntando se tu era meu professor. Uma amiga dela, a Lilian, estava planejando viajar a Pelotas pra te encontrar, e a Isabel queria saber os teus horários. Eu acabei telefonando pra Isabel, porque estava com saudade daquela maluca. E aí a gente conversou bastante."

"Conversaram sobre o quê?", pergunta Max.

"Sobre um monte de coisas." Pequena pausa. "E também sobre o que tinha acontecido no Vera Cruz no ano passado."

Max senta-se outra vez. Márcia olha para o chão, constrangida. Ela prossegue:

"A Isabel disse que era tudo muito complicado, e que ela não podia dar muitos detalhes, mas deu pra entender que tu tinha saído do Vera Cruz, depois de 12 anos dando aula lá, porque tinha transado com uma aluna chamada Lilian. Eu achei aquela história muito louca e fiquei morrendo de vontade de saber mais e, principalmente, conhecer essa Lilian. Eu fiquei com aquela história na cabeça, achando o que fizeram contigo a maior injustiça da face da Terra. E aí... Naquela aula em que a gente escolheu o caso para o julgamento, eu acabei propondo a história do Professor. Depois pensei em voltar atrás, fiquei com remorsos, me achando a última das criaturas, mas já era tarde."

Márcia encara Max.

"Eu... Eu também ajudei as duas a te achar lá em Bagé. Elas te visitaram, não é?"

"Visitaram."

"E foi aí, quando elas me ligaram contando o que tinha acontecido, que eu me dei conta do absurdo que eu tinha feito. Não tinha nenhum direito de me meter assim na tua vida. Queria — queria mesmo! — te contar tudo, mas eu tava morrendo de vergonha. Juro que tentei telefonar mil vezes... Só que nunca disquei até o fim. E os dias foram passando, e o julgamento cada vez mais perto..."

Márcia enxuga uma lágrima com as mãos, num gesto rápido.

"Aí eu, idiota, achei que tinha uma solução. Fui falar com o FM e com o Gerson e combinei tudo: quando a defesa terminasse a última fala, eu ia pedir a palavra para uma questão de ordem, e dizer que os promotores, depois de terem cumprido sua função didática, seguindo todas as regras, também tinham o direito de dar sua opinião pessoal sobre caso. E eu iria dizer que o réu, para nós todos naquele palco, era inocente, e também pediria que os jurados absolvessem o Professor por unanimidade. Mas aí o Aírton começou a falar, não parava mais, e aconteceu tudo aquilo..." Márcia, emocionada, titubeia. "Foi horrível. E o fascista do Gessinger ainda..."

O telefone toca, interrompendo Márcia. Max atende. Uma voz pouco conhecida de Max:

"Professor Max."

"Sim."

"Aqui é o professor Queirós, de Bagé. Boa tarde."

"Boa tarde, reitor. Um instante só."

Max coloca a mão sobre o bocal do telefone e fala com Márcia.

"Eu tenho que atender."

"Eu espero um pouco ali no corredor."

Márcia sai do quarto, enquanto Max recomeça o diálogo:

"Alô."

"Professor, eu vou ser bem objetivo. A faculdade agradece muito a sua colaboração nesse semestre, mas, devido a uma série de fatores que estão acima da nossa vontade, eu vou ser obrigado a demiti-lo. O senhor pode passar no Departamento Pessoal e verificar se os seus direitos estão todos devidamente contemplados. É isso. Eu sinto muito."

"Eu posso saber o motivo da demissão?"

"O motivo é a necessidade de aumentar o número de professores titulados a partir do próximo semestre, de acordo com as normas do ministério."

"E por que eu não posso pelo menos encerrar o semestre?"

"Porque o substituto vai começar imediatamente."

"Posso saber o nome do meu substituto?"

"Estamos entre dois nomes. Quando decidirmos, o senhor vai ficar sabendo." Pequena pausa. "Tenho certeza que um professor competente como o senhor logo terá outras oportunidade de trabalho. Boa tarde, professor."

Click. Max coloca o telefone no gancho. Márcia abre a porta do quarto e pergunta:

"Posso entrar?"

"Pode."

Antes que Márcia sente, o telefone toca outra vez. É Mateus, gritando:

"Max! Porra! O que aconteceu aí?"

"Eu vou sair", diz Márcia.

"Não. Pode ficar", diz Max para Márcia, baixando o fone. "Senta."

Márcia senta. A voz de Mateus sai pelo auscultador do telefone·

"Max! Max! Que merda. Responde, caralho!"

Max coloca o fone no ouvido e responde:

"Calma, Mateus."

"Calma coisa nenhuma. Eu sei que o Queirós te demitiu. E quero saber por quê."

"O Gessinger deve ter falado com ele."

"O imbecil do diretor da Comunicação? Quem é esse cara pra se meter assim na vida dos outros?"

"Ele é amigo do reitor aqui de Pelotas, que por sua vez é amigo do reitor aí de Bagé." Pausa. "Eu também fui demitido aqui."

"Puta que pariu! O que tu fez, cara?"

"Um julgamento simulado com os alunos."

"Tu faz esses julgamentos há dez anos."

"Mas hoje um dos alunos tinha lido Foucault."

"O quê?"

"Depois eu explico, Mateus."

"Como é que tu tá calmo assim? Porra, os caras querem acabar com a tua vida!"

"Isso eles não podem fazer. Depois a gente se fala de novo, Mateus. Eu te ligo."

"Espera, Max. Eu..."

"Até logo, Mateus."

Max desliga o telefone e olha para Márcia, que está ainda mais nervosa. Ela pergunta:

"O que aconteceu em Bagé?"

"Nada. Tudo se resolve."

"Tem certeza?"

"Tenho."

Márcia encara Max por alguns segundos. Depois diz:

"Eu gostaria de te dizer agora o que seria a minha fala no final no julgamento. As idéias principais eu tirei de um ensaio da Maria Rita Kehl que achei na internet."

"Eu gosto dela."

"Eu também."

"Eu... Posso ler? Tenho medo de esquecer alguma coisa."

"Tudo bem."

Márcia abre a bolsa e pega uma folha de papel.

"As mulheres lutaram durante séculos contra o tabu da virgindade, contra a repressão de quase todas as religiões sobre os nossos corpos, contra códigos morais que colocavam o sexo e o prazer feminino como a ante-sala do inferno. Essa foi uma luta muito dura e muito dolorosa. Desde a década de 60, contudo, as nossas conquistas são evidentes. Temos a pílula e outros métodos anticoncepcionais, que separaram os deveres da mãe dos direitos da amante. Temos uma nova consciência do papel da mulher na sociedade. Deixamos de ser objetos para ser sujeitos da história, e isso ocasionou transformações em todos os cantos do planeta. Hoje podemos trabalhar, podemos ter uma vida profissional, podemos construir alguma coisa com independência. O casamento, que antes era determinado pelo interesse econômico, pode ser determinado pelo amor. E, se o amor acaba, o casamento pode acabar. Eu tenho apenas vinte anos, de modo que cresci nesse mundo em que as mulheres podem fazer coisas, em vez de serem coisas. Mas sei como as mulheres eram tratadas, e este julgamento é uma boa recordação de como as coisas funcionavam no passado."

"Considerar que a Aluna, uma garota de 17 anos, não passa de um objeto para o Professor, é um insulto a todas as conquistas femininas dos últimos cinqüenta anos. Tratar como caso de polícia uma relação amorosa e adulta é muito triste. Uma coisa é o direito de cada mulher usar livremente o seu corpo, e em nome deste direito devemos condenar o estupro e todas as formas de coerção e violência sobre a mulher. Outra coisa é dizer que o corpo de uma mulher com 17 anos é propriedade privada de seu pai, que pode chamar de criminoso o primeiro amante de sua filha. O Professor não é um criminoso, é apenas um homem comum, que resolveu correr um risco em nome do seu desejo. Como seria chato viver num mundo em que os homens não querem mais correr riscos por seu desejo. Já é tão arriscado desejar alguém... E é tão difícil demonstrar esse desejo... Por isso, tantos homens escondem o desejo e ficam dando voltas sem fim, num jogo que eles chamam de conquista."

"Está na hora das mulheres assumirem sua nova sexualidade e esquecerem aquela superproteção machista que as mantinha num altar romântico, como se nossos corpos fossem sagrados. Está na hora de repartir com os homens essa liberdade. Se um determinado conquistador se exceder, que seja enquadrado e condenado. Nada pior que uma cantada grosseira, ou o abuso do poder por parte de um chefe canalha. Mas também é inaceitável que alguém seja condenado por ter uma relação sexual consentida com uma mulher de 17 anos. Virgindade não é mais um bem precioso a ser negociado com o futuro marido. Nossos corpos agora são livres, e liberdade significa risco. Nada pode ser pior, como modelo ético, que a combinação entre uma moral cristã superpuritana e essa exploração vulgar da sexualidade pela indústria cultural."

"O Professor não é apenas inocente. Ele é uma vítima de uma norma moral completamente ultrapassada. Sedução nunca pode ser crime, a não ser que a seduzida seja incapaz de se defender. Uma garota de 17 anos não só é capaz de se defender, como é capaz de atacar. Se o Professor foi esperto e usou seu prestígio para impressionar e conquistar a Aluna, pobrezinha... tão inocente... Ótimo. Tava na hora de ela deixar de ser inocente. Ou a Aluna usou sua beleza e sua juventude para seduzir o Professor, tão bobinho... Também tá ótimo. Se foi bom pros dois, valeu. Se não foi, ninguém saiu prejudicado."

"Acusar o Professor é um absurdo. Dedicamos uma manhã inteira a estudar as normas éticas, o que foi ótimo. Aprendemos que, no passado, ele não teria a menor chance e talvez fosse preso, enforcado e esquartejado pelo suposto crime de seduzir uma virgem. Esse passado acabou, ou deveria ter acabado. Agora chegou a hora de fazer um pouco de justiça e considerar o Professor inocente."

Márcia guarda outra vez o papel.

"Era assim que eu queria encerrar o julgamento", completa Márcia.

"Seria um bom encerramento, apesar de também ser uma traição absurda à promotoria. Mas o Aírton, de certo modo, levantou os mesmos argumentos."

"Os argumentos dele foram muito melhores, Max. Eu sei disso. A Maria Rita também trabalha com Foucault. A diferença é que o meu discurso talvez não tivesse causado tanta confusão. O que irritou o Gessinger foi aquele papo do poder. O idiota pensou que o Aírton estava falando dele."

"Será? Ele não pode ser tão limitado."

"Mas é. Hoje, no final da tarde, temos uma reunião no Centro Acadêmico para pensar na estratégia da defesa."

"O julgamento acabou, Márcia."

"A tua defesa, e não a defesa do Professor."

Max sorri. Márcia balança a cabeça e pergunta:

"Como tu pode estar assim tão calmo? O cara te demitiu."

"É verdade. Mas isso é como a virgindade. Depois da primeira vez, dói cada vez menos."

Márcia ri. Seu sorriso é lindo, de dentes brancos e perfeitos. Seus olhos puxados ficam ainda mais estreitos. Max estende a mão e faz um carinho rápido nos cabelos de Márcia, que imediatamente pára de rir e olha para Max.

"O que foi?", pergunta Max. "Te assustei?"

"Não. Lembrei de uma coisa. É o último item da confissão."

"Estou preparado."

"A Lilian e a Isabel estão ali embaixo, na recepção, esperando que eu telefone pra elas e diga que podem subir."

Max sorri outra vez.

"Ótimo. Então eu não estou tendo delírios. Eu vi mesmo a Lilian no auditório."

"Eu pedi pelo amor de Deus que elas não viessem, mas não adiantou. Elas estão preocupadas contigo. Posso ligar?"

"Pode."

Márcia pega o celular na bolsa, mas, antes de discar, olha outra vez para Max e diz, com absoluta seriedade:

"Tu foi o melhor professor que eu já tive na vida." Morde os lábios, nervosa. "E também o primeiro cara por quem eu me apaixonei de verdade."

E disca. Pouco depois:

"Podem subir."

Em menos de um minuto, Max está diante das suas três alunas — Lilian, Isabel e Márcia. Todas elas, dentro de seus estilos e particularidades físicas, extraordinariamente belas, fascinantes e sedutoras. Depois dos beijos, abraços e primeiros diálogos — desajeitados, ansiosos e confusos —, as três sentam, lado a lado, na cama de Max. O professor olha para elas, sem dizer nada, e sua fisionomia exibe traços — discretos, mas inequívocos — de equilíbrio, paz e felicidade.

Março, 2005

29

Max sai do Trensurb com uma pasta de couro surrado na mão e uma bolsa de nylon a tiracolo. Integrado ao fluxo da pequena multidão que saiu com ele, segue na direção das escadas rolantes. Acena para um garoto de gorro com as cores da Jamaica e para uma menina de cabelos curtos e azuis que estavam em outro vagão. Passa pelo relógio da estação: 7h20. Na passarela que leva à parada do ônibus, é alcançado por um homem de terno e gravata; ele entrega para Max uma pasta de plástico. Os dois apertam as mãos, e o careca diminui o ritmo de seus passos, ficando para trás, enquanto limpa a testa com um lenço. O calor intenso no ônibus faz Max suar bastante. Quando o ônibus pára no terminal do campus, e a grande maioria dos jovens passageiros desembarca, o alívio é geral. Os estudantes, como uma dócil e experiente manada, ultrapassam rapidamente o pórtico e tomam o passeio que circunda o campus. Apenas três deles permanecem por algum tempo parados, examinando o cartaz que identifica os prédios das diferentes faculdades. Logo descobrem seus destinos, e seguem rapidamente os demais alunos do Centro Universitário Vera Cruz. Ao chegar ao prédio da Comunicação, Max é interceptado por um garoto alto, muito magro, com *dreadlocks* no cabelo. O garoto levanta a mão direita.

"E aí, professor? Como foi de férias?"

Max bate na mão espalmada do garoto com a sua, fazendo algum barulho, e então os dois apertam as mãos erguidas.

"Bem. E tu?"

"Altas ondas. Mas a mulherada me sacaneou demais."

"Não se pode ter tudo na vida."

"É verdade."

"Até mais", diz Max. E caminha na direção da entrada do prédio. Na escada, os estudantes conversam em voz alta e riem muito. Alguns se abraçam longamente, comemorando o reencontro após as férias de verão.

Regineide está abrindo a secretaria. Max dá bom-dia para ela.

"Bom dia", diz Regineide. "Já ligaram lá do campo, pra saber se o senhor tinha chegado."

"Se me chamar de senhor mais uma vez, juro que faço *dreadlocks* nos cabelos, que nem o Bocão."

"Desculpa, Max." Pequena pausa; ela olha para Max. "Talvez fique bonito. Mas ouvi dizer que só pode lavar o cabelo de três em três dias."

"Então tô fora", diz Max.

Max dá a volta na secretaria e, pela porta do corredor, alcança a ante-sala da direção. Entra na sala do diretor, deixa a pasta de couro em cima da mesa e sai outra vez, com a sacola de nylon no ombro.

"Volto às nove", avisa para Regineide, que sorri e toca a campainha aguda e estridente, dando início oficial a mais um ano letivo na Faculdade de Comunicação.

* * *

"Puta que pariu, por que não me passou a bola?", pergunta o baixinho de pernas musculosas e meio careca.

"Dava pra chutar. Eu chutei", responde Max.

"Então chuta direito", reclama o baixinho. "Não quero perder pra esses mortos."

Os "mortos" vestem calções pretos e camisetas verdes, com números e a inscrição "CUVC-RU". O time de Max e do baixinho tem uniformes improvisados: estão todos de camiseta branca, sem qualquer identificação, e usam calções de cores diferentes.

Max consegue interceptar o ataque dos verdes e lança o baixinho. Este dribla dois adversários e manda um poderoso chute, que o goleiro — com um uniforme bonito, mas incapaz de disfarçar a barriga proeminente — não consegue defender. É gol. Max abraça o baixinho, que olha para o relógio e anuncia:

"Acabou, pessoal!"

"Pô, Hernandez", reclama um dos verdes. "Agora que vocês conseguiram empatar, o jogo acaba?"

"Nada disso. Olha aqui." Mostra o relógio de pulso, muito rapidamente. "Nove horas. Em ponto. Tá na hora de trabalhar."

Os dois times abandonam o campo gramado de futebol sete e se encaminham para os vestiários, que ficam no pequeno ginásio construído junto ao lago. O conjunto esportivo — que além do campo gramado e do ginásio ainda oferece uma pequena sala de musculação — leva o nome de Darci Fontoura, o mais antigo funcionário do Vera Cruz, que foi promovido de jardineiro a zelador-chefe do campus. O jogador que havia reclamado de Hernandez abre a sua bolsa, pega um relógio de pulso e mostra-o para Hernandez:

"No meu, são nove e sete."

Hernandez olha para o seu relógio e balança a cabeça, sorrindo.

"Acho que o meu parou."

"Tá certo, reitor", diz o jogador, sorrindo. "Na próxima vez vou trazer um cronômetro. E um juiz."

"Tá insinuando alguma coisa?"

"De jeito nenhum."

* * *

Depois de um banho rápido, Max e Hernandez saem do vestiário caminhando lado a lado. As roupas simples de Max contrastam com o figurino formal de Hernandez: sapatos, calça cinza, camisa branca e gravata vermelha.

"Precisamos reforçar o time", diz Hernandez, ajeitando a gravata. "Só conseguimos empatar porque o goleiro deles era muito ruim. Não tem mais ninguém razoável na Comunicação?"

"Acho que não."

"Semana que vem vai ser contra a Engenharia. Os caras são muito mais moços que os do RU e jogam juntos faz tempo. Vai ser dureza."

"Tem uns alunos..."

"Não", corta Hernandez. "Aluno não. Já pensou se um aluno se machuca?"

"É... Melhor não."

Caminham em silêncio por mais alguns metros.

"Só se o cara for bom mesmo", diz Hernandez, sorrindo. "E tem que jogar na defesa."

"Tudo bem."

"Terminei o livro da Lilian", diz Hernandez. "É muito bom."

"Eu te disse."

"Acho que ela deve assumir a pós-graduação. O que tu acha?"

Max pára de caminhar. Hernandez olha para ele e pergunta.

"O que foi?"

"Mas ela só tem mestrado, e o Eugênio..."

"O Eugênio não tem produção acadêmica, não tem iniciativa, não tem didática e não joga futebol. Enfim, é um fracasso. Quem deu quarenta horas pra ele só porque o cara tinha um título de doutor de uma faculdade na Bélgica estava louco."

"O louco tu sabe muito bem quem é."

"Sei. O Tavares em breve será encaminhado ao hospício."

Max começa a rir. O caminho se bifurca à frente deles. À esquerda, leva à Faculdade de Comunicação. À direita, à Reitoria. Os dois param. Hernandez bate no ombro de Max.

"Quem sabe a gente faz uma reunião no começo da tarde? Sei que essa troca é complicada pra ti. Eu vou lá, digo que estamos num programa de reestruturação acadêmica, blablablá, e pronto. Assumo a responsabilidade. A não ser que tu prefira..."

"Não. Pra mim seria ótimo. Mas tem que ser hoje?"

"Hoje, duas da tarde. Sugiro que tu avise a Lilian e diga pra ela aceitar. Fica com quarenta horas e dedicação exclusiva."

"E se a Lilian não aceitar? Parece que ela vai começar a dar aula na PUC."

"Se ela não aceitar vai pra rua."

Max olha para Hernandez, assustado. Mas o reitor sorri e conclui:

"Calma, Max. A gente resolve tudo conversando com ela. Tenho certeza que não vai recusar. Me liga pra confirmar a reunião. Tchau."

Hernandez se afasta, caminhando rápido. Max respira fundo. O sol, já quente, incentiva o canto das cigarras, que se mistura ao intermitente grasnar dos gansos. Max olha para o prédio da Comunicação e anota mentalmente que deve fazer um ofício à Reitoria solicitando a pintura urgente das paredes externas. Agora que a faculdade foi considerada prioritária pelo Hernandez, é preciso aproveitar.

* * *

"Mas hoje de noite seria a minha primeira aula na PUC", diz Lilian, surpresa. Ela está sentada numa poltrona, bem em frente à mesa de Max.

"Já assinou contrato com eles?", pergunta Max.

"Não."

"Pensa bem. Lá tu vai ser horista. Aqui tu vai ter quarenta horas garantidas e o programa de pós-graduação pra dirigir."

"Mas eu tenho que fazer o doutorado..."

"Seria ótimo. Daqui a dois anos, te ajudamos a conseguir uma bolsa e continuamos a pagar o teu salário normalmente. O Hernandez pensou em tudo. Quer olhar o *e-mail* que ele mandou?"

"Não precisa. Max, tô achando isso muito estranho. O Eugênio tem doutorado, foi ele que começou o curso e..."

"Se o título fosse a única coisa que contasse, tu acha que eu estaria sentado nessa cadeira? Os critérios do Hernandez não são muito ortodoxos."

Lilian sorri e diz:

"É... O mundo dá voltas. Sabe quem voltou ontem de Barcelona?"

Max olha para Lilian, curioso. Ela conta:

"A Isabel. E trouxe um basco na bagagem. O cara tem quase dois metros de altura e, pelo que eu entendi, é jogador de futebol."

"Tá brincando..."

"É. Jogava na segunda divisão. Mas já tem 34 anos. Brigou com o técnico, e a torcida chamava ele de velho. Parece que resolveu largar o futebol. Pelo menos foi isso que eu entendi. A Isabel não parava de falar no telefone." Pequena pausa. "Tu sabe como ela é."

"Sei. E ela completou o mestrado?"

"Completou. E já engatou o doutorado direto, na USP. Vai pra São Paulo na semana que vem. Só veio visitar a família e apresentar o namorado."

"Sabe qual é o tema da tese dela?"

"Mais ou menos. Tem a ver com legislação. Ela diz que quer falar contigo."

"Seria ótimo."

"A gente podia sair e tomar uma cerveja hoje de noite. O Paraguaio abre nas segundas?"

"Aquele fominha só fecha no Natal."

"Então às nove?"

Max observa primeiro o sorriso de Lilian, que permanece o mesmo que ele viu na cama do hotel em Pelotas, três anos atrás, quando ela sentou-se ao lado de Márcia e Isabel e os quatro conversaram até a madrugada. Mas Lilian está bem diferente. Da magreza original, sobraram apenas um pescoço esticado, uma cintura fina e membros superiores delicados. Pernas, cadeira e busto adquiriram solidez sem perder a elasticidade e a elegância. Os cabelos, antes de cor indefinida, agora são castanho-escuros, caindo em cachos sobre os ombros deixados nus pelo vestido de alcinhas. O rosto, com uma maquiagem suave, nada tem de infantil. Lilian é uma bela mulher, e disso homem algum duvidaria.

* * *

A porta da sala de Max se abre e Eugênio sai, com o rosto vermelho. Olha para Regineide por alguns instantes e depois desaparece, sem dizer uma palavra.

"É uma pena", diz Hernandez, dentro da sala. "Mas talvez ele reconsidere." O reitor olha para Lilian e continua: "As pessoas costumam dizer, quando tomam uma decisão como essa, que não se trata de algo pessoal. Mentira. É uma decisão pessoal, sim. O Max e eu queremos que tu assumas a pós e continue dando aulas na graduação. Com um contrato de quarenta horas, mais dedicação exclusiva, teu salário vai ficar três vezes maior."

"O Eugênio...", começa Lilian.

"O problema do Eugênio não tem nada a ver contigo", corta Hernandez. "Ele é um problema nosso."

"Eu gostaria de pensar um pouco."

"Ótimo. Pode pensar até as seis da tarde."

"Seis da tarde?", diz Lilian, surpresa.

"Tu não disse que dava tua primeira aula hoje à noite, na PUC? Então tem que decidir logo."

Lilian despede-se e sai da sala. Hernandez levanta-se.

"Pára aí", diz Max. "Agora tu vai me ajudar com esse pepino."

"Que pepino? Se ele se demitir, quem vai reclamar? Os alunos? Os professores? Duvido. Quer dar uma olhada na avaliação do Eugênio pelos alunos do semestre passado?"

"Eu sei qual foi a avaliação."

"Então também sabe que seria ótimo para todos se ele se demitisse. Temos que encontrar um novo professor de Ética. Conhece alguém?"

* * *

Joana detém o garfo a meio caminho da boca e diz:

"Chateado por quê? Eu nunca consegui ver o Eugênio como teu amigo. Quando ele chegou, até parecia ser. Mas, depois, o que ele fez pra merecer ser teu amigo? Aquela bobagem do pulôver? Provavelmente ele fez por vaidade, para bancar o herói."

Max fica quieto. Joana continua:

"Eu vi que tinha alguma coisa errada com vocês." Pensa

um pouco. "Não. Na verdade, tinha alguma coisa errada com ele. Sempre tão arrumadinho, tão limpinho, com aquele cabelo penteado..."

"O que tem a ver o cabelo?"

"Tudo. Uma mulher tem que estar com o cabelo arrumado sempre. É da nossa natureza. Um homem, não. A não ser que seja veado ou mau-caráter. Ou as duas coisas juntas, claro."

"Que tese..."

"Não é uma tese. É a realidade. Agora me conta mais novidades."

"Não tem mais novidades." Pensa um pouco. "Talvez uma novidade. Lembra da Isabel?"

"Aquela Isabel?"

"Voltou da Espanha, com o mestrado concluído, e agora vai fazer doutorado na USP."

Joana baixa o garfo, que continuava no ar, de volta ao prato, e olha para Max, com cara de quem não vai conseguir comer mais nada.

* * *

"Mando entrar?", pergunta Regineide.

"Manda", diz Max.

Eugênio entra e, em vez de sentar na poltrona que fica em frente à mesa de Max, escolhe a cadeira que fica no canto, bem mais distante. A decoração da sala, depois da saída de Tavares, mudou bastante. Os móveis são os mesmos, mas, em vez da profusão de retratos familiares e diplomas variados, as paredes abrigam duas estantes com livros, nem sempre muito organizados.

"Já arrumei minhas coisas", diz Eugênio. "Vim me despedir."

"Acho precipitado. Depois de tudo que tu conquistou aqui..."

"Não conquistei nada", corta Eugênio, agressivo. "Se tivesse conquistado, não seria tratado desse jeito."

"Calma, cara. Essas coisas são assim. Tu sabe como é."

"Não. Não sei. Nem quero saber. Por mim, vocês podem ir pro inferno, que é o lugar perfeito para os padres e para os traidores."

Eugênio baixa os olhos de repente. Max espera que ele se recupere. Eugênio leva a mão aos olhos. Respira fundo. Max levanta-se e aproxima-se de Eugênio. Estende a mão para tocar-lhe o ombro.

"Não", diz Eugênio. Ele levanta a cabeça, revelando os olhos vermelhos. "Só me diz uma coisa: tu e o Hernandez continuam transando, como lá no colégio?"

Max olha para Eugênio por algum tempo, sem dizer nada. Depois, volta para a sua mesa e senta. Eugênio levanta e sai, batendo a porta com força. Pouco depois, Regineide bate na porta e coloca a cabeça para dentro.

"Ele vai mesmo sair?", pergunta a secretária.

"Acho que vai."

Regineide sorri e diz:

"Ótimo. Ele é o professor mais antipático e incompetente com quem já trabalhei. Já vai tarde." Pensa um pouco. "Desculpa, Max, eu sei que ele é teu amigo."

"Não é mais", diz Max.

Regineide sorri outra vez e desaparece.

* * *

Eugênio chega em casa carregando uma caixa de papelão cheia de livros e papéis. O apartamento está vazio. Eugênio coloca a caixa no chão e senta no sofá. Pouco depois, Viviane chega com as crianças. André e Éder estão com uniformes do colégio Anchieta. Eles beijam o pai e correm para o videogame. Viviane olha para a caixa e senta ao lado do marido.

"O que aconteceu?", pergunta Viviane.

"Pedi demissão. O reitor convocou uma reunião no gabinete do Max e disse que eu seria substituído na coordenação geral da pós."

"Substituído por quem? Ninguém mais tem doutorado no curso."

"Pela professora Lilian. Ela fez mestrado na Espanha."

"Mestrado? Isso é ridículo. Substituir um doutor por um mestre! Ninguém faria uma burrada dessas. E quem disse que um curso de pós-graduação pode ser dirigido por..."

"Pode. Já me informei. E ela vai fazer doutorado."

Viviane levanta. Caminha até a janela. Volta-se para Eugênio.

"Eles disseram que iriam te demitir?"

"Não."

"Então... O que tu tá fazendo aqui? Teu contrato é de quarenta horas, e o teu salário é bom."

"Não posso continuar lá depois de ser humilhado assim."

Viviane aproxima-se um pouco.

"Virou orgulhoso de uma hora pra outra?"

"Não começa."

"Começo, sim. Tá pensando que vai jogar fora tudo o que a gente conseguiu? Tá pensando que é fácil conseguir um emprego que..."

"Vai à merda, Viviane!", grita Eugênio.

Viviane olha para o marido, surpresa. Eugênio continua:

"Descobri que nunca gostei de dar aula. Aquele monte de imbecis conversando, dormindo, sacaneando, fazendo tudo menos o que eles têm que fazer, que é prestar atenção. Eu detesto falar com eles, odeio a forma como eles me olham, tenho vontade de matar todos aqueles imbecis. E os da pós são piores ainda, com aquele jeitinho de superiores. Bando de veados! Se eu continuasse no Vera Cruz, teria que dar muito mais aulas do que agora. Nem pensar. Não vou mais dar aula. Tá decidido."

Viviane tenta falar, mas Eugênio levanta a mão e não permite que ela interrompa.

"E tem mais. Eu vou procurar emprego, mas tu também vai. Chega dessa história de ficar em casa, cuidando dos guris e regando as plantas. Acabou a moleza. E não me fala mais dos grandes sacrifícios que tu fez pela minha carreira. Tô cagando pros teus sacrifícios. Agora vamos dividir tudo. Ou não dividimos mais nada. Tô de saco cheio. As coisas vão mudar aqui em casa."

Viviane olha para Eugênio como se não o reconhecesse. Eugênio pega a caixa de papelão e vai para o corredor. Na porta do quarto das crianças, pára. Abre a porta e grita, para ser ouvido apesar do som das explosões do videogame:

"Hoje vocês lavam a louça do jantar junto comigo."

André e Éder olham para o pai como se ele tivesse falado em uma língua estrangeira.

"Se não ajudarem, não tem mais videogame. Só paguei uma prestação. Levo na loja amanhã e devolvo", completa Eugênio.

Eugênio chega no quarto, deita na cama e olha para cima. Fecha os olhos. Pouco a pouco, um discreto sorriso aparece em seu rosto.

* * *

Max termina a terceira dose e diz que tá na hora de ir embora. Lilian, Isabel e Ramón protestam. Isabel faz um sinal para o Paraguaio, que serve mais uma dose para Max.

"A última", diz Isabel. "Em minha homenagem."

O bar está cheio. É preciso falar alto para vencer o burburinho. Ramón levanta para ir ao banheiro.

"Que lasanha!", exclama Lilian, completamente bêbada, para Isabel. "Ou melhor: que *paella*!"

"Isso que tu ainda não viu ele pelado. E não é burro, não. Só meio ignorante. Mas isso se conserta."

"Qual é a posição preferida dele?", pergunta Max.

As duas mulheres olham para Max, chocadas.

"Isso é pergunta que se faça?", reage Lilian.

"Pô, Max, a Lilian me disse que tu tinha mudado. Mas eu nunca imaginei que..."

"A posição preferida no futebol", emenda Max, rindo, depois de perceber o mal-entendido.

Elas riem também.

"Não faço a menor idéia", diz Isabel. Toma mais um gole de cerveja e olha direto nos olhos de Max. "E qual é a tua posição preferida, professor?"

"Eu jogo no meio-campo."

"Claro. No meio-campo. Tu continua um seminarista, Max."

Ramón volta para a mesa. Isabel explica para ele o que Max quer saber. Ramón dá uma longa explicação — nem sempre muito clara — sobre a briga que teve com seu técnico no Oviedo, que insistia em escalá-lo no meio-campo, quando sua posição original é na zaga. Max sorri. Isabel faz sinal para o Paraguaio, que se aproxima com a garrafa de uísque.

* * *

Hernandez olha para Max e sacode a cabeça.

"Max, tu tá na maior ressaca."

"Não tô. É só uma enxaqueca. Já vai passar."

"Quer passar uma água na cabeça, antes dela entrar?"

"Não precisa."

"Tu que sabe."

Hernandez pega o telefone e disca o nove.

"Manda a menina entrar, Josi."

Lilian entra. Fresca, sorridente e linda. Hernandez sorri para ela. Max tenta imitá-lo, mas o máximo que consegue é um meio-sorriso, tímido e amarelo. Hernandez começa:

"Eu chamei vocês aqui só por um motivo: deixar bem claro que a minha única motivação é fazer os nossos cursos ficarem melhores. O Vera Cruz quer virar uma universidade, e não um monte de cursinhos caça-níqueis. Tem faculdade por aí que está abrindo cursos com turmas de duzentos alunos. Contratam um professor para cada turma, e o cara fica num auditório imenso, com um microfone, dando palestra. Depois os alunos fazem umas provas fajutas, que são corrigidas por uma equipe de monitores e estagiários. Não sei quanto tempo eu vou ficar aqui, mas, antes de sair, vou fazer tudo o que for possível para impedir essas picaretagens e para mudar o que está errado no Vera Cruz. O Eugênio estava todo errado. Como chefe da pós e como professor. Eu tenho certeza disso. Espero que ele descubra o que pode fazer direito na vida, mas os alunos não podem ter professores tão ruins. Eles pagam muito caro pelos nossos cursos."

Hernandez sorri para Lilian.

"Eu sei que tu estás começando, e também sei que as tuas aulas são boas. E eu gostei do teu livro. Muita influência do Nietzsche, claro, mas tudo bem, quem sabe ler, como tu, sabe separar o que é genial e o que é piada de mau gosto. O principal, em sala de aula, é ter entusiasmo e trabalhar bastante. O Max vai te ajudar." O reitor olha para Max. "Hoje ele não ajudaria em nada. Mas, a partir de amanhã, quem sabe..."

A conversa se estende por mais meia hora. Max acompanha o

quase monólogo de Hernandez com dificuldade. Ele conhece a maioria das piadas e consegue rir nas horas certas. Sua atenção vagueia pela decoração do gabinete, que mistura móveis antigos — pesados e escuros — com um computador reluzente e fotos muito coloridas do campus. Uma grande cruz, esculpida em madeira maciça, ao lado de um retrato do papa João Paulo II, parece servir como um aviso permanente, lembrando a todos os presentes quem é que, no final das contas, manda ali.

"O que tu acha. Max?"

Mais que a voz de Hernandez, é o peso da mão do reitor sobre o seu ombro que faz Max voltar para a realidade.

"O que acho do quê?"

"Da indicação da professora Lilian."

Max olha para sua ex-aluna, ainda confuso. Tenta buscar na memória as últimas palavras pronunciadas por Lilian, mas não consegue. A quinta dose foi a fatal, como sempre. E talvez tenha havido uma sexta.

"Desculpe, Hernandez", consegue falar Max. "Eu tava olhando ali para o Papa e perdi o fio da meada."

"Grande Papa", diz Hernandez. "A história vai lhe fazer justiça algum dia. Mas a questão é a seguinte: precisamos de um novo professor de Ética, porque, como tu sabe, o Eugênio encaminhou oficialmente a demissão. E a Lilian me falou dessa amiga, que acaba de concluir o mestrado na Espanha. Isabel, é isso?"

"Isso, reitor", diz Lilian, muito séria.

"Ela foi tua aluna, Max?"

"Foi."

"E..."

"E o quê?"

"Será que ela tem condições de dar aula no Vera Cruz?"

Max encara Hernandez e não responde de imediato. Tonto, apóia-se no tampo da mesa à sua frente. De repente, a poderosa visão de Isabel, entrando em sua aula, com as botas de salto alto e fino o fazem vencer a ressaca e recuperar alguma vitalidade. Max responde:

"Honestamente, não sei. Como aluna, não foi ruim, mas também não foi brilhante. Não li a tese, e fiquei mais de três anos sem contato nenhum com ela."

"Tudo bem", diz Hernandez. "Fazemos um semestre de experiência. Ela recebe como serviços prestados. Começa amanhã. Se aprovar, continua. Se não aprovar, buscamos outra pessoa. Que tal, Max?"

"Sei lá. Acho bom."

Pouco depois, Lilian se despede e sai. Hernandez olha para Max, preocupado:

"Tá te sentindo mal?"

"Não."

"Então vou te dar três conselhos. Não bebe mais nas segundas à noite, principalmente se tiver uma reunião na terça de manhã."

"Tudo bem."

Max levanta. Quer sair o mais rápido possível.

"Faltam dois conselhos. Senta."

Max senta outra vez. Hernandez continua:

"Lembra o que a gente combinou? Tu aceitou a direção da Faculdade de Comunicação porque eu te garanti que daria uma mão nos dois primeiros semestres. Estamos no começo do terceiro. Acabou a minha ajuda. Já te ajudei demais. Agora, ou tu toma conta da vendinha, ou passa adiante. Daqui pra frente, não trato mais com professores, nem me meto na reforma do currículo. São problemas teus. Tu ganha pra isso. Tá entendido?"

"Tá."

"O terceiro conselho é mais simples. E também é o mais óbvio."

Max olha para Hernandez, com a máxima atenção que seu estado mental permite. Hernandez aponta para a porta por onde Lilian acaba de sair.

"O que tu tá esperando pra namorar essa menina?"

Max pisca. Uma. Duas vezes. Parece recuperar parte da sua capacidade de raciocínio. Hernandez prossegue:

"Bonita. Inteligente. Solteira. E completamente apaixonada por ti."

"Concordo com as três primeiras coisas."

"Ah, é? Tá achando que ela não gosta de ti? Então pergunta pra ela."

"Deixa de ser ridículo, Hernandez."

"Ridículo? Eu sei por que tu tem tanto medo. Já ouvi todas as histórias e todas as versões. Tá na hora de acabar com essa culpa ridícula. Tu ainda sabe te confessar? Fazemos em cinco minutos. Não cobro nada."

"Confessar?"

"É. Começa assim: 'Padre abençoai-me porque pequei. Faz mais ou menos vinte anos que não me confesso... etc.' É bem fácil. Aposto que tu lembra. É muito mais barato que psicanálise, e geralmente funciona melhor."

"Tá brincando."

"Não. Tu que tá brincando com a tua vida, Max. Não quero te reconverter. Só quero que tu pare de te punir. Não faz sentido. Tu vai rezar um monte de pai-nossos e ave-marias, e aí vai estar zero a zero. Bola no centro. Vamos pra cima deles. Eu sei que a Igreja Católica botou um monte de minhocas na tua cabeça, e eu ajudei a botar, mas isso é inevitável. Se não fôssemos nós, poderia ser alguém pior. Mas eu tenho um vermífugo maravilhoso para essas minhocas. Funciona no mundo todo, eu garanto. Viajei pelo planeta inteiro, pago pela Santa Madre Igreja, e descobri essa verdade definitiva. O cidadão confessa com fé, ganha absolvição, paga a penitência e tá pronto pra ser feliz e pecar outra vez. Vem aqui."

"Isso não é sério."

"É bem sério. Não precisa ter vergonha. Vem aqui. Senta do meu lado."

Hernandez aponta para uma cadeira bem ao lado da sua, atrás da mesa, e tira o telefone do gancho. Max levanta. Olha para a porta de saída, depois para a cadeira ao lado de Hernandez. Lentamente, aproxima-se da cadeira e senta. Hernandez fecha os olhos.

"Estou esperando."

Max também fecha os olhos e começa. Algum tempo depois, Josi, a secretária de Hernandez, abre a porta discretamente e olha para dentro. Nenhum dos dois percebe. Ela logo desaparece, sem fazer barulho. A conversa dura pouco mais de vinte minutos. Hernandez, agora de olhos abertos, encerra a confissão dando a bênção com a mão direita sobre a cabeça de Max.

"Pronto", diz Hernandez, mudando completamente o tom da voz. "Acabou." Olha para o relógio de pulso e levanta-se. "Eu estou completamente atrasado para a musculação. Não quer vir junto? Tem uns aparelhos muito bons. Olha só como estão os meus tríceps."

Hernandez flexiona o braço direito, mostrando os músculos.

"Não. Obrigado."

Hernandez abre um armário e pega uma bolsa esportiva.

"Tu pode pagar a penitência enquanto malha. A igreja gosta desse esforço dobrado. Mente sã e corpo são. E os dois a serviço de Deus."

Max sorri. Hernandez caminha na direção da porta. Mas, antes de abri-la, pára, volta-se para Max e diz:

"Hoje de manhã, enquanto eu te esperava, liguei pra Isabel e pedi pra ela convidar o tal do Ramón pro nosso time. E ele topou. Quase dois metros. Zagueiro convicto. Basco. O cara deve ser um assassino. Aqueles engenheiros vão ter uma bela surpresa na segunda-feira."

* * *

"Será que essa roupa tá legal?", pergunta Isabel.

Ela dá uma volta completa sobre si mesma, o que permite a Max e a Lilian um exame pretensamente criterioso do seu figurino: blusa azul colada ao corpo e decotada, mas não muito, saia branca pregueada, caindo na altura do joelho, como a namorada de James Dean em *Juventude transviada*, e sandálias de saltos médios. Médios, é claro, se comparados aos saltos imensos que costuma usar normalmente. Para Isabel, trata-se de um conjunto tremendamente recatado e conservador.

"Não tô parecendo uma freira?", pergunta outra vez, ansiosa.

"Por que não faz essa pergunta para os alunos?", responde Max.

"Tá ótimo, Isabel", diz Lilian. "Deixa eu arrumar esse teu cabelo."

Lilian mexe, por alguns instantes, no pequeno coque que prende parte das madeixas de Isabel na altura da nuca. Enquanto isso, a nova professora de Ética da Comunicação olha para Max e não consegue disfarçar o nervosismo. Ela confessa:

"Procurei feito louca as anotações das tuas aulas, mas não achei."

"Nunca te vi fazendo anotação nenhuma."

"Eu fazia, seu chato."

"Li o teu programa. Tá ótimo. Vai com calma. Uma aula só fica boa de verdade na segunda ou terceira vez."

"O Hernandez não vai me dar esse tempo todo. O cara é um trator. Tive que contar toda a minha vida pra ele."

"Amorosa, inclusive?", pergunta Lilian, sorrindo.

"Inclusive."

Max olha para Isabel, preocupado. Isabel ri:

"Não contei nada de muito comprometedor. Mas ele riu bastante. Sinceramente, ele não tem cara de reitor, e muito menos de padre."

"Cuidado", diz Max. "Ele é as duas coisas, pode ter certeza."

Lilian termina de arrumar o cabelo de Isabel. A campainha bate. Isabel, num gesto brusco, tira os óculos e pergunta, com um sincero tom de ansiedade na voz:

"Vocês acham que eu devia colocar lentes de contato?"

Max e Lilian ficam olhando para Isabel por alguns instantes antes de responderem em uníssono:

"Não."

Isabel recoloca os óculos de lentes grossas, que fazem parte da sua personalidade — pelo menos tanto quanto a célebre curva de suas pernas —, e sorri.

"Obrigado", diz ela. E, dando as costas para os dois, sai da sala de Max. Passa pela ante-sala, cumprimenta Regineide através da porta semi-aberta da secretaria, chega ao corredor e caminha, fazendo algum barulho com a sandália sobre o piso duro de lajotas cinza. Chega à sua sala. A porta está escancarada. Quando entra, todos os alunos e alunas, sem exceção, param de falar e olham para ela. Isabel titubeia, mas apenas por um segundo. Deixa a bolsa sobre a mesa, olha panoramicamente para os estudantes e começa:

"Bom dia. Meu nome é Isabel. Fui aluna aqui do Vera Cruz, alguns anos atrás e, quando iniciei essa disciplina, achava que ela seria uma chatice absoluta, como quase todas as outras. Não foi. O professor se chamava Maximiliano da Silva. Ele me ensinou duas ou três coisas sobre ética e sobre a vida que foram muito importantes pra mim. Espero que eu consiga fazer alguma coisa parecida por vocês. Eu vou pelo menos tentar. Tentar fazer alguma coisa que seja útil para um grupo de pessoas é uma das maneiras mais tradicionais de pensar os conceitos do bem e do mal, uma reflexão que é básica no estudo da ética, e sobre isso certamente..."

* * *

Lilian entra na pequena sala sem janelas da Coordenação da pós-graduação, liga o ar-condicionado e, depois de sentar-se, abre a agenda. Vai ser um dia duro. Terá de encontrar um professor de Metodologia até o final da tarde. Ele tem que ser bom, ter titulação, ser simpático e aceitar um contrato como horista. Nada que uma boa pesquisa na internet não resolva. Acadêmicos desempregados no Brasil não são nada raros. Depois disso, precisa preparar sua primeira aula de Teoria da Comunicação no semestre. Lilian pretende reformular todo o programa da disciplina, que parava na década de 70, ignorando todas as contribuições dos intelectuais da pós-modernidade. No meio da tarde, está marcado um encontro com o pró-reitor de pós-graduação, em que pretende obter a autorização e as verbas necessárias para lutar pela realização do Congresso de Comunicação Social no campus local, dali a dois ou três anos. Inserir o Vera Cruz no cenário acadêmico brasileiro é uma das prioridades de Lilian. Será uma briga desgastante, mas decisiva para o futuro da instituição. O próximo passo é estabelecer contatos internacionais — ela e Isabel já pensaram um pouco sobre isso — e começar alguns intercâmbios de alunos e professores com faculdades maiores e mais poderosas. Finalmente, tem uma reunião com Max às seis e meia da tarde, com uma pauta tão longa que deve se estender noite adentro.

Lilian fecha a agenda e abre o navegador da internet. A busca pelo professor revela-se mais complicada do que ela imaginava.

Às onze e quinze, Lilian manda um *e-mail* para um tal de Onofre Salustiano, de quem teve referências elogiosas na ECA-USP. Às onze e trinta, Isabel entra na sala, sorrindo muito e dando algumas voltas rápidas sobre si mesma, o que faz sua saia pregueada levantar-se até a altura das coxas.

"Sempre quis ter uma saia assim."

"Como foi a aula?", pergunta Lilian.

"Ótima. Eu falei sem parar. Se eles não tivessem me avisado sobre o intervalo, acho que emendava os quatro períodos. Um dos caras, bem no fundo, parecia estar com sono, no começo, mas aí eu fui até lá e sentei na mesa dele, bem assim" — Isabel mostra, usando a mesa de Lilian, a maneira como apoiou um dos glúteos sobre o tampo — "e ele não bocejou mais".

"Isso é uma evidente falcatrua docente", contesta Lilian, se fazendo de chocada. "Vou ter que consultar o Manual da Ética do Professor."

"Funcionou muito bem. Fiquei ali menos de um minuto e depois voltei pra frente. Claro, alguns guris tiraram todo o material de cima das suas mesas e sorriram pra mim, convidativos, mas aí eu comecei a falar mal da mentalidade machista dos gaúchos e eles quiseram se defender. Foi divertido. Quando falei do julgamento simulado, eles não entenderam o que era. É incrível como o idiota do Eugênio conseguiu apagar uma tradição que era tão legal e que todo mundo conhecia." Pequena pausa. "Será que vamos poder usar o auditório da Engenharia para o julgamento, como o Max fazia?"

"Fala com o diretor, Isabel. Eu só trato dos assuntos da pós."

"Que chique... Vamos almoçar juntas?"

"RU?"

"Deus me livre. Quero começar a conhecer as opções gastronômicas do Vale dos Sinos. Tô pagando."

"Feito."

"Convidamos o Max?"

"Não. Ele sempre come no RU. E eu tô cheia do RU. Quem sabe arrastamos ele pra jantar?"

"E depois pro Paraguaio...", acrescenta Isabel, maliciosa.

"Ele me jurou que não bota mais os pés lá até o final do ano."

"Veremos, professora, veremos", diz Isabel, começando a rodar a saia outra vez.

30

Vi as duas passando juntas pela janela do RU. Mandaram-me beijos. Eu pensei em retribuir, mas estava segurando a bandeja metálica, já servida, com as duas mãos. Considerei a possibilidade de colocar apenas a mão direita embaixo, bem no centro da bandeja, liberando a esquerda para um aceno rápido, mas alguma coisa me disse que era melhor não, porque havia uma grande possibilidade de que a bandeja caísse, espalhando arroz, feijão, couve, batata frita e o bife acebolado pelo chão do RU. Eu faria papel de ridículo, o que não combinava com minhas atuais responsabilidades administrativas e certamente seria fonte inesgotável de conversas na faculdade. Sorri para elas e voltei para minha mesa. Meu lugar estava marcado com um copo de suco de laranja. Havia um lugar vago bem à minha frente. Quando eu ataquei o bife acebolado, Joana perguntou se podia sentar. Eu disse que sim, claro, que era um prazer.

A conversa foi agradável, como sempre, mas o tom de tristeza, na voz e no rosto de Joana, que eu já percebera no último semestre, agora era muito mais forte. Ela contou alguma coisa sobre as férias, sobre um arquiteto divorciado que tinha conhecido em Florianópolis, e que talvez gostasse dela de verdade, e sobre o final do seu curso de mestrado. Não falamos sobre Eugênio. Não era um assunto agradável e não combinava, nem com as batatas fritas, nem com o sagu da sobremesa. No cafezinho, ela confessou que estava pensando em sair do Vera Cruz. Se o cara de Florianópolis "desse certo" (não me disse o que isso significava, mas eu podia imaginar), estava pensando em morar lá. O arquiteto tinha uma casa bacana na beira da Lagoa da Conceição. Ela poderia continuar como professora — com o título, talvez conseguisse uma vaga na Federal de Santa Catarina — ou até voltar a ser repórter. Ela ainda sabia segurar um microfone e fazer perguntas, que seriam todas cortadas pelo editor, como sempre.

Eu olhava para Joana e não conseguia mais reconhecer a "piranha cristã" de outrora. Ela não parecia mais capaz de nadar, resoluta e inexoravelmente, até a vítima ensangüentada, devorando as carnes macias e fazendo aparecer os ossos brancos e duros. Ela ainda era a coordenadora do curso de Jornalismo, e a correntinha de ouro com o crucifixo continuava em seu pescoço, mas a sua presença, antes tão intimidativa — tanto pelo poder quanto pela aura intensamente erótica —, agora empalidecera bastante. A maquiagem estava mais discreta, e o comprimento médio das saias baixara pelo menos dez centímetros. Ainda fazia sucesso entre os alunos e os colegas, mas agora a concorrência era pesada: além de Isabel e de Lilian no Jornalismo, havia uma professora de Mídia, na Publicidade, que ganhara o apelido de "Máquina mortífera". Outros tempos, outros ídolos. Joana cansara de ser uma piranha, no bom e no mau sentido do termo, e confessava, meio transversalmente, que também cansara dos homens gaúchos (entre os quais eu estava incluído, com certeza). Um catarinense, quem sabe, saberia valorizar melhor os atributos de uma mulher com um corpo ainda perfeito e um rosto com as rugas inevitáveis de quem trabalha oito horas por dia e não leva desaforo pra casa. Eu, como sempre, ouvi muito mais que falei. Na hora da despedida, ela pegou minha mão, a direita, onde está a marca deixada pela lâmina do canivete de Júnior, e mais uma vez examinou a cicatriz. Beijou-me duas vezes no rosto, disse tchau e saiu do RU, tentando caminhar como fazia antigamente. Mas nem caminhar como uma piranha cristã ela conseguia mais.

Saí do RU e caminhei lentamente para a beira do lago. Percebi, pela movimentação nervosa de alguns estudantes na margem oposta, que estava prejudicando uma roda de maconha. Dei meia-volta, fazendo de conta que não vira nada. Teremos que aumentar um pouco a repressão, ou os caras vão passar da medida. Andei na direção do campo de futebol sete. O Seu Darci estava apoiado na grade, assistindo a uma partida — sonolenta e desanimada, devido ao sol forte — entre alunos das engenharias Mecânica e Eletrônica. O velho perguntou se eu tinha visto os gansinhos novos. Eu disse que não. Ele riu e disse que nem poderia ter visto, porque não tinham nascido ainda. Por enquanto, só os ovos. E riu da minha expressão confusa. Percebi que era uma piada, ou uma reflexão irônica, sobre alguma coisa do passado. Lembrei das nossas conversas passadas e da participação dele no episódio do seqüestro do ônibus. Onde andará o louco do Gustavo? Pausa para um instante de nostalgia? Impossível. O passado parecia ter passado mesmo. Os buracos no muro — por onde antes entravam os cães vadios, famintos e salivantes pelos gansinhos recém-nascidos, e que eram recebidos pelas pedradas certeiras do Seu Darci — estavam todos fechados. O próprio muro subira um metro e fora caiado recentemente. O campus se modernizara um pouco, e Seu Darci envelhecera mais um pouco. O suficiente para ficar num pequeno escritório, controlando jardineiros e porteiros pelo sistema de rádio, em vez de cuidar dos gansos e dos pinheiros raquíticos. Estes, aliás, já não eram tão raquíticos. Os exemplares sobreviventes agora têm quase três metros. Quem sabe, daqui a dez anos, serão uma boa fonte de sombra e lembrarão a Europa, o sonho dos seus plantadores, que fora tão ridicularizado durante décadas. A partida terminou e Seu Darci disse que precisava voltar para o escritório. Eu sentei no velho banco de madeira sob o chorão da margem leste do lago. Alguns estudantes atiravam pedaços de pão para os gansos, que os disputavam sem grande alarde.

A estudante de cabelos curtos e azuis que costuma usar o Trensurb no mesmo horário que eu — Marília, ou Marina, ou Mariana, nunca lembro direito os nomes — passou pelo banco e sorriu para mim. Era um sorriso aparentemente sincero. Ela parou ao meu lado e falou alguma coisa sobre o lago. Não lembro direito o quê. Eu pensei em convidá-la para sentar. Ela é uma menina pequena, mas de proporções agradáveis, com um rosto suave e meigo. Ao contrário do cabelo, suas roupas são sempre discretas e bem comportadas. Não a convidei para sentar, é claro. Ela teria que se convidar, o que não fez. Sorriu mais uma vez e afastou-se devagar. As roupas largas não permitiam examinar as formas do seu corpo, mas o tecido fino da calça deixava evidente o desenho da calcinha, em "v", pequena, do tipo que desaparece no rego da bunda, branca, provavelmente sem rendas, provavelmente um bom motivo para a morte de qualquer homem suficientemente corajoso para lutar pela sua visão. Senti um princípio de ereção, seguido de momentos pretensamente éticos de autocensura. Um diretor de faculdade não pode excitar-se com a bunda de alunas de 17 — talvez 16 — anos. E muito menos ficar imaginando como são as suas calcinhas. Só falta descobrir por que não pode. Talvez este seja um bom tema para minha futura — e improvável — tese de mestrado.

Olhei para o relógio. Quinze para as duas. Ainda tinha direito a mais um quarto de hora para contemplar a natureza e as bundas femininas. Hernandez surgiu de repente, pelas minhas costas, e me convidou para uma sessão rápida de ginástica. Eu disse que alguém tinha que trabalhar no campus, e ele disse que já trabalhara demais naquela manhã. Estava impressionado com a entrevista que fizera antes de contratar a professora Isabel. Eu lembrei que ele tinha declarado explicitamente que não me ajudaria mais com a administração da faculdade, e ele, sério, explicou que essa última intervenção fora sugerida pela professora Lilian. Eu compreendi e concordei. Eles estavam certos. Alguns professores ainda manteriam bem vivos, por muitos semestres, os fatos (e as diversas versões dos fatos) que se sucederam ao fim da festa de Isabel no bar Afegão Médio. Hernandez bateu a mão no meu ombro e foi para o ginásio. O padre confessor — filho-da-puta e manipulador — quer ficar cada vez mais forte, para bem servir à Santa Madre Igreja, ao Centro Universitário Vera Cruz — que ele desenhou num papel de pão —, e fazer muitos gols nas segundas de manhã. Deus deve gostar dele.

O meu celular tocou. Era Lilian. Contou que ela e Isabel tinham descoberto uma galeteria maravilhosa em São Leopoldo. Eu disse que o meu bife acebolado também estava bom. Ouvi uma risada de Isabel por trás da voz de Lilian. Elas sussurraram alguma coisa que não entendi. Lilian perguntou se estava tudo certo para a reunião das seis e meia. Eu disse que sim. De repente, surgiu a voz de Isabel, dizendo que logo depois da reunião jantaríamos, só nós três, por que o Ramón tinha sentido muitos ciúmes de mim, naquela noite no Paraguaio, e estava se fazendo de difícil. "Ele é um amor", disse Isabel, "mas tá pensando que vai botar uma coleirinha no meu pescoço. E coleirinha é coisa que eu só boto quando estou muito inspirada". Algumas interjeições incompreensíveis, e volta a voz de Lilian, mandando Isabel ficar quieta e dizendo que acertaríamos os detalhes do jantar depois. Mandou um beijo e desligou. Guardei o celular. Estendi as pernas. Olhei outra vez para o relógio. Três minutos para as duas.

Eu não tenho que bater ponto, nem assinar folha de presença, de modo que, se levantar daqui a um minuto, ainda chego em minha sala às duas em ponto, provavelmente junto com a Regineide. A possibilidade de ter um zagueiro basco e ciumento de quase dois metros achando que tenho alguma coisa com a sua namorada — de coleira ou sem coleira — me assusta um pouco. Mas deve ser uma brincadeira daquela maluca, agora professora de Ética da Comunicação. De qualquer modo, é ótimo que na próxima segunda ele vá jogar no meu time, e não contra mim. Considero o convite para o jantar. "Só nós três", disse Isabel, com aquela velha sacanagem implícita em cada palavra. Sei, sem precisar consultar agenda alguma, que não tenho compromisso hoje à noite. Posso inventar vários, claro.

Um grande ganso se aproxima da margem, bem próximo ao meu banco, nadando garbosamente. É muito branco e reflete tanto o sol que me obriga a semicerrar os olhos. As cigarras cantam com toda a força. Tá na hora de levantar e andar até a Faculdade de Comunicação. Então decido aceitar o convite para o jantar; decido aceitar o convite para ir onde elas quiserem me levar depois do jantar; decido que não beberei demais e não aceitarei qualquer droga que elas oferecerem, nem mesmo maconha, por mais maravilhosamente fresca, cheirosa e de boa procedência que seja; decido que evitarei ao máximo cair nas provocações de Isabel; decido que, assim que ficar sozinho com Lilian — o que provavelmente vai acontecer quando Isabel for ao banheiro —, direi que estou apaixonado por ela, que sempre fui um idiota emocional e que, se ela estiver minimamente interessada por mim, eu gostaria de levá-la ao cinema, mas não tenho carro, de modo que teremos que ir de táxi, o que não é muito romântico; decido que, na volta de Isabel, não contarei nada para a maluca; decido que Lilian será minha namorada no futuro próximo, nem que eu tenha que me declarar milhares de vezes, ajoelhar-me na sua frente e entregar-lhe flores, aprender a dirigir e tirar carteira, morar em Sapucaia, fazer mestrado, doutorado, pós-doutorado e livre-docência para aumentar meu salário e viver decentemente com ela; decido que nenhuma destas decisões poderá ser revogada, e que disposições em contrário serão ignoradas.

Levanto. Caminho para a faculdade. A menina de cabelos azuis, lá na outra margem do lago, abana para mim.

NOTAS

* O ensaio *Ética do Discurso como Ética da Responsabilidade*, de Karl-Otto Apel (São Paulo: Cadernos de Tradução, n. 3, Dep. de Filosofia da USP, 1998), serviu de inspiração para o pensamento do personagem Max no início do capítulo 3.

* O capítulo *O Rosto*, do livro *Ética e infinito*, de Emmanuel Levinas (Lisboa: Edições 70, 2000), foi a base para o pensamento do personagem Max no final do capítulo 8.

* As quatro últimas linhas do capítulo 12 transcrevem, com pequenas mudanças e nova pontuação, as últimas linhas do romance *Ulisses*, de James Joyce (Rio de Janeiro: Civilização Brasileira, 1977).

* As idéias de Max sobre professores homossexuais no capítulo 14 foram retiradas de *Um diálogo sobre os prazeres do sexo*, de Michel Foucault (São Paulo: Landy, 2000).

* *Como vencer um debate sem precisar ter razão, em 38 estratagemas*, de Arthur Schopenhauer, com introdução crítica de Olavo de Carvalho (Rio de Janeiro: Topbooks, 1997), serviu de base para o primeiro discurso de Márcia Li, sobre a verdade intuída, no capítulo 26.

* A fala do estudante Aírton no julgamento simulado do capítulo 27 foi inspirada nos livros *Foucault: a norma e o direito*, de François Ewald (Lisboa: Vega, 2000), e *Microfísica do poder*, do próprio Michel Foucault (Rio de Janeiro: Graal, 2000).

* O discurso preparado por Márcia Li — e lido para Max no capítulo 28 — teve como base o artigo *Uma questão de classe?*, de Maria Rita Kehl, publicado na revista *Teoria e Debate* nº 29 (jun/jul/ago 1995) — editada pela Fundação Perseu Abramo.

* Os seguintes livros foram fontes de pesquisa e de inspiração para outras falas do "julgamento" do professor: *Convite à filosofia*, de Marilena Chaui (São Paulo: Ática, 1998); *Além do bem e do mal*, de Friedrich Nietzsche (São Paulo: Companhia das Letras, 2000); *A genealogia da moral*, de Friedrich Nietzsche (Lisboa: Guimarães Editores, 1997); *Ética demonstrada à maneira dos geômetras*, de Baruch de Spinoza (São Paulo: Martin Claret, 2002); *As regras morais e a ética*, de David Lyons (Campinas: Papirus, 1990); *As origens da moral sexual*, de Wilhem Reich (Lisboa: Publicações Dom Quixote, 1988); *Psicanálise, estética e ética do desejo*, de Maria Inês França (São Paulo: Perspectiva, 1997); *Ética a Nicômaco*, de Aristóteles (São Paulo: Martin Claret, 2000); *Sobre Ética e Psicanálise*, de Maria Rita Kehl (São Paulo: Companhia das Letras, 2002); *A filosofia e a felicidade*, de Philippe van den Bosch (São Paulo: Martins Fontes, 1998); *Comunicação Social — Filosofia, Ética, Política*, de Pedro Gilberto Gomes (São Leopoldo: Editora Unisinos, 1997); *Fedro*, de Platão (Lisboa: Guimarães Editores, 1989); toda a obra de José Antônio Gaiarsa, mas, em especial, *Amores perfeitos* (São Paulo: Editora Gente, 1994); *Tratado geral sobre a fofoca* (Rio de Janeiro: Summus, 1978); e *A família de que se fala e a família de que se sofre* (São Paulo: Ágora, 1986); *Correntes fundamentais da ética contemporânea*, de Manfredo A. de Oliveira (organizador) (Petrópolis: Vozes, 2000); *Ética*, de Adolfo Sánchez Vázquez (Rio de Janeiro: Civilização Brasileira, 2001); *A linguagem da moral*, de R.M. Hare (São Paulo: Martins Fontes, 1996); *Moral sexual: algumas questões básicas*, de Michael Tolley, no site *Crítica no sapo* (www.critica.no.sapo.pt).

Este livro foi composto na tipologia Agaramond,
em corpo 11,5/15, e impresso em papel
off-white 80g/m², no Sistema Cameron da
Divisão Gráfica da Distribuidora Record.